ABBEY GROVE

Späte Rache

von

Bernd Klatetzki

Impressum:

Die Deutsche Nationalbibliothek verzeichnet diese Publikation. In der
Deutschen Nationalbibliographie detaillierte bibliografische Daten sind im
Internet über dnd.d-nd.de verfügbar.

© 2015 Bernd Klatetzki
Herstellung und Verlag:
Books on Demand GmbH, Norderstedt
ISBN: 9 7837347600 75

Abbey Grove

Wenn man Edinburgh in nördlicher Richtung verlässt, erreicht man nach knapp zwölf Kilometern das malerisch gelegene Abbey Grove. Sanfte Hügel, sattgrüne Wälder, riesige Kornfelder und zwei kristallklare Seen umgeben ein kleines Dorf, das sich seit Jahren gut entwickelt. Heute leben dort etwa sechshundert Einwohner, die sich fast ausschließlich von der Landwirtschaft und einer gut florierenden Whiskey-Brennerei ernähren. Und doch, so schön es dort auch ist, verbirgt dieser Ort eines der schrecklichsten Geheimnisse in der Geschichte Edinburghs. Denn am Rande dieser herrlichen Landschaft befindet sich noch heute eine Einrichtung, dessen Namen man in den vergangenen 180 Jahren nur flüsternd erwähnte. Die Nerven-Heilstätten St. Marien.

Dieser Komplex erstreckt sich über mehrere Hektar und steht seit gut dreißig Jahren leer. Zunächst existierte dort über fast 200 Jahre eine mehr schlecht als recht besuchte Abtei. Deshalb entschlossen sich die dortigen Kirchenherren gemeinsam mit ortsansässigen Kaufleuten, dem damaligen König diesen Komplex zu schenken, um dafür auf ewig von allen Steuern befreit zu werden.

Damals war Edinburgh, was die medizinische Forschung betraf, führend in ganz Europa. Mehrere wissenschaftliche Einrichtungen beschäftigten sich mit der Suche nach den Geheimnissen der Medizin. Und so entstand neben einer gut florierenden Universität, diese Anlage zur Forschung im Bereich der Neurologie.

Auf Grund der etwas abgelegenen Lage wurden aber hier zunächst die Pestkranken der Stadt behandelt, besser gesagt, hierher zum Sterben gebracht. Die Leichen wurden in riesigen Massengräbern in der näheren Umgebung verscharrt oder verbrannt. Der letzte Ausbruch von 1850 dauerte gut drei Jahre und forderte allein in und um Edinburgh fast 2250 Tote. Immerhin über die Hälfte aller Einwohner. Tag und Nacht rollten die Pest-

3

karren, um die Infizierten und Erkrankten aus der Stadt zu bringen. Mit Pferdefuhrwerken wurden sie dann nach Abbey Grove gebracht. Und wer bis dahin noch nicht tödlich erkrankt war, holte sich den Rest auf der Fahrt dorthin.

Im Herbst 1853 beschloss die Stadtregierung, die leer stehenden Pesthäuser kontrolliert abzubrennen. Dabei kam es durch massiven Funkenflug zu einem Großbrand, der fast die halbe Stadt vernichtet hätte, wenn nicht tagelange Regenschauer der Feuersbrunst Einhalt geboten hätten. Irgendwie hatte Gott wohl ein Einsehen mit der geschundenen Stadt.

Etwas später dann wurden in Abbey die Kliniken der Nerven-Heilkunde Britanniens untergebracht. Eine vornehme Umschreibung für den größten Komplex von Irrenanstalten. Über 2000 Patienten konnten hier zeitgleich stationär behandelt werden, oder für immer hinter schweren Mauern verschwinden. Dass dabei dem Missbrauch Tür und Tor offen stand, kann man sich denken.

Dieses Kapitel in der Vergangenheit von Abbey Grove gehört wohl zu den dunkelsten in der medizinischen Geschichte der Stadt überhaupt und ist nur mit den Experimenten der Nazis in den KZs während des zweiten Weltkrieges zu vergleichen. So wurden hier von selbsternannten Ärzten und Pseudo-Wissenschaftlern, die eigentlich Sadisten der übelsten Art waren, unter dem Deckmantel der medizinischen Forschung zahllose Experimente am und mit dem Menschen durchgeführt. Die Schreie der gequälten und geschundenen Kreaturen hallten Tag und Nacht durch die endlosen Flure und Korridore.

Keiner der Anwohner des Dorfes wusste so ganz genau, was da hinter den Mauern vor sich ging. Und keiner wollte es je wissen. Hunderte von Patienten wurden eingeliefert und verschwanden auf nimmer Wiedersehen. Man sagt, wer sich eines missliebigen Nebenbuhlers entledigen wollte, der schickte ihn hierher.

Erst Anfang der 70er Jahre wurde die Anstalt aufgelöst und die Patienten auf verschiedene Krankenhäuser des Landes verteilt.

Und so endete eines der grausamsten Kapitel in der Geschichte Edinburghs für immer. Man sagt, dass die Ersten, die die unterirdischen Zellen in Abbey betraten, mit einem Schock das Labyrinth der Gänge wieder verließen und selbst in Krankenhäuser eingeliefert wurden. So unvorstellbar grausam war das, was sie vorfanden.

Nun standen die Häuser und Baracken seit über 30 Jahre leer und rotteten vor sich hin. Schon mehrfach wurden Anträge an das Stadtparlament gestellt, Abbey Grove abzureißen. Doch scheiterte das immer wieder an den hohen Kosten und dem Antrag der Liberalen, dort eine Mahn- und Gedenkstätte einzurichten. Und so passierte dort seit Jahren erst mal nichts, und die ohnehin belasteten Gemäuer verfielen nach und nach.

Doch hinter vorgehaltener Hand wurde im Dorf gemunkelt, dass in bestimmten Nächten wieder Schreie aus den tiefen Kellern zu hören sind. Das war natürlich Unsinn. Doch wer wusste es schon genau?

Genau wusste man nur, dass in den vergangenen zwölf Monaten des Öfteren ein altersschwacher hellblauer Kombi an einem der Gebäude vorfuhr und der Fahrer mehrere Stunden in einem der Häuser verschwand. Niemand kannte ihn oder wusste, was er dort machte.

Seit einer Woche war dann plötzlich ein grauer Bentley aufgetaucht. Er hielt an derselben Stelle, an der vorher der Kombi geparkt hatte. Und wieder verschwand der Fahrer im Haus. Einmal war er sogar zu zweit. Ein anderes Mal schleppte er große Koffer ins Haus.

Im Dorf-Pub war die verfallene Anlage schon immer das Thema, was Stoff für die wildesten Spekulationen bot. Von geheimnisvollen unterirdischen Werkstätten bis hin zu Geistererscheinungen reichten dabei die Themen. Und so fassten sich eines Tages ein paar Mutige aus dem Dorf ein Herz und gingen, nachdem sie das Kommen und Gehen des merkwürdigen Wagens ein paar Tage beobachtet hatten, in Richtung dieses Hauses. Sie hatten sich

Mut angetrunken und doch begleitete sie die Angst vor dem Unbekannten. Bei dem Haus handelt es sich um den ehemaligen Küchentrakt des damaligen Patientenbereiches IV bis VI.

Vorsichtig betraten sie den ersten Raum. Kalte feuchte Luft schlug ihnen entgegen. Alles sah verfallen, verrottet und irgendwie unheimlich aus. Die Fenster zerschlagen, Decken und Treppen eingestürzt. Überall stand Gerümpel im Weg. Der Weg in die Kellerräume war unmöglich zu betreten. Riesige Eisenträger ragten bizarr in den Raum hinein. Schwere Betonteile und Unmengen an Glasscherben versperrten den Weg und machten einen Abstieg in die unterirdischen Räume unmöglich. Licht gab es keins, und so erhellten lediglich ein paar Sonnenstrahlen den ansonsten dunklen Raum. Was konnte der Fremde hier nur gewollt haben? Bis auf ein merkwürdiges Surren, das aus irgendeiner Ecke zu kommen schien, herrschte Totenstille. Angst kroch in ihnen hoch, und so waren alle froh, als sie den maroden Bau wieder verlassen hatten.

Am Abend kursierten dann im Pub die wildesten Vermutungen und Geschichten über diese unheimlichen Gemäuer. Gerüchte machten die Runde und jeder, der mit in dem Haus war, erfand neue Details, die er dann bis ins Unermessliche ausmalte. Auch über das merkwürdige Surren wurde spekuliert. Bis sich plötzlich der alte Ben, der über zwanzig Jahre dort als Techniker gearbeitet hatte, meldete.

„Niemand sollte dort hinabsteigen! Glaubt mir, dort sind Dinge geschehen, die jeden, der es einmal gesehen hat, bis an sein Lebensende verfolgen werden."

Die anderen, die schon das eine oder andere Guiness getrunken hatten, fingen an zu lachen. „Was du schon erzählst, alter Mann. Hast du dir das Gehirn weggesoffen, oder?" „Nun", murmelte Ben: „Ich weiß, was ich weiß. Und was das Gehirn betrifft, so gab es da Spezialisten. Glaubt mir, auf die wollt ihr heute bestimmt nicht treffen". „Ach hör doch auf, alter Mann. Du mit deinen Schauergeschichten." Eine Weile war Ruhe im Pub. Plötzlich erhob sich der Alte und gesellte sich zu der Gruppe der Mutigen. „In welchem Haus ward ihr?" „Ich glaube eine VI stand an der Tür, bzw. an dem, was davon noch übrig war." Ben sah sie vielsagend an. „Der Abstieg zur Hölle", murmelte er. Und nach einer kleinen Pause fügte er hinzu: „Dann weiß ich auch, was das Surren bedeutet". „Was denn? Nun lass dir doch nicht jedes Wort aus der Nase ziehen. Los, rück schon raus mit der Sprache." Der Alte wurde merklich nervös und schlurfte zurück zu seinem Tisch. „Ein Guiness für unseren Gast!", riefen die drei anderen. Dann setzten sie sich alle zu ihm an den Tisch. „Hier, für dich". Damit schoben sie ihm das Bier rüber. Der kippte das Glas in einem Zug. „Also, was versteckt sich hinter dem Geräusch?" Nach einem Moment fing der Alte an zu erzählen.

„Es ist ein Fahrstuhl. Wir nannten ihn nur den Aufzug zur Hölle. Es gibt dort einen Lastenaufzug, mit dem früher Patienten, Essen, aber auch Leichen von und nach ganz unten transportiert wurden. Ich dachte, das Ding wurde damals zerstört, aber wenn ihr dieses Surren gehört habt, dann gibt es ihn immer noch." „Moment mal, alter Mann. Wenn ich das richtig verstehe, dann kommt man von dem Küchentrakt direkt in die unterirdischen Gewölbe? Das ist ja voll krass, Alter!" „Nun, voll krass würde ich das eher nicht nennen. Eher unheimlich und krank. Ja krank trifft es wohl am besten. Ich kann euch nur warnen. Geht da niemals runter. Da unten trefft ihr überall auf den Tod. Ich habe da Dinge gesehen, die verfolgen mich noch heute, und das in jeder Nacht." Doch er konnte reden, wie er wollte, die anderen hörten ihm längst nicht mehr zu. Sie waren bereits am Überlegen, wie und wann sie dort hinunter wollten. „Ich kann euch nur warnen!", rief der Alte noch mal, dann verließ er kopfschüttelnd den Pub. Das Letzte, was er noch aufschnappen konnte war, dass einer der Mutigen etwas von morgen Abend 20.00 Uhr rief. „Die sind wahnsinnig, alle wahnsinnig. Aber sie werden schon sehen. Ich habe sie jedenfalls gewarnt." Damit schlurfte er in die Dunkelheit.

Am nächsten Tag beobachteten die drei, ob sich was auf dem Gelände der ehemaligen Irrenanstalt tat. Doch alles blieb ruhig. Auch der einsame Besucher tauchte nicht auf. Und so betraten die drei, bewaffnet mit Baseball-Schlägern und starken Taschenlampen, den alten Küchentrakt und sahen sich zunächst um. Hatten alle bis dahin lautstark über das Haus und seine Geschichte diskutiert, so verstummten die Gespräche, sobald sie in der zerstörten Küche standen. Es sah genauso verfallen aus wie am gestrigen Tag. Aber wer hätte auch hier etwas verändern sollen? Und wieder war bis auf das leise Surren nichts zu hören. Vorsichtig begannen sie nach dem Aufzug zu suchen. „Hier ist er!", rief plötzlich einer der drei und leuchtete auf eine rostige Metalltür. Sofort eilten seine Freunde zu ihm und der Strahl von drei Taschenlampen war auf die Tür gerichtet. Keiner rührte sich. Man konnte ihre Angst förmlich spüren.

„Was ist, wollen wir nun runter oder nicht?" Alle nickten, doch keiner machte Anstalten, sich der Tür zu nähern. Endlich fasste sich einer ein Herz und öffnete vorsichtig die alte Fahrstuhltür. Licht flammte im Inneren der Kabine auf. Der Innenraum war über und über mit Rost- und anderen merkwürdigen Flecken bedeckt. Modriger Geruch strömte von irgendwo her. „Na los, ihr Feiglinge, kommt rein. Ich denke, wir wollen runter!" „Und du denkst, dass das Ding noch funktioniert?" „Oh ja. Und im Übrigen werden wir es ja gleich wissen."

Laut Aufzug-Tableau ging es drei Stockwerke in die Tiefe. Die Tasten schienen oft benutzt worden zu sein, denn sie sahen speckig und abgenutzt aus. Zögernd betraten auch die anderen den Aufzug, wobei der leicht absackte. Vor Angst hielten alle die Luft an. „Wo soll es hingehen?" „Ich denke, zunächst in die erste Etage." „Na dann ab nach unten. Statten wir dem Teufel einen Besuch ab." „Lass das, damit macht man keine Scherze."

Die Tür schloss sich und der Aufzug setzte sich in Bewegung. Nach einem kurzen Moment blieb er stehen und die Tür öffnete sich. Ein dunkler Gang, der nach rechts und links führte, wurde sichtbar. Eine merkwürdig süßliche

Luft füllte die Kabine. Vorsichtig leuchteten sie in die unendlich scheinenden Gänge. Die Wände waren bis zu einer Höhe von zwei Metern mit grüner Ölfarbe gestrichen. Darüber waren die Wände und Decken geweißt. Auf Grund der feuchten Luft hing die Deckenfarbe in vielen Stücken herunter. Alle fünf bis sechs Meter gingen Räume, besser gesagt Zellen, rechts und links ab. Diese waren gefliest und ursprünglich wohl vergittert. Jetzt standen sie weit offen. Vorsichtig betraten sie die ersten beiden Zellen. Außer einem Bett, einem Hocker und einer Toilette waren die Räume leer. Eine kleine vergitterte Lampe an der Decke spendete damals wohl etwas Licht. An den Betten waren Fixiergurte angebracht, mit denen die Patienten ruhig gestellt werden konnten. „Kommt, lasst uns weiter runter. Mir ist hier nicht wohl bei dem Gedanken, gefesselt auf einer der Pritschen zu landen." „Nun hab dich nicht so, du Angsthase."

Kaum wieder im Aufzug, drückten sie den Knopf, der in die zweite Keller-ebene fuhr. Als sich die Tür öffnete, sah es dort wie in der ersten Ebene aus. Also beschlossen die drei, weiter nach unten zu fahren. Als sie unten ankamen, stolperten sie fast über mehrere Roll-Tragen, die neben dem Auf-zug abgestellt waren. Kühle modrige Luft umfing sie. In dem langen Gang flackerte die eine oder andere Lampe. Die Deckenfarbe lag in unzähligen Teilen am Boden. Zwischen den einzelnen Räumen lagerte verschiedener medizinischer Müll. Unzählige kaputte Geräte stapelten sich zwischen maroden Infusionsständern, alten Bettgestellen und jeder Menge an Leder-gurten und Mullbinden, zum Teil gebraucht. „Ich will nicht wissen, wozu die Gurte benötigt wurden." Etwas abseits standen zwei speckig aussehende Holzstühle. An den Seiten hingen Ledergurte herunter, und die Füße wie auch die Sitzflächen waren mit dunklen Flecken übersät. „Das waren bestimmt ihre Folterstühle und die Flecken da, sind sicher Blut. Oh Gott, was haben die hier unten nur getrieben?"

„Kommt mal hier rüber!", rief ein anderer. Er stand in einer Zelle und leuchtete in eines, von vier gefliesten Löchern. Jedes knapp einen Quadratmeter groß und etwa zwei Meter tief. Ein Schlauch, der an einem Wasseranschluss befestigt war, machte deutlich, was hier unten passiert war. „Hier standen die Patienten bis zum Hals im Wasser." Mehrere abgeschnittene Gummischläuche lagen in den Ecken. „Damit haben sie die armen Schweine dann auch noch geschlagen." „Hier unten hört dich keiner schreien."

Plötzlich war ein metallisches Geräusch aus der Richtung des Aufzuges zu hören. „Was war das?" „Keine Ahnung, aber ich glaube, der Aufzug fährt nach oben." „Das bedeutet, es kommt jemand!" „Los, wir verstecken uns da drüben." Schnell rannten die drei in die Zelle gegenüber und warteten auf das oder auf den, der da kommen würde. Es dauerte einen Moment, dann öffnete sich tatsächlich die Aufzugtür. Ein kleiner älterer Mann mit einer Tasche und einer Lampe bewaffnet, trat vorsichtig aus der Tür. „Hallo, hallo, ist da jemand?", hörten sie ihn rufen. Es war eine freundliche, aber doch energische Stimme, die keinen Widerspruch duldete.

„Ich halte das nicht aus. Ich gehe da jetzt raus." „Halt die Klappe", flüsterten die anderen.

„Ich weiß, dass hier jemand ist. Los zeigen Sie sich, sonst, ich kann auch ungemütlich werden." „Woher weiß der, dass wir hier sind?" „Nun, weil er den Aufzug rufen musste, du Depp." „Du hast recht." Stille umfing alle. „Ich zähle jetzt bis drei, dann …"

In diesem Moment ließ einer der Jungs seine Lampe fallen, die mit lautem Poltern auf dem gefliesten Boden aufschlug und über den Gang rollte. Mit einem dumpfen Knall wurde die Fahrstuhltür zugeschlagen und der Aufzug setzte sich in Bewegung. „Der Typ haut ab!" „Na Gott sei Dank. Konntest du ihn sehen?" „Nicht deutlich. Aber ich denke, er war so um die fünfzig oder älter." „Moment, seid mal leise. Hört ihr das?" Alle lauschten jetzt angestrengt in die Stille. „Da ist nichts." „Doch, ich habe es deutlich gehört. Es klang wie ein Stöhnen oder Wimmern. Leise aber deutlich. Da, da ist es wieder." Und richtig, von irgendwoher konnte man ein leises Weinen oder Schluchzen hören. „Hier ist jemand." Alle drei erstarrten wie zur Salzsäule.

„Das kommt von da." Der Schein der Lampe erhellte einen Teil des dunklen Ganges. „Los, lasst uns nachsehen." „Hast du 'ne Macke? Wer weiß, wer da auf uns wartet? Los, lasst uns von hier verschwinden." Doch die beiden anderen waren schon auf dem Weg. Vorsichtig tasteten sie sich den dunklen Gang entlang und leuchteten dabei in jede der Zellen. Plötzlich hielten sie an und winkten ihrem Kumpel zu. „Komm her, der Typ ist hier drin!"

Das, was sie da sahen, ließ ihnen den Atem stocken. Auf einer Liege lag ein Mann. An Händen und Füßen mit Lederriemen gefesselt. Sogar der Kopf war fixiert und im Gesicht trug er eine Ledermaske. Rechts und links erhielt er Infusionen in beide Arme. Neben seinem Mund hing eine Wasserflasche, aus der er mittels eines kleinen Schlauches Wasser trinken konnte. In der ganzen Zelle stank es fürchterlich nach Fäkalien. Und wie man deutlich sehen konnte, hatte er sich wohl in die Hosen gemacht.

„He, Sie, können wir Ihnen irgendwie helfen?" „Hallo, wer sind Sie?" „Wie lange sind sie schon hier? Wissen sie das?" Doch der Mann reagierte nur auf das Licht. Seine Augen flatterten im Schein der Taschenlampen. Der Typ ist sediert. Bitte!" Auf dem Boden lagen mehrere Ampullen mit Prodophynol 800. Einem der stärksten Beruhigungsmittel, welches nur in Krankenhäusern verabreicht werden darf. Der Patient befindet sich dabei in einer Art Dämmerzustand und bekommt so gut wie nichts von seiner Außenwelt mit. „Hier sind auch ein paar Spritzen." „Wir müssen ihn hier rausbringen." „Und wie willst du das machen?" „Die Lederriemen sind mit Schlössern gesichert. Und selbst wenn, was machen wir dann mit ihm?" „Jungs, ich will hier raus. Mir ist schlecht!" Damit lief der erste in Richtung Fahrstuhl. „Und mir ist egal, ob der Typ da oben auf uns wartet." „Halt! So warte doch! Wir kommen mit!" „Wir verschwinden gemeinsam von hier und rufen die Bullen. Sollen die sich doch um den Typen hier kümmern." „Gute Idee!" Inzwischen hatten sie den Fahrstuhl erreicht. Und als sich die Tür wieder öffnete, atmeten alle befreit auf und sprangen hinein. Sofort setzte er sich in Bewegung. Und im Erdgeschoss angekommen, waren alle froh, dass niemand auf sie warte. Kaum draußen, liefen sie die gut vierhundert Meter bis zum Ortsrand. Keiner blickte sich nochmal um, aus Angst, jemand könnte sie verfolgen. Kaum im Pub angekommen, bestellten sie drei Bier und tranken diese in einem Zug aus. Der alte Ben saß wie immer schweigend an seinem Tisch und starrte vor sich hin. „Na, seid ihr ihm begegnet?" Doch die drei tranken bereits den zweiten halben Liter. „Die Angst kriecht in einem hoch und sie lässt euch nie wieder los. Nicht wahr?" „Halt die Klappe, alter Mann. Gib mir das Telefon!" Ohne seinen Namen zu sagen, meldete er der Polizei den seltsamen Fund in einer der unterirdischen Zellen. Es dauerte eine Weile, bis ein Beamter ihn ernst nahm. Schließlich war der Komplex seit gut dreißig Jahren geschlossen. „Das kann ja sein, Sir, aber wir haben den Typen selbst gesehen. Und sie sollten sich beeilen, denn der macht es nicht mehr lange." Dann legte er auf. „Noch eins", damit deutete er auf sein leeres Glas. „So, so, ihr ward also tatsächlich da unten? Hätte ich euch nicht zugetraut." Der Wirt sah die drei aufmerksam an. „Ihr seht aus, als wärt ihr dem Leibhaftigen begegnet." „Ich weiß nicht, wem wir da unten begegnet sind. Aber da war einer kurz unten. Und er hat uns gedroht. Und dann...", doch damit verstummte er. „Was, dann? Nun komm, rede weiter. Hier, das Bier geht aufs Haus." „John hat seine Lampe fallen gelassen und der Typ ist verschwunden. Und kurz danach haben wir dann den anderen gefunden. Gefesselt an sein Bett liegt er da in seiner eigenen Scheiße. Der ist völlig High." „Und dann, was passierte dann?" „Dann sind wir getürmt. Mich kriegen da keine zehn Pferde noch mal runter." In diesem Moment rasten zwei Polizei- und ein Krankenwagen mit Blaulicht und Sirene am Pub vorbei in Richtung der Ruine. Die drei starrten sich an und rannten den Autos nach. Gut hundert Meter vom Haus entfernt blieben sie stehen und warteten auf das, was da passieren würde.

Es dauerte fast anderthalb Stunden, bis die Sanitäter jemanden auf einer Trage hinaus brachten. Der Krankenwagen raste dann sofort mit Blaulicht und Sondersignal davon.

Die Beamten, dagegen, blieben weiter in dem Haus. Inzwischen waren weitere Fahrzeuge der Kriminaltechnik eingetroffen.

„Die suchen jetzt wohl nach Spuren?" „Na klar, was denn sonst."
„Hoffentlich finden sie keine von uns." „Sollen wir ihnen nicht besser von dem Typen erzählen? Wer weiß, vielleicht ist das ja der, der den anderen da unten versteckt hat?" „Bist du wahnsinnig? Natürlich ist das der Typ. Nachher kommt der wieder und dann liegen wir da unten festgeschnallt auf so einer Pritsche. Oder in so einem Wasserloch, nein danke. Willst du das?" „John hat recht. Kommt, lasst uns hier verschwinden." Damit trotteten die drei in Ruhe in Richtung Pub. Wie konnten sie auch ahnen, dass sie aus einer der Nebenruinen aufmerksam durch ein Teleobjektiv beobachtet und fotografiert wurden. Ein hämisches Grinsen überzog das Gesicht des Mannes. „Es macht gar nichts, dass ihr ihn gefunden habt. Der stirbt sowieso und wenn nicht, dann werde ich ihn nochmal besuchen."

Für den Mann, der zufällig befreit wurde, ging die Sache mehr oder minder gut aus. Die Ärzte konnten nicht sagen, ob und wann er wieder aus dem Trauma erwachen würde. Auf jeden Fall wird er bleibende Gehirnschäden davontragen, denn die Verabreichung von Prodophynol 800 über einen derartigen Zeitraum bleibt nicht ohne Folgen. Da der Mann keinerlei Papiere bei sich trug, dauerte es mehr als zwei Wochen, bis er identifiziert werden konnte.

Es handelte sich um Jack Peters, Obdachloser aus Edinburgh und seit Wochen verschwunden. Sein Kumpel, Dave Plummer, blieb jedoch weiter verschwunden. Wie sich später herausstellte, war er in der Nachbarzelle festgehalten und vor gut einer Woche abgeholt worden. Aber das, sollte erst alles später heraus kommen.

Denn bis jetzt war es noch kein Fall für Special-Superintendentin Kathy McGore, denn die befand sich zu dieser Zeit noch in Urlaub.

Edinburgh
Zwei Wochen später

Edinburgh im August, das heißt herrliches sonniges Wetter, übervolle Hotels und Pensionen, jede Menge an Touristen und Urlaubern, volle Strände und für die Polizei einen rapiden Anstieg von Taschendiebstählen und Einbrüchen. Also nichts Besonderes. Und schon gar nichts für Kathy McGore. Alles war so wie immer. Und so hatte sie die Zeit genutzt und war mit ihrer neuen kleinen Familie in den Urlaub gefahren. Zwei Wochen wandern in den Bergen. Und die waren heute vorbei.

Es war Sonntag, kurz vor 19.00 Uhr. Kathy, Paul und die junge Hündin Princess waren gerade von ihrem ersten gemeinsamen Urlaub in ihr beschauliches Heim am Stadtrand von Edinburgh zurückgekehrt. Kaum stand das Auto, wurde auch schon die hintere Tür aufgerissen und der Hund schoss aus dem Wagen, sprang über die Pforte und rannte in eine Ecke des Gartens, um sich dort zu erleichtern. Während dessen stürmte Paul in das Bad. Also blieb es wie immer an Kathy hängen, das Gepäck ins Haus zu schleppen. „Natürlich helfe ich dir, ist doch kein Ding", hatte Paul noch vor Minuten getönt. Und jetzt saßen er und Princess bereits in dem breiten Lieblingssessel der beiden und zappte sich durch mehr als dreißig Kanäle des Fernsehers. „He, komm her, das musst du sehen. Zwei Tote bei einem Karussell-Unfall in Perth! Wahnsinn!" „Würde ich ja gerne, mein Schatz, aber das Auto leert sich nicht von alleine. Könnte der gnädige Herr die Güte besitzen und mir, verdammt noch mal, helfen?" „Ja gleich. Ich will nur noch die Fußballergebnisse sehen." „Welchen Teil von jetzt und sofort haben seine Lordschaft nicht verstanden? Denke dran, ich bin Waffenträger."

Beim letzten Teil des Satzes nahm ihre Stimme einen leicht bedrohlichen Klang an. „O.k., ich komme." Damit stürzte Paul aus dem Zimmer und gab Kathy, die sich noch immer mit den Koffern plagte, einen flüchtigen Kuss.

Danach stürzte er in Richtung Auto. Vorher nuschelte er noch etwas, das wie „Ich hab dich lieb" klang. Princess, nun fast schon ein Jahr alt, sprang übermütig neben ihm her. Im Nu hatte er die restlichen Sachen aus dem Mini geladen und da passierte es. Der Hund entdeckte sein Lieblingsspielzeug Einen gelben Gummi-Ball. Den schnappte sie sich und jagte damit die Straße entlang. „Nein Princess! Jetzt nicht. Los, komm zurück! Bitte!" Zum Glück war zu dieser Zeit kein anderes Auto in der Straße unterwegs und so konnte er sicher sein, dass sein Hund nicht überfahren wird. „Komm zurück, los!" Kathy stand amüsiert am Gartenzaun und beobachtete Paul, wie der krampfhaft versuchte, dem Hund Gehorsam beizubringen. „Da wirst du wohl selber laufen müssen, mein Lieber." Paul maulte noch eine Weile herum, dann warf er die Sachen wieder ins Auto und rannte dem Hund hinterher. Die hatte nur darauf gewartet und war nun der festen Überzeugung, dass Herrchen mit ihr spielen wollte. So niedlich das auch aussah, es zwang Kathy, das Auto weiter allein auszuladen. Endlich, nach fast zwanzig Minuten, raste der Hund, immer noch mit dem Ball in der Schnauze, zurück in den Garten und versteckte sich unter der kleinen Gartenbank. Das war ihr Lieblingsplatz, wenn sie ausspannen wollte. Kurze Zeit später erreichte auch Paul den Garten. Er war völlig außer Atem und ließ sich erschöpft auf die Bank fallen. Kathy hatte inzwischen Limonade gemacht und kam mit einem großen Glas in den Garten. „Hier, mein Held. Und Glückwunsch, die Kleine hört ja aufs Wort. Nur nicht aufs erste. Fast so wie du. In einer Stunde gibt es Abendbrot. Ich will nur noch schnell meine Post durchgehen und dann fange ich sofort an. Was hältst du inzwischen von einer Dusche? Du riechst, mein Kind. Wie dein Hund. Nur die darf das." Damit strich sie ihm liebevoll über den Kopf und verschwand im Haus.

Paul trank das Glas in einem Zug aus. Dann steckte er seinen Kopf unter die Bank. „Und jetzt zu dir, meine Liebe. Das eben war ja wohl nichts, oder?" Weiter konnte er nicht mit ihr schimpfen, denn er sah in das süßeste Hundegesicht, das der liebe Gott je erschaffen hatte. Gerade wollte er noch etwas sagen, da leckte ihre weiche Zunge ihm sanft über das Gesicht. Wer konnte so einem Tier da noch böse sein? Paul seufzte tief, was der Hund als Zeichen dafür sah, auf seinen Schoß zu springen. Rasch rollte sie sich zusammen und kurze Zeit später befand sie sich im Land der „Hundeträume". Auch Paul machte es sich bequem und bald schnarchten beide um die Wette. Kathy saß an ihrem Schreibtisch und wühlte sich durch einen Berg von E-Mails und einigen Briefen. In den Tageslisten der Polizeizentrale Edinburgh, die ihr regelmäßig zugesendet werden, war alles aufgelistet, was die Kollegen zur Zeit in Atem hielt. Neben zwei, bereits aufgeklärten Morden, mehreren bandenmäßigen Einbrüchen, diversen Autodiebstählen, war nichts dabei, was Kathys Interesse weckte. Aber das sollte sich bald ändern. „Was hattest du vorhin von einem Unfall mit zwei Toten erzählt!", rief sie in Pauls Richtung. Doch sie erhielt keine Antwort. „Hey, was ist mit dir?" Sie ging in den Garten und musste lächeln. Paul lag mit dem Hund im Arm auf der Bank und beide schnarchten um die Wette. Für einen Moment dachte sie daran, Paul ins Bett zu bringen, doch dann wollte sie die beiden nicht stören. In diesem Moment begann ihr Telefon zu vibrieren. Tom Morgan, ihr Freund und Kollege aus der Zentrale war dran. „Hey, Willkommen, ihr seid also zurück. Habt ihr euch gut erholt? Du hast uns gefehlt, meine Liebe." „Ich danke dir. Wir sind erst gut eine Stunde wieder hier. Paul und der Hund schlafen schon. Zwei Wochen wandern im Gebirge haben beide total geschafft. Doch ich denke, die Fernseh- und Computerabstinenz war für Paul schlimmer als die vielen Berge. Und eines steht schon mal fest, das nächste Mal geht es an die See." „Tja, so ist eben Urlaub mit der Familie. Glaube mir, ich kann davon ein Lied singen. Wenn es nichts weiter gibt, dann sehen wir uns morgen. Bis dann, bye."

Hätte sie ihm von ihrem Entschluss erzählen sollen? Doch er würde es noch früh genug erfahren. Kathy legte auf und beschloss den Unfall zu „googeln". Sie wusste nicht warum, aber irgendetwas daran zog sie unmerklich an. Schnell fand sie den Vorgang. Danach war am Freitag letzter Woche, kurz nach der Eröffnung, ein Wagen der Achterbahn „Hot Race" aus unerklärlichen Gründen vom höchsten Punkt in die Tiefe gestürzt. Die beiden Insassen, zwei junge Frauen, waren sofort tot. Die Untersuchung der Feuerwehr, der technischen Aufsicht und der Polizei hatten ergeben, dass es sich um einen tragischen Unfall in Folge technischen Versagens gehandelte. Damit wurde der Fall zu den Akten gelegt und die Sache galt als erledigt. Kathy mochte keine Fahrgeschäfte. Irgendwie waren sie ihr unheimlich. Paul dagegen konnte davon nicht genug bekommen. Beim Besuch des letzten Weihnachtsmarktes in Edinburgh, musste sie ihn bei sieben Runden auf dem Riesenrad begleiten. „Nie wieder!", hatte sie sich danach geschworen. Die restlichen Fahrgeschäfte ließ sie ihn dann allein fahren. Kathy machte den Rechner aus und begann das Abendbrot anzurichten. Frisches Gemüse mit mehreren leckeren Dips waren schnell gemacht. Merkwürdiger Weise liebte Paul Gemüse, auch wenn er ein Junge war. Für den Hund mischte sie eine halbe Büchse Nass-Futter mit jeder Menge an Leckerlis. Princess würde sie dafür lieben. Dann weckte sie ihre beiden Kinder, wie sie sie scherzhaft nannte und alle drei ließen es sich schmecken. „Was hältst du davon, wenn wir in der nächsten Woche dein Zimmer renovieren? Und auch neue Möbel für dich kaufen? Du kannst dir auch die Farbe aussuchen. Alles, außer Pink und Schwarz." „Super. Wird auch Zeit. Dieses Grün nervt." „Iss jetzt auf und dann ab mit euch ins Bett." Es dauerte nicht lange und Paul sowie Princess verschwanden in seinem Zimmer und waren kurz danach fest eingeschlafen. Kathy setzte sich noch eine Weile in den Garten und genoss in Ruhe einen Whiskey und eine Zigarette. Das Leben konnte einfach nur schön sein. Und doch musste sie etwas Grundsätzliches ändern. Kurze Zeit später verschwand auch sie in ihrem Zimmer. Es war der Ausklang eines herrlichen Sonntages und der Beginn, von unverhofften Begegnungen, Wendungen und einem Fall, der zunächst klein beginnt und sich dann wenig später apokalyptisch entwickelt. Doch das war ja nichts Neues.

Der Entschluss

Kathy saß seit Stunden an ihrem kleinen Tisch im Garten. Sie genoss es, in Ruhe eine Zigarette zu rauchen und ihren geliebten schwarzen Kaffee zu schlürfen. So mancher Fall wurde hier schon durch Nachdenken und den einen oder anderen guten Whiskey gelöst. Oder sie ließ einfach nur ihre Gedanken schweifen.

Das Ergebnis ihrer Überlegungen der letzten Stunden lag nun in Form von zwei Briefen vor ihr. Einer gerichtet an den Innenminister Lewitt McLower und der andere an Chief Simon, ihrem einzigen Vorgesetzten im Polizeiapparat. In beiden befand sich ihre Bitte um teilweise Entlassung als Special Superintendent für besondere Fälle, versehen mit besonderen Vollmachten. Ihr Kollege und Freund Tom Morgan nannte das immer scherzhaft „den Gesetz-Freibrief". So, als wäre sie eine Art weiblicher James Bond. Und genau den wollte sie jetzt in Rente schicken. Und als Grund hatte sie ihre neue und noch junge Beziehung zu ihrem Jungen genannt. Denn Paul lebte erst seit gut einem Jahr bei ihr. Seit dem Moment, als seine Mutter, ermordet von einer Irren, in ihren Armen gestorben war. Damals hatte sie Ann versprochen, sich um ihn zu kümmern.

Sie hatte die letzten zwei Wochen Urlaub mit Paul dazu genutzt, um die Prioritäten in ihrem Leben neu zu ordnen. Dabei befand sie sich mit Mitte vierzig auf dem Höhepunkt ihrer Karriere.

Sie hatte tolle Kollegen, bekam die spannendsten Fälle, verdiente gutes Geld und konnte sich ihre Arbeitszeit frei einteilen. Niemand redete ihr rein, abgesehen vom Innenminister. Und doch, seitdem sie vor gut einem Jahr Mutter eines pubertierenden Teenagers geworden war, erwischte sie sich immer öfter dabei, mehr Zeit für den Jungen zu suchen, ja zu wollen. Und genau das, wollte sie jetzt auch von ihren Vorgesetzten einfordern. Nach der Ermordung von Pauls Mutter, hatte sie geschworen, sich um den Jungen zu kümmern. Doch wie konnte sie das, wenn sie Tag und Nacht einige der schlimmsten und „durchgeknalltesten" Verbrecher Schottlands jagte? Wenn sie immer auf der Hut sein musste, sich nicht im Fadenkreuz eines Serienmörders zu befinden und deshalb mit einer Weste zu schlafen und einen schussbereiten Revolver unter dem Kopfkissen zu haben. So lange sie allein war, O.k., da war ihr das egal. Doch jetzt? Doch was wäre die Alternative? Ein Schreibtischjob, irgendwo im Polizeiapparat, mit geregelter Arbeitszeit und überschaubarem Gefahrenpotential? Oder wie die anderen Superintendenten, die als Abteilungsleiter die Arbeit lediglich weiter delegierten? Oder sie jagte in Zukunft nur noch Fahrraddiebe und kleine Ganoven. Bei dem Gedanken lief ihr ein Schauer über den Rücken. Denn das war es nicht, warum sie damals zur Polizei gegangen war.

Schon als junge Polizeianwärterin wollte sie genau das werden, was sie jetzt erreicht hatte. Ein Top-Bulle mit fast unbegrenzten Vollmachten. Genau fünfundzwanzig Jahre hatte sie dafür gebraucht.

Und doch musste sie jetzt einiges in ihrem Leben ändern, denn der Junge durfte nicht noch mal solch ein Trauma erleben. Das würde er nicht verkraften. Und sie auch nicht.

Vielleicht sollte sie sich eine Auszeit gönnen und eine gewisse Zeit lang etwas „kleinere Brötchen" backen? Das wäre doch eine Alternative? Oder sich zur Verkehrsüberwachung versetzen lassen? An der Stelle musste sie selber lachen. Egal wie auch immer, sie würde die Briefe weiterleiten und dann mit Chief Simon reden. Er musste ihr helfen. Nur keine Verkehrsüberwachung!

Montag, der erste Arbeitstag

Am frühen Morgen fuhr Kathy zunächst Paul in die Schule, was er sichtlich genoss, denn es kam nicht mehr so oft vor. Nur das mit dem Abschiedskuss vor seinen Freunden musste er ihr noch abgewöhnen. Danach traf sie gegen neun in der Polizeizentrale von Edinburgh ein. Vor dem Eingang begegnete sie Inspektor Bernett, der gedankenverloren und in Eile das Haus verließ. „Hey Berry!", rief Kathy. Doch Lesly war in Gedanken versunken und schien sie nicht zu hören. Sie mochte den freundlichen kleinen Mann, der sein ganzes Leben das Archiv in der Zentrale verwaltet hatte. „Wer weiß, welche Laus ihm heute über die Leber gelaufen war." Langsam schlenderte sie in den zweiten Stock. Sie wollte als Erstes mit Tom reden und ihm ihren Entschluss mitteilen. Kaum angekommen, traf sie auf den Chief. „Ausgerechnet der", dachte sie sich. „Hallo Kathy! Sie sehen einfach blendend aus. Richtig erholt. Wie geht es dem Jungen? Äh, Tom war doch der Name, oder?" „Paul, Sir. Paul." „Genau, Paul. Ich freue mich, dass ich es bin, der Sie überraschen darf." „Sie wollen mich überraschen? Ich denke, ich habe da eine größere Überraschung für Sie, Sir." „Ja, ja aber jetzt kommen Sie, meine Liebe." Damit umarmte er Kathy an der Schulter, etwas, das er vorher noch nie gemacht hatte und drängte sie zu dem Büro, das sich an das ihres Kollegen anschloss. „Hier, sehen Sie mal, ihr Name." Und tatsächlich, an der Tür stand Superintendent Kathy McGore. „Das mit dem >Special< lassen wir lieber. Und hier", damit öffnete er die Tür, „ist ab sofort Ihr Reich. Na, was sagen Sie?" Kathy wusste zunächst gar nicht, was sie sagen sollte. An einem Schreibtisch saß Liz Taylor mit leuchtenden Augen und einem viel zu kurzen knallroten Kleid. Wie ein abgerichteter Terrier, der sich auf sein Herrchen freut, dachte sie im Stillen.

Kathy hatte die Kollegin bei der Arbeit an dem letzten Serienmörder-Fall kennengelernt. Eine ehemalige Mitschülerin hatte versucht, ihre halbe Schulklasse zu töten. Dabei war sie nur um Haaresbreite einer Kugel entgangen. „Hallo, Miss McGore!", rief Liz etwas künstlich, sprang auf und kam freudestrahlend auf sie zu. „Herzlich willkommen, Mam. Ich habe von meiner Versetzung zu Ihnen erst heute Morgen erfahren. Ich kann Ihnen gar nicht sagen wie sehr ich mich freue. Kaffee oder lieber Tee, Mam?", säuselte sie mit honigsüßer Stimme. Chief Simons stand immer noch breit lächelnd hinter ihr. „Und hier, das ist Ihr Büro." Damit öffnete er den großen Nebenraum und Kathy starrte in ein Meer voller Rosen. Der ganze Raum war mit einer großflächigen Rosentapete beklebt. Kathy hasste Rosen. Die Büromöbel, alle im Stil der 70er Jahre, müssen aus dem Fundus des Hauses hierher geschafft worden sein. Kathy schluckte, denn sie befand sich eindeutig in der Deko-Hölle. „Ich lasse Sie dann mal allein. Ach so, es wäre schön, wenn Sie nachher mal bei mir vorbeischauen könnten." Liz stand mit leuchtenden Augen hinter ihr. „Und Mam, gefällt es Ihnen? Noch ein paar Pflanzen und Sie werden begeistert sein." Endlich fand Kathy ihre Stimme wieder. „Miss Taylor. Drei Dinge für den Anfang: Erstens, wo ist mein Aschenbecher? Zweitens, sagen Sie noch mal Mam zu mir, haben Sie Ihre Rückversetzung schneller auf dem Tisch als Sie denken können und drittens, ich will, dass dieses grausame Blumenmuster verschwindet. Haben wir uns da verstanden?" Liz war sprachlos, aber nur für einen kurzen Moment. „Übertapezieren oder streichen?" „Wie Sie das machen, ist mir völlig egal. Nur bitte schnell. Wenn Sie mich suchen, ich bin bei Tom und dann beim Chief." Schon fast aus der Tür, kam sie noch mal zurück. „Bitte Liz, warten Sie noch mit der Umgestaltung. Es kann sein, dass unsere Zusammenarbeit schneller endet, als sie begonnen hat."

Damit verließ sie das Zimmer und ließ eine völlig konsternierte Sekretärin zurück. „Was sollte denn das jetzt wieder heißen?"

Kathy stürmte in das Büro von Superintendent Tom Morgan, ihrem Partner, Kollegen und Freund seit vielen Jahren. Er war der Einzige, dem sie hier blind vertraute.

Der saß gerade beim Studium einiger Fallakten und war hocherfreut, seine Kollegin endlich wieder zu sehen. „He, ich grüße dich, meine Liebe. Na, wie geht es? Gut erholt? Wie geht es dem Jungen?"

Kathy grinste etwas gequält und steckte sich eine Zigarette an. „Habe ich dir das da nebenan zu verdanken?" Tom musste lachen. „Du stehst nicht auf Rosen, hab ich recht? Der alte McTheller, von der Internen, ist letzte Woche in den Ruhestand gegangen. Apropos, Lesley Bernett ist auch verabschiedet worden." „Lesley? Der das Archiv verwaltet hat?" „Genau. Nach 45 Jahren Dienstzeit hat er seine Pension redlich verdient." „Den habe ich gerade vor der Zentrale getroffen. Ich fand ihn immer nett." „Jeder mochte ihn." „Und was das Büro betrifft, fand ich es eine prima Idee, es für dich zu reservieren. Und da ich denke, dass du wegen Paul etwas ruhiger treten willst, fand ich, dass es auch für dich an der Zeit wäre, ein eigenes Büro zu haben. Eine Art Schlupfloch. Du wirst sehen, in ein paar Tagen hast du dich daran gewöhnt. Und die Taylor ist nicht die schlechteste, zumal sie mit meiner Betty gut kann."

„Du ahnst nicht, wie recht du hast." „Wie meinst du das?" „Nun, ich habe tatsächlich vor, etwas ruhiger zu treten." „Was soll das heißen? Du willst doch nicht etwa aufhören?" „Nein, nein, das nicht. Aber ich denke daran, nicht mehr als Special-Bulle zu arbeiten. Ich muss mich mehr um Paul kümmern. Und ich möchte mich auch mehr um ihn kümmern." „Weiß das schon der Alte?" „Nein, ich wollte zuerst mit dir reden." „Also, meine Unterstützung hast du. Aber, wie stellst du dir das praktisch vor?" „Nun, ich werde mehr unspektakuläre Fälle übernehmen. Einbrüche, Diebstähle, Selbstmorde oder so etwas." „Na, da wird sich der Alte aber freuen, wenn sein bestes Pferd im Stall, entschuldige, aber das bist du nun mal, ab sofort kriminelle Idioten jagt." Kathy musste lachen. „Hör auf, du weißt, wie ich das meine." „Du hast ja recht. Als wir damals Billy, unseren ersten Sohn, bekamen, stand auch ich vor der Wahl: Familie oder Karriere". „Aber du hast es doch geschafft, mein Lieber." „Mehr oder weniger. Wir haben uns arrangiert. Na, ich drücke dir jedenfalls die Daumen." „Ich danke dir. Woran arbeitest du zur Zeit?" „Nichts Aufregendes. Ein paar Einbrüche und ein Selbstmord. Du wirst es nicht glauben, aber der Kerl ist von einer Eisenbahnbrücke gesprungen. Und dabei stand er schon auf den Gleisen. Hat ihm jedenfalls nicht gut getan." „Wie, haben wir keinen kleinen Mord?" „Nun, es ist Sommerzeit. Da machen selbst die Ganoven Urlaub." „Ich werde dann mal zum Alten gehen und ihm die frohe Botschaft überbringen. Wir sehen uns nachher." „Bei dir oder bei mir?" „Solange bei mir die Rosen blühen, bei dir!" Damit küsste Kathy Tom kurz auf die Wange und verließ dessen Büro."

Fast an der Tür, rief sie Tom nochmal zurück. „Du machst das Richtige! Lass dich nicht einschüchtern." „Du weist, mit wem du redest?" Beide mussten lachen.

Im Vorzimmer des Chiefs herrschte Karen, und die war peinlich darauf bedacht, dass niemand ihren Chef mit Banalitäten belästigt. Nur bei Kathy war sie sich nie ganz sicher. Sie wusste, dass sie auf Grund ihres Sonderstatus auch Sondervollmachten besaß. Und so lächelten sich die Damen nur kurz an. Es war ein sehr verkrampftes Lächeln. „Und, einen schönen Urlaub gehabt? Sie sehen gut aus." „Ich danke ihnen, Karen. Ich würde dann gerne …" „Einen Moment noch, Miss."

„Miss McGore wäre jetzt da, Sir!", flötete sie in die Wechselsprechanlage. „Soll reinkommen." Mit ihrem Stift deutete sie auf die Tür. „Sie können jetzt rein." „Ich danke ihnen, meine Liebe." „Immer wieder gern Miss McGore." Damit verschwand Kathy im Zimmer des Chiefs.

Der Deal

„Und, was sagen Sie zu Ihrem neuen Büro?" „Ich bin begeistert, Sir." „Mit etwas Farbe und ein paar Grünpflanzen …" „Danke Sir, ich werde es mir schon gemütlich machen." „Kommen wir gleich zur Arbeit."

„Verzeihen Sie bitte, aber ich habe für mich eine Entscheidung getroffen, was meine weitere Arbeit hier betrifft. Bitte lesen Sie, Sir." Der Chief erstarrte, denn er mochte keine Mitteilungen, die so begannen. Kathy schob ihm ihr Veränderungsgesuch über den Tisch.

Er öffnete das Schreiben und studierte es aufmerksam. Ein tiefes Seufzen machte Kathy klar, dass er damit wohl nicht gerechnet hatte. Schließlich legte er den Brief zur Seite und sah Kathy eine Weile an. Sein Blick war ernst und doch irgendwie unendlich traurig. Dann stand er auf, steckte seine Hände in die Taschen und ging langsam zu der großen Fensterfront in seinem Büro. „Sie wollen also aufhören? Ich kann das nicht akzeptieren. Hören Sie! Noch nicht." „Aber Sir, ich will doch nicht aufhören, nur etwas kürzer treten. Ich habe mir das lange und gründlich überlegt. Ich will mir später nicht vorwerfen müssen, den Jungen vernachlässigt zu haben." Der Chief stand immer noch am Fenster und starrte über die Altstadt von Edinburgh. Kathy hatte angenommen, dass der Alte herumbrüllen würde. Doch im Gegenteil, er war jetzt ganz ruhig. „Wissen Sie, Kathy, als Ihre Freundin ermordet wurde und Sie sich entschlossen den Jungen aufzunehmen, war mir schon klar, dass irgendwann der Tag kommen würde, da ich meine beste Polizistin verlieren werde." „Aber Sir, Sie verlieren mich doch nicht. Ich will mich nur mehr um den Jungen kümmern können."

„Bitte, halten Sie den Mund und hören mir einfach mal zu. Wissen Sie, ich bin auch Vater. Und auch wenn Sie es nicht glauben, meine Frau und ich haben oft überlegt, ob ich aufhöre, mich versetzen lasse oder weiter mache? Doch dann haben wir uns dazu entschlossen, gemeinsam an einem Strang zu ziehen und uns der Aufgabe zu stellen. Heute haben wir drei wunderbare Kinder und ich bin ich stolzer Opa von zwei bezaubernden Enkeln. Und ich will nichts davon missen. Wissen Sie, was Ihnen fehlt?" „Mehr Zeit?" „Nein, ein Mann. Glauben Sie mir, zu zweit ist alles leichter. Und auch wenn Sie es mir nicht glauben, ich bin gar nicht so ein harter Hund wie alle meinen. Nur, ich habe einen riesigen Apparat zu leiten. Und ich bin verantwortlich für fast sechstausend Polizisten. Und Sie sind eine davon Eine der besten. Und ich will Sie nicht verlieren. Passen Sie auf, ich mache Ihnen ein Angebot. Wir machen einen Deal, wenn Sie so wollen. Sie erhalten in den nächsten, sagen wir zwölf Monaten, ausschließlich Bagatellfälle. Ich nehme Sie sozusagen aus der Frontlinie. Damit haben Sie dann mehr Zeit für den Jungen. Und Sie laden mich in genau einem Jahr zu Ihrer Hochzeit ein, als Trauzeuge. Einverstanden?" Kathy musste lächeln. „Ich danke Ihnen für Ihr Verständnis, Sir.

Und ich werde mich bemühen, was den Mann betrifft." „Das kann doch nicht so schwer sein. Sie sind doch eine attraktive Frau. Ihre Sondervollmachten legen wir so lange auf Eis. Haben Sie schon mit jemanden über Ihren Entschluss gesprochen?" „Nur mit Tom." „Das habe ich mir dachte. Aber das kläre ich. Hören Sie, meine Liebe, dieses Gespräch hier bleibt unter uns, o.k.?" Kathy nickte. „O.k., Sir!" „Sie haben hier nicht nur Freunde, leider." „Ich weiß, Sir." Oberst Simon faltete das Schreiben von Kathy sorgfältig zusammen und legte es in seinem Tresor.

„So, meine Liebe. Zur Zeit ist nicht viel los. Ich hätte hier eine Einbruchserie, einen LKW-Diebstahl und einen netten Selbstmord in Welles. Was wollen Sie übernehmen? Der Selbstmord ist im Übrigen schon fast abgeschlossen."

„Geben Sie den Einbruch und den Diebstahl an Fines von der Spezialabteilung für Raub und ich werde mich um den Selbstmord kümmern." „O.k., hier ist die Akte." „Sagen Sie, Sir, ich habe da etwas von einem Rummel-Unfall in Perth gehört?" „Richtig. Sehr tragische Sache. Zwei 16jährige Mädchen sind dabei tödlich verunglückt. Ist bereits zu den Akten gelegt worden. Hat im Übrigen ihr junger Kollege Frank Jones bearbeitet. Erinnern Sie sich noch an ihn? Mit dem hatten Sie doch bei dem Raub der Kronjuwelen zu tun?" „Guter Mann, Sir. O.k., ich mache mich dann an die Arbeit. Ich denke, Sie haben in spätestens zwei Tagen meinen Bericht auf Ihrem Tisch." Dabei deute sie auf die Fall-Akte in ihrer Hand. „Ich habe ja jetzt ein Büro und eine Sekretärin, Sir. Bis dann." Damit wollte sie gerade sein Büro verlassen. „Äh, Kathy, lassen Sie sich ruhig Zeit. Denken Sie an unseren Deal." „Alles klar, Sir. Äh, beinahe hätte ich es vergessen. Ich habe ein Duplikat dieses Schreibens an den Innenminister geschickt. Sorry." „Auch das noch. Gehen Sie jetzt. Ich werde das schon irgendwie klären." „Danke, Sir!", rief Kathy und verschwand. Eine Stunde später rief der Innenminister bei Chief Simon an und fragte nach, was es wohl zu bedeuten hätte, dass seine Vorzeigepolizistin das Handtuch schmeißt …

Der Oberst log, dass sich die Balken bogen. Bis er den Innenminister endlich davon überzeugt hatte, dass das Ganze auf einem bedauerlichen Irrtum beruhte. Kaum hatte er aufgelegt genehmigte er sich einen großen Whiskey. Den hatte er sich jetzt redlich verdient.

Der neue Fall

Kathy lächelte und verschwand in Richtung ihres neuen Büros.

„Machen Sie mir bitte einen Kaffee und dann kommen Sie zu mir rüber." Kathy warf ihre Lederjacke auf einen der Stühle, setzte sich hinter den monströsen Schreibtisch. „Das Ding kommt als erstes raus", dachte sie sich und rief ihre Mutter an.

„Hallo Mam! Du wirst nicht glauben, wo ich gerade sitze. In meinem eigenen Büro, hinter meinem eigenen Schreibtisch. Genau, deine Tochter hat es geschafft. Bin jetzt Bulle mit Büro, Klasse was? Aber was anderes. Ich würde mich freuen, wenn wir heute zusammen essen könnten. Nein, es ist nichts passiert. Alles ist gut. Ja, auch Paul geht es gut. Aber, ich habe eine Entscheidung getroffen. Und darüber möchte ich mit euch reden. Ach so, und dann habe ich den dienstlichen Befehl erhalten, mir endlich einen Mann zu suchen." Absolute Stille herrschte in der Leitung. „Mam? Hallo, bist du noch da? Nein, das ist kein Scherz. Ich werde dir das heute Abend erklären. Also, um acht bei uns zum Essen? Wir gehen vorher noch zum Training. Eishockey. Ja natürlich mit Paul. Bis dann, ich hab dich lieb."

Nach dem Telefonat mit ihrer Mutter fühlte sie sich irgendwie erleichtert. Sie zündete sich eine ihrer stinkenden Zigaretten an und blies den Rauch genüsslich in die Luft. Dann vertiefte sie sich in die schmale Akte. So würden sie jetzt also aussehen. Ihre Fälle.

Danach fand am gestrigen Tag eine 69jährie Mutter ihren Sohn (48) tot in seinem Haus. Name des Toten: Mike Lenox. Das Ganze passierte in Welles, einer kleinen Gemeinde am Stadtrand von Edinburgh. Beide waren, wie an jedem Sonntag, zum Mittagessen verabredet. Doch als er nicht kam, ging die Mutter nachsehen und fand ihn tot auf dem Dachboden. Erhängt an einem Balken. Ein umgestoßener Hocker und ein Abschiedsbrief untermauerten die Selbstmordtheorie.

Der Mann war seit Jahren arbeitslos und gehörte dem Trinker-Milieu an. Er galt bei allen als aggressiver Sonderling, mit dem niemand etwas zu tun haben wollte. Kurzum, das tragische Ende eines verpfuschten Lebens. „Hier gibt's nicht viel zu ermitteln", dachte sie sich. „Ja, solche Fälle sagten ihr zu. Schnelle Lösungen bei minimalem Aufwand. „Ist der Kaffee fertig?"

In diesem Moment betrat Liz das Büro. Sie deckte den Tisch für zwei und hatte sogar, woher auch immer, einen Aschenbecher aufgetrieben. Kathy kostete den Kaffee und lächelte entspannt.

„Mit dem Kaffee, meine Liebe, werden wir noch gute Freunde. Folgendes, ich möchte, dass, wenn wir unter uns sind, Sie Kathy zu mir sagen. Ansonsten Miss McGore. Und wenn es Sie nicht stört, werde ich Sie mit Liz oder Miss Taylor ansprechen. Je nachdem, wie ich drauf bin. Sie werden meinen Kalender und meine Unterlagen führen und mir ein wenig den Rücken freihalten. Was das bedeutet, werden sie schon noch merken. Meine Arbeitsweise ist ein bisschen anders, wie die meiner Kollegen. Auch das werden sie noch merken.

Und jetzt bestellen Sie mir diesen Sergant Blower und Police Constable King zu 15.00 Uhr, in mein Büro. Die sollen alles mitbringen, was den Fall Lenox betrifft. Ach so, und ich benötige dringend den Bericht des Arztes. Ich denke mal, dass er mit der Obduktion inzwischen fertig ist. Und jetzt hätte ich gern einen Wagen nach Welles." Liz strahlte. „Unser erster gemeinsamer Fall", murmelte sie vor sich hin. „Ein Selbstmord in Welles, falls es überhaupt ein Fall ist." Man merkte Kathy deutlich an, dass dieser Fall nicht ihr volles Interesse besaß. „Und das mit den Rosen behalten Sie bitte im Auge." „Alles klar, Kathy." „Na sehen Sie, geht doch." In diesem Moment meldete der Wachhabende, dass der bestellte Wagen vor dem

Gebäude auf sie wartet. „Ich fahre jetzt. Wenn was ist, Sie erreichen mich auf dem Handy. Die Nummer ist bekannt?" „Aber natürlich Mam, äh Miss Super, äh Kathy." „O.k., ich haue dann ab." „Ach Kathy, es macht mir nichts aus, täglich länger für Sie zu arbeiten." „Gut zu wissen, Liz. Aber ich denke, das müssen Sie nicht. Aber trotzdem, danke." Damit verschwand sie aus dem Büro, kam aber kurz darauf noch mal zurück. „Ach so, herzlich willkommen und auf eine gute Zusammenarbeit. Sie werden sehen, das klappt schon mit uns." Damit verschwand sie nun endgültig. Liz strahlte. „Ich muss sofort mit Betty reden", dachte sie sich und rief bei ihrer Freundin im Nebenzimmer an. Es dauerte nicht lange und die beiden Sekretärinnen saßen gemütlich in Kathys Büro schnatterten wie die Enten.

Draußen warf sich Kathy in den Fond des wartenden Wagens und gab dem Fahrer den Zielort: Welles.

Welles bei Edinburgh

Knapp dreißig Minuten später erreichte das Auto die Stadtgrenze. Weite Raps- und Gerstenfelder, unterbrochen von saftigen Wiesen, auf denen dutzende der berühmten Angus-Rinder weideten, wechselten mit tiefgrünen Wäldern und zahllosen Seen. „Hier zu leben, muss wunderbar sein", dachte sie sich.

„Hier will ich nicht begraben sein. Gott, wie trostlos. Hier kann man sich doch nur erhängen", murmelte der Fahrer. „Bitte behalten Sie ihre Meinung für sich!", fuhr ihn Kathy an. „Jawohl, Mam." Sie war gerade in melancholischer Stimmung und die wollte sie sich nicht verderben lassen. Vielleicht würde sie auch eines Tages aufs Land ziehen? Und warum dann nicht hierher, nach Welles? Von hier könnte sie sogar täglich in die Zentrale fahren. Andererseits wäre das noch lange hin.

Und der Fahrer hatte irgendwie recht … Jetzt um diese Jahreszeit zeigte sich Schottland von seiner schönsten und angenehmsten Seite. Denn, wenn erst die Herbststürme über das Land fegten, dann konnte es hier schnell ungemütlich werden.

Die Straße nach Welles war gerade neu ausgebaut worden und so erreichten sie knapp fünfzehn Minuten später das kleine Dörfchen.

Hier schien die Zeit endgültig stehengeblieben zu sein. Gut dreißig kleine Häuser, an denen überall der Zahn der Zeit nagte, vier kleine Laden-Geschäfte und ein heruntergekommener Supermarkt, das war Welles. Die gut einhundert Einwohner beschäftigten sich fast alle mit der Landwirtschaft oder arbeiteten in einem der Geschäfte. Und dann war da noch der ortsansässige Friseur. Und genau der gehörte der Mutter des Verstorbenen. Miss Anna Lenox leitete den kleinen Dorffriseur schon seit über fünfunddreißig Jahren. Wie gerne hätte sie es gesehen, wenn ihr Sohn eines Tages den Laden übernommen hätte. Doch der zeigte leider kein großes Interesse am Friseurhandwerk, geschweige den an irgendeinem Handwerk. Eigentlich war ihm jedwede Form von Arbeit zuwider. Nur einmal, so vor etwa fünf Jahren, fühlte er sich plötzlich zum Finanzdienstleister berufen. In einem Werbeflyer hatte er gelesen, dass man damit ohne großen Aufwand und über Nacht sehr reich werden könnte. Das war genau die Form von Arbeit, die er sich immer vorgestellt hatte. Innerhalb eines Jahres brachte er unzählige Menschen um ihre gesamten Ersparnisse mit windigen Steuerspar-Modellen und versprochenen Renditen von über dreihundert Prozent. Als der ganze Schwindel endlich aufflog, waren fast alle Anleger ihr Geld los und pleite. Nachdem sich dann ein junges Pärchen, das ihm all seine Ersparnisse anvertraut hatte, aus lauter Verzweiflung das Leben genommen hatte, wurde er inhaftiert und in einem wenig aufsehenerregenden Prozess von jeder Schuld am Tod der Beiden freigesprochen. Die Mutter des toten jungen Mädchens nahm kurz nach dem Prozess, aus lauter Verzweiflung, eine Überdosis Schlaftabletten. Sie wurde jedoch gerettet und lebt seitdem in einem Pflegeheim südlich von Glasgow. Wobei das Wort „leben" den Zustand nur sehr vage umschreibt. „Vor sich hinvegetieren" wäre wohl der reale Ausdruck. Der Vater hatte noch einige Zeit versucht, seine Frau zu pflegen. Doch letztlich war er daran seelisch zerbrochen und lebt heute irgendwo im Norden Schottlands als Hilfsarbeiter in einer Whiskey-Destille. Wobei er da wohl sein bester Kunde ist. Finanziell hatte er keine Probleme, da er das Geld aus der Lebensversicherung seiner Tochter erhalten hatte. Doch er rührte es nicht an, und so schlummerten rund eine halbe Million auf seinem Konto und wartete auf seine Verwendung. Und die sollte bald kommen. Die Ärzte hatten vor geraumer Zeit Krebs bei ihm diagnostiziert und gaben ihm noch knapp ein Jahr. Eine Erlösung für den Mann.

Kathys Wagen hielt genau vor dem kleinen Friseur-Laden, in dem um diese Zeit nichts los war. Durch das Schaufenster konnte sie eine Frau mittleren Alters sehen, die ganz in Schwarz gekleidet, in einem der breiten Stühle saß und in einen der Spiegel starrte.

Sie betrat den Laden. „Miss Lenox?" Kathy räusperte sich. „Entschuldigen Sie, ich habe geschlossen. Ein Trauerfall." Kathy kramte ihren Dienstausweis aus der Tasche. „Ich müsste trotzdem mit Ihnen sprechen. Ich bin von der Polizei. Hier, sehen Sie, mein Ausweis." „Wenn Sie müssen, dann reden Sie." „Zunächst möchte ich Ihnen mein aufrichtiges Mitgefühl aussprechen." „Danke." „Sagen Sie, war Ihr Sohn depressiv?" „Nein." „Hatte er in den letzten Tagen etwas von Selbstmord erzählt?" „Nein." „War er irgendwie anders als sonst?" „Wie anders? Er war nicht anders. Er war mein Sohn. Wenn auch keine Leuchte der Gesellschaft, war er doch immerhin mein Sohn. Sie haben ihn in den Tod getrieben. Da bin ich mir sicher." „Sie, wen meinen Sie?" „Na die Familie von dem Paar, das sich damals aufgehängt hat. Scholz oder Schulz hießen die. Angeblich hätte mein Sohn sie ruiniert. Von wegen! Pech hatte er gehabt. An der Börse oder wie das heißt. Ich habe keine Ahnung davon. Aber ich bin mir sicher, dass er den Menschen nur Gutes wollte. Gieriges Pack. Dabei haben sie ihm das Geld förmlich aufgedrängt. Vor einer Woche kam wieder so ein Brief, anonym. Beschimpft haben sie ihn. Dreckschwein, Schmarotzer, ja sogar Mörder haben sie ihn

genannt." „Kann ich den Brief mal sehen?" „Den habe ich verbrannt."
„Kann ich mich in dem Haus Ihres Sohnes ein bisschen umsehen?" Die Frau
kramte in ihrer Schürze und reichte Kathy ein Schlüsselbund. „Da, können
Sie behalten. Brauche ich eh nicht mehr. Ich werde das Haus wohl verkaufen.
Falls ich einen Käufer finde. Und jetzt wäre ich Ihnen dankbar, wenn Sie
mich allein lassen könnten." Kathy war klar, dass sie hier nicht mehr erfahren würde und verabschiedete sich. „Gut, ich werde dann gehen. Auf
Wiedersehen. Ich finde alleine hinaus." „Es ist das Haus am Ende der Straße.
Wann kann ich meinen Sohn beerdigen?" „Das kann ich Ihnen nicht sagen,
aber ich denke, bald. Wir werden Sie sofort informieren, wenn es soweit
ist."

Damit verließ sie das Geschäft, setzte sich ins Auto. „In die Zentrale bitte.
Ach so, Entschuldigung für vorhin. Sie hatten recht." Der Sergant nickte,
lächelte und fuhr dann zurück nach Edinburgh.

In Kathys Büro

In der Zentrale hatten Maler inzwischen das Treppenhaus und die Gänge in
Beschlag genommen. Überall roch es nach frischer Farbe, was Kathy
schmerzhaft an die Rosen in ihrem Büro erinnerte. Sie nahm wie immer die
breite Treppe, die in den zweiten Stock führte, wobei sie aufpassen musste,
nicht in einen der riesigen Farbeimer zu treten. „Wer ist hier der Boss!",
rief sie den Männern zu, die mit breiten Farbrollen ein dezentes Sonnengelb
auf die Wände auftrugen. „Is nich da", war von irgendwo zu hören. Ein
offenbar sehr junger Maler in einer unverschämt knappen Latzhose sprang
von seiner Leiter, Kathy direkt vor die Füße. „Sie können och mit mir reden.
Kann ich Ihnen helfen, Mam?" Dabei starrte er auf ihre Brüste und grinste
sie unverschämt an. „Hier oben sind meine Augen. Könnten Sie mein Büro
sonnengelb streichen?" „Wer weiß, schöne Frau? Ich kann es ja mal versuchen." „O.k., hier ist meine Karte. Zweiter Stock, einfach nach Kathy fragen.

Danke." Damit warf sie ihm einen flüchtigen Kuss zu und stürmte die Treppe nach oben. Der Sergant, der die Arbeiten überwachte, räusperte sich. „Mit der würde ich mich nicht anlegen, junger Mann. Das haben schon ganz andere versucht. Glauben Sie mir. Die Frau ist knallhart." „Ich auch", murmelte der. „Das mag ja sein, aber die Frau trägt zusätzlich 'ne Waffe." „Die habe ich auch", flüsterte der Mann und griff sich in den Schritt. Dann begann er zu pfeifen.

Trotz ihrer siebenundvierzig Jahre war Kathy 100prozentig fit und steckte bei den halbjährlichen Gesundheitstests viele der jüngeren Kollegen in die Tasche. Oben angekommen, zündete sie sich eine ihrer stinkenden Zigaretten an und steuerte auf ihr Büro zu. Die beiden Beamten, die vor ihrer Tür auf sie warteten, nahmen sofort Haltung an und salutierten. „Bowler und King?", fragte sie. Beide nickten. „Gut, ich bin Kathy McGore. Folgen Sie mir." Sie betrat ihr Sekretariat. „Na Liz, gibt es was Neues? Ich habe jetzt eine Beratung mit den Herren. Können Sie uns bitte Kaffee machen? Und mir bitte einen Tee. Aber den von Betty, wenn es geht." Mit einem Lächeln auf den Lippen verschwanden sie und die beiden Beamten in ihrem Zimmer. Liz seufzte und machte sich auf den Weg ins angrenzende Büro.

„Na, wie läufst?" Betty sah sie verschmitzt an. „Sie hätte gerne einen Tee. Aber es muss deiner sein." Betty lachte. „Du hast Glück, ich habe gerade welchen aufgesetzt. Ich bringe dir gleich eine kleine Thermoskanne rüber. Was macht euer erster gemeinsamer Fall?", fragte sie neugierig. „Ein Selbstmord. Nicht gerade das, was ich mir erhofft habe." „Wie bei meinem. Auch ein Selbstmord, vor einer Woche. Aber warte ab, meine Liebe. Bei Kathy bleibt es nie bei nur einem Selbstmord. Hier, der Tee." Damit gab sie Liz eine silbern glänzende Kanne. In diesem Moment stürmte ihr Chef Tom Morgan in das Büro. „Ah, die neue Kollegin. Was machen Sie da mit meiner Lieblingskanne?" Liz wurde abwechselnd rot und leichenblass im Gesicht und wusste nicht, was sie sagen sollte. Da sprang ihr die Freundin zur Seite. „Miss McGore besteht auf meinen Tee, Sir. Ich habe mir deshalb erlaubt, ihr ein wenig davon abzufüllen. Das geht doch in Ordnung, Sir?" Tom musste lachen. „Aber selbstverständlich. Solange für mich noch genug da ist. Bitte grüßen Sie ihre Chefin von mir." Damit verschwand er in seinem Zimmer und Liz mit einem verlegenen Lächeln in die Richtung ihres Büros. „Und nochmal danke." „Wofür?" Liz deutete auf die Kanne. „Den Tee."

„Meine Herren, der Chief hat mir die Untersuchung des Selbstmord in Welles übertragen und erwartet von mir einen schnellen Abschluss. Und was der Oberst will, das soll er haben, oder? Sie waren die ersten Beamten vor Ort?" Die beiden nickten stumm, wobei der junge Constable sie frech angrinste. Irgendwie gefiel ihr das. Und schließlich war sie ja gerade auf Männersuche. „Na, dann erzählen Sie mal." Sergant Bowler zückte seinen Block. „Wir erhielten am Sonntag gegen 14.00 Uhr einen Anruf, dass in der Ferbrigde Street Nr. 30, in Welles, ein Mann tot an einem Dachbalken hängt. Police Constable King und ich machten uns sofort auf den Weg und wir waren gegen 15.00 Uhr am Tatort." „Es war nur wenig Verkehr und ich bin gefahren." „Klappe, King. Vor dem Haus trafen wir auf die völlig aufgelöste Mutter des Opfers, Miss Ann Lenox, die uns ins Haus ließ. Oben, auf dem Dachboden, fanden wir dann den Besitzer des Hauses, einen gewissen Mike Lenox, an einem Dachbalken hängend. Ein Hocker lag umgekippt neben der Leiche. Auf dem Tisch ein Abschiedsbrief. Also ein Selbstmord." „Das muss nicht sein, Sergant." „In dem Raum roch es irgendwie herb und doch süßlich." „Danke, Constable", raunzte der Sergant ihn grob an. „Der alarmierte Polizeiarzt traf gegen 15.20 Uhr ein. Wir haben ihn dann abgeschnitten und der Arzt untersuchte den Leichnam. Er legte als Todeszeit 13.00 Uhr fest. Plus minus 20 Minuten. Constable King hatte dann die notwendigen Messungen vorgenommen und diverse Fotos gemacht." Damit schob er Kathy eine Akte über den Tisch. In diesem Moment erschien Miss Taylor mit dem Kaffee. „Mit herzlichen Grüßen von Betty." Damit schob sie ihrer Chefin eine duftende Tasse Tee hin. „Danke", hauchte Kathy mit einem Lächeln. „Bitte, meine Herren, bedienen Sie sich. Ich sehe mir inzwischen die Fotos an. Wenn Sie rauchen wollen?" Damit schob sie den verblüfften Beamten den Aschenbecher über den Tisch. Die beiden waren sichtlich erstaunt, da das Rauchen in den Diensträumen der Polizei strengstens untersagt ist. „Bei mir dürfen Sie." Damit deutete Kathy auf den Aschenbecher. Kathy nahm sich die Akte vor und betrachtete die Fotos. Während dessen zündete sich Constable King eine Zigarette an. Sehr zum Missfallen seines Vorgesetzten. „Lassen sie dass King! Sofort!"

Auf den Fotos war der Dachboden gut zu erkennen. „Haben Sie die Fotos gemacht, Constable? Gute Arbeit." King lächelte seinem Chef zu, dessen Laune sich sichtlich verschlechterte.

Es sah dort aus wie in einer Rumpelkammer. Überall lagen oder standen alte Stühle, mehrere Tische und ein zerborstenes Regal. Der Boden war mit irgendwelchen Papieren übersät. Zwei Aktenordner lagen zerfleddert auf dem Boden. Bei dem Anblick erinnerte sich Kathy, dass auch ihr Dachboden mal dringend aufgeräumt werden musste. Doch das würde sie mit der anstehenden Renovierung gleich mit erledigen. Dann las sie den in einer Folie eingeschweißten Abschiedsbrief:

Liebe Mum,
bitte entschuldige, dass ich dir das heute antun muss, aber ich sehe keinen Ausweg mehr. Zu groß sind meine Selbstzweifel und Gewissensbisse über das, was ich den Menschen angetan habe. Viele sind durch mich ruiniert und zwei habe ich sogar in den Tod getrieben. Ich kann und will mit der Schuld nicht länger leben. Bitte sei nicht traurig. Glaube mir, es ist besser so.
Dein dich liebender Mike

„Haben Sie den Brief seiner Mutter gezeigt? Zwecks Handschrift und Stil? Ich denke nämlich, das ein Mann der dem Trinkermilieu zugeordnet werden muss einen anderen Schreibstil hat."

Die beiden Polizisten schüttelten stumm die Köpfe. „O.k., ich werde die Unterlagen hierbehalten. Meine Sekretärin quittiert Ihnen die Übergabe. Ist Ihnen sonst noch irgendetwas aufgefallen? Hatten Sie das Gefühl, dass irgendetwas ungewöhnlich war?" „Wie meinen Sie das, Mam?" „Nun, war da etwas, was da nicht hingehört? Passte die Höhe des Hockers zur Fallhöhe des Opfers? Sie schreiben hier in Ihrem Bericht, dass es sonderbar roch? Was meinen Sie damit?" Die beiden sahen sich fragend an. Der Sergant nickte dem Constable zu. „Süßlich, Mam. Es roch irgendwie süßlich, aber mit einer herben Note. So, als wenn der Typ da schon ein paar Tage an der Decke gehangen hätte." „Wie kommen Sie darauf, King? Haben Sie schon mal einen, nun sagen wir, etwas länger Verblichenen gerochen?" „Ja, Mam. Ich hatte bereits mit zwei entsprechenden Opfern zu tun." „Interessante Umschreibung, Constable." „Doch da der Arzt die Todeszeit auf 13.00 Uhr festgelegt hatte, muss es etwas anderes gewesen sein, was da so roch." „Und was ist das da auf dem Foto?" Damit deutete Kathy auf ein geschnitztes Stück Holz hin. Es lag neben dem Hocker.

„Das ist ein Sarg, Mam." „Bitte was?" „Ein Sarg. Knapp zwölf Zentimeter lang, vier breit und zwei hoch. Mit einer kleinen Puppe drin. Warten Sie, ich habe das Ding mitgebracht." Kathy war entsetzt. „Sie haben das Teil doch hoffentlich nicht angefasst?" „Oh nein, Mam." Damit kramte der Constable in seiner Tasche und zog eine Beweismitteltüte heraus, in der sich tatsächlich ein kleiner Sarg befand. „Ist das ein Spielzeug? Und wenn ja, dann finde ich das mehr als makaber." „Es erschien mir ungewöhnlich. Und wenn Sie schon so fragen, es passte da irgendwie nicht hin." „Das kann ich mir vorstellen." Der Sergant sah seinen Untergebenen vorwurfsvoll an. „Ich habe dir ja gesagt, lass das Ding liegen." „Nein, nein, ist schon gut, Sergant. Ich werde es hierbehalten. Haben es sich schon die Jungs von der Technik angesehen?" „Nein, Mam", stotterte der junge Beamte. „Gut, ich denke, das war es bis hierher. Sie können wieder an Ihre Arbeit gehen." Sofort standen die beiden auf, salutierten und verschwanden aus Kathys Büro.

„Liz!", rief sie nach ihrer Sekretärin. Hier, ab damit an die Jungs von der Technik. Und auch den Brief hier. Fingerabdrücke, Schriftvergleichsproben, eben das Übliche, Sie wissen ja. Und dann möchte ich die Personal-Akte von diesem Constable King. Aber ohne, dass es gleich alle wissen." „Jawohl Kathy." Gerade wollte sie verschwinden. „Halt, meine Liebe. Hier sind vierzig Pfund. Für Kaffee, Milch, Mineralwasser und ein paar Kekse. Und hier noch mal fünfzig. Dafür hätte ich gerne eine schöne Flasche Whisky. Nur so, für alle Fälle. Fragen Sie mal Tom, der kennt sich da aus. Ich fahre jetzt nach Welles, um ein paar Sachen zu überprüfen. Und ich bringe den Jungs von der Technik eine Schriftprobe mit. Ich werde mein eigenes Auto nehmen und mache dann Schluss für heute. Paul hat heute seine erste Stunde im Verein. Eishockey! Wann und ob ich morgen reinkomme, weiß ich noch nicht. Ich will Pauls Zimmer renovieren. Und da im Augenblick nicht viel los ist, nun, wir werden sehen. Wenn was ist, Sie kriegen mich jederzeit übers Handy. Und machen Sie nicht mehr so lange. Ach so, nicht vergessen, die Blumentapete in meinem Büro. Da draußen sind Maler im Treppenhaus. Ich sage nur >sonnengelb<! Bis dann. Und es reicht, wenn sie morgen erst gegen neun hier sind." Damit schnappte sie sich die Fotos und verschwand aus dem Büro. Liz lächelte. Sie wusste, das würde hier bestimmt nicht langweilig werden. Na, Prost Mahlzeit. Der kleine Sarg in der Tüte kam ihr irgendwie bekannt vor. Irgendwo hatte sie das Ding schon mal gesehen. Bloß wo? Doch so sehr sie auch grübelte, es wollte ihr nicht einfallen. Nachdem sie die Beweismittel an die Jungs von der Technik übergeben hatte, rief sie ihre Freundin Betty an. „Hast du im Moment etwas Zeit? Ich habe auch einen leckeren Kaffee und ein paar Teilchen für uns." Kurz darauf saßen die beiden lachend zusammen und tratschten über ihre Chefs. Und nach einer halben Stunde waren sich beide einig, dass sie es auch schlechter hätten treffen können mit der Wahl ihrer Vorgesetzten.

Welles

Kathys Mini stand nun schon fast eine Stunde vor dem Haus Nr. 30. Und da Welles ein sehr kleiner Ort war, hatte es sich schnell herumgesprochen, dass in dem Haus vom „faulen Mike", wie ihn alle hier nannten, eine Frau, und noch dazu eine sehr attraktive, herum stöberte. Als Kathy zufällig aus dem Dachfenster schaute, sah sie etwa zehn bis zwölf Bewohner, die aufgeregt miteinander diskutierten und mit dem Finger auf sie zeigten. Kathy hatte die herumliegenden Papiere eingesammelt und beschloss, für heute die Durchsuchung abzubrechen. Sie trat aus dem Haus und sah sich einer misstrauisch dreinblickenden Schar von Dörflern gegenüber. „Was machen Sie denn da? Dürfen Sie das denn überhaupt. Ist das nicht Einbruch? Vielleicht sollten wir besser die Polizei rufen?" Kathy legte die Ordner und die gesammelten Papiere in den Kofferraum ihres Wagens. Dann griff sie nach ihrer Dienstmarke. „Das brauchen Sie nicht, die ist schon da." Sofort verstummte die Menge und einige zogen es vor, rasch zu verschwinden. „Moment, vielleicht kann mir jemand helfen? Hat irgendjemand von Ihnen etwas Ungewöhnliches gesehen oder gehört? Am letzten Sonntag, so um die Mittagszeit?" Eine ältere Bäuerin räusperte sich und kam näher heran. „Und wenn? Gibt es ne Belohnung?" „Wieso, haben Sie etwas Ungewöhnliches beobachtet?" „Vielleicht. Also, was ist nun mit der Belohnung?" „Hören Sie nicht auf die Alte. Das ist unsere Dorf-Tratsche. Die hat nicht alle Schrauben im Gehirn. Die sieht überall Gespenster." „Du, Boyd, halt dich da raus. Oller Saufkopp!" „Von wegen. „Ich jedenfalls renne nicht jede Nacht mit einer Taschenlampe bewaffnet durchs Dorf und schaue in die Fenster." „Willst du damit etwa behaupten, dass ich spanne?" „Ich sehe, was ich sehe. Und dich habe ich letzte Nacht auf der Straße gesehen. Mit einer Taschenlampe!" Inzwischen waren die anderen Dörfler kopfschüttelnd verschwunden. Kathy spürte, dass sie hier und heute keine weiteren Informationen erhalten würde. Auch verspürte sie keinerlei Lust, sich das

Gezeter weiter anzuhören, denn Paul wartete sicher schon darauf, dass sie ihn zum Probetraining bringen würde.

„Wissen Sie was, hier ist meine Karte. Rufen Sie mich an, wenn Ihnen noch etwas einfällt." Damit drückte sie den beiden jeweils eine Visitenkarte von sich in die Hand, verschloss und versiegelte die Tür des Hauses. Dann setzte sie sich in ihren Wagen und fuhr zurück nach Edinburgh. Im Rückspiegel konnte sie die beiden Streithähne weiter aufgeregt miteinander gestikulieren sehen. Sie seufzte, dann steckte sie sich eine Zigarette an und die Welt schien gleich ein bisschen freundlicher.

Paul wartete schon ungeduldig auf sie und beide machten sich auf, um ihn in die Kunst des Eishockeys einzuführen.

Knapp zwei Stunden später waren sie zu Hause. „Hier ist etwas Eis, mein Lieber. Komm her, das hilft!" Paul saß völlig erschöpft auf der Bettkante. „Nie wieder, hörst du! Nie wieder Eishockey!" Kathy stand in der Küche und bereitete das Abendbrot vor. „Willst du es dir wenigstens nicht noch mal überlegen!", rief sie aus der Küche. Sie hatte nicht bemerkt, dass Paul hinter ihr im Türrahmen stand. „Nie wieder! Und ich will Pizza!" Kathy erschrak: „Aber Paul, ich mache deinen Lieblingssalat." „Ich will Pizza! Und ich will nie wieder zum Eishockey." Damit drehte er sich um und verschwand mit dem Hund in den Garten. Die Farbe seines Auges hatte inzwischen ein anderes blau angenommen und begann jetzt irgendwie zu puckern. Und dabei hatte er noch nicht mal richtig gespielt. Denn kaum hatte er das Eis betreten, erwischte ihn ein anderer Spieler mit seinem Schläger am Kopf und das war es. Mit entsetzlichen Kopfschmerzen und einem blutunterlaufenen Auge war er vom Eis gekrochen und in der Kabine verschwunden. Kathy brauchte fast eine Stunde, bis er sie endlich hereinließ. Und dann passierte das Schlimmste, was noch hätte passieren können. Kathy fing an zu lachen. Paul war am Boden zerstört. Doch dann ließ er sich in den Arm nehmen und trösten. Nach weiteren qualvollen zehn Minuten mussten beide lachen. „Komm Blau-Auge, lass uns gehen. Ich denke, das

Training ist für heute beendet." „Das Training ist für immer beendet. Hörst du."

Paul spielte lieber mit Princess ein bisschen fangen. Dazu brauchte er nur ihren gelben Lieblingsball in die Höhe heben und schon stürmte die Kleine wie von der Tarantel gestochen los. Das machte ihr Spaß und Paul musste sich nicht viel bewegen. Und für heute hatte er sein Pensum sowieso erfüllt. Plötzlich hupte es auf der anderen Straßenseite. Kathys Mutter war vorgefahren und das Hupen war als Warnung für den Hund gedacht. „Oh Gott, wie siehst du denn aus? Hast du dich etwa geprügelt?" „Oh nein, Oma, ich war Eishockey spielen." „Armes Kind!", rief sie und begann laut zu lachen. „Verdammt noch mal, das tut weh!", rief er ihr hinterher. Doch die war längst im Haus und konnte ihn nicht mehr hören. Paul drehte sich um und sah Princess an, die mit freudig wedelndem Schwanz und dem gelben Ball im Maul darauf wartete, dass Paul mit ihr weiter spielte. Und dabei war es ihr völlig egal, ob ihr Herrchen ein Veilchen hat oder nicht. „Na wenigstens du verstehst mich, nicht war?" Gerade wollte er den Ball werfen, da hielt ein Pizza-Taxi vor dem Haus. Der Fahrer sprang hinaus und stand mit vier duftenden Pizza-Kartons vor dem Gartenzaun. „Na mein Junge, in eine Prügelei geraten? Aber ist mir auch egal. Hier sind vier Pizzen. Ich bekomme 43 Pfund. Und wenn möglich passend." „Warten Sie." Damit verschwand er im Haus. Als er mit dem Geld zurückkam, saß Princess vor dem Pizza-Boten und bellte ihn fröhlich an. Doch dem gefiel das gar nicht und er starrte ängstlich auf den Hund. Jetzt war es an Paul, zu lachen. „Hier ist Ihr Geld. Passend, wie Sie es wollten. Und jetzt geben Sie mir die Pizzen." „Da, nehmen Sie. Schnell saß der Fahrer im Wagen und genauso schnell war er verschwunden. „Komm, meine kleine Bestie, wir gehen essen." Damit verschwanden die beiden im Haus. Paul wie auch der Hund, liebten Pizza. Und so wurde es doch noch ein schöner Abend.

Kathy erzählte den beiden von ihrem Entschluss, kürzer zu treten und von dem Befehl ihres Chefs, sich einen Mann zu suchen. Der Kommentar von

Kathys Mutter war lediglich: „Ich glaube das erst, wenn ich ihn sehe." Paul dagegen fand es klasse. „Au ja, dann bist du mehr zu Hause?" Kathy musste lächeln. „Nun, wir werden sehen. Aber so ist zumindest der Gedanke."

Am nächsten Morgen besprachen Paul und Kathy bei einem ausgiebigen Frühstück die Renovierung seines Zimmers. Paul trug eine Sonnenbrille, damit sein blaues Auge etwas verdeckt wurde. „Die willst du doch aber nicht in der Schule aufsetzen, oder?" „Aber klar doch, sonst bin ich ja das Gespött der Klasse. Und so finde ich mich cool." Kathy fühlte sich etwas mitschuldig an der Verletzung, deshalb duldete sie die Brille, zumindest im Haus.

Paul fühlte sich wie gerädert nach dem gestrigen Schnuppertraining bei den „Edinburgh Tigers". Jeder Muskel tat ihm weh.

„Aber du gehst doch wieder hin?", fragte Kathy. „Wenn du unbedingt willst", maulte Paul. Kathy sah ihn wortlos an. Sie würde ihn niemals zu etwas zwingen. Doch ein bisschen Durchhaltevermögen würde ihr schon gefallen. „Nicht weil ich es will, mein Lieber. Du sollst es mögen, so wie dein neues Zimmer. Also, welche Farben schweben dir so vor?" „Eine Wand rot, der Rest dunkelblau." Kathy war erstaunt. „Und die Decke? Und bitte sag jetzt nicht himmelblau. Was hältst du von sonnengelb?" Pauls erstarrtes Gesicht sprach Bände. „O.k., kein sonnengelb. „Die Decke in schwarz." „Das, mein liebes Kind, wird nicht passieren." Paul musste laut lachen, doch die Schmerzen in seinem Gesicht ließen ihn zusammenzucken. „Das war nur ein Scherz. Die Wahl der Deckenfarbe überlasse ich dir." „Wenn du heute aus der Schule kommst, fahren wir Möbel und Farbe für dich kaufen. Ich denke da an ein Jugendbett, Schreibtisch, Stuhl und einen großen Schrank. Eben alles, was man so braucht." „Super, vielleicht finden wir noch einen neuen Schlafkorb für Princess? Apropos Schule. Ich denke, ich kann heute nicht zur Schule gehen. Ich habe höllische Schmerzen im ganzen Körper." „Das hast du dir so gedacht. Du bist doch ein Mann und keine Memme." Damit küsste sie ihn zärtlich auf die Wange. „Wir fahren in fünf Minuten, mein Schatz, und die Sonnenbrille bleibt hier."

Kathy beschloss den Hund mitzunehmen. Wenn sie Paul in der Schule abgesetzt hatte, wollte sie die Zeit nutzen und mit ihr ein bisschen das Hundetrainingsgebiet der Polizei besuchen. Wer weiß, eventuell gab es dort gleich noch eine kostenlose Lernstunde für die Kleine. Nicht, dass sie es nötig hätte, aber beim richtigen Hinhören gab es noch ein paar Defizite. Princess machte es riesigen Spaß, sich mal wieder richtig auszupowern. Kathy amüsierte sich beim beobachten der Kleinen. Danach würde sie zum Baumarkt fahren und die Farben für Pauls Zimmer besorgen. Er sollte sich auch in Zukunft bei ihr wohl fühlen. Das hätte Ann sicher so gewollt. Dann würde sie Princess bei ihrer Mutter abgeben und mit Paul Möbel kaufen. Und irgendwann dazwischen würde sie sich um ihren Fall kümmern. Falls es überhaupt ein Fall war.

Während sie mit dem Hund auf dem Trainingsgelände der Polizei war, nutzte sie die Zeit um mit Liz zu telefonieren. „Pass mal auf. Dieser Lenox, soll ja Schuld am Tod eines jungen Pärchens sein. Es gab da wohl sogar mal eine Anklage und eine Gerichtsverhandlung, bei der er jedoch frei gesprochen wurde. Besorge mir bitte die Unterlagen von diesem Verfahren. Das meiste müsste zwar bei Gericht sein, aber wir sollten doch auch etwas im Archiv haben. Gibt es sonst noch was?" „Nichts Chefin. Oder doch. Mir ist eingefallen, woher ich diesen kleinen Sarg kenne. Im National-Museum liegen einige dieser Dinger. Ursprünglich waren es wohl mal siebzehn gewesen und sie stammen alle aus dem 19. Jahrhundert. Ich besorge Ihnen etwas Material dazu und lege es auf Ihren Schreibtisch. Ach, und noch etwas. Morgen sind die Maler in Ihrem Zimmer. Ich weiß nicht wie sie es geschafft haben, aber der Kolonnenführer war gerade hier und teilte mir mit, dass morgen Ihr Zimmer sonnengelb gestrichen wird. Und dann soll ich ihnen noch beste Grüße von Superintendent Morgan bestellen. Das war es, Chefin." „Liz, Sie sind ein Schatz. Ich melde mich heute Nachmittag noch mal." Damit legte sie auf und ein Lächeln huschte über ihr Gesicht. „Adieu, ihr blöden Rosen!"

Liz war gerade dabei, die Möbel im Zimmer ihrer Chefin abzudecken, als Tom Morgan hereinstürzte. „Liz, wo ist sie?" „Entschuldigen Sie, Sir. Sie hat heute Außentermine." „Bitte was?" Liz wurde nervös. „Also Sir, mehr kann ich Ihnen im Augenblick auch nicht sagen. Ich denke mal, dass sie heute nicht mehr ins Büro kommt. Gibt es etwas Dringendes, Sir?" Tom sah sich in dem abgedeckten Büro um. „Hat es also doch geklappt?" „Sie ist begeistert, soll ich Ihnen sagen, Sir. Kann ich ihr etwas bestellen?" „Ist schon gut. Wird sie morgen kommen?" „Das weiß ich nicht, Sir." „O.k., es drängt nicht. Das hier hat auch noch ein paar Tage Zeit. Außerdem sehe ich sie spätestens am Freitag. Grüßen Sie sie bitte von mir, wenn sie sich meldet." „Habe ich gerade gemacht, Sir." Damit verschwand er in sein Büro und Liz machte sich wieder daran, das Mobiliar abzudecken. Plötzlich stand Betty mit mehreren Plastikbahnen im Raum. „Hier, kannst du das gebrauchen? Ich habe das bei der letzten Renovierung unseres Büros aufgehoben." „Danke Betty. Kaffee?" „Aber immer, meine Liebe." Und schon saßen die beiden Freundinnen gemütlich beim Kaffee. „Also, wo ist sie?" Liz druckste ein bisschen herum. „Also gut. Sie will in dieser Woche mehr Zeit mit dem Jungen verbringen und dessen Zimmer renovieren." „Das finde ich gut, aber es sieht ihr gar nicht ähnlich. Wie im letzten Jahr seine Mutter ermordet wurde und Kathy den Jungen zu sich nahm, wusste keiner von uns, ob das gut gehen würde. Aber jetzt, nach einem Jahr, verstehen sich die beiden wohl blendend. Und die Idee meines Chefs, dem Jungen einen Hund zu besorgen, war genau richtig. Hast du die beiden Mal gesehen?" „Nein, noch nicht." „Die verstehen sich blind, sage ich dir. Wie zwei Latschen. Da haben sich die Richtigen gefunden. Jetzt müssen wir nur noch einen Mann für sie finden. Aber kommt Zeit, kommt auch ein Mann." Liz musste lachen und schenkte noch mal nach. Wo wollen wir den denn finden?

In diesem Moment klopfte es an der Tür und ein junger Sergant betrat das Zimmer. Liz ging in ihr Büro und stellte sich dem jungen Beamten in den Weg. „Sie wünschen, Sergant?" „Ich habe hier diese Anfrage, die ich Superintendent Kathy McGore geben soll." „Miss McGore ist nicht im Haus. Sie können die Anfrage auch mir geben. Ich bin ihre Sekretärin." „Mir wurde gesagt, dass Miss McGore kein eigenes Büro hat." „Und doch haben Sie es gefunden, junger Mann." Der Sergant war jetzt verwirrt und sich nicht darüber im Klaren, was er nun machen sollte. „Also, was ist nun? Entweder Sie lassen die Unterlagen jetzt hier oder Sie nehmen sie wieder mit. Aber glauben Sie mir, hier ist ab sofort das Büro von Kathy McGore!" Wortlos drückte er Liz die Akte in die Hand, salutierte und verließ dann kopfschüttelnd das Büro. „Das wird dir wohl noch öfter passieren, meine Liebe. Betty stand mit ihrem Kaffee in der Tür zu Kathys Büro. Es ist schließlich allgemein bekannt, dass Kathys Büro aus einem Sessel und einem Aschenbecher im Zimmer meines Chefs besteht." Inzwischen hatte Liz das Memo studiert, das ihr der junge Sergant dagelassen hatte. Danach hatte eine Mitarbeiterin des Sozialamts zwei Obdachlose als verschwunden gemeldet. So wären ein Jack Peters und ein gewisser Dave Plummer seit fünf Wochen nicht mehr bei ihr aufgetaucht. Nun ist das normaler Weise nicht ungewöhnlich, denn gerade jetzt im Sommer reisten viele Obdachlose durch das Land, auf der Suche nach Arbeit. Doch die beiden hätten immer wieder bei ihr vorgesprochen, und die Dame vom Amt hatte schließlich erreicht, dass ihnen eine Wohnung am Rand von Edinburgh zugewiesen wurde, die noch dazu für ein Jahr vom Amt bezahlt wird. Und plötzlich, von heute auf morgen, hatte sie nichts mehr von den beiden gehört. Eine Nachfrage ihrerseits in den Krankenhäusern der Stadt hatte nichts ergeben. Und so entschloss sie sich schließlich, die beiden als vermisst zu melden. „Seit wann sind wir hier mit der Suche nach Vermissten zuständig?" „Das sind wir nicht." Betty griff zum Telefon und ließ sich mit dem Chef vom Dienst verbinden. „Hier ist das Sekretariat von Superintendent Morgan. Was soll das? Seit wann schickt ihr uns Vermissten-Fälle?" „Miss Kathy McGore hat doch jetzt ein eigenes Büro, oder?" „Was hat das damit zu tun?" Betty drückte auf Lautsprecher. Der Diensthabende zögerte etwas mit der Antwort. „Die junge Dame vom

Sozialamt bestand darauf, mit Miss McGore zu sprechen. Ich denke, die müssen sich von irgendwo her kennen.

Also, bleibt der Vorgang jetzt bei Ihnen?" Betty schüttelte den Kopf. „Nein. Der Vorgang geht an Liz Taylor. Das ist die Sekretärin von Kathy McGore. Danke, Ende!" Damit legte sie auf. „Und was mache ich jetzt damit?" „Du legst es ihr auf den Schreibtisch. Ich würde vorsichtshalber im Archiv nachfragen, ob die beiden schon eine Akte bei uns haben." „Gute Idee. Ich soll ihr sowieso ein paar Unterlagen aus dem Archiv besorgen. Es geht um diesen Selbstmord in Welles?" „Und dann jagst du die beiden gleich mal durch unsere Datenbank. Vorsichtshalber und wer weiß, vielleicht spuckt der Computer ja was aus. Wie hieß die Dame vom Sozialamt doch gleich?" Liz suchte in der Akte nach dem Namen. „Ah, hier steht er: Blaire Thomsen." „Blaire Thomsen? Irgendwie kommt mir der Name bekannt vor. Ich muss da mal was nachschauen." Damit verschwand sie in ihrem Büro. Es dauerte knapp zehn Minuten und Betty stand wieder in Liz Büro. Wortlos drückte sie ihr eine Liste mit Namen in die Hand. Viele davon waren durchgestrichen. „Erinnerst du dich an den Fall dieser Irren, die nach und nach die halbe Klasse von Kathy ausgerottet hat? Und jetzt sieh mal hier, wer da noch auf der Liste steht: Blaire Thomsen. Sie hatte nur Schwein, dass Kathy schneller war. Was bedeutet?" „Dass die beiden zusammen zur Schule gegangen sind. Oh Gott, jetzt geht dieses Morden doch nicht etwa weiter?" „Das denke ich nicht, meine Liebe. Diese Belle Dumont, wie sie sich nannte, ist definitiv tot. Getötet von ihrem eigenen Sohn. Ich glaube, dass diese Thomsen sich einfach an eine alte Bekannte wenden wollte." „Ich denke, ich brauche jetzt erst mal einen starken Kaffee. Willst du auch einen?" „Ich sagte dir ja, mit Kathy als Chefin wird es hier nie langweilig. Obwohl?" „Was heißt hier, obwohl?" Liz Neugier war geweckt. „Nun sag schon, los!" Betty zögerte etwas. Sie liebte es, sich etwas bitten zu lassen. „Nun, dir kann ich es ja sagen. Es wird gemunkelt, dass Kathy keine Gewaltverbrechen mehr übernimmt. Sie will wohl etwas kürzer treten." „Wer sagt das?" „Nun, ich weiß eben, was ich weiß." „Meinst du wirklich?" „Lass uns erst mal abwarten. Ich kann mir Kathy ohne Aktion irgendwie nicht vorstellen. So, meine Liebe, ich muss jetzt wieder zurück. Sonst denkt mein Chef noch, wir würden hier nur tratschen." „Tratschen? Ich bitte dich! Wir doch nicht."

Damit verschwand Betty aus dem Büro. Liz ließ sich mit den Kollegen des Archivs verbinden. „Bitte besorgt mir alles, was ihr von einem Jack Peter und einem Dave Plummer finden könnt. Ja, dringend! Dann jagt die beiden durch eure Datenbänke. Und dann brauche ich noch die Unterlagen eines älteren Falls. Mike Lenox, wohnhaft in Welles. Wir behandeln gerade seinen Selbstmord. Dieser Lenox wurde vor fünf Jahren angeklagt wegen dubioser Finanzgeschäfte. In dessen Folge hat sich ein junges Pärchen das Leben genommen. Lenox wurde damals freigesprochen. Die Unterlagen bitte in das Büro von Superintendentin McGore. Doch, Miss McGore hat jetzt ein eigenes Büro. Und ich bin ihre Sekretärin. Und wenn Sie meine Chefin kennen, dann bitte das Ganze schnell und vollständig. Danke und Ende!". Liz entschloss sich, eine Mittagspause einzulegen. Bis sie die benötigten Informationen erhalten würde, konnte es schon ein bisschen dauern.

Eine Stunde später war es dann soweit. Ein junger Constable klopfte an ihre Tür, trat ein und salutierte. „Danke, aber vor mir müssen Sie nicht salutieren. Sind das die angeforderten Unterlagen?" „Jawohl, Mam. Bitte hier unterschreiben." Damit legte er ihr eine dünne Mappe auf den Tisch, salutierte erneut und verschwand. Liz musste lächeln.

Zunächst ging es um die Computerfahndung der beiden verschwundenen Obdachlosen. Die Suche im Kreis Edinburgh, ja in Schottland, hatte nichts ergeben. Erst die erweiterte Suche in ganz England brachte den Erfolg. Beide hatten vor zwölf Jahren in Liverpool einen 17jährigen japanischen Studenten auf einem Bahnhof zusammengeschlagen. Der junge Mann verstarb wenige Tage später an seinen schweren Kopfverletzungen. Die beiden waren sturzbetrunken am Abend aus der Bahnhofskneipe geflogen und pöbelten lautstark auf dem Bahnhof herum. Irgendwann geriet ihnen der

Student in ihre Fänge und sie forderten Geld und Zigaretten. Als der junge Mann ihnen beides verwehrte, schlugen sie wie von Sinnen auf ihn ein. Ein Taxifahrer hatte vom Bahnhofsvorplatz alles beobachtet und die Polizei gerufen. Auf Grund seines lauten Hupens ließen die beiden schließlich von ihrem Opfer ab und verschwanden in der Dunkelheit. Die Tat selbst wurde von einer Videokamera, die testweise auf dem Bahnsteig angebracht war, gefilmt. Auf Grund der Bilder kam es zu einer landesweiten Fahndung. Beide wurden schließlich nach einigen Wochen gefasst und jeweils zu drei Jahren Haft ohne Bewährung verknackt. Nach achtzehn Monaten wurden sie auf Grund einer Amnestie zu Ehren des Geburtstages der Queen vorzeitig aus der Haft entlassen und verschwanden sofort aus England. Zunächst trieben sie in Irland ihr Unwesen, bis sie vor knapp zwei Jahren in Edinburgh auftauchten. Bis auf ein paar kleine Diebstähle, hielten sich die beiden zurück. Und diese „Herzchen" waren nun seit fünf Wochen verschwunden. „Um die sollte sich nicht das Sozialamt, sondern ein harter Richter kümmern, dachte sich Liz. Sicher verdient jeder eine zweite Chance im Leben. Doch was ist mit dem jungen Mann, der völlig sinnlos wegen ein paar Pfund erschlagen wurde? Was ist mit dessen Eltern, Freunden, Kommilitonen? Welche Chance bekommt er? Oh Liz, hier musst du dich sehr zurück halten."

Etwas verstört legte sie ihrer Chefin die Unterlagen auf den Tisch. Was sie jedoch vermisste, waren die Unterlagen über das frühere Verfahren, dieses Lenox, aus Welles. Sofort ließ sie sich wieder mit dem Archiv verbinden. „Hallo? Hier ist Liz Taylor." Am anderen Ende hörte man dumpfes Gelächter. „Und hier ist Rock Hudson, was können wir für Sie tun, Lady?" „Hören Sie, ich finde das gar nicht witzig. Ich bin die Sekretärin von Kathy McGore!" Sofort herrschte Ruhe am anderen Ende. „Äh Sorry, Mam. Was können wir für Sie tun?" „Ich warte immer noch auf die Unterlagen im Fall Lenox." „Sorry, aber diese Unterlagen gibt es in unserem Archiv nicht. Überhaupt, taucht der Name Mike Lenox bei uns nicht auf. Ich denke, da muss sich ihre

Chefin direkt ans Gericht wenden." „Danke, meine Herren." Damit legte Liz auf. Nach einem kurzen Moment des Überlegens rief sie ihre Freundin an. „Hallo Betty, du musst mir helfen." Dann schilderte sie ihr das Problem. „Das ist doch ganz einfach. Du fragst beim Bezirksgericht Edinburgh nach und forderst die Unterlagen von denen an. Aber denke dran, das geht nur über das Büro des Chiefs. Also über Karens Schreibtisch." „Das macht die Sache auch nicht einfacher, aber ich danke dir." Damit legte sie auf. Vor Karen, der Sekretärin des Chiefs, hatten alle ein wenig Angst. Liz hatte mit ihr noch nie zu tun, doch hatte sie schon das eine oder andere gehört. Doch was solls. Wollte sie die Unterlagen, führte der Weg nur über sie. Sie verschloss sorgfältig das Büro und stand wenig später vor der Milchglastür des Oberst. Wie an einem heiligen Ort schimmerte Licht sanft durch die Scheibe. Auf ihr zaghaftes Klopfen hin folgte ein scharfes: „Herein!". Und schon stand sie in Karens Reich. Und was das für ein Reich war. Allein schon der Teppich und die Ledersitzgruppe. Und dann der Ausblick. Durch die hohen Fenster konnte man weit über die Altstadt sehen. Jeder im Haus beneidete sie dafür. Und über allem thront Karen.

„Entschuldigen Sie bitte, aber ich bin die neue Sekretärin von Superintendentin McGore und benötige ein paar Unterlagen aus dem Archiv." Karen musterte die vor ihr stehende Sekretärin, in dem für sie viel zu engen Kleid. „So, so, sie sind also Miss Taylor. Ich habe schon von Ihnen gehört. Haben Sie die Nummer unseres Archivs? Und ein Telefon werden sic doch auch haben, oder? Da können sie dann jederzeit anrufen und Unterlagen anfordern." Liz schluckte. „Das ist mir bekannt, Mam. Aber ich brauche Unterlagen aus dem Archiv des Bezirksgerichts." „Warum?" „Weil meine Chefin die braucht." „Aber Miss McGore kann doch jederzeit direkt in das Archiv des Gerichts. Ach nein, das kann sie ja nicht mehr. Ihre Sondervollmachten wurden ja aufgehoben. Bitte sagen Sie ihr, dass ich ein von ihr unterschriebenes Formular benötige. Sie finden es online im Intranet. War es das?" Die verwirrte Liz nickte nur stumm mit dem Kopf. „Dann können sie gehen."

Wortlos verließ sie das Sekretariat des Chiefs. So muss es bei der Queen zugehen, dachte sich Liz.

Auf dem Weg in ihr eigenes Büro dachte sie über das gerade Geschehene nach. Sollte Betty doch recht haben und Kathy zog sich von der aktiven Arbeit zurück? Keine Sondervollmachten mehr? Das konnte nicht sein. In diesem Moment klingelte ihr Handy und Kathy war dran. „Na Liz, haben Sie schon die Unterlagen für mich?" Die räusperte sich kurz und erzählte ihr was sie gerade erlebt hatte. Ja, und da wäre noch was. Sie haben eine Vermissten-Sache auf dem Tisch." „Was haben wir denn mit Vermissten zu tun?" „Sagt Ihnen der Name Blaire Thomsen etwas? Sie ist Sozialarbeiterin und arbeitet im Rathaus." Kathy schien einen Moment zu überlegen. „Nein, der Name sagt mir nichts. Oder doch, warten Sie. Ich kannte mal eine Blaire Thomsen. Aber das ist lange her. Wir sind zusammen zur Schule gegangen. Und die will mich sprechen?" „Die hat zwei Männer als vermisst gemeldet. Ich habe die Herren bereits durch den Computer gejagt. Und glauben Sie mir, um die ist es nicht schade. Zwei üble Typen." „Lassen Sie das, Liz. Um jeden ist es schade." „Wenn Sie meinen?" „Hören Sie, Liz, um die Sache mit dem Formular werde ich mich morgen kümmern. Heute komme ich nicht mehr rein. Was machen denn meine Rosen?" „Sind noch da. Aber ich werde sofort bei den Malern nachfragen." „Danke." Damit legte Kathy auf. Liz traf in diesem Moment den Kolonnenführer der Maler. „Hallo, schöne Frau. Wir würden jetzt gern in das Büro Ihrer Chefin." Liz lächelte ihn an. „Das ist ja wie aufs Stichwort. Dann kommen Sie mal mit. Sie werden schon sehnsüchtig erwartet."

Kathy, die gerade auf dem Weg war, um Paul von der Schule abzuholen, musste über die Reaktion der Sekretärin des Chiefs nachdenken. Das also hieß es, keine Sondervollmachten mehr zu haben?

Das konnte nicht sein. Und schon rief sie im Sekretariat von Oberst Simon an. „Hallo Karen, ich will den Chief sprechen." „Ach, die Frau Superintendentin. Der Chef hat jetzt keine Zeit. Sie müssten bitte einen Termin ausmachen." „Nun, dann hören Sie jetzt mal gut zu. Ich will sofort mit Chief Simon sprechen. Haben Sie das verstanden? Ansonsten, und das verspreche ich Ihnen, bekommen Sie eine Menge Ärger." „Ich verbinde." Karen hatte es nun doch ein bisschen mit der Angst zu tun bekommen. Sie konnte diese Superpolizistin noch nie leiden, doch wer weiß warum, der Chef mochte sie. Und bevor es noch mehr Ärger gibt … Es dauerte nur zwei Minuten, dann flog die Tür zu Chief Simon Büro auf und der Chef stand vor ihrem Schreibtisch. „Habe ich das eben richtig verstanden?" „Ich weiß nicht, was Sie meinen, Sir!" „Oh, ich denke doch. Ich weiß nicht, was Sie geritten hat, aber Sie schikanieren die Arbeit meiner besten Beamtin? Das hört mir sofort auf, haben Sie mich verstanden?" „Jawohl Sir." Etwas versöhnlicher setzte er nach: „Miss McGore steckt zur Zeit in einer persönlichen Krise. Und ich werde ihr bei deren Bewältigung helfen. Und da kann ich solche Mätzchen nicht gebrauchen. Alles klar?" „Alles klar. Hier, die Mappe mit den Unterschriften, Sir." Der Chief nahm die Mappe, lächelte ihr zu und verschwand in seinem Büro. Karen fiel ein Stein vom Herzen. Da hatte sie wohl gerade noch mal die Kurve gekriegt. Plötzlich hörte sie die Stimme ihres Chefs in der Wechselsprechanlage. „Und kümmern Sie sich um die Unterlagen, die diese Miss Taylor haben möchte. Persönlich! Ich hoffe, wir haben uns verstanden!" „Wie Sie wünschen, Sir." Karen war am Überlegen. „Von wegen. Vielleicht mache ich noch die Arbeit für diese Taylor." Sie empfand das, als unter ihrer Würde.

Kurzerhand rief sie im Bezirksgericht an und ließ Miss Taylor auf die Liste der Personen setzen, die jederzeit uneingeschränkten Zugang zu Unterlagen des Archivs haben. Als nächstes telefonierte sie dann mit McGores Büro. „Hallo Miss Taylor. Oder darf ich Liz zu ihnen sagen? Na egal, es wird Sie freuen. Was? Na das sie natürlich kein Formular benötigen. Das vorhin war lediglich ein Missverständnis. Ich habe es inzwischen geklärt. Sie können sich jederzeit die benötigten Unterlagen aus dem Archiv des Gerichts holen." Liz war erstaunt, dass es plötzlich so leicht und schnell gehen sollte.

Ein schrilles, etwas gekünsteltes Lachen war auf der anderen Seite zu hören. „Also, noch mal die Frage. Kein Formular? Ich frage nur, weil sie gerade noch, so vehement darauf bestanden haben." „Na, nun wollen wir mal nicht so pingelig sein. Vergessen wir doch dieses blöde Formular. Wir Sekretärinnen müssen doch zusammen halten, nicht war? Bis dann, meine Liebe." Damit war das Gespräch beendet.

„Na, der muss ja jemand gehörig den Kopf gewaschen haben", dachte sie sich. Und schon rief sie im Gericht an. Die Kollegen versprachen ihr, die gewünschten Unterlagen per Boten zuzusenden. Gerade wollte Liz auf einen Kaffee zu ihrer Freundin Betty verschwinden, als sie mit der Post den Bericht der Kriminaltechnik über den kleinen Sarg erhielt, den man im Haus dieses Mike Lenox gefunden hatte. Zunächst mal, das Ding war nicht aus Holz, sondern eine perfekte Replik jener kleinen Särge, die im National-Museum Edinburgh ausgestellt werden.

Die Geschichte der Särge

1836 wurden zwei Leichenschänder und Mörder gefasst, die in Ermangelung von natürlich Verstorbenen das medizinische Institut von Edinburgh illegal mit frischen Leichen versorgten. Die Stadt war zu dieser Zeit führend in der medizinischen Forschung in Europa. Doch das führte dazu, dass eine ständig steigende Zahl von Leichen benötigt wurde. Ein Verblichener, der am Mittag auf dem Friedhof beerdigt wurde, lag oft bereits in der Nacht auf dem Seziertisch angehender Ärzte. Schwere Eisengitter, von den Angehörigen an den Gräbern angebracht, sollten die Körper der Verstorbenen vor deren Diebstahl schützen.

Insgesamt siebzehn Menschen jeden Alters wurden von William Blower und Bob Hare getötet und verkauft. Blower, einer der beiden, trat nach dessen Festnahme als Kronzeuge im Prozess gegen seinen Partner auf und wurde dafür begnadigt. Der andere hingegen gehenkt. In Erinnerung und

Mahnung an die Ermordeten fertigte ein Künstler siebzehn kleine Särge, in die Puppen gelegt wurden. Deren Gesichtszüge und Kleidung glich den Opfern. Etwas später verschwanden sie aus den Kellern des Gerichts. Trotz intensiver Suche konnten sie nicht entdeckt werden.

Erst sechzig Jahre späte, tauchten acht von ihnen in der unterirdischen Stadt wieder auf.

Die Stadt in der Tiefe

Nach dem großen Feuer in Edinburgh, bei dem fast die Hälfte der Stadt abgefackelt wurde, baute man einen Teil der neuen Häuser und Geschäfte auf den Ruinen der alten wieder auf. Und so entstand die neue Stadt gewissermaßen auf den Ruinen der historischen Altstadt. Noch heute ist ein Teil von Edinburgh tief unterkellert, und von dort gelangt man an einigen Stellen in eine längst vergessene Welt …

Offiziell wurden die unterirdischen Teile Edinburghs, Ende des 19. Jahrhunderts bei Bauarbeiten an dem alten Rathaus entdeckt. Noch heute befindet sich dort einer der drei bekannten Eingänge. Über diesen gelangt man in gut vier bis sieben Metern Tiefe zunächst an ein uraltes Holz-Tor, dem ehemaligen Ost-Tor der Stadt. Gleich hinter dem Tor befinden sich etwa 100 gut erhaltene Meter, der längst vergessenen Hauptstraße mit ihren vielen ehemaligen Geschäften, die heute natürlich längst vergessen und leer waren.

Totenstille herrscht da unten. Nur ein paar Archäologen und Altertumsforscher treiben sich ab und an da herum, um der Geschichte der Stadt auf den Grund zu gehen. Und das im wahrsten Sinne des Wortes. Die Eingänge der ehemaligen Läden verstecken sich hinter gemauerten Bögen. Und dort, in einer ehemaligen Fleischhauerei, lagen die Särge in einer alten Fleischkiste aus Holz. Lediglich ein Teil der Puppen fehlte. Wie sie dahin gekommen sind, konnte nie festgestellt werden.

Der zweite offizielle Eingang, in diese Unterwelt, befindet sich in der Nähe des berühmtesten Friedhofes der Stadt. Hier hatten die beiden Mörder und Leichenschänder ihre Opfer versteckt, bis sie sie an obskure Pathologen und Medizin-Studenten verhökerten. Und hier wurden die beiden auch schließlich entdeckt und verhaftet.

Der dritte Eingang befindet sich in der Nähe des Flusses und wurde zugemauert, damit nicht unkontrolliert Besucher durch die vergessenen Gassen streifen. Dieser Teil der Stadtgeschichte ist nur wenig publiziert, um nicht irgendwelche Spinner auf den Plan zu rufen. Ab und an finden Führungen in dem Bereich, unter dem Rathaus statt. Die Teilnehmer sind dann immer sehr erstaunt, wenn sie diesen längst vergessenen Teil Edinburghs betreten. Das Museum, das über die Original-Särge verfügt, verkauft die Nachbildungen, seit Jahren mit großem Erfolg. Und das, trotz des stolzen Preises von fünfzehn Pfund für ein Exemplar. Im Set sind sie dann etwas billiger.

Liz lächelte. Hatte sie also ihre Erinnerung doch nicht getrübt. Sie wusste, dass sie so ein Ding schon mal gesehen hatte. Am Ende des Schreibens befand sich dann ein sehr interessanter Zusatz.

„Ein weiteres Exemplar dieses Minisarges war bereits vor einer Woche vom Büro Tom Morgan zwecks Überprüfung eingereicht worden. Beide Funde sind identisch und scheinen aus derselben Charge zu stammen."

Jetzt war es für Liz an der Zeit, dringend mit Betty zu reden. Zum einen über Karens Schlappe, aber dann vor allem über die beiden Särge. Denn es ist ja wohl kein Zufall, wenn bei zwei Selbstmorden die gleichen Repliken auftauchen. Bewaffnet mit ihrer Tasse, dem Bericht der Technik und ein paar selbstgemachten Donuts, steuerte sie auf das Nachbar-Büro zu. Tom Morgan war zu einem Außentermin und so hatten die beiden Zeit. Liz und Betty waren sich sofort darüber einig, dass sie auf ein entscheidendes und wichtiges Indiz gestoßen waren. Sofort versuchte jede ihren jeweiligen Chef zu informieren doch erreichten sie lediglich deren Mailbox.

Kathy hatte Paul von der Schule abgeholt und war mit ihm direkt zu dem nächsten schwedischen Möbelmarkt mit den großen vier Buchstaben gefahren. Mochten andere reden, Kathy liebte es, wenn alles an einem Platz und zu vernünftigen Preisen zu haben war. Außerdem konnten sie hier preisgünstig und schmackhaft essen und der Hund durfte auch mit. Wenn auch mit Maulkorb, was ihr nun gar nicht gefiel. „Gut, dann bleibt sie eben im Auto." Kathy reichte dieses ewige herum diskutieren. „Dann bleibe ich auch hier!", rief Paul. „Nichts da, du kommst mit. Denn schließlich suchen wir Möbel für dich. Und glaube mir, wenn ich alleine aussuche, das willst du nicht. Wenn sie zickt, lass sie hier. Da kann sie dann das Auto bewachen." Kathy öffnete die Scheiben rechts und links einen Spalt und schon steuerten beide auf den hellerleuchteten Eingang zu. Damit hatte der Hund nicht gerechnet. Schmollend und grummelnd streckte sich Princess auf der hinteren Sitzbank aus, nicht ohne sich vorher auf dem Boden zu erleichtern. Paul würde sich freuen. Selbst schuld.

Derweil stromerten die beiden in Ruhe durch das Möbelhaus. In der riesigen Abteilung für Jugendzimmer wurden sie schnell fündig. Zum Glück hatte ihnen Tom angeboten, alle Möbel mit seinem „Bully" abzuholen. Zum Wochenende hatte Pauls Bruder sein Kommen und seine Hilfe bei dem Zusammenbau angeboten, was Kathy mit Freude annahm. Dabei ging es ihr vordergründig nicht um eine zusätzliche Arbeitskraft, eher um ein Wiedersehen mit Paul.

Für Sonntagmorgen war dann ein Besuch am Grab ihrer Mutter fest eingeplant. Das war wichtig für beide.

Nun musste es Kathy und Paul nur noch gelingen, bis Freitagabend mit dem Streichen fertig zu werden. Heute war Mittwochmittag.

Der Countdown hatte begonnen. In der Farbenabteilung ließ sich Paul Farben zusammenmischen, die Kathy an den Rand der Verzweiflung brachten. Doch egal, er konnte sich austoben, und solange es nicht schwarz war … Er musste ja schließlich damit leben.

Nachdem sie alles bezahlt hatten, ließen sie es sich im Restaurant gut gehen. Neben den typischen Fleischklößchen gab es leckeren Fisch und Schnitzel. Die beiden entschieden sich für Fisch und Salat und für den armen Vierbeiner im Auto gab es zwei leckere Schnitzel. Das hatte sich Princess schließlich verdient, dachten sie zumindest.

Kathy sah Paul ins Gesicht. Der strahlte über beide Wangen. Er war einfach nur glücklich. Und Kathy war es auch. Der Tag heute war genau nach ihrem Geschmack. Und sie bereute es kein bisschen, ihre Arbeit hinten anzustellen. Zumal im Moment nicht viel los war.

Sie hatte ihr Handy abgestellt. Denn da war aus ihrer Sicht nichts, was nicht Zeit bis morgen hatte. Meinte sie zumindest. Außerdem wurde heute und morgen ihr Büro gestrichen. Sonnengelb! Alles war besser als diese großformatigen Rosen. Nach einem leckeren Eis beschlossen beide, den armen Hund von seinem Elend zu erlösen. Doch als sie am Wagen ankamen, duckte sich Princess mit schuldbewusstem Blick so flach sie nur konnte. Kathy und Paul sahen sich beide an, und wie aus einem Mund folgte der Satz: „Sie hat in das Auto gepinkelt!". Kathy entriegelte die Türen. Darauf hatte die Kleine nur gewartet. Sie sprang aus dem Auto, schüttelte sich und hockte mit wedelndem Schwanz vor Paul so, als könnte sie kein Wässerchen trüben. Kathy war inzwischen fluchend dabei, das Gröbste weg zu wischen. Paul wusste, da kam heute noch viel Arbeit auf ihn zu. Doch jetzt beschloss er, eines der Schnitzel an sie zu verfüttern. Princess war begeistert. Während der Hund fraß, verstaute Kathy die Farbeimer im Kofferraum. „Ich hoffe deine Hündin denkt nicht, dass sie als Belohnung für den Vorfall Schnitzel bekommt." „Wo denkst du hin. Schau doch, sie ist eine ganz Liebe." Kathy sah in das süßeste Hundegesicht der Welt, und doch konnte sie nicht verhehlen, dass eine gewisse Raffinesse aus den Augenwinkeln hervor blitzte. „Du weist genau, wie du ihn herumkriegst, flüsterte sie ihr zu." Und etwas lauter: „Nun los, lass uns fahren. Wir haben heute noch viel zu tun. Schließlich wollen wir morgen streichen. Tom bringt übermorgen Abend die Möbel und am Wochenende kommt dein Bruder, um uns beim Aufbauen zu helfen." Paul war begeistert. Er hatte Mike das letzte Mal bei der Beerdigung seiner Mutter gesehen. Und damals waren sie in eine Schießerei geraten und dann auch noch in einem offenen Grab gelandet. An jenem Tag lernte Kathy Mike kennen und beide waren sich auf Anhieb sympathisch. Leider war die Zeit zu kurz, um sich näher kennen zu lernen. Doch hatte sie in den letzten Monaten mehrfach mit ihm telefoniert, um ihm von Paul zu berichten. Dabei lernte sie einen sehr klugen und einfühlsamen jungen Mann kennen. Ann konnte stolz auf ihre beiden Söhne sein.

Kaum zu Hause angekommen, luden sie gemeinsam die Farben, Pinsel und Rollen aus. Und während Kathy mit dem Ausräumen beschäftigt war, schrubbte Paul den Innenbereich des Autos. Nur der Hund lag im Garten und ruhte vor sich hin. Inzwischen hatte er auch das zweite Schnitzel bekommen. Die Welt konnte so schön sein. Da fast alle Möbel erneuert wurden, konnte sich Kathy das Abdecken sparen. Und so begannen beide mit viel Spaß, die von Paul ausgesuchten Farben mittels Rollen und Pinseln an die Wände zu bringen. Nur Princess stand in der Tür und betrachtete mit Desinteresse das Tun seiner beiden Herrchen. Viel lieber hätte sie jetzt mit ihrem Ball gespielt. Doch hier stank es ihr zu sehr.

Bald waren Kathy und Paul müde und ließen es gut sein für heute. Morgen war ja auch noch ein Tag. Und nun kam auch der Hund zu seinem Recht. Nach einer Stunde toben, waren alle fertig und müde.

In der Nacht

Ein grauer Bentley Vision V8, mit abgedunkelten Scheiben, fuhr seit gut zwei Stunden durch die Nacht in Richtung Aberdeen.

Sein Fahrer, ein älterer Herr so um die sechzig, war zufrieden mit sich und der Welt und genoss es, in diesem historischen Stück, brillanter, britischer Automobilkunst durch Schottland zu reisen. Er hatte sich vor gut einer

Stunde in Abbey Grove auf den Weg gemacht. Aus dem Radio erfüllten Puccinis Arien den Innenraum dieses herrlichen Wagens. Er hatte lange auf das Auto gespart und noch länger davon geträumt. Jetzt im Alter konnte er sich diesen Traum endlich erfüllen.

Leichter Regen setzte ein und er betätigte die Wischer, die völlig geräuschlos die Scheiben klar hielten. Der Alte war begeistert. Bei seinem alten Auto quietschten und schmierten die Blätter in einer Art, dass er sie zuletzt gar nicht mehr anmachte. Lieber fuhr er blind, als mit dieser Geräuschkulisse. Doch das lag jetzt alles hinter ihm. Seit einigen Tagen nannte er diesen Traum sein eigen. Und er hatte ihn sogar bar bezahlt. Früher hätte er sich das nicht leisten können. Immerhin hätte er drei Jahresgehälter für dieses Schmuckstück aus Metall hinblättern müssen. Doch seit dem er diesen neuen Nebenjob angenommen hatte, spielte Geld keine Rolle.

Draußen huschten die hellerleuchteten Raffinerien der Shell Company vorbei. Über 100 millionen Liter Liter Benzin lagerte hier in riesigen Tanks. Wenn das mal in die Luft fliegt. Der Alte lachte still vor sich hin. Ein ewiger Kindertraum … Dunkelheit umfing ihn, nur im Heckfenster waren noch die Lichter zu sehen. Nach knapp zehn Minuten tauchten auf der rechten Seite die Lichter von Growen-Castle auf. Das Schloss aus dem 18. Jahrhundert war eines der wenigen noch bewohnten Bauten in Schottland und es gehörte nicht zum Eigentum der Queen. Die ca. 5000 Einwohner von Growen-City, lebten hauptsächlich vom Gemüse- und Tabakanbau. Die örtliche Schnapsfabrik gehörte zu einer der besten des Landes. Jetzt um diese nächtliche Zeit waren nur wenige Gebäude erleuchtet.

Der alte Mann beschloss eine kleine Pause einzulegen und fuhr auf den nächsten Parkplatz. Die Uhr im Fond leuchtete matt grün und zeigte ihm an, dass es kurz vor Mitternacht war. Er hatte noch knapp fünfundzwanzig Meilen zu fahren. Seit gut einer Stunde war ein dumpfes Poltern aus dem hinteren Teil des Wagens zu hören. Er wusste, dass es sich dabei um ein unwichtiges Nebengeräusch handelt, das er in Kürze abstellen würde.

Früher war er an dieser Stelle der Strecke, meistens schon ermattet angekommen und spürte jeden Knochen im Körper. Heute dagegen, fühlte er sich frisch und erholt. Er beschloss, sich mit einer guten Zigarre für den Kauf dieses Schmuckstücks zu belohnen. Selbst an einen Zigarrenschneider im Fond und einem kleinen Humidor hatten die Briten gedacht. Mögen sie ansonsten auch ein mieses Besatzer-Volk sein, so konnten sie doch Autos auf dem höchsten Stand der heutigen Technik bauen.

Eigentlich gehörte zu einer guten Zigarre auch ein guter Whiskey. Doch er lehnte das Trinken, wenn er selbst fuhr, konsequent ab. In gut einer Stunde würde er das genüsslich nachholen. Der Duft der Zigarre passte hervorragend zu dem Neuwagenduft. Er gab dem Leder der Polster eine herrlich würzige Note.

Auch wenn er jetzt nichts trinken würde, so beschloss er die Flasche aus dem Kofferraum zu holen. Er drückte die Entriegelung, die unterhalb des Fonds am rechten Tür-Holm angebracht war und ein leises Geräusch bedeutete ihm, dass die Kofferraumklappe jetzt geöffnet war. Er ging langsam nach hinten und fand die Flasche eines herrlichen 30jährigen Single-Malt, gut verpackt in einer dezenten Holzkiste. Er liebte solche Details. Er nahm die Kiste, um sie auf den Beifahrersitz zu legen. Wenigstens ansehen wollte er das Tröpfchen können. Kurz bevor er den Kofferraum wieder schloss, bedeutete er dem geknebelten Mann, der ihn mit weit aufgerissenen Augen ängstlich anstarrte, sich ruhig zu verhalten. „Du solltest deine Kräfte schonen, du wirst sie noch brauchen." Dann lächelte er und schloss langsam den Kofferraum. Doch plötzlich änderte er seine Meinung. Er öffnete den Kofferraum, nahm einen Teil des Wagenhebers und schlug seinem Opfer kräftig auf den Schädel. „Ich hasse dieses Poltern während der Fahrt." Zum Glück hatte er den Kofferraum zuvor mit einer Plastikplane ausgelegt. So konnte es ihm egal, sein, dass aus der Kopfwunde Blut floss.

Langsam ließ er sich in den Fahrersitz gleiten, deponierte den Whisky auf dem Beifahrersitz und paffte genüsslich an seiner Zigarre. Aus dem hinteren

Teil des Wagens war nach einer Weile wieder dieses dumpfe polternde Geräusch zu hören. „Der Typ kann es einfach nicht lassen." Damit stellte er das Radio an und Puccinis Arien übertönten die bedeutungslosen Versuche des Mannes, sich zu befreien. Er startete den kräftigen Motor des Wagens und verschwand im Dunkel der Nacht.

Edinburgh

Am nächsten Morgen regnete es. Kathy und Paul betrachteten ihr Werk und waren im Großen und Ganzen zufrieden. Kathy beschloss, nach dem Frühstück kurz in die Zentrale zu fahren. Einerseits wollte sie wissen, was in den Gerichts-Unterlagen zum Fall Lenox zu finden war und dann wollte sie noch kurz mit Tom reden, wann er heute die Möbel vorbeibringen konnte. Paul hatte sie für heute von der Schule freigestellt. Er konnte nachher gleich mit dem Streichen weiter machen. „Und denke dran, nicht mit Princess zu spielen. Das muss heute alles fertig werden." „Ja, Mum!", rief er ihr zu, während sie im Wagen Platz nahm. Irgendwie „müffelte" es immer noch nach Hund, dachte sie sich, aber was soll es. Sie gab Gas und knapp dreißig Minuten später hielt sie vor der Zentrale der Edinburgher Polizei. „Hallo Bob!", rief sie dem Diensthabenden zu. „Ich stehe wie immer im Halteverbot. Hier meine Schlüssel. Wenn was ist, bitte umparken." Damit warf sie ihm ihre Autoschlüssel zu. Bob kannte das Ritual schon und fing sie mit routinierter Hand. Kathy eilte in den zweiten Stock und wäre am Treppenabsatz fast mit Tom zusammengestoßen. „Hoppla, da bist du ja wieder, meine Liebe. Was ist, hast du etwas Zeit für mich?" „Gleich, rief sie ihm zu. Muss erst mal schnell zu mir ins Büro. Sagen wir, in zehn Minuten bei dir?" Ohne auf seine Antwort zu warten, war sie schon den Gang entlang geeilt und in ihrem Zimmer verschwunden. „Na Liz, sind die Rosen verschwunden?" „Guten Morgen, Chefin. Bitte, überzeugen Sie sich selbst." Damit öffnete sie die Tür zu ihrem Büro und Kathy sah strahlend auf sonnengelbe Wände. „Sie sind die Beste!", rief Kathy und gab ihrer Sekretärin einen Kuss auf die Wange. „Super, meine Liebe. Sind die Unterlagen vom Gericht da?" „Gerade gekommen." Damit deutete Liz auf eine verschnürte Akte, mit dem Vermerk: „Vorgang geschlossen". „O.k., die nehme ich mit. Was haben Sie noch für mich?" Liz wühlte ein bisschen in ihren Unterlagen, bis sie endlich den Bericht der Technik fand. „Hier ist der Bericht über den gefundenen Sarg." „Und, irgendetwas Besonderes daran?" „Nun, mehr oder weniger, Mam." „Was meinen Sie?" „Nun, mit dem Sarg an sich nichts. Nur, dass er nicht aus Holz ist und dass ein genaues Gegenstück davon bei dem Selbstmord gefunden wurde, den Superintendent Morgan gerade bearbeitet." Kathy erstarrte.

„Oh nein, und ich dachte, ich kann den Fall am Montag abschließen. Nun wird es doch einen Tag länger dauern. Hat der Oberst heute schon nach mir gefragt?" „Nein Miss Kathy, der ist erst am Montag wieder im Haus. Irgendein Kongress in Glasgow." „Das ist gut. Ich bin im Außeneinsatz, falls jemand nach mir fragt. Bis bald, meine Liebe." Und schon war sie aus der Tür. Wenigstens die Unterlagen hatte sie mitgenommen.

Zehn Minuten später saß sie mit ihrem Partner in dessen Büro und schlürfte Bettys besten Tee. „Also was ist, mein Lieber. Wann kommst du heute bei mir vorbei?" „Nun, ich will gegen 18.00 Uhr bei IKEA sein und einladen und dann so gegen 19.00 Uhr bei dir eintreffen. Ist das O.k. für dich?" „Aber sicher. Paul ist schon ganz aufgeregt." „Und du bist dir sicher, dass ich euch beim Zusammenbau nicht helfen soll?" „Erinnerst du dich an Mike, Pauls Bruder?" „War das nicht der junge Mann, der bei der Beerdigung seiner Mutter mit uns in den Kugelhagel geraten ist?" „Genau der. Und er wird ab morgen zusammen mit Paul die Möbel aufstellen. Ich denke, das wird ein Supererlebnis für die beiden, das sie noch näher zusammenschweißen wird. Ich habe mit seinem Staff-Sergant telefoniert. Er hat Urlaub bis Mitte der Woche. Nur, das weiß er noch nicht. Soll eine Überraschung für beide werden. Doch jetzt zu unserem Fall." Kathy sah in das erstaunte Gesicht ihres

Freundes. Wortlos schob sie ihm den Bericht der Technik rüber. „Achte bitte auf den letzten Teil des Berichts." Tom las den Text einmal, zweimal, bis er begriff, was da stand. „Zwei Selbstmorde und bei beiden wurde ein Miniatursarg gefunden. Zufall?" Kathy hasste solche Zufälle. Und sie glaubte nicht daran. „Hör zu. Ich habe keine Lust, diesen Fall federführend zu übernehmen. Mir gefällt die Arbeit im Moment so wie sie ist. Und der Chief hält mir den Rücken frei." „Was willst du damit sagen?" „Nun, ich denke, das weißt du…" „Hiermit", und damit deutet sie auf den Bericht, „werden unsere beiden Selbstmorde zu Mordfällen eines Täters." „O.k., und wer sagt das dem Chief? Dir ist doch klar, dass, wenn ich das mache, wird das nichts mit unserer heutigen Aktion." Kathy lächelte ihn an. „Nun, ich denke schon. Der Oberst ist erst am Montag wieder da." Tom sah sie erstaunt an. „Du meinst, wir sollten…?" „Genau, wir sollten mit der Meldung bis Montag warten. Offiziell bearbeiten wir jeder noch einen Selbstmord." Tom war noch nicht davon überzeugt, das Richtige zu tun. „Kathy, wenn das rauskommt, dann sind wir beide unsere Streifen los." „Nun, dann müssen wir dafür sorgen, dass er erst am Montag davon erfährt. Was wäre denn, wenn der Bericht, der ja an mich gerichtet ist, erst am Montag offiziell von mir zu dir kommt? Denn ich bin ja eigentlich heute nicht mehr im Haus. Und auch nicht am Wochenende." Tom überlegte einen Moment. Dann hellte sich sein Gesicht wieder auf. „Wer weiß davon?" „Nun, ich denke, unsere beiden Damen?" Tom griff zum Hörer und bat Betty zu sich. „Und bringen Sie ihre Freundin gleich mit." „Liz?" „Wen denn sonst?" Kathy steckte sich in Ruhe eine Zigarette an. „Gleich werden wir ja sehen…" Es klopfte zaghaft an der Tür, dann standen zwei schuldbewusste Damen im Raum. „Schließen Sie die Tür und setzen Sie sich." Tom deutete auf zwei freie Stühle. Kathy räusperte sich kurz. „Sagen Sie, Liz, mit wem haben Sie über den Bericht der Technik gesprochen? Und seien Sie bitte ehrlich." Liz schaute Betty hilfesuchend an und dann ihre Chefin. „Nun, ich habe lediglich mit Betty kurz darüber gesprochen. Aber nur ganz kurz, ehrlich, Mam." „Na bitte, Tom, wie ich es mir dachte. Hören Sie zu, Liz. Ich befehle Ihnen hiermit, über jedwede Unterlagen, die den Fall Lenox betreffen, zu schweigen." "Gleiches gilt auch für Sie, Betty", fiel ihr Tom ins Wort. "Haben wir uns da verstanden?" "Ja Sir", stotterte Betty. "Ja Mam", kam etwas unterdrückt von Liz. "Sie können jetzt gehen," setzte Kathy hinzu. Beide Damen standen schweigend auf und verschwanden in ihre Zimmer." "Und du meinst, das hält vor?", fragte Tom. "Oh, ich denke schon, mein Lieber. Wir werden in Zukunft die besten und schweigsamsten Sekretärinnen haben, die wir uns nur wünschen können. Ich schicke dir die Unterlagen von meinem Selbstmord aus Welles." "Und ich werde Betty am Montag bitten, die Unterlagen meines Selbst- mörders zu kopieren und sie dir rüber zu bringen. Meiner ist übrigens von einer Brücke gesprungen. Elf Meter in die Tiefe. Das Ganze passierte etwa vierzig Kilometer nördlich von Edinburgh. Diesen Mini-Sarg haben wir in der Tasche gefunden, die oben am Brückengeländer stand. Ich wollte die Sache nachher abschließen. Aber das kann ich jetzt wohl ver- gessen ..."

Kathy schlürfte nachdenklich ihren Tee und sah den Rauchwölkchen ihrer Zigarette nach. "Wenn wir davon ausgehen, dass es sich um keine Selbst- morde handelt, dann hat sich jemand große Mühe gegeben, es so aussehen zu lassen. Ich denke Unfälle können wir ja wohl ausschließen." "Meiner war im Übrigen ein armer Schlucker. Arbeitslos, Obdachlos, Alkoholiker. Ein Penner, wie man so schön sagt." "Mike Lenox auch. Der war nur nicht obdachlos. Also können wir Raubmord wohl ausschließen." Tom goss sich Kaffee nach. "Das denke ich auch." "Und doch muss es etwas geben, was unsere beiden Selbstmörder verbindet. Wir sollten in der Vergangenheit der beiden suchen." "Ich habe für meinen schon Unterlagen von seinem Prozess angefordert." Tom rief seine Sekretärin. Die stand sofort mit Ste- noblock und spitzem Bleistift bereit. Kathy musste grinsen und lächelte vielsagend zu Tom. "Hören Sie, ich brauche alle Unterlagen unseres Selbst- mörders, Dave Plummer. Und fragen Sie auch im Archiv des Gerichts nach."

„Heute noch, Sir?" Tom blickte zu Kathy, die den Kopf schüttelte. „Nun, ich denke, das hat auch bis Montag Zeit. Danke, Sie können gehen." Kaum war Betty aus dem Zimmer, fingen beide an zu lachen. „Ich sagte dir doch, wir haben die besten Sekretärinnen, die man sich nur wünschen kann … So, und ich fahre jetzt nach Hause. Wir haben noch viel zu tun." „Und du denkst wirklich, dass wir das Richtige tun?" „Alles easy, mein Lieber. Ich mache das schon." „Ich denke, ich werde gegen 19.00 Uhr bei dir eintreffen." „Bis dann, Tom." Damit gab sie ihm einen Kuss auf die Stirn. „Schade, dass du schon verheiratet bist, mein Lieber." „Bitte? Was soll das heißen?" „Der Alte will, dass ich spätestens in einem Jahr heirate!." Und schon war sie aus seinem Büro verschwunden. Tom musste lachen. Er und Kathy. Bei aller Freundschaft, aber das musste er sich nicht antun. Da lebte er mit seiner Frau Karen wesentlich ruhiger …

Kathy beschloss, noch einiges für das Wochenende einzukaufen. Immerhin hatte sie zusätzlich zwei Männer zu Gast. „Grillen wäre nicht schlecht", dachte sie sich. Der Wetterbericht hatte schönes Wetter fürs Wochenende vorausgesagt. Also hielt sie bei ihrem Stamm-Supermarkt. Sie hasste es, einzukaufen. Das war für sie irgendwie „tussig". Doch seitdem sie Paul bei sich hatte, musste sie ab und an in den sauren Apfel beißen und zweimal die Woche diesen Hort der Geldverschwendung besuchen. Früher war der Einkauf mit einem Anruf beim Pizza-Boten erledigt. Nachdem jede Menge an Fleisch, Gemüse, mehrere Baguettes sowie verschiedene Saucen im Korb gelandet waren, schob sie noch einen Kasten deutsches Bier hinterher und der Einkauf war beendet. Kurz nach der Kasse fiel ihr der Hund ein. Also, alles an der Kasse parken und Hundefutter einkaufen. Endlich hatte sie alles beisammen und steuerte auf den Mini zu. Kaum hatte sie alles verladen, musste sie an die Wende in dem Selbstmordfall denken. War es richtig gewesen, die Sache auf Montag zu verschieben? Doch was hätten sie heute noch klären können? Früher, ja früher würde sie noch mit Tom im Büro hängen und ohne Ende ermitteln. Doch genau das wollte sie nicht mehr. Hauptsache sie zog Tom da nicht in etwas rein und er bekam nachher noch Ärger. Denn unter Umständen hatten sie jetzt einen Doppelmord an der Backe. Andererseits konnte es auch ein Zufall sein. Warum immer gleich an das Schlimmste denken? Doch sie wusste längst, dass es kein Zufall war. Egal wie, sie würde Sir Simon darum bitten, dass Tom die Ermittlungen leiten soll. Sie würde ihn dann im Rahmen ihrer Möglichkeiten tatkräftig unterstützen. Damit steckte sie den Zündschlüssel ins Schloss und raste nach Hause.

Dort angekommen, erwartete sie schon Princess fröhlich mit dem Schwanz wedelnd am Gartentor. „Na, meine Kleine, was ist los? Wo ist denn dein Herrchen?" „Hier bin ich!", rief Paul ihr zu. Er saß auf dem Fensterbrett und war dabei, die Fensterrahmen in einem tiefen violett zu streichen. „Meinst du nicht, genug violett an den Wänden zu haben?" „Nö", war die Antwort. „Könntest du mir wenigstens helfen, die Sachen ins Haus zu tragen? Und denke nicht daran, noch mal mit Nö zu antworten." „O.k., ich komme." Paul ließ den Pinsel in die Büchse fallen und wählte den kurzen Weg, aus dem Fenster. Schnell hatten sie die Sachen in der Küche verstaut und die Aussicht auf ein leckeres Grillen mit seinem Bruder ließ Paul jubeln. „Wie weit bist du mit dem Streichen?", fragte sie und folgte Paul in dessen Zimmer. Kaum drinnen, glaubte sie in der lila Hölle zu stehen. „Das ist nicht dein ernst?" „Du hast gesagt, keine schwarze Decke. Und die rote Wand hat mir nicht gefallen." „Die hatte ich mühsam gestrichen, mein Lieber." „Meine lila Rolle war schneller." „Na gut, mach weiter, wir müssen fertig werden. In drei Stunden kommen deine Möbel. Ich dachte mir, dass wir heute schon ein bisschen mit Tom grillen. Ist das o.k. für dich?" „Au ja. Der ist lustig." „Und so ganz nebenbei bringt er deine Möbel. Also bedank dich bei ihm. Morgen früh musst du als Erstes mit Mike das große Bett aufbauen. Schließlich werdet ihr darin die nächsten Tage schlafen." Kathy merkte, dass sie sich verplappert hatte und biss sich vor Wut auf die Lippe. „Was heißt: die nächsten Tage? Bleibt Mike länger?" „Entschuldige, ich habe mich versprochen. Ich werde jetzt den Grill vorbereiten und du streichst die Fenster zu Ende." Damit ließ sie ihn stehen und ging in den Garten. Hier, in einer Ecke, rostete der Grill seit Jahren vor sich hin. Für wen hätte sie auch grillen sollen. Jetzt hieß es also mit einer Drahtbürste wenigstens die gröbsten Roststellen zu beseitigen. Irgendwo fand sie ein paar Arbeitshandschuhe und eine alte Drahtbürste. Eines begriff sie an dieser Stelle, wenn sie für Paul eine gute Mutter sein wollte, dann musste sie sich verstärkt um den Haushalt kümmern. Eine Rolle, in die sie sich erst mal hineinfinden musste. Doch nach anfänglichem Widerwillen begann ihr das Entrosten irgendwann sogar Spaß zu machen, und bald blitzte der Grill in einem matten Grau. Auch Paul war inzwischen mit dem Streichen fertig und bald saßen beide, etwas dreckig aber glücklich, mit einem Glas Limonade in der Hand auf ihrer Lieblingsbank und sahen in die untergehende Sonne. Der Hund lag zufrieden zu ihren Füßen und schnarchte.

Plötzlich hupte es mehrfach laut von der Straße und ein roter Bulli mit Hänger hielt vor dem Grundstück. Es war Tom, der die Möbel brachte. Sofort liefen beide zum Wagen. „Du kommst genau richtig. Wir sind gerade fertig geworden. Ich wollte nachher für uns grillen. Du isst doch mit uns, oder?" „Hm, bei Grillwurst und Steak bin ich immer dabei." „Gut, Paul, du hilfst Tom beim Ausladen und ich werfe schon mal den Grill an. Ach so, Tom, bitte nicht erschrecken, wenn du in Pauls Zimmer kommst. „Wieso?" „Nun, das wirst du dann schon sehen." Damit winkte sie den beiden lachend zu und verschwand in Richtung Grillecke. Tom und Paul begannen die Möbel-Einzelteile ins Haus zu tragen. „Und du bist sicher, dass ihr das allein zusammengebaut bekommt?" „Na klar!", rief Paul stolz. „Mit meinem Bruder schaffe ich alles. Wann kommt er denn?" „Wir holen ihn morgen Früh vom Bahnhof ab." In diesem Moment sprang ihnen der Hund in den Weg und Tom stürzte mit drei großen Teilen der Länge nach hin. Schmerzverzerrt lag er auf den alten Gehwegplatten und hielt sich das Handgelenk. Auch das rechte Knie hatte etwas abbekommen und tat höllisch weh. „Verdammt, ich hoffe das Gelenk ist nicht gebrochen!", rief er Kathy zu, die bereits dabei war einen Arzt zu rufen.

„Na, da komme ich ja gerade im richtigen Moment." Tom sah sich um und da stand Mike im Garten. Er war früher gekommen und noch in Uniform. Vorsichtig half er Tom, sich zu erheben. „Mit einem Jubelschrei lief Paul auf ihn zu und fiel ihm in die Arme. „Mike! Endlich! Ich freue mich so sehr!" Und schon lagen sich beide Brüder in den Armen. „Herzlich Willkommen, mein Lieber. Auch Kathy umarmte den Jungen. Dann wand sie sich wieder dem verletzten Tom zu. „Bleib ruhig liegen, der Arzt ist unterwegs." „Quatsch, ich brauche keinen Arzt." Doch der Schmerz im Knie und im Handgelenk ließen ihn zusammenzucken. Es dauerte nur knappe zehn Minuten, dann hielt ein Krankenwagen vor der Tür. Zwei Sanitäter untersuchten ihn und entschieden, dass er sofort ins Krankenhaus muss. Tom sträubte sich, doch Kathy stimmte den Sanitätern energisch zu. „Pass auf, du fährst jetzt mit ins Krankenhaus. Das mit dem Ausladen können auch die beiden Jungs machen. Ich komme später nach. Keine Angst, ich informiere deine Frau. Also, ab mit dem Mann, meine Herren."

Kaum war Tom verschwunden, setzten sich die drei für einen Moment an den Tisch. „Ich freue mich, dass du da bist. Und das keinen Moment zu spät. Möchtest du was trinken?" „Nein, Mam." „Oh, damit hören wir gleich auf. Bitte nicht Mam. Sag Kathy zu mir oder was du sonst willst, aber bitte nicht Mam." O.k., Mam, äh Kathy." „Wo ist eigentlich der Unglücksvogel?" „Na wo soll sie schon sein." Damit beugte er sich unter die Bank. Dort lag Princess. Zusammengerollt wie ein Häufchen Unglück. Sie wusste, dass sie irgendwelchen Mist angerichtet hatte. Und nun lag sie schuldbewusst unter der Bank. „O.k. komm schon rauf!", rief ihr Paul zu. Das ließ sie sich nicht zweimal sagen. Mit einem Satz saß sie auf dessen Schoß und strahlte alle freudig an. „Ein schönes Tier", sagte Mike und streichelte ihr über den Kopf. „Ist das dein Hund?" „Ja, hat mir Kathy geschenkt. Sie ist ein Weibchen und heißt Princess. Sie ist jetzt gut ein Jahr alt."

Kathy packte ein wenig Obst und zwei frisch gegrillte Würste in etwas Alufolie. „Ich hoffe, ich kann euch hier alleine lassen? Ich fahre jetzt zu Tom ins Krankenhaus. Ich denke, das dauert so zwei Stunden. Wenn ich zurückkomme, dann essen wir. Alles klar, meine Jungs?" „Alles klar Kathy und grüße Tom von uns. Gute Besserung für ihn." Damit gab sie allen dreien einen Kuss auf die Stirn, setzte sich ins Auto und raste ins Krankenhaus.

Paul und Mike hatten sich viel zu erzählen, bis Mike meinte, dass es an der Zeit wäre, die restlichen Möbelteile ins Haus zu räumen. Nach gut einer Stunde waren sie mit allem fertig. „Komm, ich werde schon mit dem Grillen anfangen. Dann machen wir Kathy eine Freude, wenn sie kommt." „Du kannst so was?", fragte Paul. „Hör mal, ich gehöre zur königlich-britischen Elitearmee. Wir grillen nicht nur unsere Feinde. Da sind doch ein paar Würste und Steaks eine Kleinigkeit." Und schon legte er los und bald erfüllte herzhafter Wurst- und Fleischduft den Garten.

Gegen 23.00 Uhr kam Kathy endlich aus dem Krankenhaus. „Hallo ihr beiden, es tut mir leid, dass unser Wiedersehen so angefangen hat. Es hat etwas länger gedauert. Seine Hand ist gebrochen und das rechte Knie bekam einen Gips zwecks Ruhigstellung. Er wird wohl ein bis zwei Wochen ausfallen. Ich habe seine Frau angerufen, die dann auch gleich gekommen ist. Ich soll euch beide herzlich von ihr grüßen. So, und jetzt mach ich was zu essen." „Das brauchst du nicht!", rief Paul. „Mike hat schon alles gegrillt. Für dich sind auch noch zwei Steaks und drei Bratwürste da." Kathy lächelte zufrieden. Dann umarmte sie die beiden. „Ich danke Euch. Ich wusste, ich kann mich auf euch verlassen." Dann servierte ihr Mike das Essen und Kathy holte für sich und ihn jeweils ein Bier. „Und wo ist meins!", rief Paul empört. „Noch im Laden, mein Lieber. Hier, für dich." Damit stellte sie ihm eine frische Brause auf den Tisch. Es wurde spät, bis endlich alle ins Bett gingen und im Haus die Lichter ausgingen.

Kathy kann es nicht lassen

Am nächsten Morgen war Kathy schon früh auf den Beinen. Sie wollte ihre beiden Jungs mit einem leckeren Frühstück verwöhnen. Zur Feier des Tages deckte sie im Garten. Und als alles auf dem Tisch stand, klopfte sie vorsichtig an Pauls Zimmertür, doch nichts geschah. „He, ihr Schlafmützen, aufstehen. Frühstück ist fertig." Doch wieder nichts. Sie öffnete vorsichtig die Tür. Paul lag in seinem Bett, die Decke über den Kopf gezogen. Seine Sachen lagen überall im Zimmer verstreut. Mikes Sachen dagegen lagen ordentlich gefaltet auf einem Stuhl, doch mehr war von ihm nicht zu sehen. Auch Princess fehlte. „He Paul, komm frühstücken. Weißt du, wo dein Bruder und der Hund sind?" Ein mauliges „joggen" kam von irgendwo aus dem Bett. Mit einem Ruck riss Kathy die Decke von Paul, was dem gar nicht gefiel. „So, und jetzt noch mal: „Wo ist dein Bruder? Und wo ist der Hund?". „Habe ich doch gesagt. Joggen! Princess wollte unbedingt mit. Und jetzt lass mich in Ruhe."

„Wer abends bis in die Puppen wach ist, der kann auch früh aufstehen. Weißt du, wann die beiden wieder hier sind?" Doch die Antwort ließ nicht lange auf sich warten. Mit lautem Bellen kündigte Princess ihre Rückkehr an. Und kurz danach kam auch Mike angelaufen. „Na bitte, da sind sie ja", maulte Paul. „In zehn Minuten gibt es Frühstück. Also hopp!" „Geh weg. Ich will noch schlafen." Doch jetzt war es der Hund, der ins Zimmer stürzte und Paul die Decke stibitzte. „Na warte." Paul sprang auf und rannte hinter seinem Hund her. Doch Princess war schneller und lies die Decke im Flur fallen.

Kurze Zeit später saßen alle draußen am Tisch und ließen es sich schmecken. „Eine top Strecke, Kathy. Und die Luft hier draußen ist einfach herrlich." Ich bin früher auch viel gelaufen." „Das muss aber vor meiner Zeit hier gewesen sein", warf Paul dazwischen. „Werd nicht frech, mein Lieber." „Na das ist ja herrlich!", rief Mike. „Dann können wir ja morgen zusammen laufen." Paul fing an zu lachen. „Au ja, das möchte ich sehen." „Kathy war sauer. „Pass auf, mein Lieber. Was hältst du davon, wenn wir Morgen früh alle gemeinsam laufen?" Paul verstummte. „Nö, dazu habe ich keine Lust." „So, ihr beiden. Ich lasse euch jetzt ein paar Stunden allein. Ich will sehen, wie es Tom geht. Ihr kommt doch klar, oder?" „Aber sicher!", rief Paul.

Also machten sich Paul und Mike daran, die Möbel zusammenzubauen, derweil Kathy zu Tom ins Krankenhaus fuhr. Dort traf sie auf dessen Frau. „Bitte entschuldige nochmal, dass dein Mann diesen blöden Unfall bei uns hatte." „Weißt du was?", flüsterte sie zurück, „so habe ich ihn endlich mal ein paar Tage bei mir zu Hause. Also indirekt muss ich dir sogar dafür danken. Sag mal, Tom hat mir erzählt, das eure beiden Routinefälle sich wahrscheinlich zu einem ausgewachsenen Doppelmord entwickeln?" „Nun, das ist möglich, wobei ich immer noch einen Zufall nicht komplett ausschließen möchte. In diesem Zusammenhang wollte ich Tom noch ein paar Fragen stellen. Ich hoffe, du hast nichts dagegen?" „Und wenn? Dafür, kennen wir uns zu lange. Ich muss sowieso nach Hause und für die Kinder das Essen machen. Er wird im Übrigen heute Abend entlassen. Der Arzt hat ihn aber noch mindestens eine Woche krankgeschrieben. Mach es gut, meine Liebe." Damit umarmten sich die beiden und Karen verließ das Krankenhaus. Kathy öffnete die Tür zu Toms Krankenzimmer. „Na, wie geht es denn meinem Lieblings-Bullen?" „Nicht frech werden, meine Liebe." „Wie geht es dir? Ich habe gerade mit deiner Frau gesprochen. Sie sagt, du wirst noch heute entlassen." „Das stimmt. Auf eigenen Wunsch. Und der Arzt hat mich für eine Woche krankgeschrieben. Also los. Wie wollen wir es machen?" „Was meinst du?" „Ich bitte dich. Stell dich nicht dumm. Natürlich die Sache mit unseren Selbstmördern." „Erzähl mir von deinem Fall, bitte." „Na gut, vor etwa anderthalb Wochen, du warst gerade im Urlaub, erhielten wir einen Anruf, dass in Perlwood ein Mann von einer Eisenbahnbrücke etwa elf Meter in die Tiefe gesprungen ist. Gefunden hatten ihn ein paar Jogger auf ihrer morgendlichen Runde. Auf der Brücke stand eine gepackte Reisetasche, in der neben alten, stinkenden Klamotten ein Abschiedsbrief und dieser dämliche Puppensarg gefunden wurde. Der Typ war ein Penner, der mit seinem Leben nicht mehr klar kam. Sein Name war übrigens Dave Plummer. Ich meine, er hätte sich auch umdrehen und unter einen Zug werfen können. Doch er ist halt gesprungen. Der Gerichtsmediziner hat festgestellt, dass der Mann stark sediert war. Ob er das Zeug selbst genommen hat kann ich nicht sagen. Bis vor zwei Tagen hatte ich das jedenfalls angenommen. Und wenn deine Sekretärin nicht mit diesem bescheuerten Bericht von der Technik gekommen wäre, dann hätte ich die Sache am Freitag abgeschlossen." Tom hatte sich in Rage geredet. „Also, ich falle die nächsten Tage aus. Du musst das dem Chef irgendwie erklären. Aber bitte so, dass ich meine Pension noch genießen kann. Was ist, du bist plötzlich so ruhig." „Ich überlege, in welchem Zusammenhang ich den Namen Plummer schon mal gehört habe." „Vielleicht von Betty oder Liz, unseren beiden Klatschtanten?" „Nein, das war in einem anderen Zusammenhang. Doch egal, das mit dem Chef kläre ich. Da mach dir mal keine Sorgen. Ich bin gleich Montag bei ihm. Macht es dir was aus, wenn ich dich als leitender Ermittler vorschlage? Du weißt ja, ich will keine Kapitaldelikte mehr untersuchen. Zumindest eine gewisse Zeit lang." „Geht klar. Wenn du Hilfe brauchst, dann rufe Betty an. Sie gibt dir alles, was du brauchst. Ich unterstelle sie dir für die Zeit meiner Abwesenheit. Ich bin der Meinung, das mit den Kapitaldelikten kannst du vorerst knicken." Damit deutete er auf den Gips. „Nun, ich denke nach unserer Ansage wird das nicht nötig sein." „Mit welchem Ansatz willst du beginnen?" „Ich denke, der liegt irgendwo in der Vergangenheit von den beiden Typen." „Du meinst Lenox und Plummer kennen sich von früher?" „Das glaube ich. Irgendetwas muss es da geben, was für jemanden so interessant ist, um beide zu töten." „Wie geht es bei euch zu Hause voran?" „Gut, hoffe ich. Mike ist ein taffer junger Mann und die beiden verstehen sich gut. Sie werden es schon schaffen. Und wenn nicht, so ist das auch nicht so schlimm. Ich habe vorsichtshalber zwei

Monteure von dem Möbelhaus in Wartestellung. Aber nur für den Notfall. Also, mein Lieber, ich überlasse dich jetzt deinem Schicksal. Bis bald, und lass die Schwestern in Ruhe." Sie winkte ihm fröhlich zu und verschwand. Eigentlich hasste Kathy Krankenhäuser und vor allem den Geruch. Diese Mischung aus Desinfektionsmitteln und irgendwelchen Betäubungsgasen erzeugte bei ihr anhaltende Übelkeit. Sie konnte sich gar nicht vorstellen, hier selbst zu liegen. Doch für Tom hatte sie sich zusammengerissen.

Als Kathy wieder in ihrem Haus ankam, traute sie ihren Augen nicht. Mike und Paul hatten bereits den Schrank, den Schreibtisch und das neue Bett montiert. Jetzt waren sie dabei, die beiden Regale zusammen zu schrauben. „Eh, na Super! Ihr seid ja fast fertig!" Paul strahlte über das ganze Gesicht. „Hier, schau her, das helle Holz passt super zu der violetten Wand, oder?" Das sah Kathy zwar etwas anders, aber sie würde denn Teufel tun, und das laut sagen.

Na dann habe ich ja noch eine Überraschung für euch. Ich hatte in der letzten Woche ein kleines Gespräch mit Mikes Staff-Sergant, einem gewissen McAllister. Und dabei haben wir uns darauf geeinigt, dass du noch drei Tage länger Urlaub hast."

Ein Jubelschrei brach los und beide Jungs fielen ihr um den Hals. „Und dich, mein Lieber, stelle ich von der Schule frei." Paul war den Tränen nah. „Du bist einfach die Beste", dann fiel er ihr um den Hals. „Du bist wirklich die Beste", flüsterte er.

Normalerweise achtete Kathy penibel darauf, dass Paul nicht in der Schule fehlt. Doch in diesem speziellen Fall hatte sie mit seiner Klassenlehrerin gesprochen und beide waren sich einig, dass Paul unbedingt etwas mehr Zeit mit seinem Bruder verbringen sollte. Und wie sie jetzt in die glücklichen Gesichter der beiden Jungs sah, wusste sie, dass sie genau das Richtige getan hatte.

Und um der ganzen Sache noch die Krone aufzusetzen, griff sie zum Telefon und bestellte Pizza für alle.

Der Fall breitet sich aus

Als Liz am Morgen ihr Büro betrat, saß ihre Chefin schon in ihrem Zimmer. „So früh? Guten Morgen." „Machen Sie mir bitte eine Kanne Kaffee und schicken Sie Betty zu mir. Des Weiteren brauche ich die Telefonnummer von dieser Blaire Thomsen. Danke, das war es fürs Erste. Und bitte, schließen Sie die Tür." Liz war erstaunt und erfreut zugleich. Endlich kam hier etwas Fahrt auf. So kannte sie ihre Chefin. Sie rief zunächst bei ihrer Freundin an und bestellte sie zu Kathy. Dann suchte sie nach der Telefonnummer aus der Vermissten-Akte. Betty kam aufgeregt und mit ihrem Stenoblock bewaffnet in ihr Büro. „Was will sie denn?" „Keine Ahnung. Geh ruhig schon rein." Zögernd klopfte sie an Kathys Tür und nach einem deutlichen „Herein!" öffnete sie vorsichtig die Tür. „Bitte Betty, setzen Sie sich. Hören sie zu. Ihr Chef wird für mindestens eine Woche ausfallen. Er hat sich bei einem Möbeltransport an der Hand und am Knie verletzt. In dieser Zeit, so haben wir das vereinbart, werde ich ein bisschen auf Ihre Mitarbeit angewiesen sein. Also, ich brauche alle Unterlagen über diesen Selbstmord. Und bitte, versuchen Sie alles heraus zu bekommen, was Sie über diesen Dave Plummer in Erfahrung bringen können. Danke, das war es." Damit verschwand Betty in die Richtung ihres Büros. Dann ließ sie sich mit Chief Simons Büro verbinden. Karen wollte sie gerade wieder abblocken, doch Kathy nahm ihr gleich den Wind aus den Segeln. „Sagen Sie dem Oberst, dass wir wahrscheinlich einen Doppelmord haben, und dass Tom Morgan bis auf weiteres ausfällt." Karen versprach sofort den Chef zu informieren, sobald er eingetroffen war. Inzwischen erschien Liz mit dem Kaffee und der Telefonnummer von Blaire Thomsen. „Die Dame ist derzeit nicht erreichbar. Sie ist mit ihrem Chef beim Bürgermeister." „Gut, dann trinke ich erst mal einen Kaffee. Wenn Karen anruft, bitte gleich durchstellen. Ach so, Tom fällt für mindestens eine Woche aus. Er hatte einen kleinen Unfall. Nichts Schlimmes, aber er muss für eine Woche das Bett hüten. Und so lange arbeiten wir mit Betty zusammen. Doch denken Sie an unsere Absprache von Freitag." „Jawohl Miss Kathy."

In diesem Moment klingelte das Telefon und Kathy konnte zum Chef kommen. „Na gut, dann auf in die Höhle des Löwen." Sie griff sich das Schreiben der Technik und steuerte direkt auf dessen Büro zu. Sie hatte gerade erst Karens Zimmer betreten, da wurde sie schon vom Oberst empfangen. „Sie haben schlechte Nachrichten für mich? Kaffee?" Kathy nickte. „Karen, bitte bringen Sie uns Kaffee." „Also, dann fangen Sie mal an."

„Ich habe am Freitag den Bericht der Kriminaltechnik erhalten, wonach bei den beiden Selbstmorden, die Tom und ich gerade bearbeiten, jeweils ein kleiner Sarg mit einer Puppe darin gefunden wurde." „Ein was?" „Hier, Sir. Bitte." Damit schob sie dem Chef den Bericht der Kriminaltechnik rüber. „Leider kam der Bericht, als ich schon auf dem Weg nach Hause war und ich konnte ihn erst heute Morgen studieren. Was wir beide, unabhängig voneinander, zunächst für ein Spielzeug gehalten haben, sieht nun nach diesem Bericht ganz anders aus. Beide Fälle hängen irgendwie zusammen." Inzwischen kam Karen mit dem Kaffee herein. Krampfhaft lächelte sie Kathy an. „Milch, Zucker, Süßstoff?" „Nein danke. Ich trinke ihn schwarz." Inzwischen war der Chief mit dem Lesen fertig und versuchte das Büro von Tom Morgan zu erreichen. „Äh, entschuldigen Sie, Sir, aber das ist die zweite schlechte Nachricht. Superintendent Morgan hat sich das Handgelenk gebrochen und trägt das rechte Knie in Gips. Er wird für mindestens eine Woche ausfallen." „Wie ist das denn passiert?" Während beide Karens herrlichen Kaffee genossen, erzählte Kathy von Toms kleinem Missgeschick. „Und einen Zufall, was die Särge betrifft, schließen Sie aus?" „Ja Sir, das scheint mir doch zu abwegig." „Was gedenken Sie in den beiden Fällen nun weiter zu unternehmen? Sie wissen, dass Sie, solange Morgan ausfällt, die Sache selbst übernehmen müssen? Ich kann da jetzt auch keine Rücksicht auf Ihren Jungen nehmen." „Das ist mir schon klar, Sir. Ich werde mit Tom eng zusammenarbeiten und hoffe, Ihnen morgen schon mehr sagen können.

Und was das Motiv für einen eventuellen Doppelmord angeht, so denke ich, dass das irgendwo in der Vergangenheit der beiden zu suchen ist. Und da werde ich zunächst ansetzen." „Gut, dann wünsche ich Ihnen viel Erfolg. Aber vergessen Sie nicht das schnöde Geld als Motiv." „Werde ich, aber beide waren arme Schlucker, Sir." „Nun, vielleicht sind sie ja jemandem auf die Füße getreten oder sie wussten etwas, das nicht für sie bestimmt war. Sie können gehen." Gerade wollte Kathy seine Tür schließen, da rief ihr der Oberst noch hinterher, dass ab sofort alle ihre Sondervollmachten wieder in Kraft sind. Kathy nickte ihm lächelnd zu und schloss die Tür. Auch Karen hatte es mitgehört und lächelte Kathy zu. Damit war die Hierarchie im Amt wieder geklärt.

Kathy steckte sich eine Zigarette an und verließ Karens Büro. Draußen inhalierte sie zunächst ein paar kräftig Züge. „Noch mal Glück gehabt, dachte sie sich." Tom wird es freuen. Kaum in ihrem Büro, drückte ihr Kathy die Akte mit der Vermissten-Geschichte in die Hand. „Was soll ich jetzt damit? Ich werde mich nachher darum kümmern." „Nun Chefin, ich an Ihrer Stelle würde mich gleich darum kümmern." „Und warum bitte?" „Weil einer der beiden der Selbstmörder von Chief Morgan ist." Kathy pfiff leise durch die Zähne. „O.k., geben Sie her und sagen Sie Betty, sie brauch sich nicht mehr nach Plummer erkundigen. Ach so, und probieren Sie weiterhin diese Thomsen zu erreichen." Damit griff sie sich die Akte und verzog sich in ihr Zimmer. Die Informationen, die Liz ihr über die beiden Vermissten besorgt hatte, waren hochinteressant. „Plummer und Peters. Doch wie passte dieser Lenox da hinein?" Schließlich griff sie sich die Unterlagen und verschwand in Richtung Archiv.

Dort wühlte sich ein leicht genervter junger Sergant durch einen Berg von Unterlagen. „Hören Sie, ich bin Kathy McGore und ich brauche ein paar Antworten." „Ich auch, Mam", murmelte der junge Beamte. Was kann ich für Sie tun? „Nun, ich denke doch, dass Lesley Bernett Ihnen ein wohl sortiertes Archiv übergeben hat?" Der Beamte fing an, etwas gequält zu lachen. „Ich will mal so sagen, Mam: Mr. Bernett und der Computer waren wohl nicht immer dicke Freunde gewesen. Ich denke mal, er hat vieles in seinem Kopf gespeichert, wenn man das so bezeichnen kann. Aber was kann ich nun für Sie tun?" „Sie haben doch hier die Möglichkeit heraus zu finden, wenn ein Täter oder Verdächtiger in einem anderen Zusammenhang aktenkundig wird." „ Sie meinen Querverweise? Nun, im Prinzip schon." „Was heißt das?" „Wenn der jeweilige Kollege die Akte, mit allen Namen, Orten und Zeitachsen, im Computer eingegeben hat. Um wen geht es?" Kathy schrieb ihm die beiden Namen Peters und Plummer auf. Wenn davon irgendwo jemand auftaucht, dann informieren Sie mich bitte sofort. Hier ist meine Nummer." Der Sergant versprach, sich sofort darum zu kümmern. In diesem Augenblick brachte der Bote zwei weitere Stapel mit erledigten Akten. Kathy konnte im gehen noch sein leises Stöhnen hören.

Kaum in ihrem Büro, erhielt sie eine Nachricht aus dem Rathaus.

Mrs. Thomsen war dran. „Hallo Kathy, ich weiß nicht, ob du dich noch an mich erinnern kannst. Hier ist Blaire Thomsen. Wir sind damals zusammen zur Schule gegangen. Ich brauche deine Hilfe. Hast du etwas Zeit für mich?"

Kathy überlegte angestrengt, doch konnte sie in ihrer Erinnerung dem Namen Blaire Thomsen kein Gesicht zuordnen.

Aber sie brauchte ihre Informationen. „Was hältst du davon, wenn wir gemeinsam Mittag essen? Dann kannst du mir in Ruhe von deinem Problem erzählen." Blaire war von dem Vorschlag begeistert und schlug das Café im Rathaus vor. „Das ist gemütlich und es gibt eine ganz gute Küche." „Alles klar, dann um 13.00 Uhr im Café." Damit legte Kathy auf. „Sagen sie Liz, Sie müssen mir einen Gefallen tun." „Um was geht es, Chefin?" „Sie erinnern sich doch an diesen kleinen Sarg." „Sie meinen den aus dem National-Museum?" „Genau. Ich möchte Sie bitten, dass Sie einmal ins Museum fahren und dort versuchen herauszufinden, ob jemand in letzter Zeit eine größere Menge davon gekauft hat. Vielleicht sogar ein komplettes Set. Würden Sie das für mich tun?" „Aber gerne, Chefin. Und wann soll ich gehen?"

„Gleich, meine Liebe." Liz schluckte etwas, dann griff sie nach ihrer Jacke und verabschiedete sich. „Ach so, und stellen Sie unseren Apparat auf den ihrer Kollegin. Ich bin auch gleich außer Haus." Damit verschwand Liz in Richtung Nationalmuseum. Kurze Zeit später erschien Betty in ihrem Büro. „Kann ich Ihnen helfen?" „Oh nein, Mam, ich war nur auf der Suche nach Liz." „Die ist nicht da. Sie hat einen Außentermin. Ich denke, sie ist so in drei bis vier Stunden zurück." Jetzt wurde Betty neugierig. „Äh, sie ist außer Haus? Davon hat sie mir gar nichts gesagt." „Hätte sie das gemusst?" „Aber nein, natürlich nicht. Ich dachte nur." „Ich habe sie mit einem Spezialauftrag losgeschickt. Sie soll für mich etwas recherchieren." „Etwas recherchieren? Spezialauftrag …", murmelte sie vor sich hin. „Ich geh dann, Mam." „Äh, nur damit Sie es wissen, ich bin auch gleich außer Haus. Ich habe unseren Apparat zu Ihnen stellen lassen. Ist doch o.k.?" „Aber natürlich. Ich gehe dann. Und wenn sie noch so einen Spezialauftrag haben, dann kommen sie ruhig zu mir. Ich geh dann." „Ich werde es mir merken."

Damit verschwand Betty in ihrem Büro. Natürlich war jetzt ihre Neugier geweckt. Ihre Freundin mit einem Spezialauftrag unterwegs? Das wäre sie auch gern. Irgendwie war sie ein bisschen neidisch auf ihre Kollegin. Kathy sah ihr kurz nach. „Ich muss besser aufpassen. Die beiden sind und bleiben elendige Klatschtanten."

Bevor sie zu ihrem Mittagessen aufbrach, telefonierte sie noch mit Paul und Mike. Doch bei denen war alles in bester Ordnung. Auf ihre Frage, was es denn heute zum Abendbrot geben soll, erhielt sie die freudige Antwort: „Pizza!" „Alles klar, ihr zwei." „Du kommst doch pünktlich, oder?" Pauls Frage berührte sie. „Aber natürlich, mein Liebling." „O.k., bis dann." Damit legte er auf. Sicher fand der Junge es toll, wie die letzten Tage verlaufen. So, mit seinem Bruder und allen gemeinsam beim Essen. Trotzdem fehlte ihm seine Mutter und zurzeit wohl besonders.

Dann rief sie Tom von ihrem Handy aus an. Man konnte ja nicht wissen. „Hallo mein Lieber. Wie geht es dir?

Mit dem Fall ist alles in Ordnung. Wir behandeln das jetzt als Doppelmord. Der Chief war nicht gerade begeistert. Aber er schickt dir Genesungswünsche. Und solange du ausfällst, hat er mir den Fall übertragen. Also werde schnell wieder gesund. Du weißt, was ich davon halte. Alles Gute." Damit legte sie auf.

Pünktlich saß sie, zwei Stunden später, im Café des Rathauses. Sie war schon oft dienstlich hier im Haus, doch in diesem schicken Café das erste Mal. Im Gegensatz zu vielen anderen Cafés hat man hier mit viel Licht, Glas und Grünpflanzen gearbeitet. Als Personal arbeiteten hier nur Männer, was sich irgendwie ergeben hatte. Und hier konnte jeder Besucher des Rathauses einkehren, nicht nur die Mitarbeiter. Kathy hatte sich einen Tisch am Fenster gesucht und wartete.

Blaire Thomsen

Sie hatte noch etwas Zeit und studierte zum dritten Mal die Hintergrundinformationen zu den beiden Vermissten.

„Kathy?" Vor ihr stand plötzlich eine gutaussehende Frau in einem engen beigen Kostüm. „Blaire?" Sie nickte und setzte sich. „Na, erkennst du mich? Du hast mich immer Julischka genannt. Wohl wegen meines osteuropäischen Aussehens." „Julischka? Ja richtig, jetzt erinnere ich mich wieder. Bitte entschuldige, ich wollte dich damals nicht verspotten. Es war nun halt, wie Kinder eben so sind. Du siehst gut aus." „Danke, du aber auch. Du bist inzwischen ein hohes Tier bei der Polizei?" „Wie kommst du denn darauf?" „Nun, ich habe die Berichte über dich und Belle in der Zeitung gelesen. Schrecklich, was diese Irre angerichtet hat. Stand ich eigentlich auch auf ihrer Liste?" „Ich denke schon. Aber zum Glück konnten wir sie ja rechtzeitig aus dem Verkehr ziehen. Wie geht es dir sonst?" „Ich arbeite im Sozialamt unserer schönen Stadt, d.h. ich betreue dort die Außenseiter unserer Gesellschaft. Ähnlich wie du. Ansonsten lebe ich allein. Und wie ist es dir ergangen? Ich meine, privat?" Kathy überlegte einen Moment. „Ich lebe allein mit meinem Jungen, einem Hund und meiner Mutter. Wie kann ich dir helfen?"

Blaire zog eine Mappe aus ihrer Tasche. Es geht um diese beiden Männer." Damit legte sie zwei Fotos auf den Tisch. „Ich betreue sie schon, seit sie hier in Edinburgh angekommen, besser aufgetaucht sind." In diesem Moment trat ein junger gutaussehender Kellner an den Tisch. „Was darf ich den Damen bringen? Kathy überlegte einen Moment, dann bestellte sie den gedünsteten Fisch und ein Glas Weißwein. „Und für dich, wie immer Hühnchen mit gedünstetem Gemüse?" „Nein, ich schließe mich heute ihrer Bestellung an. Ich nehme auch den Fisch." „Wie du willst." Damit verschwand der junge Mann nicht, ohne den beiden ein Lächeln zu schenken. „Du kennst ihn?", fragte Kathy." Blaire wurde etwas rot. „Ich esse hier öfter."

„Doch zurück zu den beiden. Also, ich bearbeite Peters und Plummer schon seit über zwei Jahre. Und egal, was sie in der Vergangenheit auch getan haben, ich kenne sie als zwei freundliche und zuvorkommende ältere Männer, die vom Leben enttäuscht nun mühsam versuchen wieder Fuß zu fassen. Und bitte glaube mir, ich habe es oft mit ganz anderen Typen zu tun. Ich finde auch, dass jeder eine zweite Chance verdient hat." Kathy musste kurz lachen. „Entschuldige bitte, aber du scheinst ja wirklich nichts von den beiden zu wissen. Die haben einen jungen japanischen Studenten nur wegen ein paar Pfund und zwei Zigaretten tot geschlagen. Sie haben dafür drei Jahre im Gefängnis gesessen. Soviel zum Thema: vom Leben enttäuscht. Hier lies." Damit schob sie ihr die Akte rüber. Blaire war erschrocken. „Sorry, das habe ich nicht gewusst", war ihr Kommentar, als sie mit dem Lesen fertig war. Wirklich, das musst du mir glauben. Aber wir sind angewiesen, uns nicht mit früheren Strafakten zu beschäftigen, damit wir vorurteilsfrei mit ihnen arbeiten können." „Egal, was ist nun mit den beiden?" „Ich habe vor etwa drei Wochen zwei Unterkünfte in einer Wohnsiedlung für sie gefunden. Dort könnten sie, zumindest für ein Jahr, unterkommen. Die Miete zahlt die Stadt und wir würden ihnen auch bei der Jobsuche helfen. Doch nichts!" „Wie nichts?" In diesem Moment wurde das Essen serviert. „Ich wünsche Ihnen einen guten Appetit." Damit zwinkerte der Kellner Blaire erneut zu und verschwand wieder. „Du kannst mir sagen, was du willst, aber der Typ steht auf dich." Beide begannen schweigend zu essen. Das Café war um diese Uhrzeit gut besucht und Blaire musste vielen Besuchern freundlich zunicken. „Alles Kollegen von mir." „Hat das Rathaus denn keine Kantine?" „Oh ja, aber da schmeckt es nicht." „Und das liegt nicht nur an dem jungen Kellner? Zum Wohl." Damit stießen beide lachend mit ihren Gläsern an. „Darauf, dass ich dir helfen kann. Wie hast du eigentlich mit den beiden Kontakt aufgenommen?" „Über ein Prepaid-Handy. Die Karte hat das Amt bezahlt. Hier sind ihre Nummern."

„Na, da weiß ich ja wenigstens, wo meine Steuern bleiben." Blaire schob Kathy einen Zettel mit zwei Telefonnummern über den Tisch. Kaum waren beide mit dem Essen fertig, bestellte sie zwei Kaffee.

Kathy zog eines der Fotos aus ihrer Akte. „Der hier ist vor acht oder neun Tagen von einer Brücke in den Tod gesprungen." Blaire sah auf das Foto. „Das ist Dave." „Genau, das ist Dave Plummer. Mein Kollege hat bis Freitag seinen Selbstmord bearbeitet." „Entschuldige bitte, aber ich denke nicht, dass es ein Selbstmord war. Dafür hat er das Leben viel zu sehr geliebt. Und warum sollte er jetzt, wo es für ihn aufwärts ging, von einer Brücke springen?" Das kann ich dir nicht sagen. Hat er denn gewusst, dass du für ihn und seinen Kumpel eine Bleibe gefunden hast?" „Ja und nein." „Diese Antwort habe ich am liebsten. Also?" „Als die beiden das letzte Mal bei mir waren, stand die Zuweisung schon so gut wie fest. Ich brauchte lediglich noch die Unterschrift meines Chefs, der zu diesem Zeitpunkt noch im Urlaub war. Zwei Tage später war dann alles perfekt."

Der Kaffee, der ihnen serviert wurde, war heiß und sehr lecker. Das ist sogenannter fair trade Kaffee." „Und das schmeckt man?" „Nein, aber es macht ihn ein wenig teurer und beruhigt das Gewissen." „Wir haben bei diesem Dave einen Abschiedsbrief gefunden." „Und an wen war der gerichtet?" „An seine Mutter." „Dave Plummers Mutter ist vor 20 Jahren bei einem Autounfall ums Leben gekommen. Du siehst, da stimmt etwas nicht." Kathy überlegte, ob sie Blaire von dem kleinen Holzsarg erzählen soll. Sie kramte in der Akte und zeigte Blaire ein Foto. „Kommt dir das irgendwie bekannt vor?" Blaire sah kurz auf das Bild. „Das ist einer der Minisärge, die im Nationalmuseum ausgestellt sind. Warum?" „Nur so. Was erwartest du von mir?" Blaire sah Kathy lange still an. „Auch wenn beide vor Jahren wahre Monster waren, so haben sie es nicht verdient, einfach zu verschwinden und von irgendwelchen Brücken zu fallen. Denn dass Dave gesprungen ist, schließe ich aus. Jeder Mensch sollte eine zweite Chance bekommen. Bitte finde Daves Mörder." „Gilt das auch für den erschlagenden Studenten?" In diesem Moment klingelte Blaires Handy. „Mein Chef. Er erwartet mich. Wirst du mir helfen?" Kathy stöhnte kurz. „Aber natürlich. Dafür ist die Polizei doch da. „Danke. Ich muss los. Ich lasse das Essen auf mich schreiben. Wir hören uns."

Nicht schlecht, so ein Spesenkonto, dachte sich Kathy. Ich sollte mal dringend mit Simons darüber reden. Beim Verlassen des Cafés drückte sie dem Kellner zwanzig Pfund in die Hand. „Bitte, für mein Essen. Ich bezahle lieber selber. Ist so eine Marotte von mir. Außerdem bin ich von der Polizei. Deshalb hätte ich auch gern eine Quittung, bitte." Sie sah die Enttäuschung im Gesicht des Kellners, der das Geld bereits eingesteckt hatte. Jetzt musste er es doch noch buchen. Damit verließ sie das Café mit einem Lächeln.

Kaum saß sie im Auto, rief sie in ihrem Büro an. Liz meldete sich, was bedeutete, dass sie von ihren Nachforschungen zurück war. „Und, haben Sie etwas erreicht?" „Nun, die Dame konnte sich vage an einen älteren Herrn erinnern, der acht Stück von den Särgen erworben hatte. Aber das war schon vor etwa vier Monaten. Und der Typ hatte bar bezahlt. An mehr konnte sie sich nicht mehr erinnern. Ach so und dann gab es hier eine

Meldung über einen gewissen Jack Peters." Kathy unterbrach sie. „Danke, ich komme rein." Eigentlich wollte sie nach Hause, doch diese Information brauchte sie sofort. Wer weiß, vielleicht schloss sich jetzt der Kreis.

Kathy war zwanzig Minuten später in ihrem Büro und nahm sich die Meldung über diesen Peters vor.

Danach wurde er vor gut acht Tagen in einer unterirdischen Zelle in Abbey Grove, durch einen anonymen Hinweis, gefunden. Da er stark sediert war, konnte erst vor zwei Tagen seine Identität zweifelsfrei festgestellt werden. Laut Auskunft der Ärzte muss damit gerechnet werden, dass Mr. Peters nie wieder das Bewusstsein erlangt.

„Liz, besorgen Sie mir alle Unterlagen über Abbey Grove und den Vorgang der Kollegen, die Peters gefunden haben. Ich brauche das bis morgen. Und ich brauche die Adresse von diesem Krankenhaus, in dem der Typ liegt." Liz überlegte und dann fiel es ihr wieder ein. „Sie meinen Abbey Grove, die ehemalige Irrenanstalt? Die ist doch seit über dreißig Jahren stillgelegt?"

„Nun, irgendwer hat sie wohl wieder geöffnet. Ich werde übermorgen dorthin fahren und mir das Ganze mal ansehen. Ich verschwinde jetzt. Bis morgen. Vorher gehe ich nochmal zum Chef." Kathy berichtete dem Oberst kurz von den Ermittlungen. Vor allem das Gespräch mit der Mitarbeiterin des Sozialamtes und die Spur nach Abbey Grove interessierten ihn.

„Schade, dass Lesly Bernett in Pension gegangen ist. Der kannte sich dort ganz gut aus. Vielleicht lassen Sie sich mal die Privatadresse von ihm geben und besuchen ihn?" „Was hatte denn Bernett mit Abbey zu tun?" „Seine Mutter ist damals dort ums Leben gekommen. Sie war schwer an Demenz erkrankt und man versprach ihm, dass sie dort eine umfangreiche Pflege erhalten würde. Nach ihrer Einlieferung lebte sie noch knapp sechs Wochen, dann war sie tot. Er hatte sie damals regelmäßig besucht und festgestellt, dass die Räume dort eher unterirdischen Gefängniszellen bzw. mittelalterlichen Folterkellern glichen. Auch die Ärzte und Pfleger waren wohl eher Wärter und Aufseher. Lesly hat sich ewig Vorwürfe gemacht, sie dorthin gebracht zu haben.

Sie müssen wissen, Bernett und ich haben gemeinsam an der Polizeischule angefangen. Wie geht es eigentlich Tom?" Kathy war am überlegen. „Kathy?" „Äh, entschuldigen Sie, Sir, aber da war eben nur so ein Gedanke. Tom geht es besser. Er wird in der nächsten Woche wieder arbeiten können. Ich gehe dann, wenn es nichts weiter gibt." Damit verließ sie nachdenklich das Büro des Chiefs.

Zu Hause erwarteten sie zwei schlafende Jungs. Mike lag draußen auf der Bank und Paul im Haus. „He, was ist los mit euch?" „Frag den Hund", antwortete Mike. „Wir haben mit ihr am und im Wasser gespielt. Sie hat uns geschafft. Paul schläft in seinem Zimmer."

„Was wollt ihr essen?" In diesem Moment kam Paul völlig schlaftrunken in den Garten. Auch Mike, der auf der Bank geschlafen hatte, war wieder voll da. „Na Pizza!", rief Paul. „Und du Mike?" „Ich schließe mich meinem Bruder an." „Also gut, gibt es eben Pizza. Hier Paul, suche für jeden eine aus und bestelle auch gleich." Damit gab sie ihm den Werbeflyer.

Und während Paul bestellte, setzten sich Mike und Kathy an den kleinen Gartentisch. „Und, hast du zur Zeit einen großen Fall beim Wickel?" „Du weißt, ich darf darüber nicht reden. Nur soviel, da entwickelt sich etwas Kleines zu etwas sehr viel Größerem. Doch ich will in Zukunft kürzer treten. Ich will einfach mehr Zeit für Paul haben.

Und was ist mit dir? Dein Sergant hat mir erzählt, dass dein Dienst in sechs Monaten endet. Verlängerst du oder machst du was anderes." „Ich will studieren. Maschinenbau in Deutschland. An der Freien Universität. Das ist irgendwo in Berlin. Ich habe meine Bewerbung schon abgeschickt. Das Studium geht vier Jahre und dann will ich ins Ausland. Kriseneinsatz, irgendwo in Afrika." „Nicht schlecht, mein Lieber. Eure Mutter würde stolz auf euch sein. Wenn ich da an meine Jugendzeit so denke. Aber wir wollen nicht abschweifen. Du hast noch zwei Tage Urlaub. Weißt du schon, was ihr morgen machen wollt?" „Nein, das lasse ich Paul entscheiden." Der ließ sich gerade mit einem großen Seufzer auf der Bank fallen. „Na, alles klar?", fragte Kathy. „Hör bloß auf. Aus mir völlig unerfindlichen Gründen will der Pizza-Fahrer unser Grundstück nicht mehr betreten. Er wird nur klingeln, und wenn dann wieder der Hund kommt, haut er ab. Ich weiß nicht, was Princess ihm getan hat?" „Nun, soweit ich mich erinnern kann, stand er beim letzten Mal zum Schluss mit hoch erhobenen Händen an seinem Auto." „Aber daran war er doch selber schuld." „Du magst ja recht haben, aber wenn du auch in Zukunft Pizza essen willst, müssen wir uns nun mal fügen. Was ist denn nun mit deinem Zimmer, alles fertig?" „Soweit ja." Damit deutete er auf einen Berg alter Möbelteile. „Ich lass das morgen abholen." Damit telefonierte sie mit einer Sperrmüllfirma, die versprach, am nächsten Morgen gegen 10.00 Uhr vorbei zu kommen. „Damit wisst ihr, was ihr morgen zu tun habt."

Kurze Zeit später klingelte der Pizza-Bote. Und auch wenn es Paul gereizt hätte, so schickte er doch den Hund ins Haus. Was Princess nun überhaupt nicht verstand, denn sie liebte dieses „quietschbunte" Auto, von dem so ein herrlicher Duft ausging. Und mit dem Fahrer konnte sie so herrlich spielen. Was der leider nicht so sah. Doch nach dem ersten großen Stück Pizza war sie wieder versöhnt.

Sicher ist Pizza nicht das richtige Hundefutter. Aber wenn es ihr nun mal so gut schmeckt …

Endlich saßen alle gemeinsam am Tisch und ließen es sich schmecken. Etwas später kam Kathys Mutter noch vorbei. Sie war wohl neugierig auf Mike. Denn irgendwie war er ja jetzt ihr „großer" Enkel. Ein schöner Tag ging zu Ende.

Perth

Police Sergant Frank Jones, der Dank der Fürsprache von Kathy in der Kriminalabteilung von Perth gelandet war, hatte die unbeliebteste Schicht bei der Polizei erwischt. Von 22.00 bis 6.00 Uhr, die sogenannte Geister-

Runde. Hier hatte man es entweder mit den durchgeknalltesten Typen der Stadt zu tun oder es passierte rein gar nichts und man kämpfte stundenlang gegen die Müdigkeit.

Es war inzwischen kurz nach 23.00 Uhr und bis jetzt versprach es eine ruhige Nacht zu werden. Jones hatte die Tagesberichte bereits überflogen und so einen Teil seiner Arbeit bereits hinter sich gebracht. Seine beiden Kollegen saßen mit ein paar Jungs von der Technik in der Kantine bei einer gemütlichen Pokerrunde. Auch das nannte sich Bereitschaft. Und so begann er mit dem Schreiben des Schichtprotokolls. Bis jetzt gab es zwar nichts Substantielles zu notieren, doch auch das musste gewissenhaft getan werden.

Unzählige dieser Schichten hatte er bereits hinter sich gebracht, doch eines war heute anders. Jones war frisch verliebt. Er hatte Schmetterlinge im Bauch, war unruhig, unkonzentriert und irgendwie hibbelig. Nennen wir es einfach nervös. Vor gut einer Woche hatte sie ihm eröffnet, dass auch sie ähnliche Gefühle für ihn verspürt. Und seit dem war alles anders. Frank war überglücklich. Und er hätte singen, tanzen oder es laut herausschreien können. Er war verliebt. Was die ganze Sache etwas kompliziert machte war die Tatsache, dass ihr Verhältnis geheim bleiben musste. Denn sie war auch bei der Polizei beschäftigt und der Chief würde das Verhältnis sofort beenden, wenn er davon erfährt.

Um sich abzulenken und die nächsten Stunden der Nacht nicht völlig sinnlos an sich vorbei ziehen zu lassen, nahm er sich zum wiederholten Mal die Unterlagen des furchtbaren Unfalls zur Hand, bei dem vor ein paar Tagen zwei junge Mädchen auf dem Rummel des diesjährigen Stadtfestes zu Tode gekommen waren. Sicher, er hätte auch für seine Detektiv-Prüfung büffeln können, aber fürs Erste hatte er genug von Paragraphen. Deshalb beschäftigte er sich jetzt mit der Praxis. Und wenn dieser Fall auch längst zu den Akten gelegt worden war, sagte ihm sein Bauchgefühl, dass es sich hier um mehr handelt als eben nur einen Unfall.

Seit er damals mit Schottlands bester Polizistin arbeiten durfte, waren seine Sinne für Kleinigkeiten sensibilisiert, und es hatte sich ein funktionierendes Bauchgefühl entwickelt, das ihn seit dem nicht im Stich gelassen hatte. Und so war es auch hier. Wieder und wieder hatte er die Berichte der Feuerwehr, die Gutachten der Bau-Aufsicht, die seiner Kollegen und die Aussagen der Zeugen, die den Unfall beobachtet hatten, gelesen, ja studiert, doch nichts. Die Bahn war kurz vor dem Unfall nochmal kontrolliert worden und dabei wurden keinerlei Mängel festgestellt. Nichts deutete darauf hin, dass hier irgendjemand seine Hand im Spiel hatte. Doch warum war dann der Wagen an jenem Punkt der Bahn aus der Kurve geflogen? Unzählige Male war er die Strecke ohne Probleme befahren und nun plötzlich änderte sich das? Einfach so? Schließlich nahm sich Jones die Fotos zur Hand.

„Ob sie wohl gerade an ihn dachte?" Wieder erwischte er sich dabei, dass seine Gedanken abschweiften. Jones griff zu seinem Handy und simmste ein „I love you. F." Kurz danach bekam er ein „Love you to. S." Jetzt war seine Stimmung wieder ganz oben und er konnte beruhigt weiterarbeiten.

Zum Glück hatte eine am gegenüber liegenden Karussell angebrachte Kamera den Unfall aufgenommen und so hatte man jede Menge an Prints. Er sah die lachenden Mädchen, wie sie, jede mit einer rosafarbigen Zuckerwatte bewaffnet, in den Wagen stiegen. Er sah die unzähligen Besucher, die neugierig und lachend herumstanden. Die Bahn war die Hauptattraktion auf dem Platz. Er sah, wie der Wagen durch die engen Steigungen und Kurven raste und wie er in der zweiten Runde plötzlich aus der Bahn flog. Zum Glück hatte das Personal die nachfolgenden Wagen abbremsen können, ansonsten hätte es sicher weitere Opfer gegeben. Auf den nächsten Bildern konnte man sehen, wie die Besucher entsetzt auseinander liefen und schließlich, wie der Wagen mit der Nummer sechs auf den Köpfen der Mädchen liegen blieb.

Die nächsten Fotos hatten die Kollegen vor Ort gemacht. Jetzt sah man Unfalldetails vom Wagen und der zerstörten Bahn. Und man sah in die blutigen Gesichter der beiden Mädchen, die mit weit aufgerissenen Augen am Bode lagen. „Warum?", schienen sie zu fragen, doch niemand hatte eine Antwort. Beide hatten sehr schöne Augen, die den Betrachter in ihren Bann zogen. Und doch, waren es tote Augen … Beide Mädchen waren gerade erst sechzehn geworden und hatten noch ihr ganzes Leben vor sich. Und nun lagen sie tot auf einem Rummelplatz im Dreck.

Jones hatte sich eine Lupe genommen und Bild für Bild auf das Genaueste untersucht. Auf einem der Bilder glaubte er einen Mann zu erkennen. Mitte fünfzig, etwa 1,80 m groß und hager. Er trug einen Trenchcoat und schien die toten Mädchen zu beobachten. Frank wusste, das er den Mann von irgendwoher kannte. Nur von wo?

Auch die Aufnahmen der Bahn und des verunglückten Wagens ergaben nichts Neues. Und doch war da wieder dieses Gefühl. Das war kein Unfall. Er beschloss, am nächsten Tag nochmal auf den Platz zu gehen und mit ein paar Leuten zu sprechen. Er hatte zwar frei, doch konnte er sowieso nicht schlafen. Die Augen der Mädchen verfolgten ihn seit Tagen im Schlaf. Und dann war ja da noch seine große Liebe … In diesem Moment flog die Tür auf und der diensthabende Constable meldete einen Einbruch im City-Museum. Sofort sprang Jones in seine Uniformjacke und seinen neuen Dienstwagen. Wenn er in der nächsten Woche die letzte Prüfung besteht, durfte er Zivilkleidung tragen. Dann war er ein Detectiv Sergant, ein DS der Kriminalabteilung. In Vorbereitung seiner zukünftigen Beförderung hatte man ihm vor zwei Tagen bereits einen eigenen Wagen zugeordnet. „Die Truppe ist bereits zum Tatort unterwegs, Sir!", rief ihm Ann von der Einsatz-Zentrale fröhlich zu. „Sie sollen das mit dem Sir doch lassen, meine Liebe." Dann warf er ihr einen flüchtigen Kuss zu und verschwand in der Nacht. „Der wird es nochmal weit bringen", seufzte Ann und strahlte über das ganzes Gesicht.

Nach knapp fünfzehn Minuten Fahrt erreichte Jones den Middle Place. Hier pulsierte am Tag das Leben von Perth. In der Mitte des Platzes, der von einer gewaltigen Brunnenanlage, dem Jasmin Brunnen, dominiert wurde, standen am Tag jede Menge Markthändler, die die Einheimischen mit allem lebensnotwendigen und die Touristen mit jeder Menge an Tand und Nippes versorgten. Umgeben war der Platz mit dem Rathaus, dessen Fassade an die Zeit von König Robert des III. erinnerte. Nach einem Großbrand Mitte des 18. Jahrhunderts, bei dem eines der unzähligen Klöster der Stadt bis auf seine Grundmauern zerstört wurde, errichteten die Bürger der Stadt an dieser Stelle das erste Rats-Haus Schottlands. (Man beachte die Schreibweise.)

Dann waren da das weit über die Grenzen der Stadt bekannte Stadttheater, mehrere Juweliere und Boutiquen, ein mittelalterliches Kartäuserkloster und das Stadtmuseum, dessen Eingang gerade vom Blaulicht dreier Polizeiwagen beleuchtet wurde. Jones traf im ersten Stock auf den weiblichen Constable Burns und einem, dem Herzinfarkt nahe stehenden Wächter, der ihm aufgeregt schilderte, dass er vor etwa fünfundvierzig Minuten den Einbruch bemerkt hatte. Und nachdem er sich dann etwas beruhigt hatte, sofort die Polizei alarmierte. „Gibt es hier denn keine Alarmanlage?", wollte Jones wissen. „Die ist seit einer Woche defekt. Es fehlt wohl irgendein Teil und das müsse erst aus London besorgt werden." „Bitte Constable, kümmern Sie sich um ihn, ich werde mich etwas umschauen." Kopfschütteln ließ er den Alten bei Constable Burns sitzen und traf im zweiten Stock auf seine Kollegen. „Und, was ist los?" „Keine Ahnung, Chef, wir konnten nichts entdecken. Keine Einbruchspuren, und was wir bis jetzt feststellen konnten, es fehlt nix." „Und das habt ihr bereits in der Kürze der Zeit festgestellt? Bravo, ich werde euch für einen Orden vorschlagen." „Kein Problem, Chef, der alte Kasten ist nicht sehr groß. Und vor einer Woche war ich mit meinem Jüngsten hier. Da sah es hier genauso aus." „Wat is Chef, können wir abrücken?" Jones glaubte, sich verhört zu haben. „Nichts da, holt die Jungs von der Technik, und dann kontrolliert ihr mir jede Tür und jedes Fenster. Also los. Ich werde mir den Wächter noch mal zur Brust nehmen." Kaum war Jones verschwunden; machten sich seine Kollegen an die Arbeit. „Was wird das erst, wenn der seine Prüfung bestanden hat?" „Lass mal, der is schon in Ordnung." „Na, wenn du meinst." Damit begannen die beiden, die Fenster und Türen im Obergeschoss zu kontrollieren.

Jones war inzwischen bei dem Wächter angelangt, der sich etwas beruhigt hatte, was wohl auch an dem Getränk in seiner Thermoskanne lag. Auch war er wohl gerade dabei, die junge Polizistin an zu flirten. Jones roch kurz an der Flasche. Bester schottischer Whiskey, verdünnt mit etwas Tee. „Na, Constable, da müssen Sie sich ja sicher in Acht nehmen, oder?" Die verdrehte nur die Augen. „Brauchen Sie mich hier noch, Sir? Wenn nicht dann warte ich draußen im Wagen." Damit machte sie auf dem Absatz kehrt und verschwand ohne eine Antwort von Frank abzuwarten.

„Hübsches Ding, nicht war?" „Au ja." „Auch ein Schlückchen? Dat is nur, weil ick so aufgeregt bin. Is sozusagen meine Medizin." „Schon gut, Mr …?" „Jones! Archibald Thomas Jones." Frank musste lachen. „Auch das noch." „Was soll das heißen?" „Nun, das ist nicht so wichtig, Sir. Es ist nur so, ich heiße auch Jones. Allerdings Frank, Sir." „Ach nee, wat für ein Zufall. Oder auch nicht. Wer weiß, vielleicht sind wir ja irgendwie verwandt, junger Mann? Schließlich sind wir beide ja auch im selben Gewerbe." „Bitte was?" Jetzt war Jones verblüfft. „Nun, wir beide arbeiten für ihre Majestät. Sozusagen an vorderster Front und scheuen uns nicht davor, mit unserem Leben einzustehen." Auch eine Einstellung, dachte sich Jones. „Mr. Jones, nun sagen Sie mir doch mal, warum Sie an einen Einbruch glauben? Meine Kollegen, die sich gerade im Haus umsehen, konnten bis jetzt nichts Auffälliges entdecken. Fehlt denn irgendetwas?" „Aber nein, junger Mann. Nichts fehlt, das ist es ja. Ich machte gerade meine Runde. Und wie ich so die Treppe wieder herunterkomme, brannte in der unteren Etage überall das Licht." Jones ahnte Schlimmes. „Ja und, ist das so ungewöhnlich? Was passierte dann, Sir?" „Jungchen, sag nicht immer Sir zu mir. Schließlich sind wir ja fast verwandt. Also, ich bin mir sicher, dass ich das Licht nicht angemacht hatte. Wir müssen doch sparen." Den letzten Satz hatte er fast geflüstert. Jones seufzte und atmete tief durch. „Nur eine Frage, Sir, haben Sie vorhin schon etwas von Ihrer „Medizin" da genommen?" Der Alte überlegte angestrengt, dann lächelte er verschmitzt. „Kann schon sein." Gerade wollte er die Beamten von der Technik an den Tatort beordern, da tauchten seine beiden Kollegen auf.

„Und?" „Nichts. Beim besten Willen, Sergant. Wir haben jedes Fenster und jede Tür überprüft, alles in Ordnung." „Also, was meint ihr, gab es einen Einbruch oder gab es keinen?" „Wenn Sie uns so fragen, dann nein. Da, sehen Sie." Der Alte war gerade dabei, sich einen großen Schluck seiner „Medizin" zu gönnen. „Also gut, wir brechen ab. „Hören Sie, Sir, ich denke, wir bringen Sie jetzt nach Hause. Ich lasse einen Constable hier. Der wird vor dem Haus warten und das Museum beschützen, bis ihr Chef kommt." „Chefin." „Wie meinen?" „Chefin. Mein Chef ist eine Dame. Dr. Lady Gena McAlles." „O.k., bis diese McAlles kommt, ist das in Ordnung?" „Alles o.k., Herr Inspektor." „Ich bin noch Sergant, aber ist auch egal. Wir ziehen ab. Ihr beide helft unserem Helden. Ich gehe schon runter und sage Burns Bescheid. Die wird sich freuen." Damit rannte er nach unten, während die beiden Beamten den betrunkenen Wächter auf seinem Weg ins Erdgeschoss stützten. Jones informierte die junge Kollegin, die in ihrem Wagen saß. „Sorry, aber du musst in den sauren Apfel beißen. Ich sehe zu, dass du in zwei, drei Stunden eine Ablösung bekommst." „Kein Problem, Sergant." Dabei lächelte sie ihn an. „Ich werde mir die Zeit schon irgendwie vertreiben." „Das hoffe ich. Und passe auf dich auf. Bis dann." Jones rannte wieder zurück ins Foyer des Museums. Während er auf den Wächter und seine Kollegen wartete, sah er sich etwas um. Zu seiner eigenen Schande musste er sich eingestehen, dass er noch nie in diesem Museum war. Hier im Eingangsbereich standen mehrere bedrohlich aussehende Ritter, zum Teil sogar zu Pferde und stellten die berühmte Clan-Schlacht der „sechzig Edlen" dar. Zahllose Standarten, Wappen, Flaggen und Schautafeln erzählten von der wechselvollen

Geschichte der Stadt Perth. Jones nahm sich vor, in den nächsten Tagen das Museum in Ruhe zu besuchen. Vielleicht auch mit … In diesem Moment bog der Wächter laut lachend und ein altes schottisches Lied pfeifend, sowie die beiden Beamten, um die Ecke. Na der hatte für heute genug, dachte sich Frank. Fast schon aus der Tür, blieb der Alte plötzlich ruckartig stehen. Er drehte sich herum, fing an zu kichern und sein ausgestreckter Finger zeigte auf einen unscheinbaren Sandstein, der mit einer Plane zum Teil abgedeckt unter einem der Pferde lag. „Der ist neu." „Wie, neu?" „Nun, der war bis vorhin noch nicht da. Ich sage doch, hier ist jemand eingestiegen. Ha, nur hat der nichts geklaut, sondern etwas mitgebracht. Die Ganoven sind auch nicht mehr das, was sie mal waren." Jones winkte seinen Kollegen zu. „O.k., ab mit ihm. Bringt ihn heil nach Hause. Ich fahre gleich ins Revier."

Kaum waren die anderen verschwunden, fingerte er nach der Stablampe an seinem Gürtel. Dann zog er mit einem Ruck die Plane zurück. Der Lichtstrahl traf auf einen unscheinbaren Sandstein, an dessen Enden zwei Metallgriffe angebracht waren. Auf seiner Oberfläche war ein keltisches Kreuz eingearbeitet.

Ein eiskalter Schauer lief Jones über den Rücken. Denn nur zu gut kannte er diesen Stein. Hier handelte es sich um den Stone of Scone, den legendären Krönungsstein der britischen Königsdynastie. Das Ding war unbezahlbar. Und wenn das da keine Kopie war, dann hatte er ab sofort ein riesiges Problem. Er musste unbedingt mit Kathy reden. In diesem Augenblick erhellte ein Blitz die dunklen Räume und ein gewaltiger Donnerschlag kündigte eines der Sommergewitter an. Draußen begann es mit einem Mal sinnflutartig zu regnen.

Irgendwie schien der liebe Gott mit der Situation hier im Museum mehr als unzufrieden zu sein. Weitere Blitze zuckten über den Marktplatz, gefolgt von gewaltigen Donnerschlägen. Das Gewitter stand jetzt genau über dem Zentrum von Perth und tobte sich aus. Doch genauso schnell wie es gekommen war, endete es auch. Auch der Regen hörte auf. Jones hatte das Naturschauspiel von der Treppe aus verfolgt. Er liebte diesen Kampf der Elemente. Diese Urkraft der Natur. Wie klein konnte er sich da als Mensch fühlen. Gerade wollte er sich von der Treppe erheben, da traf ihn ein heftiger Schlag auf den Hinterkopf, der ihn zu Boden streckte.

Als er nach knapp zehn Minuten mit heftigen Kopfschmerzen wieder aufwachte, war der Stein verschwunden. Nach weiteren zehn Minuten wankte er aus dem Museum und steuerte direkt auf den Polizeiwagen zu, der immer noch vor dem Museum stand. „Hör zu, ist in den letzten Minuten hier irgendjemand raus gekommen?" „Nicht, dass ich wüsste. Warum, ist was passiert?" „Nein, nein, ist alles in Ordnung. Ich danke dir. Ich fahre jetzt ins Revier und schicke dir in drei Stunden eine Ablösung." Damit wankte Jones, immer noch etwas benommen, in Richtung seines Wagens. Nach einem kurzen Moment, in dem er darüber nachdachte, was gerade passiert war, startete er den Motor und fuhr zurück in die Polizeizentrale. Noch unterwegs erhielt er eine SMS: „Ich liebe dich. S.". Trotz der Kopfwunde fühlte er sich plötzlich wie im siebten Himmel.

Kaum im Revier angekommen, besorgte er sich zunächst einen Eisbeutel und kühlte damit die Schwellung an seinem Hinterkopf. „Was ist passiert?" Ann vom Empfang machte sich Sorgen um Frank. Auch wenn er wohl eine heimliche Freundin hatte, könnte sie ihrem Glück ja ein bisschen nachhelfen. „Soll ich dir einen Tee machen? Oder etwa deinen Nacken massieren? Glaub mir, ich kann das gut. Meiner Mutter massiere ich auch oft den Nacken?" „Nein danke, und entschuldige bitte, ich muss da etwas recherchieren." Schon hatte er seinen Computer gestartet und sich in die Thematik des Stone of Scone eingearbeitet.

Dabei handelt es sich um den legendären Krönungsstein, der im 13. Jahrhundert nach Scone, das ganz in der Nähe von Perth lag, als Kriegsbeute gebracht wurde und auf dem bis heute alle britischen und schottischen Könige gekrönt wurden. Dieser unscheinbare Sandstein, mit einer Größe von gut einem halben Meter und einem Gewicht von 152 Kilogramm, wird bei jeder Krönungszeremonie unter den Thron gelegt. Und ist daher von unschätzbarem Wert für das britische Empire. Und das nicht nur materiell. Und genau dieser Stein wurde vor drei Jahren neben den Kronjuwelen aus der Schatzkammer von Edinburgh Castle gestohlen. Kathy McGore und er hatten die Täter damals bis Loch Ness gejagt, und dort versank der Stein vor ihren Augen, zusammen mit dem Haupttäter, in einem U-Boot, in der Tiefe des Ness. Und was im Loch Ness einmal verschwindet, taucht nie wieder aus dessen Tiefe wieder auf. Siehe das legendäre Ungeheuer von Loch Ness.

Doch seit heute Nacht ist das alles wieder ganz anders. Denn heute lag genau dieser Stein, oder eine Kopie, plötzlich im Eingang des National-Museums von Perth. Und nach einem heftigen Schlag auf seinen Hinterkopf war er wieder verschwunden. Irgendwie schafft es dieser Stein immer nur kurz aufzutauchen, um dann sofort wieder zu verschwinden. Frank wusste, dass er zunächst dringend mit der Kuratorin des Museums reden sollte. Erst dann wollte er Kathy anrufen und ihr die frohe Botschaft übermitteln. „Ann! Bitte schicken Sie Constable Burns eine Ablösung. Sie steht mit ihrem Wagen vor dem Nationalmuseum. Ich fahre nach Hause und lege mich hin. Den Bericht des Einsatzes im Museum habe ich dem Chef auf den Tisch gelegt. Bis dann, und Tschüss." Damit verschwand Frank.

Kurze Zeit später wurde Constable Burns von einem Kollegen abgelöst. „Irgendwas passiert, Burns?" „Nichts, Jim. Alles ruhig. Gib dir Mühe, nicht einzuschlafen. Nur so ein alter Mann ist hier zweimal vorbei gekommen und hat mich nach der Killing Street gefragt. Vielleicht ein Nachtschwärmer, der den Weg nach Hause nicht mehr findet. Er roch nicht ganz nüchtern. O.k., ich hau ab." „Ach so, du brauchst dich nicht mehr im Revier melden. Kannst gleich nach Hause fahren. Anordnung von unserem angehenden DS Jones." „Na dann gute Nacht." Damit verschwand Burns nach Hause. Immerhin im Dienstwagen.

Der nächste Tag

Jones war schon gegen 08.00 Uhr im Büro. Immerhin war er in der Nacht früher vom Dienst verschwunden. Doch nach dem heftigen Schlag auf den Hinterkopf brauchte er etwas Erholung. Heute Morgen ging es ihm wieder besser. Nach einem kurzen Gespräch mit seinem Chef, der sich unter anderem nach seinem Befinden erkundigte, machte er sich daran mehr Hintergrundinformationen über den „Stone of Scone" zu erhalten. Doch nach mehr als einer Stunde Googeln war er auch nicht schlauer. Kurz nach 10.00 Uhr meldete sich die Kuratorin des Museums auf dem Revier. Sie hatte erst heute Morgen von dem Einbruch erfahren und war auf direktem Weg bei der Polizei erschienen. Jones konnte die aufgebrachte Dame beruhigen, dass zwar ein Einbruch gemeldet war, aber augenscheinlich nichts gestohlen wurde. Gerade wollte sie wieder verschwinden, da bat sie Sergant Jones einen Blick auf ein Foto zu werfen. Der Kuratorin reichte ein kurzer Blick und sie wusste, was da abgebildet war. „Das, mein Lieber Herr Polizist, ist der berühmte „Stone of Scone", Großbritanniens legendärer Krönungsstein." Frank räusperte sich. „Entschuldigen Sie bitte, Madame, aber was würden Sie sagen, wenn ich behaupte, diesen Stein gestern Abend im Foyer Ihres Museums gesehen zu haben?" „Ich würde Ihnen raten, sich dringend untersuchen zu lassen. Entschuldigen Sie bitte." „Das habe ich mir gedacht. Sie können jetzt gehen." Schon fast an der Tür, kam sie noch mal zurück. „Ist noch was?" „Nun, ich weiß nicht, ob es wichtig ist, aber ein Unbekannter hat mir vor einigen Wochen diesen Stein zum Kauf angeboten. Er wollte lächerliche eine Million Pfund." „Wieso ist das lächerlich?" „Nun Sergant, ich bitte Sie. Der Wert dieses Steins ist unbezahlbar." „Und, was haben Sie ihm gesagt?" „Dass es für mich leider unmöglich ist, diese Summe aufzutreiben. Auch wenn er natürlich das Highlight unseres Museums sein würde. Und im Übrigen liegt der Stein ja bestens bewacht in der Kronjuwelen-Kammer auf Edinburgh Castle. Also kann es sich ja nur um eine Replik handeln. Und dafür ist mir eine Million zu viel." „Und was passierte dann?" „Nun, der Herr verschwand wortlos. Aber eines war ungewöhnlich." „Was?" „Als ich von dem Stein in der Kammer erzählte, hat er leise gelacht und geflüstert: Wie Sie meinen, Madame." „Und dann?" „War er weg." „Wären Sie in der Lage, gemeinsam mit einem unserer Zeichner ein Bild von dem Besucher zu erstellen? Sie würden uns damit sehr weiterhelfen." „Sicher. Aber sagen Sie mir bitte, um was es hier eigentlich geht." „Später vielleicht, und glauben Sie mir, das werden Sie mir sowieso nicht glauben." Damit beorderte er einen Zeichner in sein Büro und übergab die Kuratorin in dessen Obhut. Einerseits hoffte er auf das Gedächtnis der Dame, andererseits fürchtete er sich vor dem Ergebnis. Unter Umständen würde er in wenigen Minuten das Bild eines Toten in Händen halten.

Vermisst

Der Lärm am Empfang der Polizeiwache war bis ins letzte Büro zu hören. Constable Jackson bemühte sich mit aller Kraft, den vor ihm tobenden Mann zu beruhigen. „Bitte, so hören Sie doch. Ich kann nichts für Sie tun. Noch nicht! Bitte! Der Mann muss mindestens 48 Stunden verschwunden sein. Erst dann fangen wir an zu suchen. Das ist Vorschrift." Doch der andere hörte überhaupt nicht zu. „Los, Sie Schnösel, Sie müssen ihn sofort suchen. Der is verschwunden. Hörn se, Sie müssen jetzt nach ihm suchen. Verdammte Sauerei. Wenn einer von euere Bonzen weg wäre, würde garantiert die ganze Kavallerie rausrücken. Aber bei einem von uns passiert mal wieder nüscht. Nur wenn ihr uns verkloppen oder einsperren könnt, denn seit ihr uff Trab. Also, wat is nun?"
Genervt von dem Lärm, eilte Jones dem Constable zur Hilfe. „Was gibt es? Und was soll, verdammt noch mal, dieser Lärm?" Aber darauf hatte der Mann nur gewartet. „Hörn se, Chief. Endlich. Der Junge da will mir nicht helfen. Sie müssen sofort nach meinem Kumpel suchen. Der ist weg. Ver-

schwunden, hörn se? Einfach so." Wie soll ich Sie nicht hören, Sir, so wie Sie hier herumbrüllen." „Ich brülle nicht, Sie Bulle!" Jetzt war auch Jones genervt. „Passen Sie auf, wenn Sie mir versprechen, in einer vernünftigen Lautstärke mit mir zu reden, nehme ich Sie mit in mein Büro und wir sehen mal, was wir tun können." „Na also, endlich mal ein vernünftiges Wort." Der Constable war sichtlich erleichtert, dass der Sergant sich um den Mann kümmern wollte. Frank betätigte den Summer und ließ den Mann rein. Der stürmte mit diversen Taschen und Beuteln an den Beamten vorbei, nicht ohne noch mal dem Constable zu zu zwinkern. Hinter ihm lief schwanzwedelnd sein Hund, den er „Ripper" nannte. Ein Straßen-Mischling, und es war nicht klar, wer von den beiden mehr stank. Jones atmete tief durch und bereute diesen Schritt bereits jetzt bitterlich. „Bitte kommen Sie, mein Büro ist am Endes Ganges." „Kein Problem, Sir. Sagen se mal, kann ich hier einen Kaffee kriegen?" „Ich denke, das wird möglich sein." „Und auch was zu essen? Für uns beide? Wissen se, wir haben heute noch nicht diniert?" „Hier hinein, Sir. Damit öffnete er die Tür zu einem der Vernehmungsräume. Abrupt blieb der Mann stehen. „Oh nee, da kriegen mich keine zehn Pferde nich rinn. Das is eure Folterstube. Ick weeß, wat ihr wollt. Aber, ich habe Rechte." Jones atmete tief durch. „Bitte, Sie brauchen keine Angst zu haben. Setzen Sie sich. Ich lasse die Tür offen. Und während Sie es sich bequem machen, besorge ich Ihnen einen Kaffee und ein paar Sandwiches, ist das o.k.?" Nur zögernd setzte sich der Mann an den im Boden verankerten Tisch. Doch die Aussicht auf ein Frühstück ließ seine Bedenken, was den Vernehmungsraum betraf, etwas sinken.

Plötzlich sprang er auf und stierte auf den an einer Seite angebrachten Einweg-Spiegel. Vorsichtig tasteten seine Finger die Oberfläche ab. „Hallo! Hallo, ich weiß dass ihr mich beobachtet von da. Ich kenne mir aus mit eure Methoden. Mit mir nicht. Hört ihr? Komm Ripper, wir gehen." In diesem Moment stand Sergant Jones mit einem großen Pott Kaffee und einen Teller voll leckerer Sandwiches in der Tür. „He, wo wollen Sie den hin?" „Weg!

Ich habe keine Lust uff Gefängnis nich." „Wer redet denn hier von Gefängnis? Sie sollen hier nur eine Aussage machen. Bezüglich ihres verschwundenen Freundes. Bitte setzen Sie sich endlich und essen Sie.

Wie heißen Sie überhaupt, Sir?" Man konnte sehen, wie dem Mann das Wasser im Mund zusammenlief. Langsam setzte er sich wieder an den Tisch, wobei er streng darauf achtete, mit dem Rücken zur offenen Tür zu sitzen. „Ich heiße Tom und nicht Sir." „Tom.. Und wie weiter?" „Nur Tom. Det is allet." Vorsichtig nahm er das erste Sandwich vom Teller, brach es in der Mitte durch und gab das größere Stück seinem Hund, während er sich den Rest in den Mund stopfte. Der Sergant schmunzelte, als er die beiden so harmonisch essen sah. „Ich werde Ihrem Hund noch eine Schale mit Wasser holen. Ist das in Ordnung?" „Aber die Tür bleibt offen." „Ja, ja, die Tür bleibt offen." Damit verschwand er kurz in der Küche und kam wenig später mit einer Schüssel Wasser und einem Schreibblock zurück. „Hier, bitte." Der Hund starrte auf das Wasser und dann auf sein Herrchen. Erst auf ein Zeichen von ihm, begann er zu trinken. „Gut erzogen, Ihr Hund." „Das ist überlebenswichtig für uns. Sie glauben ja nicht, wie oft wir auf vergiftetes Wasser oder Fleischbrocken stoßen, in denen nette Leute Glasscherben oder Nägel verstecken."

„So, Tom, darf ich Ihnen jetzt ein paar Fragen stellen?" „Wat'n für Fragen?" „Ich fang einfach mal an. Ach übrigens, mein Name ist Sergant Jones. Also, Ihr Name ist Tom?" „Hab ick schon gesagt." „Wann sind Sie geboren?" „Warum, woll'n se mir zum Geburtstag gratulieren? Nu passen se mal uff. Der Schorsch, der was mein Freund is, wollte heute Morgen bei mir am Jasmin-Brunnen sein. Aber er kam nicht. So, und jetzt Sie." „Schorsch? Wer ist das? Wenn Sie wollen, dass wir nach Ihrem Freund suchen, muss ich schon etwas mehr wissen." Inzwischen hatten Tom und sein Hund alle Sandwiches verdrückt, und Tom war dabei, sich eine Zigarette zu drehen. „Sie wissen schon, dass Sie hier nicht rauchen dürfen." „Warum nicht?" „Ist Vorschrift, doch zurück zu ihrem Freund." „Also wat der Schorsch is, sein

Name ist Paul oder so ähnlich. Er is so alt wie icke und och etwa so groß. Er is aus'n Norden. Inverness oder so. Denk ick mir." „Haben Sie zufällig ein Bild von ihm?" „Sie werden es nicht glauben, aber ihre Kollegen müssen eins haben." „So, warum denn?" „Na, weil se uns vor ein paar Wochen aufgegriffen haben. Völlig grundlos natürlich." „Natürlich. Wissen Sie noch, wann und wo das war?" Tom versuchte sich zu erinnern. „Wissen se Herr Wachtmeister, wenn ick jetzt eine rauchen könnte, würde et mir bestimmt wieder einfallen. Ganz bestimmt!" „Na gut. Ausnahmsweise. Rauchen Sie." Er holte aus der Küche einen Aschenbecher. Das goldene Feuerzeug, mit dem Tom seine Zigarette anzündete, war ihm nicht entgangen. „Schönes Stück, was Sie da haben." „Wat mein se?" „Na, das Feuerzeug." Sofort ließ Tom das Ding in einer seiner unzähligen Taschen verschwinden. „War ein Geschenk." „Sicher!"

Beim Einstecken fiel ihm ein kleiner Holzsarg aus der Tasche, den Frank aufhob. „Schnitzen Sie?" „Wieso?" „Na deswegen." Und damit deutete Frank auf das Spielzeug. „Ne, der gehört Schorsch. Hatte er neulich dabei und hat et mir geschenkt. Eigentlich gehört da noch 'ne Puppe rin. Muss ick irgendwo verloren haben." Damit fing er an, in seinem Rucksack zu wühlen. „Und das Ding hat er geschenkt bekommen?" „Ja! Aber ick weiß och nich, wie der Typ hieß, von dem er det Ding hat." „Was für einen Typ meinen Sie?" „Keene Ahnung. En Typ eben." Rasch griff er zu und steckte es wieder in seinen Rucksack. „Das ist das Einzige, was mir von meinem Freund geblieben ist." „Keine Angst, ich nehme es Ihnen schon nicht weg. O.k., fällt Ihnen jetzt ein, wann unsere Beamten Sie aufgegriffen haben?" Tom lächelte und man sah ihm an, dass er sich längst daran erinnerte. Doch der Alte genoss die Situation sichtlich. „Also, das war letzten Montag uffn Platz vor dem Rathaus. Wir saßen da völlig ruhig und friedlich und genossen das schöne Wetter. Plötzlich hielt een Polizeiauto und lud uns, ohne zu fragen, beide ein. Die haben uns dann uff de Wache gebracht." „Hierher?" Tom nickte. „Und warum haben Sie das nicht gleich gesagt? Warten Sie hier."

Damit verschwand er kurz in ein anderes Büro. Als er zurück kam, war Tom gerade dabei, sich eine neue Zigarette zu drehen. Jones wurde langsam sauer. Vielleicht lag das auch an dem Gestank seiner selbstgedrehten Zigaretten. „So Tom, jetzt ist hier langsam Schluss mit lustig. Wir werden in wenigen Sekunden wissen, wer Ihr Freund ist. Und jetzt will ich nur noch eines von Ihnen wissen. Ist Ihr Freund wirklich verschwunden oder erzählen Sie mir hier nur irgendwelchen Bockmist, um uns zu nerven? Denn wenn ja, kann es sein, dass diese Tür da zugeht. Und dann wird das hier ein Verhör. Haben wir uns verstanden?"

Tom wurde nervös. Er rutschte unruhig auf seinem Stuhl hin und her, drückte die Zigarette, die er sich gerade erst angezündet hatte, aus. Dann starrte er auf die Tür. In diesem Moment bekam Sergant Jones zwei dünne Akten gereicht. Der Constable flüsterte ihm noch einige Informationen ins Ohr und verschwand dann wieder aus dem Raum. Beim Rausgehen schloss er die Tür. Tom schluckte nervös. Jones überflog die Akten. „Also, Herr Bob Faun, so ist doch ihr richtiger Name? Geboren am 06.06.1962 in Edinburgh. Das ist doch Ihr Foto, oder etwa nicht?" Damit schob er seinem Gegenüber das Foto aus einer der Akten über den Tisch. „Also?" Bob räusperte sich und nickte dann zögerlich. „Wissen Sie, ich fühle mich wohler als Tom." „Und hier ist das Foto Ihres Kumpels Schorsch. Sein Name ist Frank Schott, geboren am 25.12.1956 in Glasgow. Und hier ist ein Foto von ihm. Das ist er doch, oder?" Bob sah einen kurzen Moment auf das Bild und nickte dann eifrig. „Aber allet andere is richtig. Schorsch ist verschwunden. Seit heute Nacht." „O.k., ich werde Frank Schott zur Fahndung ausschreiben. Und wenn Sie wissen wollen, ob wir etwas erreicht haben, dann müssen Sie sich regelmäßig bei uns melden. Ich denke, einmal in der Woche reicht. Wenn Schorsch bei Ihnen wieder auftaucht, will ich das sofort wissen. Und wenn er sich bei Ihnen meldet oder Sie etwas von ihm hören, will ich das auch wissen. Ist das klar?" „Allet klar, Chef. Kann ich jetzt gehen? Bitte?" „Hauen Sie ab." Das ließ sich Bob nicht zweimal sagen. Schnell raffte er seine

Taschen und Tüten zusammen und verließ den Vernehmungsraum. Bevor er verschwand, drehte er sich noch mal um. „Danke." „Wofür?" „Dafür, dass Sie mich als Mensch behandelt haben." Damit ging er langsam den Flur in Richtung Ausgang entlang, gefolgt von seinem Hund. Jones ging ihm kurz hinterher. „Bob, wir werden ihn finden." Der drehte sich langsam um. „Ich danke Ihnen. Und sagen sie ruhig Tom zu mir." Kurz danach hatte er das Revier verlassen.

Constable Burns stand plötzlich hinter ihm. „Probleme?" Jones sah sie lächelnd an. „Ich denke nicht. Hier, bitte gib den in die Fahndung." „Mach ich. Falls es dir hilft, ich denke, du machst das Richtige. Ach so, da war für dich ein Anruf aus dem Museum. Ein gewisser Archibald Thomas Jones hat sich gemeldet und erzählt, dass ein älterer hagerer Mann bei der Chefin im Büro sitzt und sich die beiden lautstark streiten. Er kann nicht sagen, um was es geht, aber der Streit sei wohl sehr heftig." „Ist der Mann noch da?" „Nein, der ist wohl kurz danach mit einem zufriedenen Grinsen im Gesicht verschwunden." Frank überlegte einen Moment. Das wird doch nicht etwa? Aber nein, das traut der sich nicht. Wobei, er wird nicht gesucht. Denn offiziell ist Müller ja tot. Doch was wollte er dann im Museum? Vielleicht arbeitet er aber auch mit der Kuratorin zusammen?

Kaum hatte Sandra das Büro verlassen, schloss sich Jones für einen Moment ein und ließ sich mit Kathy McGore in Edinburgh verbinden. „Hallo Kathy. Hier ist Frank Jones aus Perth. Ich hoffe, ich störe dich nicht." Auch Kathy war erfreut, ihren ehemaligen Kollegen zu hören. „Hallo, mein Lieber, wie geht es dir? Viel zu tun?" „Nun es geht. Ich habe im Übrigen gerade meine Prüfung zum DS bestanden. Das heißt, ich bin jetzt ein echter Bulle." „Herzlichen Glückwunsch. Aber ich nehme doch mal an, dass du nicht nur deswegen anrufst. Was ist los? Kann ich dir helfen?" „Nun", druckste Jones herum. „Ich bin da auf eine Sache gestoßen, die wohl uns beide betrifft." Jetzt war Kathys Neugier geweckt. Was um alles in der Welt konnte das wohl sein? „Du erinnerst dich doch an den Diebstahl der Kronjuwelen?"

„Aber sicher. Das war immerhin unser erster gemeinsamer Fall. Was ist damit?" „Nun, du wirst es nicht glauben, aber der „Stone of Scone" ist wieder aufgetaucht." Kathy wäre beinahe der Hörer aus der Hand gefallen. „Wie meinst du das? Eine Kopie oder was?" Jones räusperte sich vorsichtig. „Laut Aussage der Kuratorin unseres Museums, reden wir hier von dem Original." Am anderen Ende der Leitung herrschte jetzt Ruhe. „Kathy? Hallo? Bist du noch da?" „Du weißt schon, was das bedeutet?" „Ich denke doch." „Wir beide haben das U-Boot mit diesem Müller und der Stein im Loch Ness versinken sehen. Der Mann ist tot. Und mit ihm ist der Stein in der Tiefe versunken." Tom ahnte diese Reaktion. „Ich kann dir sagen, dass ich vor zwei Tagen den Stein für zehn Minuten gesehen hatte. Dann wurde ich niedergeschlagen, und als ich wieder zu mir kam, war er verschwunden." Jetzt war Kathys Interesse vollends geweckt. „Pass auf, ich muss darüber erst mal kurz nachdenken. Ich rufe dich nachher an. Bis dann." „Warte!" „Noch eine Hiobsbotschaft?" „Wenn mich nicht alles täuscht, dann war dieser Müller heute Morgen in unserem Museum. Und dabei gab es wohl einen heftigen Streit mit unserer Kuratorin, Dr. Gena McAlles. Ich denke, die hängt da irgendwie mit drin. Was hältst du davon, wenn ich die Dame beschatten lasse? Vielleicht führt sie uns ja zu unserem alten Freund Hans Müller?" „Unbedingt! Auf jeden Fall. Das hast du gut gemacht. Ich melde mich wieder bei dir." Damit legte sie auf.

Wenn das stimmt, was Jones da berichtet hat, dann ist der Fall der geraubten Kronjuwelen wieder offen. Denn der Verbleib des Steins galt, bis jetzt zumindest, als geklärt. Wenn nun irgendwer davon erfährt, dass sich auf der Burg lediglich eine Kopie befindet, gibt es einen Skandal, dessen Dimension nicht einzuschätzen ist. Und wenn erst das Königshaus davon erfährt? Dann hätte sie ihre Freizeit, die sie so gern wollte. Kathy traute sich nicht, daran zu denken. Sie wusste, sie musste unbedingt mit dem Oberst reden. Und zwar sofort. Sie rief dessen Sekretärin an und verlangte, sofort mit Chief Simon verbunden zu werden. Kaum hatte sie ihn an der Strippe, erwähnte sie nur die Worte: „Der „Stone of Scone" ist wieder aufgetaucht.". Und schon hatte sie die uneingeschränkte Aufmerksamkeit ihres Chefs. „Du kommst sofort zu mir", waren seine letzten Worte. Fünf Minuten später saß sie an seinem Tisch. Er ging kurz in sein Sekretariat. „Ich will in den nächsten Minuten auf keinen Fall gestört werden! Bringen Sie uns Kaffee! Bitte." Dann wand er sich Kathy zu.

„Also erzähle." Und Kathy erzählte von dem Anruf, den sie gerade erhalten hatte. Als sie fertig war, herrschte Totenstille im Raum.

„Pass auf, der Fall ist eine Nummer zu groß für diese Provinzpolizisten. Nichts gegen diesen Jones. Was hat der überhaupt für einen Dienstgrad?" „Er hat gerade seine Prüfung zum DS bestanden." „Oh Gott, auch noch ein Frischling." „Aber Sir, ich kenne ihn. Ich habe damals mit ihm gearbeitet. Er ist ein fähiger Mann. Und raus kann ich ihn sowieso nicht mehr nehmen. Dafür steckt er schon viel zu tief drin." „Also gut, das musst du entscheiden. Aber dir ist wohl klar, dass, wenn davon irgendetwas an die Presse durchsickert, können wir alle unseren Hut nehmen." „Das ist mir klar." „Pass auf, ich übertrage dir die Leitung dieses Falles. Das mit der Polizeizentrale in Perth kläre ich. Tu, was du tun musst. Raube, morde, stehle, es ist mir egal. Ich will nur, dass dieser verdammte Stein entweder in unsere Hände fällt oder für immer verschwindet. Haben wir uns da verstanden?" „Jawohl, Sir." „Und jetzt ab, hol dir diesen verdammten Stein und diesen Müller. Aber bitte leise. Du weißt, was ich meine." „Und was ist nun mit DS Jones? Ich hatte ihn schon damals dabei, als wir Müller und seine Ganoven gejagt haben." „Tu, was Du für richtig hältst. Ach so, und Du berichtest nur mir! Haben wir uns da verstanden? Auch nicht dem Herrn Innenminister!" Kathy musste lachen. „Wie Sie meinen, Sir." Damit erhob sich Kathy und verschwand wortlos aus dem Büro. Als sie gerade die Tür schloss, hörte sie noch, wie der Alte mit der Faust auf den Tisch schlug. Sein: „Verdammt noch mal!", ging im Schließen der Tür unter.

Kathy überlegte, was in dem Fall als Erstes zu tun war. Und da interessierte es sie brennend, ob dieses verdammte U-Boot nun am Grund des Sees lag oder nicht. Also hieß es nachschauen, und das ging am besten mit einem Sonar-Boot. Die Kollegen sicherten ihr volle Unterstützung zu. Und so bestellte sie DS Jones für den nächsten Tag zum Einsatz.

Loch Ness
Das U-Boot ist weg

Kathy hatte Frank angerufen und ihn zum Hubschrauber-Landeplatz der Polizei in Perth bestellt. Hier, etwas abseits der Zentrale, wartete DS Jones seit nun mehr dreißig Minuten auf den Heli und seine ehemalige Chefin. Er freute sich auf ein Wiedersehen mit der Frau, der er so viel zu verdanken hatte. Plötzlich wurde es laut über den Baumwipfeln und da schwebte der Hubschrauber aus Edinburgh auch schon ein. Kaum war er gelandet, rannte Jones zur hinteren Tür, die von Kathy bereits aufgehalten wurde. „Komm rein, mein Lieber." Auch Kathy schien sich über ein Wiedersehen mit Jones zu freuen. „Herzlichen Glückwunsch zur Beförderung, DS Jones."
„Danke dir." Der Pilot gab Frank einen Helm, mit dem er sich während des Fluges verständigen konnte. „Also los." Und schon ging der Heli in die Luft und startete in Richtung Norden. „Ich habe mit dem Polizeichef von Inverness gesprochen. Wenn wir bei Urquent Castle landen, wartet bereits ein Polizeiboot mit einem starken Sonar und Echolot auf uns. Wir werden dann den Bereich um die verfallene Burg absuchen, wo damals das Boot sank. Irgendwo muss das verdammte Ding ja sein." „Warum haben die Kollegen damals nicht danach gesucht?" „Da geht es, wenn ich richtig informiert bin, fast 300 Meter runter. Der Boden ist äußerst schlammig. Man ging wohl davon aus, dass das Boot im Morast versunken ist." „Und mit diesem Echolot-Ding finden wir es?" „Wenn es da unten liegt, dann werden wir es auch finden, hat mir der Polizeichef erklärt." „Und wenn nicht?" „Dann haben wir einen ungelösten Fall und einen Killer, der dabei ist, Schottlands

berühmtestes Kunstwerk zu verhökern. Und du weist, was das Schlimmste daran ist?" „Dass wir alles wieder aufrollen müssen?" „Nein, das Schlimmste ist, dass die Queen, respektive das Königshaus, von der ganzen Sache nichts erfahren darf. Ich möchte nicht in der Haut von Chief Simons stecken, wenn er dem Innenminister erklären muss, dass der echte Krönungsstein wieder aufgetaucht ist." „Na, dann drücken wir uns mal die Daumen." „Und, wie ist es dir denn ansonsten so ergangen?" „Nun, ich bin jetzt DS, dank deiner Hilfe, habe seit kurzem eine Freundin und freue mich darauf, jetzt endlich als vollwertiger Ermittler in Perth loszulegen." „Dann gefällt es dir dort?" „Ich hatte zunächst so meine Probleme, denn es ist halt nicht Edinburgh. Aber das hat sich schnell gelegt. Perth ist eine sehr schöne Stadt, die Kollegen sind nett und freundlich. Und ich habe schon viel gelernt. Und seit ich mit Sandra liiert bin ..." Frank hatte sich versprochen, wurde rot und verstummte. „Sandra heißt sie also. Was macht sie beruflich?" „Da liegt ja das Problem." „Oh bitte, sage nicht, sie arbeitet auch bei der Polizei?" Kathy sah in Franks glückliche Augen und ihr war alles klar. „Ich verstehe. Aber du weißt ..." „Ja, ich kenne die Vorschriften. Aber was soll ich machen?" In diesem Moment meldete der Pilot die Ankunft in Urquent Castle in fünf Minuten. „Danke Bob. Landen Sie bitte so dicht am Wasser, wie Sie können. Ich denke, wir werden dort nicht mehr als zwei Stunden brauchen." „O.k., ich fliege nach Inverness, tanke dort und lasse den Vogel checken. Bin dann wieder pünktlich zurück. Wenn was ist, rufen Sie mich einfach an. Hier, meine Karte."

Damit setzte er zur Landung, unmittelbar vor der Castle-Ruine, an. Kathy und Frank erkannten sofort diesen mystischen Ort. Schließlich gehörte er zum großen Finale eines der spektakulärsten Raub- und Mordfälle in ihrer Laufbahn. Hier hatten sie vor drei Jahren die Gangster gestellt, die eine Woche vorher die Kronjuwelen Schottlands gestohlen und gerade im Begriff waren, sie außer Landes zu schaffen. Und genau hier hatte einer der Spezialkräfte den Anführer der Bande, einen gewissen Hans Müller, mit einem gezielten Schuss so verletzt, dass der samt Krönungsstein in das U-Boot stürzte, das daraufhin sofort sank. Der Loch Ness ist an dieser Stelle um die 300 Meter tief. Jeder ging davon aus, dass das Boot für immer verloren war. Und da es eine komplette Nachrichtensperre gab, hatte auch nie jemand etwas von der ganzen Aktion erfahren, bis jetzt. In diesem Moment setzte der Helikopter auf und Kathy sowie Jones sprangen heraus. Es war nicht leicht gewesen, den gesamten Bereich für den Touristenverkehr zu sperren. Und so musste ein imaginärer Bombenfund herhalten. Denn, wie hätte man den Einsatz eines Polizeibootes in unmittelbarer Nähe von Urquent Castle erklären sollen? Oben, an den Fenstern des riesigen Terrassen-Restaurants, drückten sich die Mitarbeiter die Nasen an den Fenstern platt. Selbst der große Busparkplatz im Hinterland des Restaurants war gesperrt worden. „Viel Aufwand für einen längst verblichenen Gangster", dachte sich Kathy.

Kaum hatte der Pilot die beiden abgesetzt, startete er wieder durch und verschwand im Tiefflug über dem Ness in Richtung Inverness.

Am Steg erwartete sie ein Polizeiwagen und in der Mitte des Flusses ein Special-Boot der Wasserpolizei. Die Beamten der Funkstreife salutierten ehrfürchtig vor Kathy und das Boot legte kurz danach am Steg an. Hier landeten ansonsten die Passagierschiffe der Touristen.

„Das gesamte Gebiet des Ness ist in diesem Bereich, für jedweden Schiffsverkehr gesperrt. So für ca. vier Stunden, Mam." „Ich denke, wir werden nicht solange brauchen." Beide gingen an Bord des Spezialschiffes und Kathy informierte den ahnungslosen Kapitän, vor welcher Aufgabe sie standen. Der machte große Augen, als er hörte, was hier gesucht wird. „Wir haben ein unbemanntes Tauchboot an Bord, mit dem wir bis 120 Meter abtauchen können." „Nun, soweit ich gehört habe, geht es hier fast 300 Meter abwärts, Kapitän. Lassen Sie uns anfangen."

Kurz darauf setzte das Spezialboot 150 Meter zurück, um dann mit langsamer Fahrt am senkrechten Teil der Burgmauer von Urquent Castle zu stoppen. Nervös starrten Kathy und der Kapitän auf die Monitore, die die Echolot-Signale in 3D-Bilder umwandeln. Die Tiefenangaben schwankten zwischen 116 und knapp 280 Metern. Plötzlich erschien ein Unterwasser-Plateau in knapp 20 Meter Tiefe. Es war gut fünfundzwanzig Meter lang und knapp acht Meter breit. Die maximale Tiefe neben dem Plateau betrug an dieser Stelle 214 Meter. „Hier, sehen Sie, Jones, wenn das Tauchboot damals an dieser Stelle aufgesetzt hat, dann konnte es von hier wieder Fahrt aufnehmen und verschwinden." „Das bedeutet, dass dieser Müller zwar verletzt, aber mit dem Krönungsstein verschwinden konnte. Lassen Sie uns zunächst die restliche Gegend mit dem Echolot erfassen." Langsam nahm das Schiff wieder Fahrt auf und sofort zeigte das Echolot Tiefen um die 320 bis 335 Meter an. Trotz intensiver Suche, wurde kein Wrack eines Tauchboots gefunden. „O.k., dann brechen wir an der Stelle hier ab und gehen nochmal zu dem Plateau zurück. Kapitän, Sie haben doch dieses Mini-Tauchboot? Es wäre schön, wenn Sie dieses Plateau mal etwas genauer unter die Lupe nehmen könnten." „Alles klar, Mam." Wenig später wurde ein kleines rotes U-Boot zu Wasser gelassen. Versehen mit mehreren Scheinwerfern und Kameras wurde es über ein Stahlseil in die Tiefe gelenkt. Nach wenigen Minuten schwebte das Boot knapp 20 Zentimeter über dem Plateau und da waren sie deutlich zu sehen. An einigen Stellen konnte man Kratz- und Abbruchspuren des Tauchbootes erkennen. Es muss mit großer Wucht aufgeschlagen sein, bevor es über den Boden schabte und dann, wohin auch immer, in der Dunkelheit verschwand. „Danke Kapitän, Sie können das Boot wieder einholen. Die Fotos hätte ich gern auf diesem Stick." Damit übergab sie dem Kapitän einen Memory-Datenträger und verschwand mit Jones aufs Vordeck. „So, mein Lieber, du weißt, was das bedeutet?" „Jawohl, Mam. Wir jagen ein Phantom und müssen aufpassen, mit wem wir darüber reden." „Richtig, denn wenn der Innenminister davon erfährt, gibt es Ärger. Ich schlage vor, wir fliegen zurück nach Edinburgh und setzen uns mit Oberst Simons zusammen." Sofort ließ sich

Kathy mit dem Chief verbinden, dem der Atem stockte, als er hörte, um was es ging. Dann beorderte sie den Hubschrauber zurück und vergatterte den Kapitän zu 100prozentigem Schweigen. Wenig später war das Donnern der Rotorblätter über dem Loch Ness zu hören. Und bereits 20 Minuten später saßen Kathy sowie Frank im Heli und flogen in Richtung Edinburgh.

„Und Du bist Dir wirklich sicher, dass der Stein im Foyer des Museums lag?" „Aber ja. Ich habe den Stein nur zweimal in meinem Leben gesehen. Zum einen bei dem Raub von Edinburgh Castle und zum zweiten bei uns im Nationalmuseum, kurz bevor mich der Schlag auf den Kopf ausnockte. Und die zuständige Kuratorin erzählte mir dann von jenem merkwürdigen Mann, der ihr den Stone of Scone angeboten hat. Für lächerliche eine Million schottische Pfund. Ein Schnäppchen, wenn man darüber nachdenkt. Die Täterbeschreibung und das Phantombild habe ich dir rüber geschickt."

„Richtig. Ich sage dir, das ist Müller. Warte..." Sofort ließ sie sich mit ihrem Büro verbinden. „Hallo Liz! Ich habe einen Auftrag für Sie. Aber hören Sie, es ist dieses Mal wirklich streng geheim. Besorgen Sie mir die Fallakten von dem Raub der Kronjuwelen, der sich vor drei Jahren ereignete. Sie müssen aber vorher zu Karen und sich dort eine Freigabe-Bescheinigung holen, sonst bekommen Sie diese nicht. Wir sind in knapp einer Stunde in der Zentrale. Bis dann." Dann rief sie Karen an und bat sie, die Unterlagen für ihre Sekretärin frei zu geben. Diesmal versprach ihr Karen die volle Unterstützung. Damit legte sie auf.

„Seit wann hast du ein eigenes Büro?" Frank war erstaunt. „Tja, die Zeiten ändern sich. Der Chief war der Meinung, ich bräuchte ein eigenes Refugium. Eines mit einem riesigen Rosenmuster an den Wänden." „Oh Gott." „Du sagst es. Aber das habe ich bereits ändern lassen. Es ist jetzt sonnengelb", fügte sie süffisant hinzu.

„Ich habe inzwischen auch einen Sohn." „Herzlichen Glückwunsch. Wie alt ist denn der Kleine?" „Nun, gerade vierzehn geworden."

Kathy sah in Franks fragendes Gesicht. „Er war der Sohn meiner besten Freundin, die im vorigen Jahr auf sehr tragische Weise ums Leben kam. Sie wurde vor meinen Augen erschossen. Es war ihr letzter Wunsch, mich um ihren Sohn zu kümmern. Inzwischen verstehen wir uns blendend und ich liebe ihn wie mein eigenes Kind. Er heißt übrigens Paul." „Schöner Name." „Und, was ist mit euch? Habt ihr auch schon Pläne in diese Richtung?" „Oh nein, wir sind ja erst seit gut drei Wochen zusammen", stotterte Frank. „Wir befinden uns sozusagen noch in unserer Kennenlern-Phase." „Genieße es, mein Lieber. Aber ich sage dir aus eigener Erfahrung, wenn ihr euch beide sicher seid, dann wartet nicht zu lange. Ich bereue es heute. Da ist Edinburgh!"

Edinburgh

Wenig später landete der Hubschrauber auf dem Polizei-Landeplatz. In Edinburgh. Kathy verabschiedete sich von dem Piloten und verschwand mit Jones in der Zentrale.

„Na, kommen da nicht Erinnerungen wieder hoch? War immerhin mal dein Arbeitsplatz." Frank musste lächeln. „Du hast recht. Wie oft bin ich die Treppen hier hoch gerannt, um irgendwelche Akten zu irgendwelchen Chefs zu bringen. Bis ich dann eines Tages bei Tom und dir landete. Aber das ist lange her." „Na, so lange nun auch wieder nicht. Aber heute bist du ein richtiger DS, mein Lieber."

In ihrem Büro überflog Kathy die Unterlagen, die Liz ihr besorgt hatte. Und, hat Karen irgendwelche Schwierigkeiten gemacht?" „Oh nein, Mam. Sie war die Liebenswürdigkeit in Person." Nach kurzem Einlesen war der Fall wieder gegenwärtig. Auch für Jones war es eine Reise in die Vergangenheit, denn mit diesem Fall hatte seine Karriere bei der Kriminalpolizei begonnen.

Kathy rief Tom zu Hause an. „Wie geht es dir, mein Lieber? Das ist schön. Aber setz dich lieber, denn ich habe eine Überraschung für dich. Kennst du noch Sergant Jones?... Genau den. Im Übrigen, er sitzt neben mir und lässt dich herzlich grüßen. Er arbeitet jetzt bei der Kripo in Perth. Und jetzt kommt es. Vor ein paar Tagen ist im dortigen Museum der Stone of Scone wieder aufgetaucht. Wenn auch nur kurz. Nein, keine Kopie. Es soll das Original sein! Und wenn ich mir das Phantombild so ansehe, dann mit dem Stein auch unser alter Freund Müller, der damals mit dem Ding in einem Tauchboot im Ness verschwunden ist. Und dieses Tauchboot ist nicht, wie wir alle angenommen hatten, in der Tiefe verschwunden, sondern in zwanzig Metern auf einem Unterwasser-Plateau gelandet. Ich habe das heute überprüft. Ja, ich war mit einem Sonar-Boot dort unterwegs. Das sieht dort so aus, als wenn das U-Boot auf einem Felsvorsprung aufgeschlagen und dann von dort weiter verschwunden ist. Warte, ich stelle dich mal auf laut." Jetzt war Toms Stimme im Raum zu hören.

„Und das haben die Kollegen damals nicht überprüft?" „Anscheinend nicht. Ich gehe jetzt noch mal kurz zum Chef und dann werden wir uns überlegen, wie es weitergeht. Ich melde mich nachher bei dir." „Grüß den Alten von mir." „Das mache ich. Äh Tom, ich brauche dich hier." „Ich werde sehen, was ich machen kann." Damit verschwand sie in Richtung Chef-Büro.

„Hier ist Kaffee, Tee und etwas Gebäck." Damit platzierte Liz ein großes Tablett auf Kathys Beratungstisch. „Danke, Miss Taylor." „Nennen Sie mich ruhig Liz. Das sagen hier alle." „Alles klar, Liz. Ich bin Frank Jones." Während er auf Kathy wartete, sah er sich ein bisschen in dem Büro um. Aufmerksam betrachtete er die aktuelle Fall-Wand mit den Ergebnissen der beiden Selbstmorde. Besonders interessierten ihn die Fotos der beiden kleinen Särge. Die kamen ihm irgendwie bekannt vor. Plötzlich fiel es ihm wieder ein. Das gleiche Ding hatte der Obdachlose dabei, der seinen Kumpel Schorsch als vermisst gemeldet hatte. „Merkwürdig", dachte er sich. „Was für ein Zufall …

Nach knapp fünfzehn Minuten flog die Bürotür auf und Kathy stürmte hinein. Im Mundwinkel die unvermeidliche Zigarette. Sie ließ sich ihren

Sessel fallen und genehmigte sich einen großen Schluck Kaffee. „Zunächst zu dir DS, Jones. Ich soll dich vom Oberst grüßen. Er lässt dir bestellen, wenn du willst, bist du dabei."

„Nun, das muss ich erst mit meinem Chef klären." „Alles schon erledigt. Der Alte hat mit ihm bereits telefoniert. Er sagt, wenn du ihn ab und an informierst, leiht er dich gern an uns aus." „Na dann ist ja alles geklärt." „Also, was haben wir?" Plötzlich rief sie Liz hinzu. „Bitte schreiben Sie das Protokoll." Dann rief sie Tom an und stellte ihn auf laut. „So, mein Lieber, wir sind wieder im Spiel. Der Fall Müller ist wieder aktuell und gleich mit einer totalen Nachrichtensperre versehen worden. Also nochmal, was haben wir? In Perth taucht ein Mann im Museum auf und bietet der dortigen Kuratorin den Stone of Scone für eine Million Pfund zum Kauf an. Als die ablehnt, verschwindet der Mann und der Stein liegt kurze Zeit später im Foyer des dortigen Museums. Als Sergant Jones in der Nacht den Stein entdeckt, wird er niedergeschlagen und der Stein verschwindet. Äh Sorry, ich meinte natürlich DS Jones. Und wenn ich mir das Phantombild dieses Mannes so ansehe, dann ähnelt er unzweifelhaft einem Toten. Nämlich Hans Müller, einem Killer und Ex-Söldner sowie dem Anführer einer Verbrecherbande aus Deutschland. Wir nahmen an, dass er mit dem Stein in den Tiefen von Loch Ness versunken war. Habe ich was vergessen? Ach so, das Bild hat die Kuratorin erstellt." Tom räusperte sich . Ich denke, es ist alles gesagt. Was mich an der Sache besonders interessiert, warum taucht der Stein im Museum auf und verschwindet dann wieder sofort?" „Genau!", rief Kathy dazwischen. „Ich denke mir, wir sollten als erstes noch mal mit dieser Kuratorin reden. Doch dieses mal nicht als Zeugin, sondern als Verdächtige." „Gute Idee, ich komme im Übrigen morgen wieder zum Dienst." „Geht es dir wieder besser?" „Es tut zwar noch höllisch weh, aber ich werde verrückt zu Hause. Ich lasse mich gleich morgen wieder dienstfähig schreiben." Kathy war begeistert. „Das ist gut, dann kannst du dich um unseren Doppelmord kümmern. Ich gebe dir alles, was auf meinem Schreibtisch liegt.

Gut Tom, dann schone dich heute noch. Tschüss, wir sehen uns morgen"
Damit legte sie auf.

In diesem Moment klingelte das Telefon und DS Jones wurde aus Perth verlangt. Der Anrufer informierte ihn darüber, dass sich Miss McAlles vor gut
einer Stunde mit einem hageren älteren Mann getroffen hätte. Dabei wurde
ihr ein Briefumschlag übergeben. Die beiden hätten sich auf offener Straße
in der Nähe des Museums gestritten, was auf Grund eines fehlenden Richt-
mikrophons nicht mitgehört werden konnte. Der überwachende Beamte
schnappte nur die Worte: „den Stein testen, Geld und kleine Steine", auf.
Jones dankte und ordnete an, dass die Überwachung unbedingt weiter
geführt wird. „Also, gehen wir davon aus, dass sich die Kuratorin gerade mit
Müller getroffen hat. Und, sie will den Stein wohl doch kaufen. Woher hat
sie das Geld?" Kathy steckte sich erneut eine Zigarette an. „Ich denke, sie
weiß nicht, mit wem sie sich da einlässt. Denn, wenn der Deal über die
Bühne gegangen ist, wird Müller sie eiskalt ausschalten. Das hat er schon
früher so gemacht. Vielleicht sollten wir ihr das sagen?"
Jones blickte sie erwartungsvoll an. „Gut, das mit der Überwachung läuft.
Was kann ich noch machen?" Ich denke, du solltest dich mit einem zweiten
Team an Müller hängen. Sobald die beiden sich wieder treffen, bleibst du an
ihm dran. Aber denke daran, der Typ ist gefährlich. Schließlich möchte ich
nicht deine Freundin trösten müssen. Haben wir uns da verstanden? Kein
Risiko!" „Alles klar."
„Sehr gut. Ich brauche morgen Nachmittag einen Termin bei dieser Kuratorin. Sagen wir, gegen 15.00 Uhr? Ich denke, wir haben bis dahin soviel
zusammen, um die Dame festzunageln."
Kathy nickte Liz zu und die verschwand. „Ich werde dir jetzt einen Wagen
besorgen, der dich wieder nach Perth bringt." Beim Hinausgehen blieb
Frank noch mal kurz an Kathys Tafel stehen. „Sag mal, was machen denn die
beiden Särge hier?" Kathy sah ihn misstrauisch an. „Wieso, kennst du die
etwa?" „Nun, kennen ist vielleicht zu viel gesagt. Aber ich habe vor Kurzem

genau so ein Ding in Händen gehalten." Sofort schloss Kathy die Tür. „Wie, wann und wo?"

Frank ließ sich nicht lange bitten und erzählte von der Anzeige des Obdachlosen, der seinen Kumpel vermisst. „Und der hatte so ein Ding in der Tasche?" „Ja, genau. Nur die Puppe hatte er irgendwie verloren. Ich habe mir nichts dabei gedacht. Das Teil gehörte wohl seinem Kumpel und der hatte es kurz vorher von einem Mann geschenkt bekommen." „Von wem?" „Das weiß ich nicht." „Pass auf, hast du eine Möglichkeit, diesen Typen irgendwie zu erreichen? Ich muss unbedingt mit ihm reden. Sage einfach, ich wäre eine Sozialarbeiterin und will mich verstärkt um Bedürftige kümmern." „Ich werde es versuchen. Aber kannst du mir mal bitte erklären, was es mit den Dingern da auf sich hat?" Kathy überlegte einen Moment. Doch da sie in Zukunft mehr Zeit für Paul haben wollte, musste sie sich angewöhnen zu delegieren. Darum erzählte sie ihm von den beiden Selbstmorden, bei denen unabhängig voneinander die Särge gefunden wurden. Weshalb sie jetzt in einem Doppelmord ermitteln würde. „Hör zu, mein Lieber, ich brauche unbedingt die Unterlagen von diesem Frank Schott. Und auch die von diesem Bob, der die Vermisstenanzeige aufgegeben hat. Ich denke, dass alle Verstorbenen oder Vermissten in ihrer Vergangenheit etwas getan oder erlebt haben, was sie miteinander verbindet. Und ich denke, dass dieser Schorsch bereits tot ist." „Ich verstehe. Da entwickelt sich dieser Fall unter Umständen über die Landesgrenzen hinaus. Und dann noch diese Sache mit dem Krönungsstein. Ich denke, wir haben genug zu tun." „Danke, darauf könnte ich gern verzichten." Immer wenn Kathy nervös war, fing sie an zu rauchen. Und jetzt war so ein Moment. „Liz!", rief sie ihre Sekretärin. „Ich werde morgen Früh zunächst mit Tom Morgan ein Meeting abhalten. Ich denke, dass er so gegen 10.00 Uhr hier eintreffen wird. Ich möchte, dass Betty und Sie daran teilnehmen. Im Anschluss brauche ich einen Heli nach Perth. Ich denke, ich habe da so vier Stunden zu tun. Und ich möchte, dass Sie mich begleiten. Ist das O.k. für Sie?" Liz wurde rot, überlegte kurz, bis sie dann endlich freudig nickte. „So, und jetzt sorgen Sie bitte dafür, dass unser DS Jones heil nach Hause kommt. Das wäre es fürs Erste. Ich wünsche dir einen guten Heimweg. Bis morgen. Du weißt, was du zu tun hast?" Frank nickte und verabschiedete sich von den beiden Frauen. Dann verschwand er. Kathy griff sich ein paar Unterlagen. „Ein Sarg in Perth?" Langsam weitete sich die Sache aus. O.k., das würde sie morgen in Perth recherchieren. Damit verschwand sie ebenfalls. Morgen würde ein anstrengender Tag werden.

Am Abend saßen dann wieder alle am Tisch und aßen Pizza. Und trotzdem es eine Lieblingsspeise war, wollte keine fröhliche Stimmung aufkommen. Selbst der Hund lag in einer Ecke des Gartens und grummelte vor sich hin. Sicher lag es daran, dass Mikes Abschied irgendwie in der Luft hing. „Kannst du nicht noch mal anrufen und machen, dass er bleibt?", fragte Paul traurig. Er wusste, dass Kathys Einfluss weit reicht, doch in diesem Fall nützte er auch nichts. „Das geht nicht, Paul. Mike muss morgen wieder zurück. Er hat noch ein halbes Jahr vor sich und dann ist er fertig. Und ich denke, dass es dieses Mal nicht wieder ein Jahr dauert, bis ihr euch wiederseht." „Ach hör auf, du willst bloß nicht!" Damit sprang er wütend vom Tisch auf und rannte weinend in sein Zimmer, wo er sich einschloss. Mike wollte gerade hinterher, doch Kathy hielt ihn zurück. „Lass, er beruhigt sich wieder. Auch wenn es mir in der Seele wehtut, aber da muss er jetzt allein durch. Ich habe mich jedenfalls sehr über deinen Besuch gefreut. Leider kann ich morgen nicht hier sein, um dich zu verabschieden. Aber ich habe meiner Mutter Bescheid gesagt. Sie wird dich rechtzeitig zum Bahnhof bringen." Plötzlich rannen auch bei Mike dicke Tränen über die Wangen. Dann umarmte er Kathy und fing hemmungslos an zu weinen. Schließlich nahm er ein Taschentuch und wischte sich das Gesicht. „Entschuldige bitte!" „Wofür? Das ist doch natürlich. Du weißt, du bist hier jederzeit willkommen. Und wenn du meine Hilfe brauchst … Nun, ich habe ja jetzt die Nummer deines Staff-Sergant." „Ich danke dir, Kathy. Ich danke dir für alles und besonders dafür, dass du dich so toll um Paul kümmerst. Und spätestens Weihnachten bin ich wieder hier, versprochen!" Während sie so sprachen, war Paul leise zurückgekommen. Er hatte sich neben Kathy gesetzt und sie umarmt. „So, ihr Lieben, wer möchte das letzte Stück Pizza?" In diesem Moment sprang Princess mit den Vorderpfoten auf den Tisch und schnappte sich das Stück. Alle lachten und der Hund verschwand irgendwo im Garten. Sie saßen noch eine Weile im Garten, bis Paul langsam die Augen zufielen. Dann gingen alle zufrieden ins Bett.

Der Tod von Jack Peters

Am nördlichen Stadtrand von Edinburgh betrieb die Stadt ein kleines Krankenhaus, in dem auch die behandelt wurden, die von der Gesellschaft gemieden wurden. Also Obdachlose, Alkoholiker, Penner und Asoziale … Die Kosten dafür wurden ausschließlich über Spenden und einer kleinen Basissumme der Stadt finanziert

Seit einigen Tagen lag in einem abgedunkelten Zimmer Jack Peters in einer Art Wachkoma. Einem Zustand zwischen Leben und Tod. Nachdem er in Abbey Grove gefunden wurde, hatte ihn die Polizei hierher eingeliefert. Bis heute hatte er das Bewusstsein nicht wieder erlangt. Und keiner der Ärzte konnte oder wollte eine Prognose stellen, wie sich der Gesundheitszustand des Patienten entwickelt. Erst durch einen Abgleich seiner Fingerabdrücke konnte festgestellt werden, dass es sich um den 48 Jahre alten Obdachlosen Jack Peters handelt. Und da er anscheinend keine Verwandten hatte, wusste jeder im Krankenhaus, wie sich die Sache weiter entwickeln wird.

Irgendwann würde er hier sterben und seine Asche einen Platz auf dem Feld der Namenlosen finden.

Und dieser Fall schien schneller eingetreten zu sein, als sie dachten. Denn als die Schwester am Morgen nach ihm sehen wollte, fand sie Jack Peters tot in seinem Bett. Das einzig Merkwürdige daran war die Tatsache, dass er bereits zugedeckt war. Sie trug 6.15 Uhr als Sterbezeit ein und meldete dem leitenden Arzt dessen Ableben. „Na, da hat er ja nochmal Glück gehabt", meinte die Oberschwester. „Warum denn das?", fragte der Arzt. „Na, gestern Abend war doch noch ein Priester bei ihm und hat ihm die heiligen Sakramente gespendet." „Wer hatte den denn gerufen?" „Keine Ahnung, Chef. Was ist nun, können wir das Zimmer räumen? Was tragen wir denn als Todesursache ein?" „Herzversagen infolge einer Überdosis von Medikamenten. Und bitte, geben Sie die Information auch in die Datenbank der Polizei." Damit verschwand der Arzt wieder und der Alltag im Krankenhaus nahm seinen Lauf.

Am nächsten Morgen erwischte Kathy Mike gerade noch, als er von seinem Morgenlauf zurückkam. Sie gab ihm einen Kuss auf die Wange und verschwand in Richtung der Zentrale. Sie konnte ja nicht wissen, dass in dieser Nacht Jack Peters im Krankenhaus ermordet wurde.

Kaum in der Polizeizentrale angekommen, traf sie auf Tom, der mit seinem Gips-Verband um die Hand bereits an seinem Schreibtisch saß. „Na, wie geht es dir? Ich staune, dass du schon hier bist. Ich hatte erst in zwei Stunden mit dir gerechnet. Aber das trifft sich gut, es gibt viel zu tun." In diesem Moment betrat Betty das Büro ihres Chefs und war heilfroh, ihn wieder hinter seinem Schreibtisch zu sehen. „Machen Sie bitte gleich Kaffee." Damit hob er seinen Arm, was wohl heißen sollte, dass er das nicht tun kann.

Kathy brachte Tom kurz auf den aktuellen Stand. Dann erklärte sie ihm, dass sie heute nach Perth fliegen würde, um erstens der dortigen Kuratorin ein bisschen auf den Zahn zu fühlen und zweitens, sich irgendwie mit diesem Bob zu treffen. Dabei geht es um seinen verschwundenen Kumpel Schorsch. „Ich denke, er ist unser nächstes Opfer im Fall der kleinen Särge. Ich glaube, es wäre wichtig zu erfahren, wie viele davon im Zusammenhang mit angeblichen Selbstmorden landesweit aufgetaucht sind." „Das mache ich als Erstes", meinte Tom. In diesem Moment brachte

Betty den Kaffee. „Ah, herrlich. Sie glauben gar nicht, wie ich Ihren Kaffee vermisst habe." „Na, das lass mal deine Frau hören", meinte Kathy, während sie sich eine Tasse genehmigte. „Also, ich werde mal ein bisschen herumtelefonieren und ein paar Faxe und Mails verschicken. Und dann wissen wir es genau. Danach werde ich mich mit der Vergangenheit dieser angeblichen Selbstmörder beschäftigen." In diesem Moment betrat Liz das Büro von Tom. „Entschuldigen Sie, Sir, aber ich habe hier eine aktuelle Meldung für Miss McGore." Damit reichte sie ihrer Chefin einen roten Ordner. Nachdem die den Inhalt überflogen hatte, war ihr Laune im Keller. „Besorgen Sie mir sofort einen Wagen." „Was ist passiert?" „Es gibt wieder einen Toten. Ein gewisser Jack Peters ist heute Nacht im Krankenhaus gestorben." „Wer ist Jack Peters?" „Nach dem, was ich hier lese, wurde er vor zwei Wochen in Abbey Grove gefunden." „Die ehemalige Irrenanstalt? Ich denke, die ist schon vor Jahren geschlossen worden?" „Und doch lag er tief im Keller, angeschnallt auf einer Pritsche und mit Drogen vollgepumpt. Die Kollegen haben ihn dann in dieses Krankenhaus bei Edinburgh überstellt. Und jetzt kommt's. Er hatte zum Zeitpunkt des Auffindens lediglich einen kleinen Sarg bei sich." „Und du meinst, er hat was mit unseren Särgen zu tun? Aber was frage ich?." „Du kannst sagen, was du willst. Mein Bauchgefühl meldet sich wieder. Ich muss los!" Damit stürmte sie aus Toms Büro und raste mit Blaulicht und Sondersignal in das zwanzig Kilometer entfernt liegende Krankenhaus, in dem der Leichnam von Peters gerade gewaschen wurde.

Kaum angekommen, knallte sie der diensthabenden Schwester am Empfang ihre Dienstmarke auf den Tisch. „Was kann ich für Sie tun?", flötete diese völlig unbeeindruckt zurück. „Heute Morgen ist hier ein gewisser Jack Peters verstorben. Den will ich sehen. Sofort! Und dann rufen Sie mir Ihren Pathologen her. Also?" Die Schwester sah in ihren Unterlagen nach, bis sie eine kleine Notiz fand. „Der Leichnam befindet sich bereits in der Pathologie. Der Fahrstuhl da und dann ab ins zweite Untergeschoss. In unsere Haushölle. Den Rest finden Sie." Das Ganze sollte wohl witzig sein … Gerade wollte Kathy losstürzen, doch dieses Mal lächelte sie freundlich und bedankte sich höflich. Erst dann fuhr sie mit dem Fahrstuhl nach unten und konnte so das ihr nachgerufene „Zicke" nicht mehr hören.

Der Fahrstuhl öffnete sich und Kathy fühlte sich in irgendeinen Horrorfilm versetzt. Der Flur war fast völlig dunkel und leer. Es roch nach Schimmel und Desinfektionsmitteln. Zwei altersschwache Lampen gaben etwas Licht. Die grüne Öl-Farbe an den Wänden schrie nach einem dringenden Neuanstrich und das Weiß an der Decke platzte überall ab. Von irgendwoher hörte sie leise Musik und sie beschloss dem Geräusch zu folgen. Plötzlich hörte sie hinter sich eine Stimme: „Nicht >Nightmare< sondern lediglich kein Geld.".

Ein Mann in einem blutigen grünen Kittel, mit einem Mund- und Kopfschutz und mit einem Skalpell in der Hand, stand hinter ihr. Blitzschnell hatte Kathy ihre Waffe gezogen. „Oh, bitte, bitte. ich bin hier der Pathologe. Entschuldigen Sie, wenn ich Sie erschreckt habe." Kathy atmete tief durch, steckte ihre Waffe zurück und zog ihren Ausweis. „Entschuldigen Sie, Sir, aber hier unten und dann ein Mann mit Skalpell und in Ihrem Aufzug, ich denke, das reicht für eine Weile und beschert mir ein paar schlaflose Nächte."

„Bitte entschuldigen Sie, aber ich war auf Damenbesuch nicht eingestellt. Was kann ich für Sie tun?" Kathy hatte sich gerade wieder gefangen und konnte schon wieder ein wenig lächeln. „Sagen Sie, Doktor, sind Sie gerade bei der Obduktion von Jack Peters?" „Nein, der ist zwar hier mein Gast, aber er wird nicht obduziert. Doch kommen Sie in mein Büro. Da spricht es sich angenehmer und ich laufe nicht Gefahr, von Ihnen erschossen zu werden. Ich darf vorgehen?" Kathy folgte diesem anscheinend sehr freundlichen Doktor in dessen Büro. Dieser Raum glich eher einer mit Bergen von Akten und Papieren zugestopften Abstellkammer. „Da, nehmen Sie sich bitte Kaffee. Milch ist im Kühlschrank. Ich bin gleich zurück!", rief er, während er sich umzog. „Alles klar", dachte sich Kathy. Nur, wo war der

Kühlschrank? In diesem Moment kam er schon wieder und zeigte mit dem Finger in eine Ecke. „Dort. Ich bin im Übrigen Dr. Mortimer." „Sehr erfreut, Dr. Mortimer. Ich muss Sie doch bitten, an Peters eine Obduktion vor zu nehmen. Ich brauche die toxischen Werte. Es gibt einen begründeten Verdacht, dass Peters eines nicht natürlichen Todes gestorben ist. Ich werde das noch mit Ihrem Klinikleiter abstimmen." Trotz des totalen Chaos, das hier unten herrscht, schmeckte der Kaffee ausgezeichnet. Doktor Mortimer war ein kleiner lächelnder Mann mit einem morbiden Beruf. Er bemerkte Kathys prüfende Blicke. „Auch wenn es hier anders aussieht, einen echten Kriminalfall hatten wir schon lange nicht mehr. Dieser Peters ist hier eingeliefert worden, mehr tot als lebendig. Was hoffen Sie zu finden?" „Das weiß ich nicht. Aber ich will mir später nicht vorwerfen lassen, zu wenig getan zu haben, um seinen Mörder zu fassen. Und dass es Mord war, davon bin ich fest überzeugt. Glauben Sie mir, dafür habe ich ein Näschen." „Und noch dazu ein sehr hübsches, wenn ich das sagen darf?" „Flirten Sie etwa mit mir?" „Gönnen Sie doch einem älteren Mann diese kleine Freude." „Zurück zu Peters. Ich denke, da bringt jemand etwas zu Ende, was er vor Wochen begonnen hat."

„Also gut, ich mache mich nachher gleich ran. Aber Sie wissen ja, eine gründliche toxikologische Untersuchung kann dauern und ist teuer. Und wenn ich da an unser Budget denke..." „Das übernehmen zur Not wir. Hier ist meine Karte. Ich werde jetzt gleich mit Ihrem Chefarzt reden. Und nochmal danke für den Kaffee."

Damit verabschiedete sich Kathy und verließ den düsteren Ort. Oben angekommen, ließ sie von der Oberschwester den Chefarzt ausrufen. „Sie müssen noch etwas warten, der Doktor operiert gerade." „Sagen Sie, wo befindet sich das Zimmer von diesem Jack Peters?" „Zweite Etage, Zimmer 209." „Danke." Damit steuerte sie wieder auf den Aufzug zu und fuhr nach oben. Hier tobten gerade ein paar Kinder auf dem Flur herum. Einige Patienten saßen mit dicken Verbänden und schienen auf irgendetwas zu warten. Kathy steuerte auf Raum 209 zu. Als sie die Tür vorsichtig öffnete, war eine Schwester dabei, das Bett neu zu beziehen. „Sind Sie eine Verwandte des Verstorbenen?" Kathy holte ihre Dienstmarke heraus. „So ähnlich. Polizei!" Damit war das Interesse der Schwester an ihr erloschen. „Wo sind seine Habseligkeiten?" „Welche Habseligkeiten denn?" Er hatte nichts dabei, bis auf diesen komischen Sarg mit der Puppe darin. Wenn Sie mich fragen, ich finde so etwas abartig."

„Da mögen Sie recht haben. Hatte er das Ding dabei, als er eingeliefert wurde?" Die Schwester zuckte nur mit den Schultern. „Keine Ahnung. Das Ding lag jedenfalls heute Morgen da auf dem Nachttisch." „Was haben Sie damit gemacht?" „Na weggeschmissen, was denken Sie?"

„In den Eimer da?" Kathy war bereits dabei, den Eimer gründlich zu untersuchen, doch nichts. Kein Sarg, nur ein paar alte Mullbinden und eine leere Spritze. Vorsichtig holte sie die Spritze heraus. „Ich möchte, dass der Inhalt von Ihrem Pathologen untersucht wird. Mit schönem Gruß von Kathy McGore." Damit reichte sie ihr vorsichtig die Spritze. Dann verschwand sie in Richtung des Fahrstuhls. Während Kathy den Flur entlang ging, rannte ihr eines der tobenden Kinder vor die Füße. Dabei fiel ihm der Sarg aus der Tasche. „Wo hast du das her?" Doch das Mädchen dachte gar nicht daran, ihr zu antworten. Es entriss ihr den Sarg und trat ihr mit aller Kraft gegen das Schienbein. Dann rannte es schreiend den Flur entlang. Und Kathy ihm hinterher. Damit hatte die Kleine nicht gerechnet. So viele Haken sie auch schlug, durch wie viele Krankenzimmer sie auch rannte, ihre Verfolgerin ließ sich nicht abschütteln. Plötzlich wurde sie von der Seite her gepackt. „He Sie, was wollen Sie von meiner Tochter?" Ein riesiger fetter Kerl stand breit grinsend auf dem Flur. Hinter ihr das feixende Kind. Doch da hatte der sich mit der Falschen angelegt. Blitzschnell wirbelte Kathy herum und der Dicke klatschte gegen die Wand. Voller Schmerzen jaulte er auf. „Aua, Sie tun mir weh. Lassen Sie mich sofort los oder ich rufe die Polizei." Kathy drückte ein wenig auf seinen Unterarm und der Riese ging langsam zu Boden.

„Erstens ist die Polizei schon da und zweitens hat ihre Tochter ein wichtiges Beweismittel in einem Mordfall gestohlen." Das Mädchen stand, seitdem ihr Vater von einer Frau in die Zange genommen wurde, mit offenem Mund da und weinte. „So, und du gibst mir jetzt dieses Sarg, den du gestohlen hast. Bitte! Haben wir uns verstanden?" Ohne zu zögern, griff sie in ihre Tasche und gab Kathy das gewünschte Stück.

„Der lag im Mülleimer von dem toten Mann. Ich wollte ihn nicht stehlen. Aber ich dachte, den braucht eh keiner mehr." Inzwischen hatte sich ihr Vater wieder hochgewuchtet und rieb sich den Arm. „Nicht schlecht, Mam. Mit Ihnen würde ich gerne Mal eine Runde über die Matten gehen. „Bitte?" „Keine Angst, ich bin Ringer. Mitglied der Nationalmannschaft." Na, dann noch viel Spaß beim Training. Und ich hoffe, ich habe Ihre Chancen nicht gemindert. Und hier sind zehn Pfund für dich." Damit drückte sie der Kleinen einen Geldschein in die Hand. „Finderlohn sozusagen." Jetzt strahlte die Kleine wieder. „Und, was sagt man?", fragte der Vater. „Danke, Mam." Damit drehte sie sich herum und rannte davon. „Ich möchte mich nochmal für meine Tochter und den kleinen Angriff gegen Sie entschuldigen." „Kein Problem, Sir." Damit verabschiedete sie sich von ihm. Jetzt war also klar. Jack Peters war ermordet worden.

Kathy sprach noch mit dem Klinikleiter über die von ihr angeordnete Obduktion. Sie versicherte ihm, dass ihre Behörde für die Kosten aufkommen werde, was den Mann sehr beruhigte.

Auf der Rückfahrt telefonierte sie mit Tom und informierte ihn über das nächste Opfer ihrer Mordliste. Dann rief sie Liz an, die bei Jones in Perth recherchieren sollte, ob der Termin mit der Kuratorin und dem Obdachlosen steht. „Wenn ja, dann reservieren Sie den Hubschrauber für uns. Ich bin auf dem Weg zu Ihnen." Damit legte sie auf und genoss die Fahrt.

Tom hatte inzwischen bei den anderen Polizeistationen des Landes angefragt, ob bei ihnen in jüngster Zeit Miniatursärge bei Opfern oder an Tatorten aufgetaucht waren. Erste Antworten aus dem Norden Schottlands ergaben keine Ergebnisse. Aus Glasgow dagegen gab es zwei Meldungen und die restlichen mussten erst ihre Archive durchsehen. Alles in allem schien sich die Sache auszuweiten.

Gegen 11.00 Uhr traf Kathy wieder in ihrem Büro ein. Liz hatte gerade mit Jones telefoniert, der ihr einen Termin mit der Kuratorin um 14.00 Uhr bestätigte. Den Obdachlosen hatte er wohl auch erreicht, doch sei der Herr heute zu sehr beschäftigt und wünscht einen späteren Termin, ließ er ihm mitteilen. Kathy musste grinsen. „Der hat wohl 'ne Meise unterm Pony. Der soll in der Polizeistation erscheinen, sonst lernt der mich mal richtig kennen. Ich hatte heute schon eine Trainingsrunde mit einem Berufsringer. Wir fliegen in 30 Minuten! Ich muss nur Tom dieses kleine Geschenk über-reichen." Damit zog sie den Sarg aus ihrer Tasche. Schnell ging sie in dessen Büro. „Hier, mit besten Grüßen von Jack Peters. Ich lasse ihn gerade obdu-zieren. Und, was hast du erreicht?" „Bis jetzt zwei weitere Fälle." „Dann sind es sechs. Bis jetzt! Das gefällt mir gar nicht. Gut, ich haue dann ab. Wenn es nicht zu spät wird, sehen wir uns heute noch, ansonsten morgen. Äh, geh mal lieber von morgen aus."

Damit verschwand Kathy aus dem Büro, nicht ohne auf dem Weg zum Heli zu Hause anzurufen. „Alles klar, meine Lieben?" Ihre Mutter beruhigte sie. „Alles in Ordnung und du sollst dir keinen Kopf machen. Mike und Paul lassen dich grüßen."

Zehn Minuten später saßen Liz und Kathy im Helikopter. Für Liz war es der erste Hubschrauber-Flug, was man an ihrer Nervosität merkte. „Passen Sie auf, wenn wir nachher die Gespräche führen, möchte ich, dass Sie alles beobachten. Jede Kleinigkeit, die Ihnen auffällt, einfach notieren und erscheint sie Ihnen auch noch so unwichtig. Ein genaues Protokoll brauche ich nicht. Und jetzt lehnen Sie sich zurück und genießen den Flug."

Damit wand sie sich dem Piloten zu. „Hat die Polizei in Perth eigentlich einen eigenen Landeplatz?" „Nein, Mam. Die bauen noch dran. Ihrer liegt etwas außerhalb." Kathy überlegte kurz, dann rief sie DS Jones an. „Hör zu, wir sind im Landeanflug auf Perth. Kannst du uns einen Wagen schicken? Oh, du kommst selbst? Noch besser. Ich denke, wir sind in zwanzig Minuten da. Ich freue mich." Damit lehnte sich Kathy zurück und genoss den restlichen Flug.

Eine knappe halbe Stunde später saßen die beiden Frauen in Franks Dienstwagen und fuhren in Richtung Polizeizentrale. „Und, was gibt es Neues?", fragte Jones neugierig. „Wir haben den nächsten Toten. Ich weiß zwar noch nicht wie, aber der verräterische Sarg ist bei der Leiche aufgetaucht. Mit den Meldungen aus Glasgow sind es jetzt schon sechs Opfer. Und mit deinem Obdachlosen eventuell sieben." „Übrigens hat mein Chef wegen der Särge eine Anfrage von Superintendent Morgen bekommen. Ich habe ihm gesagt, dass ich euch direkt informiere. Ich hoffe, das ist O.k.? Die Kuratorin hat mitgeteilt, wir können sie auch im Museum befragen. Sie kam heute mit einem kleinen silbernen Metallkoffer auf Arbeit. So einen, wie ihn Geldkuriere benutzen. Ich denke, da war die Million drin." Kathy überlegte einen Moment. „Nein, mir wäre es lieber, sie auf dem Revier in einem Vernehmungsraum zu haben. Das macht mehr Druck. Ich denke, sie will sich heute noch mit Müller treffen. Mal sehen, vielleicht können wir diesen Fall heute abschließen. Und was macht unser Obdachloser? Ich meine natürlich deinen Penner." „Nun, ich habe ihm mitgeteilt, dass er noch heute bei uns antreten muss. Das hat ihn ein bisschen verschreckt. Aber ich weiß, wo wir ihn um diese Zeit finden können. Wenn es dich nicht stört, fahren wir da hin?" „Gern." „Also, dann los."

Zum Glück verfügte DS Jones über ein ziviles Fahrzeug der Polizei. Das fiel in der Gegend, wo er mit Kathy und Liz jetzt hinfuhr, nicht so sehr auf. Hier, am East-River, hausten die meisten Obdachlosen von Perth. Die Stadt hatte längst aufgegeben, sie von dort zu vertreiben. Jetzt war man eher bemüht, die Touristen von der Gegend fernzuhalten. Also Ursache und Wirkung hatte sich irgendwie verändert.

Frank fuhr langsam an ihnen vorbei und war bemüht, irgendwo Bob Faun zu entdecken. Und da sah er ihn. Wild diskutierend mit zwei seiner Kumpels. Frank wählte die Nummer seines Mobiltelefons. „Hallo Bob! Hier ist dein Freund Jones von der Polizei!" „Bob war sichtlich erschrocken, stand schnell auf und ging ein paar Schritte.

Es musste ja nicht jeder wissen, dass er gerade mit der Polizei telefonierte. „Na Bob, was machst du gerade? Ich hoffe doch, du bist auf dem Weg zu mir, oder?" „Äh, natürlich Chef, bin gleich da, Chef." „Du sollst doch nicht lügen, mein Alter." „Aber Chef, ich lüge doch nicht. Ehrlich, ich schwöre." „Lass den lieben Gott aus der Sache. Dreh dich doch einfach mal um. Na, was siehst du?" Bob drehte sich herum und erschrak. Da stand DS Jones lächelnd an ein Auto gelehnt und winkte ihm fröhlich zu. Und das Ganze keine zwanzig Meter von ihm entfernt. „Nun los, komm schon her." Bob sah sich misstrauisch um und überlegte einen Moment zu verduften. Doch ihm war klar, dass seine Chancen zu entkommen, nicht gerade günstig waren. Also atmete er tief durch und stolperte in Richtung Auto. Plötzlich tauchte von irgendwo sein Hund „Ripper" auf und bellte wie wild DS Jones an.

„Na, da kann mich wohl jemand nicht leiden? Also Bob, wenn der Prophet nicht zum Berg kommt, dann muss der Berg eben zum Propheten kommen." Bob sah ihn entgeistert an. „Ick versteh kein Wort, nich." „Macht nichts, hier ist jemand, der mit dir sprechen möchte. Keine Angst, es ist eine Frau. Eigentlich sind es zwei Frauen." Damit öffnete Frank die hinteren Türen des Wagens und Kathy sowie Liz stiegen aus. Und da Kathy für Princess immer ein paar Leckerlis dabei hatte, war sie im Nu die beste Freundin des Hundes. „Ich darf doch, oder?" „Na, ich denke doch, det jeht in Ordnung. Also, Sie wollen mit mir reden? Wer sind Sie überhaupt? Auch Bullen? So wie der da?" „Ich heiße Kathy und das ist Liz. Wir kommen vom Sozialamt und wollen Ihnen helfen." „So, so, helfen wollen se mir. Ick wüsste nicht, wie?" „Ich habe gehört, dass Sie Ihren Freund suchen?" „Genau. Der is nämlich weg. Verschwunden. Einfach so." „Sehen Sie, und wir wollen helfen, dass Sie Ihren Freund wiederfinden. Aber dabei müssen Sie uns helfen." „Und wie soll det gehen?" Ihr Kumpel hat doch so einen Typen getroffen?" „Nee." „Aber DS Jones hat uns erzählt, dass ihm jemand einen kleinen, etwa zwölf Zentimeter langen Miniatursarg geschenkt hat." „Das stimmt." „Also hat Ihr Freund den Mann doch getroffen?" „Nein, hat er nicht?" Kathy wurde langsam nervös. Am liebsten hätte sie ihre Dienstmarke gezückt und eine etwas härtere Gangart eingelegt.

„Also, wie war das denn nun?" „Der Typ hat Schorsch getroffen. Also genau umgekehrt." Jetzt begriff Kathy, was Bob sagen wollte. Diese Aussage konnte für den Fall entscheidend sein. Denn das bedeutet, dass der Täter zielgerichtet den Mann gesucht hat. Also war Frank Schott kein Zufallsopfer. „Können Sie den Mann beschreiben?" „Wen, Schorsch?" „Nein, den Mann, der ihm diesen Sarg geschenkt hat. Apropos, können Sie ihn mir mal zeigen?" Misstrauisch schüttelt Bob seinen Kopf. „Hören Sie, bitte. Wir wollen den Mann finden. Denn wir denken, dass er Ihren Freund entführt und ihm wahrscheinlich auch etwas angetan hat." „Sie meinen, Schorsch is nich mehr?" „Das können wir leider nicht ausschließen. Aber die anderen Fälle zeigen, dass der Entführer sich nicht lange mit seinem Opfer aufhält." „Schorsch is also een Opfer? Das ist Scheiße." Dann begann er in seinem Rucksack zu wühlen und plötzlich hielt er den Sarg in der Hand. „Hier, ich denke, der bringt mir kein Glück mehr. Warten Sie, ick such noch die Puppe." Nach einem kurzen Moment zog er ein kleines, etwa sieben Zentimeter langes Püppchen aus einer der Tüten. „Hier, det Ding gehört da rin. Der Typ war Mitte bis Ende Fünfzig. Gut gekleidet, Halbglatze. Und er hatte Schuhe mit Metall an den Absätzen. Wenn se uff de Straße leben, hörn se uff so wat. Schorsch hat erzählt, dass der Typ sich größer gemacht hat, als er wirklich war. Eben een kleiner Mann. Und er hat ihn Sachen gefragt." „Was für Sachen?" „Na aus de Vergangenheit. So, als wollte er wissen, ob er der is, den er sucht. Er hatte auch ein Bild dabei. Aber da war Schorsch noch ville jünger druff." „Er hat also Schorsch gesucht?" Bob nickte. Und er schien traurig zu sein. Kathy meinte sogar, eine Träne auf seiner Wange zu sehen. „Fällt Ihnen noch was ein?" „Ick globe nich. Wat is, kann ick jetzt jehn? Ich denke, ich habe der Polizei genug erzählt. Sie sind doch ooch von de Polizei?" Kathy nickt. „Woran haben Sie das bemerkt?" „Nu, die vom Sozialamt reden nich so viel mit unsereinen." „Aber ich will Ihnen wirklich helfen. Hören Sie, wenn Ihnen noch was einfällt oder der Typ wieder auftaucht, dann rufen Sie mich an, sofort. Versprochen?" Damit drückte sie ihm eine Visitenkarte und einen 20er in die Hand. „Hier, damit se sich mal ordentlich satt essen können." „Und wat is mit dem Hund?" Kathy musste lachen. „Also gut, Sie haben recht." Sie wühlte in ihrer Tasche, fand aber nur einen 50er. Den griff sich Bob blitzschnell. „Danke, och im Namen von Ripper." Damit tippt er sich an die Schläfe und schlurfte mit seinem Hund zügig davon. „Was ist, soll ich ihn zurückholen?" „Nein, lassen Sie das, Jones. Was wissen wir jetzt? Der Täter geht zielgerichtet auf die Suche und greift nicht wahllos zu. Und er hat sogar ein Foto dabei. Frage, wo hat er das her?" „Sozialamt, Gericht, Polizei, Krankenhaus? Die Auswahl ist groß. „Es hilft nichts. Lass Schott durch deine Datenbänke laufen." Jones nickte dienstbeflissen. „Und jetzt habe ich Hunger. Wer lädt mich zum Essen ein? Mein Geld hat ja Bob! Und ich denke, der geht nicht mit mir essen." Liz und Frank mussten lachen. „Na los, die Damen, bitte einsteigen. Ich kenne da ein kleines hübsches Restaurant. Direkt am Markt." Kurze Zeit später saßen sie zu dritt am Fenster eines Cafés und ließen es sich gut gehen.

Ohne zu ahnen, dass sie längst beobachtet wurden. Ein älterer hagerer Mann, gut gekleidet und mit einem Stadtplan in der Hand, schien sich sehr für die Gegend zu interessieren. Nur baumelte vor seiner Brust kein Fotoapparat sondern ein gelbes Fernglas …

Die Kuratorin lügt

Seit gut einer Stunde saßen Kathy, Liz und Frank in einem der Vernehmungsräume und bereiteten sich auf die Vernehmung der Kuratorin vor.
„Wir lassen die Frau jetzt seit zwei Tagen überwachen. In der Zeit hat sie
sich mindestens zweimal mit Müller getroffen. Alleine dafür müssten wir
sie schon verhaften. Aber, machen wir es heute etwas anders. Ein bisschen
Druck, ein wenig Honig und eine kräftige Portion Drohung. Du Frank,
siehst dir das Ganze vom Nebenraum aus an und organisierst die Durchsuchung ihres Büros." „Soll ich wirklich nicht bei der Vernehmung dabei
sein? Ich meine, mich kennt sie. Da fällt es ihr vielleicht ein bisschen leichter,
zu reden." „Nein, genau das möchte ich ja vermeiden. Pass auf, du bist ein
guter Polizist. Das habe ich schon damals gewusst, bei unserer gemeinsamen
Ermittlung. Und ich verspreche dir, wir werden diesen Fall gemeinsam zu
Ende bringen. Aber jetzt musst du mir einfach mal vertrauen. Also, sobald
sie hier ist, dreht ihr das Büro dieser Dame auf links. Veranlasse das bitte."
„Und was sollen die Kollegen suchen?" „Das Geld natürlich." „Du meinst,
die nette Dame will den Stein tatsächlich kaufen?" „Ja, und ich denke, sie
will das noch heute tun. Bei dem Angebot kann sie einfach nicht widerste-
hen." „Ja aber was will sie damit? In ihrem Museum kann sie das Ding auf
keinen Fall ausstellen?" „Ich weiß ja auch nicht. Also, bekommst du das hin?"
„Ich denke schon. Ich muss nur nochmal telefonieren." Damit verschwand
er in seinem Büro. Nach knapp fünf Minuten war er wieder da. „So, geht
klar. Hoffentlich finden wir was. Sonst muss ich dem Chef einiges erklären."
„Keine Angst, ich nehme das zur Not auf meine Kappe. Setz dich auf die
andere Seite des Spiegels. Könnten wir eventuell Kaffee haben? Oder ein
Wasser, o.ä.?" Frank nickte, „Geht klar. Hier ist übrigens das Protokoll
meines letzten Gesprächs mit der Dame."
In diesem Moment klingelte das Telefon und der Diensthabende meldete die
Ankunft einer gewissen Gena McAlles. „Ich werde sie holen." Damit ver-

schwand Frank und kam mit einer sehr aufreizend angezogenen Mittfünfzigerin zurück. Sie war wohl gerade beim Friseur gewesen, denn von ihrem Kopf ging eine Wolke Haarspray aus. Auch schien sie heute besonders stark geschminkt. Irgendwie kam der Eindruck auf, sie wolle Jones etwas verführen und ihn so von unbequemen Fragen ablenken. „Bitte hier hinein. Darf ich vorstellen? Miss Kathy McGore, Special-Superintendent aus Edinburgh und ihre Assistentin Miss Liz Taylor. Ich lasse Sie dann mal mit den Damen allein." Damit verließ er den Vernehmungsraum und die Kuratorin blieb verdattert im Raum stehen. „Bitte setzen Sie sich doch, Miss McAlles." „Doktor, wenn ich bitten darf. Und warum ist der freundliche junge Polizist nicht dabei?" „Der hat im Augenblick etwas anderes zu tun. Können wir dann beginnen?" Bei der Museumsleiterin war sozusagen die Luft raus. „Unter uns, das mit dem Haarspray und dem Lippenstift ist ein bisschen dick, nicht war? Aber deswegen sind wir ja nicht hier. Vor kurzem gab es einen kleinen Einbruch in Ihr Museum?" „So ist es." „Ist dabei etwas gestohlen worden?" „Nicht, dass ich wüsste." „Sie werden doch inzwischen eine Inventur veranlasst haben? Nur so zur Sicherheit." „Aber natürlich. Was denken Sie denn? Unser Museum ist eines der größten in der Darstellung der Frühgeschichte Schottlands. Darüber hinaus finden unsere detaillierten Schlachtendarstellungen aus dem 18. Jahrhundert, höchste Bewunderung bei entsprechenden Experten in ganz Europa. Selbst die königliche Familie war schon zweimal in unserem Haus zu Gast." „So, so, schon zweimal. Ich bin beeindruckt. Aber noch mal zu meiner anfänglichen Frage: Haben Sie eine Inventur veranlasst? Ja oder nein?" „Eine kleine.", antwortete sie etwas schnippisch. „Ich kenne jedes Stück in meinem Museum." „Ach, es ist ihr Museum?" „Sie wissen, wie ich das meine." „Aber klar, aber vielleicht können Sie mir etwas zu diesem Stück hier sagen." Damit schob sie der Kuratorin ein Foto des „Stone of Scone" über den Tisch. Die sah nur flüchtig auf das Bild. Das ist der Krönungsstein. Ein sehr unscheinbares, ja wie ich finde, hässliches Stück Sandstein. Und doch ist er unbezahlbar. Das Original liegt, soweit ich weiß, auf

Edinburgh Castle in der Kammer der Kronjuwelen." Kathy nahm das Bild zurück und starrte ihr ins Gesicht, ohne eine weitere Frage zu stellen. Nach einer Weile wurde die Dame unruhig und nestelte an ihrer Handtasche. Schließlich holte sie eine Schachtel Zigaretten und ein Feuerzeug heraus. „Hier ist Rauchen verboten. Aber wenn Ihnen das beim Nachdenken hilft, können wir ja mal eine Ausnahme machen." Damit steckte sich Kathy selbst eine Zigarette in den Mund. Dann ging sie kurz hinaus und kam mit einem Aschenbecher zurück. „Bitte, Sie dürfen auch. Doch zurück zu diesem, wie sagten Sie, hässlichen Stück Sandstein. Wie viel wollte Herr Müller dafür haben? Eine Million? Na, das ist doch geradezu ein Schnäppchen, nicht wahr? Was meinen Sie?" „Welchen Herrn Müller meinen Sie? Und von welcher Million reden Sie da?" Kathy räusperte sich, dann zog sie ein Phantombild aus ihren Unterlagen und schob es über den Tisch. „Na, kommt Ihnen der Herr irgendwie bekannt vor?" Jetzt wurde die Kuratorin noch nervöser. „Nun, wenn Sie mich so fragen. Ja, so sah er aus, der mir den Stein für eine Million angeboten hatte. Für eine Million, verstehen Sie? Das Ding ist locker das Hundertfache wert." Die Dame hatte sich an dieser Stelle etwas in Rage geredet. „Ruhig bleiben, bitte. Also an den wahren Wert haben Sie gedacht, als der nette Herr Müller in Ihrem Büro saß." „Hätten Sie das etwa nicht? Ich bitte Sie, Mam." „ Doch es ging Ihnen sicher nicht darum, das Ding für Ihr Museum zu bekommen? Oh nein, Sie wollten den Stein privat verhökern. Irgendwo auf dem internationalen Kunstmarkt. Denn in Großbritannien ist dieser Stein unverkäuflich."

„Das ist doch kompletter Blödsinn. Woher soll ich eine Million Pfund hernehmen. Und was heißt hier verhökern. Das wäre eine Sensation, wenn der Stein sich in meinem Museum befinden würde." „Sie meinen die Kopie? Denn das Original befindet sich ja in Edinburgh, wie sie schon richtig bemerkten."

Plötzlich lachte Miss McAlles laut und wirr auf. „Ha, von wegen!" „Was meinen Sie damit?" „Wir wissen doch alle, dass da oben nur eine Kopie liegt.

Aber, dazu möchte ich nichts mehr sagen." „Ich denke, das ist auch besser so", antwortete Kathy.

In diesem Moment klingelte das Telefon, Kathy nahm ab und war über die Informationen, die sie gerade erhielt, mehr als zufrieden. Dann legte sie auf. „So, meine liebe Miss McAlles. Das da war einer unserer Beamten, die gerade Ihr Büro durchsucht haben. Und was denken Sie, was die da gefunden haben?"

„Wie kommen Sie dazu, mein Büro zu betreten? Das ist eine Frechheit. Ich werde mich beschweren, hören Sie? Jawohl, beschweren werde ich mich. Und Sie können sicher sein, dann laufen Sie bald wieder Streife. Und zwar alle hier!"

„Nun, das war nicht meine schlechteste Zeit. Die Kollegen haben jedenfalls einen Metall-Koffer gefunden. Und in dem Koffer war Geld. Viel Geld. So etwa eine Million Pfund. Das Dumme daran ist nur, dass es sich um Falschgeld handelt. Können Sie mir dazu etwas sagen?" Miss McAlles zündete sich mit zitternden Händen eine Zigarette an. „Davon weiß ich nichts." „Wovon, bitte?" „Na, von diesem Falschgeld. Das muss mir jemand untergeschoben haben."

„Jetzt passen Sie mal gut auf. Dieser Hans Müller ist ein ehemaliger Fremdenlegionär. Seine Spezialität waren dort Liquidationen. Vor gut drei Jahren hatten wir schon einmal mit diesem Herrn zu tun. Seine blutige Spur hatten wir bis zum Loch Ness verfolgt und waren damals eigentlich sicher, ihn erwischt zu haben. Wie wir heute wissen, war das ein Irrtum. Jeder, der mit diesem Herrn Müller Geschäfte macht, oder gar versucht ihn zu betrügen, hat später keine Zeit, dies zu bedauern. Glauben Sie mir, der legt Sie um. So, und Sie dachten tatsächlich, diesen Herrn mit einem Koffer voller Falschgeld austricksen zu können?" Man merkte der Kuratorin an, dass sie plötzlich panische Angst bekam. Ihre Hände und Lippen zitterten. Nach einem Moment sah sie Kathy entgeistert an. „Sie müssen mich schützen. Bitte, ich sage Ihnen was Sie wollen. Aber bitte schützen Sie mich. Ich will nicht sterben. Bitte, nehmen Sie mich in Schutzhaft! Das habe ich nicht gewusst. Ich dachte, das wäre irgend so ein Trottel, der durch Zufall an diesen Schatz gekommen war. Noch dazu als Deutscher. Es hätte ja sein können, dass er gar nicht wusste, was er da in seinen Händen hält." „Oh, da können Sie sicher sein. Das weiß Hans Müller ganz genau."

„Doch zunächst mal möchte ich wissen, warum der Stein neulich im Museum aufgetaucht ist? Sie wollten wissen, ob es sich um den echten Stein handelt, oder? Sie wollten ihn prüfen?" „Aber natürlich! Hätten Sie das nicht gemacht? Bei einer Million. Deshalb habe ich verlangt, den Stein in meinem Labor prüfen zu können. Ich wollte ihn in jener Nacht begutachten. Doch dann ist mir dieser Trottel in die Quere gekommen." „Wen meinen Sie?" „Na, diesen Jones. Unseren Nachtwächter eben." Kathy musste ein wenig lächeln und sah dabei in Richtung des Spiegels. „Sonst ist der um diese Zeit immer schon so besoffen, dass er gar nichts mehr bemerkt. Ich traf mich mit Müller am hinteren Eingang. Als der Alte dann Alarm schlug, verschwand ich sofort wieder. Müller wartete noch auf einen günstigen Moment, um den Stein verschwinden zu lassen." Und warum im Foyer?" „Dort befindet sich hinter einer geheimen Tür unser Labor. Da hätte ich ohne Probleme die Altersbestimmung vornehmen können. Was ist jetzt? Werden Sie mich beschützen?"

„Wann und wo wollten Sie Müller das Geld übergeben?" „Heute, gegen Mitternacht am hinteren Eingang des Museums. Dort, wo wir uns das letzte Mal getroffen hatten." „Und was ist mit dem Stein?" „Den hatte er wohl in seinem Auto dabei. Wir wollten ihn in meinen Kofferraum umladen, sobald er das Geld gehabt hätte und dann verschwinden." „O.k., warten Sie hier auf uns." Damit verschwanden Kathy und Liz aus dem Vernehmungsraum. Frank und Constable Burns standen bereits auf dem Flur. „Sie müssen Franks Freundin sein?" Sandra lächelte und ihre Wangen färbten sich leicht rot. „Ja, Mam." „O.k., ich werde nichts verraten. Also, was machen wir jetzt?" „Lass mich das machen", meldete sich Jones. „Was bitte?" „Nun, lass mich heute Nacht zu dem Treffen gehen." „Du bist ein Mann. Ich denke mal, dass Müller eher eine Frau erwartet." „Das mag wohl sein. Aber vor allem erwartet er eine Million Pfund." „Ich denke nicht, dass du das tun solltest. Das ist viel zu gefährlich." Jetzt meldete sich Constable Burns. „Dann lassen Sie mich gehen." „Oh nein!", rief Jones. „Du gehst auf keinen Fall." Kathy überlegte die ganze Zeit. „Wie viele Leute können wir dort postieren, ohne dass Müller das sofort sieht?" „Du willst doch nicht ernsthaft Sandra dahin schicken, oder?" Jones protestierte heftig. „Warum denn nicht?" fragte Kathy. „Mich kennt er schon, und bei einem Mann ist es fragwürdig, ob er kommt. Und eine Frau, wenn auch eine andere, gibt uns die Möglichkeit den Austausch vorzunehmen. Sie würden natürlich eine Weste tragen und verkabelt sein. Wir werden vor und hinter dem Eingang Beamte postieren, die Miss Burns ständig im Auge haben."

„O.k., ich mache es." Jones war verzweifelt. „Bitte Kathy, überlege es dir noch mal. Wenn ihr etwas passiert, dann …" „Was dann? Muss ich daran erinnern, dass Miss Burns zuerst Polizistin ist und erst in zweiter Linie deine Freundin. Das ist auch genau der Grund, warum Beziehungen unter Kollegen nicht gern gesehen werden. Das trübt nämlich den Blick." Jones drehte sich um und verschwand in Richtung seines Büros. „Hören Sie, Miss Burns. Haben Sie sich das auch wirklich gut überlegt? Sie müssen das nicht machen. Auch wenn wir uns überall postieren, so gibt es immer ein Restrisiko."

„Ich habe es mir gut überlegt und ich möchte es machen." „Gut, ich werde Ihren Chef informieren und dann bereiten wir alles in Ruhe vor. Sie bekommen das Auto der Kuratorin. Ein auffälliger Protz-Schlitten, doch, was soll's." Damit drückte sie ihr die Hand und ging mit Liz wieder in den Vernehmungsraum. Sandra verschwand ins Büro von Jones.

Gena McAlles hatte inzwischen zwei weitere Zigaretten geraucht. „Nervös?", fragte Kathy. „Wären Sie das nicht? Was ist denn nun, bekomme ich Polizeischutz?" „Nicht so schnell, meine Liebe. Zunächst mal: Ist es richtig, dass

Sie sich mit einem Verbrecher getroffen haben, um ein wertvolles britisches Kunstobjekt zu erwerben? Weiter, ist es richtig, dass Sie vorhatten, besagtes Objekt außer Landes zu bringen, um es dort gewinnbringend zu verkaufen? Und hier die letzte Frage: Haben Sie Falschgeld beschafft, um diesen Müller damit bezahlen zu können?". „Ja! Ja! Ja, verdammt noch mal, ja. Aber was ist nun?" Kathy lächelte sie an.

„Gut, Dr. McAlles, wir werden Ihnen helfen. Ihnen ist aber schon klar, dass Sie eine Anzeige wegen Hehlerei und Verbreitung von Falschgeld erwartet?" „Die Kuratorin war jetzt völlig fertig und Tränen liefen ihr über das Gesicht. „Ja, das ist mir klar."

„Sie sind bis auf Weiteres festgenommen." Ein tiefer Seufzer war von ihr zu hören. „Gott sei Dank. Im Knast werde ich hoffentlich sicher vor diesem Irren sein." „Nun, was ist heutzutage schon sicher. Ich hätte dann gerne Ihren Autoschlüssel und die Papiere." Wortlos schüttete sie den Inhalt ihrer Handtasche auf den Tisch. „Bitte bedienen Sie sich." Kathy sammelte die Wagenpapiere und die Schlüssel ein.

„Den Rest können Sie wieder einpacken. Ach so, bis auf die Schlüssel vom Museum. Danke. DS Jones, schicken Sie bitte eine Beamtin. Miss McAlles bleibt bis auf Weiteres unser Gast."

Die Tür ging auf und Constable Burns betrat den Raum. „Bitte bringen Sie Miss McAlles zum Erkennungsdienst und dann in eine unserer gemütlichen Zellen."

Kaum waren die beiden verschwunden, kam Jones in den Vernehmungsraum und setzte sich still an den Tisch. „Na, besser?", fragte Kathy. „Ich will mich für mein Verhalten von vorhin entschuldigen. Ich denke, ich habe etwas überreagiert." „Etwas? Du hast eine sehr mutige Freundin, die noch dazu außerordentlich hübsch ist." Frank musste lächeln. „Sie ist alles für mich, und wenn ihr etwas passiert, ich weiß nicht …" „Ganz ruhig, mein Lieber. Ich werde jetzt kurz mit euerm Chef sprechen und dann werden wir die Geldübergabe vorbereiten. Ist das O.k. für dich?" Jones nickte tapfer. Kathy informierte den Chef der Polizeistation Perth über die beabsichtigte Aktion. Dann rief sie den Oberst in Edinburgh an. Und schließlich noch ihre Mutter. „Hör zu, ich muss heute hier über Nacht bleiben. Ja, ich weiß, aber es geht nicht anders. Aber ich verspreche dir, ich bin morgen spätestens zum Frühstück zurück. Gib Paul einen dicken Kuss von mir und sage ihm, dass ich ihn lieb habe. Bis dann!"

Dabei war es genau das, was sie nie mehr tun wollte. Den Jungen über Nacht alleine lassen. Doch was sollte sie machen? Sie konnte jetzt nicht einfach ihre Sachen packen und abfliegen. Sicher war Frank ein guter Polizist, aber das hier war eindeutig eine Nummer zu groß für ihn. Und darüber hinaus war er befangen. Zusätzlich hatte sie so die Möglichkeit, einen der schlimmsten Verbrecher endlich dingfest zu machen, und wenn alles klappt, den „Stone of Scone", und zwar den echten Krönungsstein, endlich wieder zu bekommen. Das Austauschen mit der Replik sollte dann nur noch ein Kinderspiel sein. Der Chef der Polizeistation Perth war nicht sonderlich begeistert. Aber als er hörte, um was es schlussendlich ging, stimmte er der Aktion zu. „Aber sorgen Sie dafür, dass meinem Constable nichts passiert. Ich verlasse mich da auf Sie. Ich will sie unter keinen Umständen verlieren."

„Nun Sir, ich werde alles Menschenmögliche tun, um Miss Burns zu beschützen."

Damit verließ sie das Chef-Büro und traf sich mit den anderen im Vernehmungsraum. „Jones und ich werden jetzt zum Museum fahren und uns die Gegend ein bisschen ansehen." „Soll ich mitkommen?", fragte Sandra. „Nun, ich denke nicht. Hier sind die Schlüssel und die Papiere für den Wagen. Nehmen Sie sich jetzt noch etwas frei. Wir sehen uns dann gegen 22.00 Uhr alle wieder hier." Sandra warf Jones einen flüchtigen Kuss zu und verschwand. „Hübsches Kind. So, und wir fahren jetzt zum Museum. Hier sind die Schlüssel."

Es dauerte nicht lange und die drei hielten in der Nähe des Hintereinganges des Museums. Der lag schwer einsehbar in einer kleinen Seitengasse, die direkt auf den Marktplatz führte. Auf der einen Seite befand sich das Museum und auf der anderen der Seiteneingang des Theaters. „Gut gewählt." „Wie meinst du das?" Es wird schwer sein, hier Beamte zu postieren." „O.k., dann lass uns die Sache abblasen." „Frank, ich bitte dich. Du bist jetzt Kriminalbeamter und du solltest auch endlich beginnen so zu denken. Denn ansonsten bist du fehl in diesem Job." „Du hast ja recht." „Also dann, lass uns sehen, wo wir heute ein paar Beamte postieren können." Nach einer halben Stunde waren alle Positionen entschieden und sie fuhren zurück in die Zentrale. Kathy und Frank würden am Abend im hinteren Eingang in Stellung gehen. Kaum in der Zentrale angekommen, erhielt Jones vom Diensthabenden Sergant die gewünschten Unterlagen im Fall Frank Schott, genannt Schorsch. Und darin fand Kathy dann genau das, was sie suchte. Frank Schott war vor 22 Jahren angeklagt worden, weil er betrunken mit dem Lieferwagen einer Whiskey Brennerei in eine Schülergruppe gerast war. Drei Kinder waren sofort tot, sieben wurden zum Teil schwer verletzt. Die Betreuerin der Kinder hat sich zwei Tage später das Leben genommen. Schott war so betrunken, dass er erst zwei Tage ausnüchtern musste, um überhaupt zu begreifen, was er da angerichtet hat. In einem Prozess wurde er zu lächerlichen fünf Jahren Gefängnis und zur Abgabe des Führerscheins verurteilt. Noch im Gerichtssaal gab es Drohungen von Angehörigen, ihn eines Tages dafür büßen zu lassen. Und vielleicht war jetzt die Zeit, wo sich einer daran macht, die Drohung wahr werden zu lassen bzw. jemanden zu beauftragen, die Drecksarbeit zu erledigen. „Jones, wir müssen die Angehörigen von damals unter die Lupe nehmen." „Das wird ein großes Stück Arbeit werden." „Richtig, und wir haben nicht viel Zeit. Vielleicht können wir euch ja helfen?" Frank nickte und ging mit Kathy in das Lagezentrum der Polizeistation, das Allerheiligste für jeden Beamten. Hier liefen alle Fäden zusammen, hier wurden Strategien entwickelt, Material gesammelt und Entscheidungen getroffen. Frank gab dem Chef vom Dienst die Unterlagen mit dem Hinweis, die Angehörigen der getöteten und verletzten Kinder zu ermitteln und deren Alibis zu prüfen. Vor allem der finanzielle Hintergrund war wichtig. Dann holte er aus der Ausrüstungskammer das benötigte Material, um Constable Burns zu verkabeln. Eine neue Weste hatte sie bereits bekommen. So ausgerüstet, gingen sie gemeinsam mit Liz in der Kantine etwas essen. Dabei erzählte Kathy von ihrem Sohn, und Frank, wie er Sandra kennengelernt hat.

Gegen 22.00 Uhr trafen sich dann alle in Franks Büro. Sandra erschien in einem schicken neuen Hosenanzug, der ihre körperlichen Vorzüge exzellent zum Vorschein brachte. „Was? Was guckt ihr so? Ich bin schließlich die Überbringerin von einer Million Pfund." Die anderen lachten, bis auf Frank. Dann wurde sie verkabelt, zog ihre Weste über und darüber eine Jacke. Dann erhielt sie von Frank einen kleinen Revolver. „Nur so. Bitte nimm ihn." Sandra sah ihn und lächelte. „Fühle ich mich dann sicherer oder eher du?" Kathy ging mit ihr noch mal alle Abläufe durch. „Also, du kommst kurz nach halb zwölf mit dem Wagen der Kuratorin von Norden her in die Gasse gefahren. Du musst unbedingt bis auf Höhe des Hintereingangs des Museums kommen. Dann haben dich alle unsere Beamten gut im Blick. Der Koffer mit dem Geld liegt auf der Rückbank. Keine Angst, wir sind die ganze Zeit in deiner unmittelbaren Nähe." „Ich habe keine Angst." „Solltet ihr aus irgendwelchen Gründen ins Museum kommen, dann warten dort Frank und ich auf euch.

Pass auf, ich finde deinen Mut bewundernswert aber, denke immer daran, Müller ist äußerst gefährlich. Und er wird keine Sekunde zögern, sich Notfalls den Weg frei zu schießen. Also, ein bisschen Angst solltest du haben. Besser gesagt, nennen wir es Vorsicht.

Alles klar?" „Alles klar." „Gut dann setz dich in den Wagen, wir werden jetzt auch unsere Positionen einnehmen. Und wenn es knallt, Kopf runter. Toi, toi, toi!" Beim Hinausgehen warf Sandra ihrem Frank noch einen flüchtigen Kuss zu. Dann war sie verschwunden. Frank seufzte tief. „Hoffentlich geht alles gut." „Das wird schon. So, Sie, Liz, bleiben hier! Und wir beide verschwinden jetzt in Richtung Museum. Wenn alles gut geht, sind wir in drei Stunden auf dem Rückflug nach Edinburgh. Mit dem echten „Stone of Scone" im Gepäck. Drücken Sie uns die Daumen. Hier ist ein Funkgerät für Sie. Damit können Sie alles mithören. Bis dann."

Zwanzig Minuten später parkte Franks Wagen am Marktplatz und sie verschwanden im Dunkel des Museums. Es war jetzt kurz vor 23.30 Uhr und alle waren bis aufs Äußerste gespannt. Über Funk wurden die verdeckten Beamten darüber informiert, dass ab sofort für alle die höchste Alarmstufe gilt. Alle waren auf ihren Plätzen und bereit. Jetzt konnte die Aktion beginnen. Doch zunächst passierte nichts.

Kathy und Frank lauerten im hinteren Teil des Museums, gleich hinter der Eingangstür, mit schussbereiten Waffen in den Händen. Sogar an zwei Einsatzwagen, die im Notfall die Gasse schließen konnten, war gedacht worden, doch nichts passierte. Es wurde zwanzig Minuten vor Mitternacht, zehn Minuten vor Mitternacht, doch weder Müller noch Sandra tauchten auf. Langsam wurde Kathy unruhig. „Was ist da los? Warum kommt keiner von beiden? Wenigstens Sandra müsste doch hier auftauchen?" Schließlich, Viertel nach zwölf, wurde die Aktion abgebrochen. Frank versuchte bestimmt schon das 20ste Mal, seine Freundin zu erreichen. Doch nichts. „Ich verstehe das nicht, sie muss sich doch melden?" „Frank, lass sofort Sandras Handy orten. Sofort!" Die Beamten im Lagezentrum machten sich sofort daran, das Handy von Constable Burns und den Wagen, den sie vorsichtshalber mit einem GPS-Signal versehen hatten, zu orten. Es dauerte nicht lange und der Standpunkt des Wagen wurde in der Nähe des Flusses angezeigt. Sofort wurden Beamte dorthin geschickt. Als sie den Wagen erreichten, fanden sie Constable Burns niedergeschlagen, aber lebend vor.

Wenige Minuten später hielt Jones Wagen am Fluss. Sofort sprang er aus dem Wagen und rannte zu seiner verletzten Freundin. „Was ist passiert? Wie geht es ihr? Kommt sie durch? Bitte, lassen Sie mich zu ihr." Doch mehrere Beamte drängten ihn zurück. „Bitte, Sie können jetzt nicht zu ihr.

Die Ärzte bemühen sich um sie. Es geht ihr den Umständen entsprechend gut. Sie hat eine Platzwunde am Hinterkopf." Kathy stand am Auto und rauchte. „Wir müssen wissen, was da passiert ist." Plötzlich stand Frank neben ihr. „Gib mir eine Zigarette." Kathy sah ihn verwundert an. „Seit wann rauchst du?" „Seit jetzt!" „Kommen Sie her, bitte!" Der das rief, war der behandelnde Notarzt. Und er winkte Jones zu. Der warf sofort die Zigarette weg und rannte zu dem Krankenwagen. „Sie will mit ihnen sprechen. Aber höchsten zwei Minuten!"

Frank kletterte in den Wagen, wo Sandra mit verbundenem Kopf und einem Tropf im Arm lag. „He, mein Schatz, was ist passiert? Wer war das? Wie geht es dir?" Sandra bemühte sich zu lächeln. „Der Typ wartete vor meiner Wohnung auf mich. Ich wollte gerade zu euch kommen, da sprang er auf den Beifahrersitz und hielt mir eine Pistole an den Kopf. Dann fuhren wir an der Zentrale vorbei, wo ich mein Handy aus dem Wagen werfen musste. Dann dirigierte er mich hierher. Hier stand übrigens sein Wagen." „Hören Sie, wir müssen sie jetzt ins Krankenhaus bringen", unterbrach ihn der Arzt. „Gleich, bitte, nur noch einen Moment. Und dann, was ist dann passiert?" Sandra stöhnte auf. „Mein Kopf, es dreht sich alles, mir ist schlecht." „Kommen Sie sofort aus dem Wagen, wir müssen jetzt los." Damit zog ihn ein Sanitäter aus dem Wagen, warf die Tür zu. Der Krankenwagen raste mit Sondersignal in Richtung Krankenhaus. Sofort lief Frank zu seinem Wagen. „Entschuldige bitte, aber ich muss ihr nach." „Jetzt beruhige dich. Bitte! Muss ich dich erst wieder daran erinnern, dass du Polizist bist?" „Ja, aber", stotterte Jones. „Nichts aber. Sie lebt und man kümmert sich um sie. Im Übrigen, der Koffer ist weg! Und ich habe das da im Wagen gefunden." Damit hielt sie ihm einen kleinen gefalteten Zettel hin, der unter dem Beifahrersitz gelegen hatte. Er lag dort so, dass man ihn wohl schnell finden sollte. Doch Jones hörte ihr längst nicht mehr zu. Er setzte sich in seinen Wagen und raste in Richtung Krankenhaus. Dabei war ihm völlig egal, dass er Kathy stehen gelassen hatte. Tränen liefen ihm über das Gesicht und er murmelte unablässig Sandras Namen.

Kathy seufzte tief durch. „Oh Jones, du wirst nie ein richtiger Bulle." Dann ließ sie sich einen Wagen rufen, der sie zurück in die Zentrale fuhr, wo Liz bereits aufgeregt auf sie wartete. „Und, Chefin, was ist passiert?" Sie hatte sich die ganze Zeit im Lagezentrum aufgehalten und den Funkverkehr verfolgt. „Wie geht es Miss Burns? Und wo ist DS Jones?" „Also, Miss Burns geht es den Umständen entsprechend gut und Frank ist auf dem Weg zu ihr." Dann wand sie sich an den Chef vom Dienst. „Ich brauche sofort meinen Hubschrauber." „Das wird nicht gehen, Mam. Bei uns herrscht bis 05.00 Uhr ein generelles Nachtflugverbot. Sorry." „Das ist ein Witz, oder?" „Oh nein, Mam. Aber es sind ja nur noch drei Stunden bis dahin." Kathy überlegte, ob sie einen Wagen ordern sollte. Doch dann entschied sie sich zu warten. „O.k., sorgen Sie dafür, dass Punkt fünf ein Hubschrauber für uns bereitsteht. Und ich will alles über den Gesundheitszustand von Constable Burns wissen. Ich warte in der Kantine." Damit rauschte sie mit Liz in Richtung Ausgang.

Vor der Tür der Polizeizentrale begann sie die Straße abzusuchen. „Liz beobachtete sie dabei. „Ich denke, wir warten in der Kantine?" „Reden Sie nicht, helfen Sie mir lieber suchen. Ich suche auf der linken Seite und sie nehmen die rechte." Nach ca. fünf Minuten unterbrach Liz ihre Suche. „Ich will ihnen ja gerne helfen, aber wonach soll ich ...?" „Nach einem Handy! Hier muss irgendwo das Handy von Sandra Burns liegen. Ein kleines rotes Handy mit einem blauen Medaillon dran. Ah, da ist es ja." Triumphierend hielt sie ein Handy in die Höhe. „Müller hat sie gezwungen, das Handy hier aus dem Wagen zu werfen. Ich denke mal, dass er damit verhindern wollte, dass wir beim orten gleich den richtigen Standort finden. Er hat nicht an das GPS im Wagen gedacht. Anfängerfehler. Kommen Sie."

Damit gingen sie zurück in die Zentrale. Dem Chef vom Dienst übergab sie das Telefon. „Hier, das gehört Constable Burns. Es lag draußen auf der Straße. Bitte auf Spuren untersuchen." Damit ging sie in die Kantine und bestellte zwei Kaffee. Sie schwieg und dachte nach, während sie beide den

Kaffee schlürften. Plötzlich starrte sie Liz an. „Es wäre auch zu leicht gewesen. Der Typ hat uns die ganze Zeit beobachtet. Und ich Dussel hätte daran denken müssen. Ja, ich bin Schuld, dass Miss Burns jetzt im Krankenhaus liegt. Und wir haben noch Glück. Es hätte auch schlimmer kommen können. Ich habe Müller unterschätzt. Dabei kenne ich ihn doch! Aber das passiert mir nicht ein zweites mal. Hören Sie? Nicht noch mal!" „Verzeihen Sie, Mam, aber der Kaffee hier ist ungenießbar."

Zwanzig Minuten vor fünf ließen sie sich zum Hubschrauberlandeplatz fahren und kurz danach starteten sie in Richtung Edinburgh.

Edinburgh

Gegen 06.30 Uhr war sie endlich zu Hause. Sie beobachtete Paul, der friedlich lächelnd in seinem Bett schlief. Princess beobachtete sie verschlafen. „Komm, meine Liebe. Komm, wir lassen ihn noch schlafen und gehen in den Garten." Sie kochte sich einen Kaffee, dann setzte sie sich draußen an den kleinen Tisch. Der Hund hatte sich bereits unter die Bank gelegt und schnarchte. Kathy musste lächeln und trank ihren Kaffee. Langsam ging die Sonne auf. Es würde ein arbeitsreicher Tag werden.

Kurz nach 07.00 Uhr weckte Kathy ihren Paul, der sich riesig darüber freute, sie in die Arme nehmen zu können. „Bist du schon lange da?" „Aber klar, mein Kleiner. Komm, aufstehen, wir wollen frühstücken. Ich bringe dich nachher in die Schule." „Au ja!" Paul war begeistert und stürzte ins Bad. In der Küche hörte man inzwischen schon das Klappern der Teller. Kathys Mutter war dabei, den Frühstückstisch zu decken. Kathy ging zu ihr rüber und fragte, ob sie ihr helfen könne. „Und, habt ihr euren Fall gelöst?" „Leider nein. Der Typ war gerissener als wir dachten und ist verschwunden." „Ich denke, du willst kürzer treten?" „Das will ich auch. Aber in diesem Fall war es halt notwendig. Denn wenn es geklappt hätte, dann wäre der Fall jetzt geklärt." „Weißt du, es gibt immer ein hätte oder ein wäre und es ist immer notwendig, meine Liebe." „Das ist nicht fair." „Und, war es gefährlich?" „Bitte Mutter, ich will darüber hier nicht sprechen. Danke, dass du auf ihn aufgepasst hast." Damit gab sie ihr einen Kuss und begann dass Geschirr nach draußen zu tragen. Bald saßen alle am Tisch und ließen es sich schmecken. Nach dem Frühstück fuhr Kathy ihren Paul in die Schule. „Kommst du heute nach Hause?", fragte er beim Abschied. „Aber selbstverständlich, mein Schatz." Damit umarmte sie ihn und gab ihm einen dicken Kuss. Das gefiel ihm gar nicht. Er wand sich aus Kathys Armen und machte, dass er in die Schule kam.

Es war gegen 09.00 Uhr, als Kathy in der Zentrale ankam. Liz saß bereits an ihrem Schreibtisch und schrieb ein Protokoll über den gestrigen Tag. „Na, alles gut verkraftet?" Liz nickte. „Das war toll, Mam." „So, meinen Sie? Ich informiere gleich den Chief. Sie rufen bitte in Perth im Krankenhaus an. Ich will wissen, wie es Sandra geht. Nach dem Gespräch mit dem Chief will ich mit Tom reden. Ich werde sie dazu rufen. Also bis gleich." Damit verschwand sie aus dem Büro.

Der Chief wartete schon ungeduldig und hatte deshalb Tom Morgan dazu gebeten. Als Kathy eintrat, war der gerade dabei, ihn über den Ermittlungsstand im Fall der kleinen Särge zu informieren. „Guten Morgen Sir. Tom!" „Na, Sie waren gestern ja nicht sehr erfolgreich, was den Fall unseres Kunsträubers und Mörder angeht?" „Nun Sir, er ist uns knapp entwischt. Leider ist dabei eine junge Beamtin verletzt worden." „Ich weiß, ich hatte heute Morgen schon ein sehr unerfreuliches Gespräch mit dem Polizeichef von Perth. Also, was gedenken Sie in der Sache zu tun?" „Ich habe vor, diesen Müller heraus zu locken." „Und wie soll das bitte gehen?" „Mit Geld, Sir. Das Geld, dass er gestern erbeutet hat, war lediglich Falschgeld. Und da Müller dringend Geld braucht, werden wir ihm eine echte Million anbieten. Ich wette mit Ihnen, dass er darauf anspringt. Wir müssen diesmal nur etwas cleverer sein, Sir." „Und wo gedenken sie die Million herzunehmen?"

„Nun, ich dachte da an die Asservatenkammer. Da müsste doch noch das Lösegeld von der Smith-Entführung liegen." „Sie meinen das Geld von dem Bankier-Sohn?" „Genau, Sir." „Sie können es wohl gar nicht erwarten, mich in den Ruhestand zu katapultieren, oder? Was machen wir, wenn er uns wieder entwischt? Dann sind wir nicht nur den Stein sondern obendrein eine Million Pfund los. Ich mag gar nicht daran denken." „Nun Sir, nur mit Speck fängt man Mäuse. Und dann Sir, es ist doch nur Geld." „O.k., aber halten Sie mich auf dem Laufenden. War es das?" „Nein Sir. Ich habe da noch etwas in unserem Särge-Fall mitgebracht. In Perth ist ein gewisser Frank Schott spurlos verschwunden, ein Obdachloser. Dessen Freund, ein gewisser Bob Faun, hat ihn als vermisst gemeldet. Dabei tauchte wieder so ein kleiner Sarg auf. Und ganz wichtig, ich habe diesen Schott mal checken lassen. Dieser Typ hat vor zweiundzwanzig Jahren einen schweren Unfall verursacht. Dabei war er völlig betrunken mit seinem Laster in eine Kindergruppe gerast. Drei Kinder waren sofort tot und sieben schwer verletzt. Die Betreuerin hat sich später das Leben genommen. Und jetzt kommt' s. Frank Schott ist damals lediglich zu fünf Jahren Haft verurteilt worden. Die Angehörigen der Kinder haben damals Rache geschworen. Ich denke, dass eventuell dort der Täter zu suchen ist. Die Kollegen in Perth sind schon dabei, deren Alibis zu überprüfen." „Und was hat das mit unseren Opfern zu tun?" „Nun, ich denke Sir, dass der Grund für deren Ermordung auch in ihrer Vergangenheit liegt. Dieser Mike Lenox war zum Beispiel Schuld, dass sich ein junges Pärchen, das er finanziell ruiniert hat, das Leben nahm. Und nach dessen Freispruch hatte auch noch die Mutter des Mädchens versucht, sich das Leben zu nehmen. Und soweit ich weiß, sind dieser Jack Peters und John Plummer am Tod eines jungen japanischen Studenten Schuld."

„Sie meinen also, da übt jemand späte Rache?" „Wer weiß? Ich denke aber, es wäre ein Ansatz, Sir." „O.k., ich sehe, Sie sind auf einem guten Weg. Ich wünsche Ihnen Erfolg, und Informieren Sie mich regelmäßig. Wenn Sie etwas brauchen, dann melden Sie sich. Und damit meine ich nicht nur die Million, meine Liebe. Ich danke Ihnen. Und noch eins, kein Wort nach draußen oder zur Presse! Den Fall Müller gibt es nicht und bei der Sache mit den Särgen bleiben wir offiziell bei Suizid. Ist das klar?" Das war für Tom und Kathy das Zeichen, zu gehen.

Kaum waren sie in Toms Büro, hieß es erst mal durchatmen. Tom bestellte Kaffee und Kathy rief Liz dazu. „Wie geht es dir?", fragte Kathy ihren Freund. „Nun, die Hand schmerzt noch und das Knie kann ich noch nicht richtig belasten. Ansonsten geht es wieder." „Pass auf, mein Lieber. Ich würde gern, dass du dich vorrangig um die Sache mit den Särgen kümmerst. Die Kollegen in Perth untersuchen die Alibis der Angehörigen, der von Schott getöteten Kinder. Ich denke, du solltest dich unbedingt mit den Angehörigen unserer Opfer von damals beschäftigen. Auch müsstest du nach Abbey Grove. Doch, das werde ich dir abnehmen und mir mal die Typen vornehmen, die diesen Jack Peters gefunden haben. Und ich werde mich in Abbey mal ein bisschen umsehen. Die Jungs sollen dort unten einen älteren Mann getroffen haben. Wer weiß, vielleicht unseren Täter? Und eventuell kann ich ja ihrem Gedächtnis ein bisschen auf die Sprünge helfen. Danach geht es dann wieder nach Perth. Ich will mit Jones eine Strategie entwickeln, um diesen Müller endlich zur Strecke zu bringen. Liz, Sie organisieren mir morgen Früh ein Treffen in Abbey, und zwar mit den Beamten, die Peters aus diese Irrenanstalt geholt haben. Und das vor Ort! Anschließend brauche ich um 12.00 Uhr einen Termin in Perth. Ich hätte gern Constable King dabei. Er macht mir einen sehr aufgeweckten Eindruck." Tom räuspert sich. „O.k., ich werde mich sofort um die Alibis kümmern. Kathy stand auf, nicht ohne sich zuvor noch eine Zigarette anzustecken. „Kommen Sie, Liz, wir haben zu tun." Damit verschwanden beide in Kathys Büro. Kaum in ihrem Zimmer, holte Kathy einen Zettel aus der Tasche, den sie in Sandras Auto gefunden hatte.

„Wenn ihr Drecksbullen den Stein noch wollt, dann gebt mir eine Million." Inseriert im Perther Abendblatt unter der Rubrik Verschiedenes: Garten-

steine zu kaufen gesucht. „Ich werde mich dann bei euch melden."
Sie wusste, sie muss unbedingt mit Jones reden. „Liz!" Sofort kam ihre
Sekretärin herein. „Mam?" „Wie geht es Sandra?" „Nun, sie liegt noch
immer auf der Intensivstation. Die Ärzte diagnostizierten eine leichte
Gehirnblutung. Wenn die bis morgen nicht verschwunden ist, werden sie
Miss Burns operieren." „Danke. Hören Sie, ich werde mir etwas Arbeit mit
nach Hause nehmen. Wenn was ist, dann wissen Sie ja, wie sie mich erreichen können. Wir sehen uns. Dann bis morgen Früh. Rufen Sie mich bitte
heute noch an, wenn Sie den Termin in Abbey Grove haben. Und denken Sie
bitte an Constable King. Ich meine, die Flugzeit nach Abbey beträgt nicht
mehr als 20 bis 30 Minuten. Bestellen Sie dann für morgen einen Heli für
uns. Flugziel zunächst Abbey, dann Perth. Sagen Sie den Jungs, das wird so
fünf bis sechs Stunden dauern. Bis dann." Damit verschwand Kathy aus
ihrem Büro.

Das Auto im See

Während Liz noch versuchte, in Abbey Grove einen Polizeibeamten zu
erreichen, wurde in einem kleinen See bei Livingston ein Auto gefunden, in
dessen Innenraum sich ein Toter befand. Entdeckt wurde er von Mitgliedern
einer Tauchschule, die zum ersten Mal im freien Wasser abtauchen wollten.

Jetzt, Anfang August, hatte die Gegend hier im Süden Schottlands über
kurze zwei Wochen angenehme fünfundzwanzig Grad, was dazu führte,
dass jeder, der es sich leisten konnte, seine Freizeit in der Natur verbrachte.
Und so bevölkerten die Touristen wie auch die Schotten selbst die Parks
und königlichen Gärten in riesigen Heerscharen und genossen dabei das
warme Wetter. Selbst die umliegenden Gewässer luden für kurze Zeit zum
Baden ein. Und so erreichten, für das Land der Stürme und des schlechten
Wetters, die Wassertemperaturen der kleineren Seen und Teiche stolze

18 bis 20 Grad. Nicht gerade tropische Temperaturen, aber immerhin aus-
reichend für viele, hier und jetzt ihren Tauchschein zu erwerben, um dann
später in südlichen Gefilden die Unterwasserwelt zu erkunden. Im Gegensatz zu den bunten Korallenriffen in Australien, lag die Sichtweite in einem
typisch schottischen See bei lediglich zwei bis maximal drei Metern wie
auch in deutschen Gewässern. Der Rest war entweder milchig trüb oder
grau in grau. Unter dem Slogan: „Im warmen Wasser kann jeder!", warben
die ansässigen Tauchschulen mit jeder Menge Rabatten.

Und so waren heute Morgen sechzehn Tauchschüler voller Elan zum Lake
Lochmoor aufgebrochen, um in mehreren Gruppen die ersten Erfahrungen
im freien Wasser zu machen. Drei Tauchlehrer begleiteten die Neulinge, so
dass von Hause aus nichts passieren konnte. Doch das sollte sich schnell
ändern.

Die erste Gruppe, bestehend aus sechs Schülern und dem Tauchlehrer Bob
Felden, machten sich gegen sechs Uhr am Ufer fertig. Nach dem Sicher-
heitsscheck begannen sie langsam und nacheinander in dem blaugrün schim-
mernden See abzutauchen. Kaum waren sie zwei Meter unter der Wasseroberfläche, umfing sie die unendliche Ruhe der Tiefe und das herrliche
Gefühl der Schwerelosigkeit. Bob gab das Zeichen, langsam in die Tiefe
abzutauchen. Bei sechs Metern sollte für alle Schluss sein. Hier in Ufernähe
erreichte der See immerhin eine Tiefe von gut zehn Metern.

Eine der Schülerinnen hatte sich etwas von der Gruppe entfernt und bereits
die sechs Meter-Marke überschritten. Irgendetwas in der Tiefe hatte ihre
Aufmerksamkeit geweckt. Und da ansonsten nichts zu entdecken war, steuerte sie direkt darauf zu. Es war groß und schwarz und hob sich deutlich
von der ansonsten kargen Umgebung ab. Sie schaltete ihre Unterwasser-
lampe ein, und in deren Schein tauchte in knapp sieben Metern Tiefe das
Dach eines Autos vor ihr auf. Neugierig geworden, beschloss sie sich das
Wrack etwas genauer anzusehen. Sie tauchte weiter in Richtung Grund
und begann den Wagen langsam zu umschwimmen. Als sie auf Höhe der

Fahrerseite war, sah sie etwas Dunkles im Inneren des Wagens. Sie hielt den Strahl ihrer Taschenlampe ins Wageninnere, und voller Entsetzen sah sie in das Gesicht eines toten Mannes. Erschrocken ließ sie die Lampe fallen und schwamm mit hastigen Bewegungen in Richtung Wasseroberfläche. Auf dem Weg nach oben verlor sie vor lauter Panik ihren Atemregler, was dazu führte, dass sie jede Menge Wasser schluckte. Endlich an der Oberfläche, hustete und spukte sie das Wasser aus und schrie dann verzweifelt um Hilfe. Einer der Tauchlehrer, der mit einer anderen Gruppe am Ufer gewartet hatte, sprang sofort ins Wasser und zog die völlig entkräftete Dame aus dem Wasser. Es dauerte eine Weile bis er verstand, was die Taucherin da in der Tiefe entdeckt hatte. Er informierte Bob über Funk, dass er mit seiner Gruppe sofort auftauchen muss. Doch der war bereits auf dem Rückweg, da er bemerkt hatte, dass eine seiner Schülerinnen ihren Tauchgang hastig abgebrochen hatte. Und da es bei Tauchern das ungeschriebene Gesetz gibt, dass der Schwächste in der Gruppe den Tauchgang bestimmt, war er mit seiner Gruppe sofort umgekehrt. „Was ist los? Was ist passiert?", rief er schon von Weitem.

„Komm erst mal raus." Die Tauchschülerin saß zitternd am Boden und stammelte immer wieder etwas von „Auto" und „Leiche." Die anderen Tauchschüler hatten sie in Handtücher eingehüllt. „Also, was ist passiert?" „Pass auf, Bob. Die Kleine hat erzählt, dass sie da unten ein Auto gesehen hat." „Ja und? Ist doch Klasse. Macht das Tauchen in Zukunft etwas spannender." „Du verstehst mich nicht. In dem Auto sitzt einer drin." „Ach du Scheiße. Hast du schon die Polizei angerufen?" „Wollt ich gerade machen." „O.k., du rufst die Bullen und ich gehe nochmal runter. Hast du deine Kamera dabei?" Fred nickte und zog einen kleinen Apparat aus seiner Seitentasche. „Hier! Aber sei vorsichtig, die ist neu und war echt teuer." Bob nickte nur, drehte sich um und verschwand in der Tiefe. Während die Tauchschüler ihre Ausrüstung ablegten und in dem Transporter der Tauchschule verstauten, informierte Fred die Polizei, die nach knapp dreißig Minuten am

See erschien. Zwei Polizeitaucher machten sich sofort fertig, um im See nach dem Wagen zu suchen. Ein Rettungswagen wartete etwas abseits und kümmerte sich um die immer noch unter Schock stehende Taucherin. Inzwischen war Bob wieder aufgetaucht und zeigte den beiden Tauchern, wo sie suchen müssen. Noch während er seine Ausrüstung ablegte, kam ein Sergant auf ihn zu und befahl ihm in barschen Ton, sich nicht vom Ufer zu entfernen. Bob nickte und begann seine Ausrüstung abzulegen. Dabei war er peinlich darauf bedacht einen Brief, der in einer Klarsichthülle steckte, einen kleine Sarg und den Fotoapparat in seinen Sachen zu verstecken. In diesem Moment erreichte ein Kranwagen der Polizei das Gelände, gefolgt von zwei Herren in Zivil. Der Sergant lief dienstbeflissen auf sie zu, nahm Haltung an und berichtete, was er inzwischen festgestellt hatte. Dabei deutete er mehrfach mit einem Bleistift in die Richtung von Bob.

„Guten Tag. Mein Name ist Inspektor Williams. Sie, Sir, haben den Toten entdeckt?" Bob grinste. „Ich war eben noch mal unten. Entdeckt hat ihn die junge Dame da. Sie heißt Anne oder so ähnlich. Sie ist Tauchschülerin und war mit mir unten. Erste Stunde im Freiwasser, wenn Sie wissen, was ich meine?" „Nein Sir, das weiß ich nicht." „Nun, beim ersten Mal sind sie alle sehr aufgeregt, haben Angst und kleben fast an uns Lehrern. Doch die war irgendwie anders." „Was meinen Sie damit?" „Nun, sie war mutiger und tauchte gleich allein und etwas abseits von uns ab. Plötzlich schoss sie dann aber nach oben und wir folgten ihr sofort. Als ich oben ankam, saß sie schon am Ufer und faselte etwas von einem Auto und einer Leiche. Ich bin dann nochmal runter. Und sie hatte recht."

In diesem Moment tauchten zunächst eine rote Signalboje und dann die zwei Polizeitaucher wieder auf. Der Inspektor gab dem Kranwagen ein Zeichen. Der fuhr langsam die Böschung zum Ufer hinab. Einer der Taucher schnappte sich einen Haken, an dem ein Stahlseil befestigt war. Dann fuhr der LKW langsam die Böschung wieder hinauf und wartete. Nach knapp zehn Minuten tauchten die Taucher wieder auf und gaben dem Fahrer ein

Zeichen, der daraufhin die große Motorwinde startete. Langsam straffte sich das Seil und begann etwas Schweres aus dem Wasser zu ziehen. Nach einem kurzen Moment tauchte zunächst das schwarze Heck und dann langsam das Dach eines Autos aus dem Wasser. Der Inspektor gab das Zeichen zum Halt und inspizierte zunächst diesen Teil des Wagens. Dann nickte er zufrieden und gab das Zeichen zum Weitermachen. Der Motor der Winde heulte auf, stoppte kurz und zog dann langsam und gleichmäßig den Rest des Autos aus dem See. Sofort machte der Sergant unzählige Fotos.

Überall floss Wasser aus dem Wagen. So wie der aussah, konnte er noch nicht lange im See gewesen sein. Der Tote saß angeschnallt auf dem Fahrersitz. Sein Kopf war nach vorn gebeugt.

Er schien etwa fünfzig bis sechzig Jahre alt zu sein. Mehr war zunächst nicht zu entdecken. Auf ein Zeichen des Inspektors zogen die beiden Rettungsassistenten den leblosen Körper aus dem Auto und legten ihn auf den Boden. Seine Augen waren offen und das Gesicht unnatürlich verzerrt. Sicher war er bei vollem Bewusstsein in dem Wagen ertrunken.

Sofort tauchten jede Menge Fragen auf. Zunächst mal: „Wie konnte der Wagen hier in den See fahren?". Ein Unfall war ausgeschlossen. Es gab keine Straße, die zum See führte. Nur Eingeweihte kannten den schmalen Weg, der sich durch den Wald hierher schlängelte. Und warum war er nicht aus dem Auto geklettert? Er hätte nur warten müssen, bis der Wagen voller Wasser war, dann die Tür öffnen und nach oben schwimmen. Also konnte es sich nur um Selbstmord oder gar Mord handeln. Der Inspektor wendete sich noch mal an Bob: „Sagen Sie, Sir, Sie sagten, Sie waren noch mal unten. Haben Sie dabei irgendetwas Ungewöhnliches bemerkt?". „Was meinen Sie?" „Nun, lag in unmittelbarer Nähe des Wagens irgendetwas am Grund?" „Mir ist nichts aufgefallen, Sir. Ich war aber auch ziemlich erschrocken. Denn schließlich sieht man nicht jeden Tag eine Leiche." „Danke, das kann ich verstehen. Hier ist meine Karte. Wenn Ihnen doch noch etwas einfällt, rufen Sie mich an. Ihre Anschrift haben wir?" „Hat alles Ihr Sergant. Können wir jetzt von hier verschwinden? Ich denke, der Anblick ist nichts für unsere Schüler." „Kein Problem. Wir brauchen aber noch die Anschriften aller Taucher, die mit Ihnen unten waren." „Bekommen Sie! Komm Freddy, wir hauen ab."

In diesem Moment tauchte ein Wagen der Gerichtsmedizin auf. Während sich die Beamten um den Abtransport der Leiche kümmerten, verschwanden die Tauchschüler mit ihrem Transporter. Fred, der auf dem Beifahrersitz saß, steckte sich eine Zigarette an. „O.k., was hast du mitgenommen?" Bob kramte in seiner Tasche und zog einen eingeschweißten Abschiedsbrief aus der Tasche. „Hier, das schwamm unter dem Wagendach." Fred betrachtete den Brief. „He Mann, das ist ja ein Abschiedsbrief. Hast du 'ne Macke, das Ding zu klauen? Wenn das rauskommt, bekommen wir mächtigen Ärger mit der Polizei." „Das kann schon sein, aber zusammen mit den Fotos, die ich geschossen habe, erst mal mächtig Schotter." „Damit möchte ich nichts zu tun haben. Hörst du?" Bob sah seinen Freund grinsend an. „Musst du auch nicht. Bleibt mehr für mich. Doch jetzt lass uns erst mal nach Hause fahren."

Der Fall wurde von den Kollegen aus Glasgow bearbeitet, die für diese Region zuständig waren. Und doch sollte er bald wie eine Bombe in der Zentrale einschlagen. Doch das erst etwas später.

Kathy war inzwischen zu Hause angekommen. Paul war noch in der Schule und so beschloss sie, ein paar Anrufe zu tätigen. Zuerst wollte sie mit Jones reden. Nach seiner überstürzten Flucht hatten sie nicht mehr miteinander gesprochen. Und dieses Verhalten konnte nicht sein, wenn man erfolgreich zusammenarbeiten will. Natürlich konnte sie ihn ein wenig verstehen, aber verdammt noch mal, Frank war Polizist! Und da hieß es, sich zusammen zu reißen, auch wenn es einem schwer fällt. Noch während sie so dachte, wählte sie die Nummer seines Büros. Die Kollegin, die sich meldete, teilte ihr lakonisch mit, dass DS Jones nicht da wäre und Sie auch nicht wüsste, wann er wieder eintreffen würde. „Na gut", dachte sich Kathy. „Dann eben anders." Sie wählte seine Handynummer und Frank meldete sich sofort. „Hallo! Hier ist Kathy. Wie geht es Sandra?" „Hallo. Es geht ihr den Umständen entsprechend. Du, ich wollte mich sowieso bei dir melden. Das war absolut unprofessionell und ich verspreche dir, dass sich das nicht wiederholen wird." „O.k., dann ist die Sache vergessen. Pass auf, ich habe heute Morgen mit dem Chief gesprochen und dabei hatte ich folgende Idee..." Dann erzählte sie ihm von dem Zettel, den sie in Sandras Wagen gefunden hatte und von der Idee mit der Anzeige. Jones war begeistert. Er versprach, noch heute zu inserieren. „Sobald sich Müller meldet, rufst du mich sofort an. Sofort, hörst du? Sind deine Kollegen schon mit den Alibis weiter?" „Sie haben sie wohl alle durch." „O.k., schicke das Material an Tom. Ich melde mich morgen bei dir. Bitte grüße Sandra von mir." Damit legte sie auf. In diesem Moment klingelte ihr Handy und Liz meldete sich. Ein Dr. Mortimer aus dem Middle-Krankenhaus hatte sich gemeldet und seine Nummer hinterlassen. Kathy schrieb mit, bedankte sich und legte auf. Dann wählte sie die Nummer des Doktors. „Hallo, Miss McGore! Ich sollte Sie doch anrufen, wenn ich etwas feststelle." „Und, Doc, was war es?" „Sie hatten tatsächlich recht. Es hat jemand nachgeholfen und zwar mit Luft. Es wurde ganz banal Luft in die Vene injiziert. Bei der Menge an Chemie, die der Kerl intus hatte, wäre das nie aufgefallen, wenn Sie mich nicht dazu gezwungen hätten, eine Obduktion vorzunehmen." „Aber lieber Herr Doktor, ich habe Sie doch nicht gezwungen. Doch egal, ich bekomme Ihren Bericht noch schriftlich?" „Ist schon unterwegs. Wie auch die Rechnung für die Obduktion." „O.k., ich danke Ihnen. Bis dann, irgendwann." Also war es Mord. Ihr Bauch hatte sich nicht getäuscht. Sie rief Tom an und erzählte ihm von dem Gespräch. „Lass dir von Liz den Bericht geben, wenn er da ist. Er hat ihn wohl schon los geschickt. Die beigefügte Rechnung soll Liz auf meinem Tisch lassen. Das muss ich dem Chief noch schonend beibringen. Ach so, und Jones wird dir die Recherche-Unterlagen der Alibis im Fall Frank Schott schicken. Bis dann, mein Lieber."

So, und jetzt noch Liz und dann ist erst mal Schluss für heute. Kathy erwischte Liz gerade beim Gehen. „Also, was ist nun mit Abbey Grove?" „Ein Inspektor Williams erwartet Sie um halb neun auf dem Gelände der ehemaligen Anstalt. Constable King wird pünktlich am Startplatz sein." „O.k., bestellen Sie den Heli für 08.00 Uhr." „Das habe ich schon gemacht." „Und sagen Sie der Flugbereitschaft, dass der Flug nach Perth gestrichen ist. Danke, wir sehen uns morgen." Damit legte sie auf.

Gerade richtig, denn Paul kam ins Haus gerannt und verschwand direkt im Badezimmer. „Ist was, mein Lieber?" „Ich denke, drei Eis, viele Kirschen und ein Liter Cola vertragen sich gerade nicht so richtig." „Na dann viel Spaß. Und vergiss nicht zu lüften." Die Geräusche, die aus dem Bad kamen, waren eindeutig. Selbst Princess schnüffelte nur kurz an der Tür, dann schüttelte sie sich und streckte sie sich im Garten aus. Kathy lächelte ihr zu und tätschelte ihren Kopf. „Du musst ihm etwas Zeit geben. Ich denke, euer Abendspaziergang fällt heute aus. Aber weißt du was, lass uns beide doch ein bisschen gehen." Sofort setzte sich der Hund freudig vor Kathy. Die suchte noch nach seinem gelben Lieblingsball. „Ich geh mit Princess etwas spazieren!", rief sie in Richtung Badezimmer. Ist das O.k. für dich?" Aus dem Bad kam lediglich ein klägliches: „Ja danke." Und so machten sich Kathy und der Hund auf den Weg.

Sie genoss den Spaziergang mit der Kleinen. Viel zu selten war sie in letzter Zeit hier am Fluss entlanggelaufen. Das macht den Kopf frei. Und das brauchte sie jetzt dringend. Seit Tagen hatte sie wieder dieses Bauch-Gefühl und meldete einen Verdacht, den sie immer sofort verwarf. Denn das konnte und durfte nicht sein.

Der nächste Morgen. Kathy saß im Garten und schlürfte ihren Morgenkaffee. Gleich würde ihre Mutter kommen, um mit Paul zu frühstücken, und ihn dann in die Schule zu fahren. Das klappte inzwischen ganz gut und Kathy fand es toll, dass sich die beiden so gut ergänzten. Zumindest so lange, wie kein Mann da war, der diesen Job übernehmen könnte. Sie musste immer wieder an das Ultimatum ihres Chefs denken. Ein Mann in einem Jahr. Mal sehen, aber dafür hatte sie ja noch genug Zeit. Im Moment sah sie niemanden, der in Frage kommen würde. Und Tom war glücklich verheiratet. Heute musste sie etwas früher los, denn bereits um 08.00 Uhr ging der Flug nach Abbey Grove. Sie ärgerte sich ein wenig, dass sie es nicht geschafft hatte, mit Lesley Bernett zu reden. Immerhin kannte der den Komplex wohl von früher. Aber aufgeschoben ist nicht aufgehoben!

Jetzt, es war kurz vor sieben, taumelte ein schlaftrunkener Paul aus dem Haus, ließ sich auf die Bank fallen und lehnte sich an Kathy. „Ich kann heute nicht zur Schule", nuschelte er. „Och, mein armer Junge, dann geh doch einfach nicht hin." Paul riss die Augen auf. „Wie? Echt?" Kathy lachte. „Manchmal bist du mir ein wenig zu naiv, mein Lieber. Natürlich gehst du in die Schule. Komm her, gib mir einen Kuss und dann ab mit dir ins Bad. Oma kommt gleich. Die bringt dich dann zur Schule. Wir sehen uns heute Abend." „Warum musst du schon weg?" „Auf mich wartet ein Hubschrauber." „Kannst du mich damit nicht mal mitnehmen?" „Ich fliege dienstlich. Los, ab mit dir." In diesem Moment raste Princess ans Tor und wartete schwanzwedelnd auf Kathys Mutter. Die beiden verstanden sich prima. „Da bist du ja, mein Kind." „Genau Mama, aber ich bin auch schon weg. Paul ist im Bad. Ich denke, ich werde so gegen 17.00 Uhr wieder zurück sein. Wenn du willst, können wir ja zusammen essen?" Damit gab sie ihrer Mutter einen Kuss und fuhr in die Zentrale. Dort, vor ihrem Büro, wartete schon Constable King. Kaum sah er Kathy, sprang er auf und salutierte. „Lassen Sie das." „Sie haben mich angefordert, Mam?" „Kommen Sie erst mal rein." Damit schloss sie ihr Büro auf. Dann suchte sie die Unterlagen, die Liz ihr rausgesucht hatte. „Sie erinnern sich an diesen kleinen Holzsarg im Fall Lenox?" „Jawohl." „Nun, und genau dieser Fund hat uns auf die Spur eines Serienmörders gebracht." „Wie, dann war das in Welles gar kein Selbstmord?" „Nun, ich denke da hat jemand ein wenig nachgeholfen. Hören Sie, King, alles, was sie heute sehen und hören, unterliegt der höchsten Geheimhaltungsstufe. Davon darf nichts an die Öffentlichkeit kommen." Der Constable lachte kurz auf. „Na, dann sollten Sie erst mal in die Zeitung hier schauen." Damit überreichte er ihr die „Glasgower Daily News". „Lesen Sie mal auf Seite drei." Kathy schlug die Zeitung auf und was sie da sah, ließ ihr fast das Herz stillstehen.

Dort stand er, ein zweiseitiger Artikel über einen merkwürdigen Leichenfund im Lake Lochmoor. Neben einigen unscharfen Unterwasserfotos war ein Abschiedsbrief abgedruckt und das Foto eines Miniatursarges zu sehen. „Mist, wenn das der Alte sieht, flippt der aus. Kommen Sie, King, wir verschwinden lieber von hier. Die Zeitung darf ich behalten? Ich erkläre Ihnen unterwegs, um was es heute geht. Haben Sie für den Notfall ihre Dienstwaffe dabei?" „Jawohl, Mam."

Kathy und King liefen den Gang entlang, die zwei Treppen hinunter und einmal um die Polizeizentrale herum. Der Hubschrauber-landeplatz befand sich direkt hinter dem Haus. Kaum hatte der Pilot die beiden gesehen, ließ er die Maschine an. Kathy und der Constable setzten sich auf ihre Plätze, dann die Helme für die Kommunikation auf den Kopf und schon startete der Pilot in Richtung Stadtgrenze. „Wo kann ich da landen, Mam?" „Das soll ein riesiges Areal sein. Da gibt es bestimmt jede Menge Fläche für eine perfekte Dreipunkt-Landung, wie man bei euch Jungs sagt." „Richtig, Mam!" Währenddessen studierte King den Bericht über Abbey Grove. „Und, was sagst du?" „Netter Ort. War lange vor meiner Zeit." „Eigentlich ist Abbey seit Jahrzenten geschlossen und doch wurde da vor Kurzem ein Mann gefunden. Mehr tot als lebendig. Mit Medikamenten vollgepumpt und an ein Bett gefesselt. Er konnte zwar gerettet werden, ist aber inzwischen tot, ermordet. Und jedes Mal tauchen diese verdammten Särge auf." In diesem Moment meldete sich der Pilot: „Sorry, Mam, aber da unten ist Abbey Grove und ich denke Sie wollen da runter?" Unter ihnen lag der große Komplex der Irrenanstalt. Neben den fünf riesigen Hauptgebäuden waren viele Baracken zu sehen, deren Dächer zum Teil eingestürzt waren. Vor einem der Häuser war eine ideale Landefläche. Und dort wartete auch ein Polizeifahrzeug auf sie. „Gut, gehen Sie da runter." „Alles klar!", rief der Pilot und setzte zur Landung an. Kaum standen die Rotorblätter, stieg ein Polizist aus dem Wagen und ging auf den Heli zu. „Hallo, Inspektor Williams!" Kathy reichte ihm die Hand. „Special Superintendent Kathy McGore und das ist Constable King." Als der Inspektor Kathys goldene Dienstmarke sah, stand er stramm und salutierte ein zweites Mal. „Entschuldigen Sie, Mam." „Ist schon O.k. Ich hätte gern gewusst, wie das an dem Tag abgelaufen ist, an dem Sie diesen Jack Peters da raus geholt hatten." „Jack Peters heißt der? Das wussten wir nicht. Nun, wir hatten gegen Mittag einen anonymen Anruf aus dem Ort bekommen. Wir wissen, dass der Anruf aus dem Pub kam, denn die Nummer war deutlich zu sehen. Der Anrufer teilte uns mit, dass er mit ein paar Freunden in eines der Häuser eingedrungen war und dort im dritten Untergeschoss, in einer der Zellen, einen betäubten Mann gefunden hat. Wir wollten es zunächst nicht glauben, doch der Anrufer sagte, dass der Mann wohl mit dem Tod ringen würde. Wir sind dann dorthin gefahren und haben diesen Menschen, also diesen Peters, dort angetroffen. Mehr tot als lebendig an einem Bett gefesselt. Wir hatten ihn sofort ins Middle-Krankenhaus gebracht. Bei der Durchsuchung der anderen Zellen hatten wir Spuren einer weiteren Nutzung gefunden." „Was für Spuren?" „Gebrauchte Mullbinden, Spritzen, Infusionsständer, an denen irgendwelche Lösungen hingen und mit Fäkalien verdreckte Betten. Als wenn man dort erst vor Kurzem weitere Menschen gehalten hätte." „In wie vielen Zellen?" „Also mit diesem Peters, in insgesamt drei Räumen. Ich will ganz ehrlich sein, wir waren froh, als wir da wieder raus waren." „Wo ist der Eingang?" Williams zeigte mit dem Finger auf eines der Häuser. „Dort, an der Seite. In der Küche gibt es einen Lastenaufzug." „O.k., passen Sie auf. Sie gehen jetzt in den Pub und treiben mir diese Typen auf, die den armen Peters da unten fanden. Ich komme in etwa zwei Stunden dazu. Wir sehen uns das Ganze da unten mal an." „Sein Sie bloß vorsichtig und nehmen Sie Lampen mit. Da brennt zwar etwas Licht, aber ansonsten ist es dort stockdunkel. Äh, was mache ich, wenn ich die drei nicht finde?" „Dann suchen Sie sich einen neuen Job." Williams blieb für einen Augenblick das Herz stehen. „Das war ein Scherz, mein Lieber. Aber besser, Sie finden die drei. Notfalls drohen Sie dem Wirt mit Konzessionsentzug. Sie glauben gar nicht, wie das wirkt. Und jetzt los. Ich will wieder rechtzeitig zu Hause sein." Der Inspektor salutierte, setzte sich in sein Auto und raste in Richtung Dorf. In der Zeit hatte King bereits zwei starke Handlampen aus dem Heli organisiert. „Sehr umsichtig, mein Lieber." „Der Pilot meinte nur, dass er sie gern wieder hätte." Kathy winkte dem Piloten freundlich zu, dann ging sie mit King auf das Haus zu. Kaum an der Seitentür angekommen, klingelte ihr Handy. DS Jones meldete sich aus Perth. „Hör zu, Müller hat sich bei mir gemeldet. Er wird am Wochenende Zeit und Ort der Übergabe festlegen. Wir sollen das Geld in zwei Taschen packen und nicht auf die Idee kommen, das mit dem Falschgeld ein zweites Mal zu probieren. Wenn er das Geld geprüft hat, bekommen wir den Stein. Und zum Schluss hatte er mich noch gewarnt. Wir wüssten ja, wozu er fähig wäre. Und er könnte den Stein auch nach Kensington bringen und ihn der Queen vor die Tür legen. Mal sehen, was der Palast dazu sagt. Dann lachte er und legte auf." „Der Typ nervt langsam. Aber gut, ich besorge das Geld und du rufst mich an, wenn er sich wieder meldet. Wie geht es deiner Freundin?" „Du wirst es nicht glauben, aber sie wird morgen auf eigenen Wunsch hin entlassen. Der Schwindel ist weg und die Gehirnblutung hat sich aufgelöst. Sie ist wohl eine Kämpferin." „Bestelle ihr herzliche Grüße von mir. Ich muss jetzt auflegen. Bin gerade im Einsatz. Bis dann." Es wird langsam Zeit, diesem Spinner das Handwerk zu legen und ihn ein für alle Mal aus dem Verkehr zu ziehen. Wir sollten es wie die Amis mit ihrem Staatsfeind Nummer eins machen. Zwei saubere Treffer und es ist Ruhe.

Doch jetzt betrat sie mit King den Küchentrakt des alten Patientenbereiches im Haus IV. Ihre Lampen tasteten den riesigen Raum ab, der voller Müll, Schrott und Bergen von zerborstenem Glas war. Plötzlich blieb der Lichtstrahl an der verrosteten Tür eines Lastenaufzuges hängen. „Da geht' s lang, Mam." King schlich vorsichtig in Richtung Fahrstuhl, dicht gefolgt von Kathy. Die Tür ließ sich relativ leicht öffnen. Licht flammte auf und beleuchtete das abgewetzte Tableau. „Drücke auf die unterste Taste. Kaum setzte sich der Fahrstuhl in Bewegung, zogen beide instinktiv ihre Waffen. „Geschossen wird nur auf mein Zeichen. Wie heißt du eigentlich mit Vornamen?" „Paul, Mam." „Lass das mit dem Mam. Ich heiße Kathy." Plötzlich spürten beide einen leichten Ruck und der Fahrstuhl blieb stehen. „Wir sind unten." Die Tür des Aufzuges öffnete sich und gab den Blick auf einen dunklen, nur spärlich beleuchteten Gang frei. Beide leuchteten in jeweils eine Richtung. Es war totenstill. Feuchte muffige Luft, die nach Fäkalien roch, schlug ihnen entgegen. Rechts und links des Ganges gingen Räume ab. Diese waren wohl früher mit Gittertüren gesichert, die jetzt alle offen standen. Kathy gab Paul ein Zeichen, still zu sein. Dann deutete sie in den rechten Gang und beide bewegten sich langsam vorwärts. Gleich aus den ersten beiden Zellen schlug ihnen starker Fäkalien-Geruch entgegen. Hier muss Peters festgehalten worden sein. In der Mitte der Zelle stand eine mit Kot verschmierte Pritsche, an deren Seiten zerschnittene Lederriemen herabhingen. Mehrere Infusionsständer standen oder lagen herum. Diverse Spritzen, Mullbinden und Ampullen mit irgendwelchen durchsichtigen Flüssigkeiten lagen zum Teil unter der Pritsche. Da es in dem Raum kein Fenster gab, konnte keine Frischluft hier hinein kommen. Auch in der Nebenzelle muss in letzter Zeit jemand festgehalten worden sein. Auch hier lag jede Menge an medizinischem Müll herum. Etliche Zellen weiter sah es dagegen ganz anders aus. Ein langer Holztisch, hinter dem ein Holzstuhl stand, dominierte den Raum. Davor stand ein einzelner Metall-Stuhl, der mit dem Boden verschraubt war. Lederriemen hingen an den Seiten herunter. Auf dem Tisch standen zwei Kerzenständer mit heruntergebrannten Kerzenstumpen. „Weißt du, wie das hier aussieht?" „Na?" „Wie eine Art mittelalterliches Gericht." Kathy nickte. „Da kannst du recht haben. Aber was soll das Ganze hier?" „Nun, ich denke, dass hier jemand Gericht hält." „Und wahrscheinlich Todesurteile fällt, die dann vollstreckt werden." „O.k., ich denke wir sollten die Kriminaltechnik hier runter schicken." Kathy wollte sofort anrufen, doch natürlich hatte sie hier kein Netzempfang. „Verdammter Mist. Komm lass uns weiter gehen." Vorsichtig schlichen beide den Gang entlang. Plötzlich war ein leises Surren zu hören, das lauter wurde je weiter sie kamen. Hier, am Ende des Ganges, herrschte völlige Dunkelheit. In der letzten Zelle stand in der Mitte des Raumes eine völlig verdreckte Kühltruhe. Das Stromkabel war mit einer Leitung an der Decke verbunden. Die Truhe hatte sicher schon bessere Zeiten gesehen. Und von ihr ging dieses seltsame Surren aus.

„Mach auf!", rief Kathy Paul zu. Der versuchte mit aller Kraft den Deckel zu öffnen. „Geht nicht." „Warte, da ist ein Schloss dran. Jetzt brauchen wir nur noch den Schlüssel. Ach was, nehmen wir den."

Ein Schuss zerfetzte das Schloss und Paul konnte den Deckel problemlos öffnen. In der Truhe lag ein Mensch. Tot! Erfroren! Es war ein Mann, so um die 50. Merkwürdiger Weise schien er zu lächeln. In einer Ecke klebte ein Stück Papier, das sich nur mit Mühe lösen ließ. „Was steht drauf?", fragte Kathy. „Ein Datum und ein Name: Frank Schott und das Datum von Dienstag." „O.k., wir müssen hier raus. Mach die Truhe wieder zu." Danach liefen beiden zurück zum Aufzug und waren froh, wieder Tageslicht sehen und frische Luft zu atmen. Sofort rief Kathy in der Zentrale an und bestellte das komplette Ermittlungsteam hierher. Sie beschrieb den Kollegen, wo sie die Leiche von Schott finden würden. Dann informierte sie Tom in der Zentrale über den Toten in der Kühltruhe.

Dort herrschte inzwischen große Aufregung wegen des Artikels. Tom erzählte ihr, dass der Chief vor Wut fast geplatzt wäre. Er hat bereits veranlasst, dass die Polizei von Glasgow diesen Schmierfinken, wie er ihn nannte, auftreibt. Natürlich ohne zu viel Staub aufzuwirbeln. Für die Leser der Zeitung sollte es bei einem einzelnen Verbrechen bleiben. Alle Unterlagen der Kollegen hat er beschlagnahmen lassen, inklusive die des versunkenen Autos. Zum Schluss hat er ihn dazu verdonnert, spätestens am Montag zum Lake Lochmoor zu fahren und dort diesen Taucher zu verhören. Dabei soll er dann auch den Sarg konfiszieren. Kathy wünschte ihm Glück und verabschiedete sich. Dann bat sie den Piloten auf das Team zu warten, während sie mit Paul ins Dorf ging.

Kaum betrat sie den Pub, war es augenblicklich still und alle Blicke wendeten sich ihr zu. In einer Ecke saßen drei Männer aufgereiht wie Hühner auf der Stange. Inspektor Williams stand mit ernster Miene neben ihnen und salutierte. „Oh, Williams, hat es also doch geklappt, unsere drei Helden hier aufzutreiben." „Jawohl, Mam."

„O.k., Herr Wirt, drei große Bier für die drei und für mich und meinen Kollegen jeweils ein kleines." Dann nahm sie den Inspektor beiseite und informierte ihn über den Mann in der Eis-Truhe. Sie bat ihn, mit seinen Beamten das Team aus Edinburgh zu unterstützen. Williams salutierte und verschwand. Kathy und King setzten sich zu den drei Herren an den Tisch. Die Biere standen immer noch unberührt da. „Na meine Herren, dann erst mal Cheers." Damit prostete sie ihrem Kollegen und den Männern zu und trank ihr Bier in einem Zug aus. Zögerlich griffen auch die drei anderen zu. Nachdem sie etwas getrunken hatten, schienen sie sich langsam zu entkrampfen.

„Passen Sie auf. Ich bin Kathy McGore aus Edinburgh. Das da ist mein Kollege Paul King. Ich bin so etwas wie ein Superbulle, weshalb der Inspektor auch so brav salutiert hat. Ich möchte mich mit Ihnen über Ihren, wenn auch illegalen, Besuch in diesem verfallen Irrenhaus unterhalten. Sollten Sie die Absicht haben, mich zu belügen oder etwas zu verschweigen, dann werde ich das merken. Und glauben Sie mir, ich kann auch sehr ungemütlich werden. Und der Constable hier hat genug Handschellen dabei. Also, wer möchte beginnen?" Die drei sahen sich verwirrt an. „Also das war so,

Mam." „Wie heißen Sie?" „Ben, Ben Fear. Das da ist Bill Simon und der kleine da ist Frank McPearl. Also, das war so. Wir haben in den letzten Wochen des Öfteren ein Auto an der Ruine auftauchen sehen. So ein altes Ding. Die Marke kann ich Ihnen nicht sagen. Ein Mann verschwand dann immer in dem großen Haus und tauchte nach gut zwei Stunden wieder auf." Jetzt fiel ihm Bill ins Wort. „Manchmal schleppte er etwas Schweres hinein oder auch wieder hinaus." „Jedenfalls hat uns das neugierig gemacht. Übrigens kam er in den letzten zwei Wochen mit einem neuen, sehr teuren Wagen." „Einem Bentley V8", meldete sich der dritte in der Runde. „Ich kenne den Wagen, denn so einen bin ich früher mal gefahren." „Ja, als Chauffeur." „Das stimmt nicht. Der gehörte mir!" „Davon träumt er, Mam. Jedenfalls hat uns die Sache neugierig gemacht und so haben wir gewettet, ob wir uns trauen würden, da mal hinein zu gehen." „Man hört ja so einiges über Abbey Grove. Und so sind wir eines Tages da runter gegangen. Ich sage Ihnen, Mam, da unten ist es unheimlich. Wer weiß, was da so alles vor sich geht?" Jetzt meldete sich Kathy zu Wort. „Ich weiß, meine Herren. Mein Kollege und ich waren gerade da unten." „Dann wissen Sie ja, wovon wir reden. Und dann haben wir in einer Zelle, nicht weit vom Fahrstuhl entfernt, diesen Typen da gefunden. Mehr tot als lebendig und von oben bis unten vollgeschissen. Aber er hat noch gelebt." Jetzt meldete sich Ben wieder zu Wort. „Wir wollten ihm gerade helfen, da tauchte plötzlich dieser andere auf." Jetzt wurde Kathy hellhörig. „Welcher andere? „Ein Mann?" „Ja sicher. Wir hatten uns, nach dem der Fahrstuhl nach oben gefahren war, in einer anderen Zelle versteckt. Dann öffnete sich die Tür des Lifts und plötzlich hörten wir diese merkwürdige Stimme. Wir sollten hervorkommen. Wenn wir das nicht sofort täten, er könne auch ganz anders." „Und Sie haben ihn nicht gesehen?" „Großer Gott, nein!" „Das heißt, nur ganz kurz." „Und wie hat er ausgesehen?" „Das können wir Ihnen nicht sagen. Schließlich war es dunkel da unten. Und ich muss Ihnen ehrlich sagen, ich wollte auch gar nicht wissen, wie der Typ aussieht. Ich wollte nur noch weg!" „Frank, können Sie mir etwas dazu sagen?" „Nun, ich denke, er war nicht sehr groß." „Wie kommen Sie darauf?" „Nun, kurz bevor er verschwand war mir, als hätte ich seinen Schatten gesehen." „Wie alt schätzen Sie ihn?" „So um die 50 bis 60, oder?" Seine Freunde nickten eifrig. „Fällt Ihnen noch irgendetwas ein?" „Nur seine Schuhe." „Was ist damit?" „Ich denke, er hatte beschlagene Sohlen." „Wie kommen Sie darauf?" „Als er sich bewegte, hörte man so ein metallisches Geräusch." „Was haben Sie dann gemacht?" „Als er weg war, warteten wir noch einen Moment und haben dann gemacht, dass wir da wegkamen. Und vom Pub aus haben wir die Polizei angerufen." „Anonym? Mit der Nummernanzeige des Pubs. Meine Herren, nicht gerade eine geistige Glanzleistung. Aber egal, letztendlich haben Sie uns und diesem armen Schwein Peters geholfen, wenn er auch inzwischen verstorben ist." Frank, der kleinste der drei, räusperte sich verlegen. „Wenn wir Ihnen und diesem Herrn Peters geholfen haben, ist da nicht eine kleine Belohnung für uns drin?" „Klappe", zischte sein Kumpel. Kathy musste lächeln. „Ich denke mal, das mit der Belohnung verrechnen wir mit dem unbefugten Betreten des Kellers. Hier ist meine Karte. Wenn Ihnen noch was einfällt, rufen Sie mich an. Das gilt auch, wenn dieser geheimnisvolle Bentley wieder auftaucht. Wundern Sie sich nicht, zur Zeit sind viele meiner Kollegen in dem Haus. Wir haben wieder einen Toten gefunden." Jetzt standen bei den Jungs die Münder offen. Kathy bezahlte das Bier und verließ mit King den Pub. Knapp zehn Minuten später standen sie neben dem Hubschrauber. Mehrere Polizeiautos aus Edinburgh waren inzwischen eingetroffen. Kathy ging zu Sergant George, der die Leitung vor Ort hatte. „Hallo, mein Lieber. Na, so was schon mal gesehen?" George schüttelte den Kopf. „Aber, das hätte ich mir ja auch denken können. Wer findet schon Leichen in einer geschlossenen Irrenanstalt? Das kannst nur du sein."

„Du weißt doch, ich liebe das Außergewöhnliche. Also, was ist deine Meinung?" „Zu der Leiche oder diesem Horrorkeller?" „Letzteres wäre zutreffend. Ganz schön unheimlich da unten." „Aber doch nicht für dich, meine Liebe. Die sollen ja früher manche Patienten über Jahre da unten gehalten haben." „Ich darf gar nicht daran denken." „Die Berichte gehen, wie immer, direkt an mich. Ich habe im Übrigen jetzt ein eigenes Büro." „Donnerwetter, herzlichen Glückwunsch. Du bekommst alles, sobald wir hier fertig sind. Bis dann." Kathy verabschiedete sich und begab sich mit King zum Hubschrauber. „O.k., es geht nach Hause." Minuten später waren sie in der Luft und wenig später wieder in der Zentrale in Edinburgh. Sie verabschiedete sich von dem Constable und stürmte in ihr Büro. „Hallo Liz! Was gibt es Neues?" „Sie sollen zum Chief kommen. Sofort!" „Das ist nichts Neues, meine Liebe." „Ja, aber er ist diesmal sehr wütend. Das ist auch nichts Neues. Bestimmt wegen diesem Artikel, den aus den Glasgower Nachrichten." „Sie wissen davon?" „Aber gewiss, meine Liebe. Ein guter Polizist muss immer bestens und umfangreich informiert sein. Nein, im Ernst, Constable King hat mir die Zeitung heute Morgen gezeigt. Und dass der Alte ausflippt, war mir klar. Ich gehe erst mal zu Tom und dann zum Chief." Sie steckte sich noch schnell eine Zigarette an, dann verschwand sie in Richtung Morgans Büro. Betty war gerade dabei, frischen Tee aufzusetzen. „Na, da komme ich ja gerade richtig. Machen Sie mir bitte auch einen? Ist er drin?" Betty nickte. Kathy klopfte kurz, dann betrat sie schon das Büro. „Hallo, mein Freund." Tom stand gerade an seiner Fall-Tafel und ordnete den Opfern die Lebensläufe und deren jeweilige kriminelle Vergangenheit zu. Speziell die Passagen, weswegen jeder von denen schon mal gesessen hatte. Bis auf Lenox, der zwar angeklagt, aber dann freigesprochen wurde. „Na, was hast du denn hierzu beizutragen?" „Nun zunächst eine neue Leiche. Wobei, so neu ist die ja nicht. Nur haben wir sie erst jetzt gefunden. Und dann kann ich dir sagen, unser Täter ist Mitte 60, klein oder besser untersetzt und trägt Schuhe mit Metallabsätzen. Und er fährt einen Bentley V8. Neu!" Tom war erstaunt. „Jetzt fehlen nur noch Name und Adresse und der Fall ist gelöst." „Damit, mein Lieber, kann ich leider nicht dienen." Dann erzählte sie ihm von Abbey Grove und der Leiche in der

Kühltruhe sowie von dem Gespräch mit den drei Jungs, die Peters gefunden hatten. Es war übrigens Frank Schott da in der Truhe." „Das hattest du mir schon gesagt. Du wirst alt, meine Liebe?" Kathy lachte. „Typische Dorftrottel. Rufen anonym bei der Polizei an und vergessen, das ihre Nummer angezeigt wird. Gut, Was hast du bis jetzt?" „Du hattest recht. Alle hatten in ihrer Vergangenheit Dreck am Stecken. Und ich meine nicht die kleinen Delikte." „Dieser Frank Schott hatte vor Jahren etliche Kinder getötet, als er betrunken mit seinem LKW in eine Gruppe gefahren war." „Also müssen wir davon ausgehen, dass jemand aus den Reihen der Angehörigen unseren unbekannten Rächer beauftragte oder an die Eltern der toten Kinder herangetreten ist. Die letzte Variante gefällt mir besser. Ich meine damit, was die Eltern betrifft. Dazu brauchte er Unterlagen, Fallberichte und Ähnliches. Wer kommt dafür in Frage?

„Jemand vom Gericht, vom Sozialamt oder Krankenhaus?" „Oder von der Polizei?"

Wieder meldete sich bei Kathy dieses untrügliche Bauchgefühl. „Ich muss mal kurz weg." Damit verschwand sie aus Morgans Zimmer und ließ sich von Liz die Adresse und Telefonnummer ihres Ex-Kollegen Lesly Bernett raus suchen. „Wenn Sie die in der Personalabteilung nicht bekommen, fragen Sie im Sekretariat des Chiefs nach. Aber bitte ohne großes Tamtam." Damit verschwand sie in Richtung Chief-Büro. Kaum hatte sie Karens Tür geöffnet, hörte sie den Alten auch schon herumbrüllen. „Verdammte Sauerei. He Karen, wann taucht diese McGore endlich auf? Ich warte schon eine Ewigkeit auf die Dame." „Hallo Chief, hier bin ich." „Endlich. Ab in mein Büro. Kaffee?" „Da sage ich nicht nein, Sir." „Karen, Kaffee bitte." Kathy setzte sich an den großen Beratungstisch und steckte sich eine Zigarette an. Plötzlich stand der Chief neben ihr. „Einen Aschenbecher?" Das war Kathy jetzt mehr als peinlich. „Oh, Verzeihung, Sir. Das war unabsichtlich. Ich mache sie sofort aus." „Lassen Sie. Was war nun los in diesem gottverdammten Abbey Grove?" Wir haben einen Toten gefunden, eingefroren

in einer Tiefkühltruhe im dritten Untergeschoss dieser ehemaligen Irren-anstalt." „Und, wissen Sie schon, wer das ist?" „Oh ja, Sir. In diesem Fall sind wir schlauer. Der Täter hat dem Toten sozusagen einen Beipackzettel in die Truhe gelegt. Es handelt sich um Frank Schott, einem Obdachlosen aus Perth. Er galt seit einer Woche als verschwunden. Ein kleiner Holz-Sarg tauchte bei seinem Kumpel auf." „Das werden mir langsam ein bisschen viele Särge, ver-dammt." Damit schob er ihr den Artikel aus der Glasgower Zeitung über den Tisch. „Kenne ich schon, Sir." Gerade wollte der Chief zu einer seiner berüch-tigten Brüll-Attacken starten, da nahm im Kathy den Wind aus den Segeln. „Constable King gab mir die Zeitung heute Morgen auf dem Flug nach Abbey. Und wie ich gehört habe, fliegt Tom am Montag dorthin und wird diesen Taucher vernehmen. Was ist mit den Polizei-Unterlagen?" „Sind bereits auf dem Weg hierher." „Dann ist ja alles auf dem besten Weg. Aber mal was anderes, Sir. Dieser Müller hat sich gemeldet. Er will Zeit und Ort der Über-gabe des Steins klären." „Und jetzt wollen Sie tatsächlich eine Million Pfund von mir?" „Nun Sir, ich denke, das Risiko ist es wert." Der Chief stand mit den Händen in der Tasche an seinem großen Fenster und starrte auf die Alt-stadt. „Sie wissen schon, dass, wenn dabei etwas schief geht, wir beide wieder den Verkehr regeln." „Richtig Sir, aber wenn Müller den Stein seiner könig-lichen Hoheit gewissermaßen vor die Füße legt, dann können wir nicht mal mehr das." „Sie haben recht. Also, passen Sie auf. Bereiten Sie alles für die Übergabe vor. Ich lasse das Geld bereitstellen. Wenn Sie es brauchen. holen Sie es sich aus der Asservatenkammer. Danke, Sie können jetzt gehen." Kathy stand auf. Sir." Damit verließ sie das Büro des Chefs. Im Vorraum drückte ihr Karen einen Zettel in die Hand. „Hier, die Adresse von Bernett." In diesem Augenblick hörten sie die Stimme des Chiefs in der Wechselsprechanlage. „Karen? Schicken Sie den Chef der Asservatenkammer zu mir. Und es ist dringend!" „Na dann, ich verschwinde lieber. Und danke für die Adresse." Damit verschwand Kathy aus dem Büro.
Kaum saß sie an ihrem Schreibtisch, ließ sie sich mit Perth verbinden. Frank

saß gerade in der Kantine, als ihn der Anruf von Kathy erreichte. „Wie geht es Sandra?" „Ich hole sie nachher aus dem Krankenhaus ab." „Grüße sie bitte von mir. Pass auf, wir haben Schorsch gefunden. Also, ich meine diesen Frank Schott. Er lag tot

in einer Kühltruhe. Kannst du das bitte seinem Kumpel beibringen? Aber bitte schonend. Ich danke dir. Und dann wollte ich noch mit dir besprechen, wie wir mit Müller weiter verfahren. Das Geld steht bereit. Natürlich müssen wir einen Übergabe-Ort finden, den weder er noch die Million wieder verlässt. Und wenn es geht, auch nicht der Stein. Wobei ich nicht böse wäre, wenn das Ding auf alle Zeiten verschwindet. Also melde dich bei mir, sobald du etwas weißt." „Mach ich. Und das mit Schorsch kläre ich heute noch. Mach' s gut." Damit legte er auf. Und was das Bauchgefühl betraf, so hatte sie plötzlich eine Idee. Sie rief Liz zu sich.

„Sagen Sie mal, Liz, Sie kannten doch den Chef unseres Archivs ganz gut?" „Sie meinen, den guten alten Lesley?" „Genau den." „Aber der ist doch im Ruhestand?" „Genau. Ich hatte vergessen mich bei ihm persönlich zu bedanken. Nun haben Tom und ich uns überlegt, ihm einen Präsentkorb zu überreichen. Sozusagen als kleines Dankeschön für gute Zusammenarbeit. Jetzt kommen wir aber wieder nicht dazu und deshalb wollte ich Sie bitten, ihm den in unserem Namen zu überreichen. Sie kennen ihn doch. Würden Sie das für mich tun? Ich meine natürlich für uns." „Aber klar, Mam." „Gut, ich lasse zu Montagmorgen einen liefern und dann würde ich Sie bitten, diesen bei ihm vorbei zu bringen. Hier ist die Adresse." „Mache ich sehr gern, Mam." Kaum hatte Liz den Raum verlassen, bestellte Liz in der Kantine einen entsprechenden Korb. Jetzt würde es sich ja zeigen, ob ihr Gefühl sie täuscht oder nicht. Zum ersten Mal in ihrer Karriere hoffte sie, dass sie sich irren würde.

Eigentlich wollte Kathy gerade nach Hause, da meldete sich Tom bei ihr. „Komm bitte sofort rüber zu mir! Ich habe da ein dickes Ding für uns. Rasch raffte sie ihre Unterlagen zusammen und schon war sie im Büro ihres Partners. „Das muss aber ein sehr dickes Ding sein, denn ich wollte gerade nach Hause." „Nun, dann lies das bitte. Ist gerade per Fax gekommen. Du hattest mich doch gebeten, mich mal mit dem Vorleben unserer Opfer zu beschäftigen. Unsere beiden, Plummer und Peters, hatten doch vor Jahren einen japanischen Studenten tot geschlagen. Dessen Vater, ein gewisser Kiko Tawasaki, leitet die Toyota-Zentrale in Großbritannien. Er hat zugegeben, jemandem 150000 Pfund dafür gezahlt zu haben, sich um die Täter zu 'kümmern. Der Name des Mannes ist ihm nicht bekannt. Der Kontakt wurde um drei Ecken hergestellt und das Geld in bar ausgehändigt." „Na bravo. Also zwei Auftragsmorde. Haben deine Kollegen ihn festgenommen?" „Mit welcher Begründung?" „Nun, mit der Beauftragung, die beiden zu töten. Aber warte, das können wir ihm nicht beweisen." „Genau. Wir wissen zwar, dass es so ist, aber das war' s auch schon."

In diesem Moment reichte ihm der Sergant vom Dienst eine Fallmappe herein. Darin enthalten mehrere Aussagen von Eltern, die damals ihre Kinder verloren hatten, als Frank Schott volltrunken die Kinder totfuhr. Auch hier gab jeder von ihnen an, 20000 bis 30000 Pfund an einen unbekannten Herrn gezahlt zu haben, der ihnen versicherte, ihren Schmerz zu lindern. Der Mann soll Ende 50 und nicht sehr groß sein. Und er trug metallbeschlagene Schuhe. An mehr konnten sie sich nicht erinnern. „Na, jetzt wissen wir wenigstens, dass sich hier jemand als verständnisvoller Rächer sehr gut für seine Arbeit bezahlen lässt." Kathy war noch am Überlegen.

„Kanntest du eigentlich Lesly Bernett gut?" „Du meinst den Archiv-Gremlin? Aber der ist doch in den Ruhestand gegangen." „Würdest du ihm so eine Tat zutrauen?" Tom schüttelte den Kopf. „Das kann ich mir beim besten Willen nicht vorstellen. Dieser freundliche alte Mann soll ein skrupelloser Killer sein?" „Wusstest du, dass seine Mutter in Abbey Grove gestorben ist? Eine Tatsache, an der er sich sein ganzes Leben lang die Schuld gibt. Denn er hatte sie dort auf Anraten seines Arztes eingeliefert." „Genau deshalb. Mich würde im Übrigen interessieren, wie es dem heute geht." „Wem?" „Na, dem Arzt!" „Du meinst, dass er dem Doktor auch so einen kleinen Sarg geschenkt hat?" „Oder einen großen. Aber irgendwie glaube ich ich es auch nicht." „Was willst du in der Sache unternehmen?" „Ich schicke am Montag meine Sekretärin in unserem Namen mit einem Präsentkorb bei ihm vorbei. Dabei soll sie sich dort mal ein bisschen umsehen. Unauffällig natürlich. So zum Beispiel nach einem neuen grauen Bentley V8. Denn unser Täter soll inzwischen so einen Wagen fahren." „Und wenn deine These stimmt, leisten könnte er sich den ja, bei diesem mehr als lukrativen Nebenjob." „Gut, warten wir den Montag ab." „Wer sagt dir denn, dass er zu Hause ist?" „Nun, ich werde ihn gleich mal anrufen und Liz anmelden. Gib mir mal das Telefon." Sie wählte die Nummer und wartete. Nach mehrmaligem Klingeln meldete sich eine verschlafen wirkende Stimme."

„Bernett, wer stört?" „Hallo Lesley, hier spricht Superintendent McGore. Wie gefällt Ihnen denn der Ruhestand?" „Bernett schien sich wirklich zu freuen. „Prima, prima, Miss McGore. Alles super, ich habe viel zu tun. Alles, was so in den letzten Jahren liegengeblieben ist, wird jetzt nach und nach abgearbeitet." „Das kann ich mir vorstellen." „Und wie geht es Ihnen?" „Ach, Sie wissen ja, alles wie immer. Viel Arbeit. Hören Sie, Lesley, ich wollte Ihnen im Namen von Tom Morgan und mir einen Präsentkorb überreichen. Gewissermaßen für unsere gute und langjährige Zusammenarbeit. Da aber mein Zeitplan wie immer eng bemessen ist, schicke ich Ihnen Liz Taylor vorbei. Die arbeitet jetzt bei mir als Sekretärin. Die kennen Sie doch?" „Ja genau, die hübsche vom Einbruch." „Genau die. Sie würde am Montag im Laufe des Vormittags bei Ihnen vorbeischauen. Wäre Ihnen das recht?" „Aber klar. Ich freue mich schon. Und sagen Sie auch Tom Morgan herzlichen Dank." „Mach ich, mein Alter. Ich muss jetzt wieder weiter. Ich wünsche Ihnen noch einen erholsamen Ruhestand. Und wer weiß, vielleicht laufen wir uns ja mal über den Weg. Bis dann, Lesly." „Bis dann, Miss McGore." „Und, was denkst du?" Tom überlegte kurz. „Ich denke, wir sollten den

Montag abwarten." Dann kramte er in seiner Tasche und gab ihr fünfundzwanzig Pfund. „Wofür ist das?" „Mein Anteil bei der möglichen Lösung des
Falls, für den Präsentkorb." „Wenn ich falsch liege, bekommst du das
zurück." Damit zeigte sie auf das Geld. „Sag mal, können wir den Korb mit
einem Sender bestücken lassen?" „Ich denke schon, dass die Jungs von der
Technik das hinbekommen. Warte mal." Schnell wählte Tom die Nummer
des Technikchefs. Er erklärte ihm kurz was sie vorhatten und der Kollege
war eifrig bemüht, ihm umständlich zu erklären, was alles machbar wäre
und was nicht. „Danke, danke, mein Lieber, aber das ist mir alles viel zu
technisch. Wir schicken dir am Montagmorgen einen gefüllten Korb aus der
Kantine. Baut mir da was Hübsches ein. Ich danke euch." Damit legte er
zufrieden auf. „Siehst du, auch ich habe Freunde hier im Haus. So und jetzt
noch die Kantine." Er ließ sich mit der Kantine verbinden. „Hallo, hören Sie
zu! Kathy McGore hat zu Montag einen Präsentkorb bestellt. Ich möchte,
dass Sie den zunächst zu den Kriminaltechnikern schicken." „Nein, nicht
leer. Natürlich gefüllt. Und zwar bis spätestens 09.00 Uhr. Die Rechnung für
den Korb geht an mein Büro. Alles klar? Danke, Morgan. Ende. So meine
Liebe, die Falle ist gestellt. Wie geht es eigentlich in der Sache mit Müller
voran?"

„Nun, der hat sich gemeldet und bietet uns den Stein für eine Million an. Ich
warte jetzt auf einen Anruf von Jones, Wo? und Wann?" „Das weiß ich noch
nicht." „Und das Geld?" „Bekomme ich aus der Asservatenkammer. Hat der
Oberst geklärt. Das heißt, wenn wir Glück haben, schließen wir beide Fälle
in der nächsten Woche ab. Den Chief wird das freuen." Kathy lächelte und
stand auf. Ich fahre jetzt nach Hause zu meiner kleinen Familie. Wir hören
uns. Bis dann." Kaum an der Tür, rief sie Tom noch mal zurück: „He! Du
machst es richtig. Er wird dir das eines Tages danken." Damit verschwand
sie aus dem Büro, verabschiedete sich von Liz und fuhr nach Hause.

Dort wurde sie schon sehnsüchtig von Paul und dem Hund erwartet. Beide
tobten auf der Straße herum, was Kathy sofort unterbrach. „Das, mein

Schatz, habe ich dir schon hundertmal gesagt. Das ist hier viel zu gefährlich. Aber wisst ihr was? Hol deine Badesachen, wir fahren zum Fluss. Dort ist es auch für Princess sicherer." Schnell rannte Paul ins Haus, schnappte seine Badehose und saß zwei Minuten später mit dem Hund im Auto. Kathy hatte immer eine Tüte mit Badesachen im Auto. Nach knapp fünfzehn Minuten Fahrt bog der Mini auf den Waldparkplatz am Fluss ein. Im Nu waren die Sachen ans Wasser getragen. Es wurde ein sehr schöner Spätnachmittag. Und selbst Kathy ließ sich es sich nicht nehmen, im Wasser herum zu plantschen.

Später bestellte sie dann Pizza für alle. Ihre Mutter war inzwischen auch eingetroffen und es wurde ein gemütlicher Abend. Irgendwann schlief Paul mit Princess im Arm auf der Bank ein. Es war spät in der Nacht, als Kathy die beiden in Pauls Zimmer brachte. Kathy war zufrieden. So stellte sie sich ein Familienleben vor. Auch ohne Mann.

Am Sonntagmorgen überraschte sie Paul mit dem Besuch eines der größten Trödelmärkte von Edinburgh. Kathy liebte es, an den unzähligen Ständen herum zu stöbern und hier und da kleine Kostbarkeiten zu entdecken. Doch heute hoffte sie, ein paar Accessoires für Pauls Zimmer zu finden. Und so gelangten nach drei Stunden emsigem Stöbern drei Schwerter für Pauls Wand, eine herrlich antik aussehende Lampe aus China, ein paar Gardinen, ein bemaltes Rollo und ein paar futuristische Bilder in ihr Auto. Auch für Princess wurden ein schickes Halsband mit der dazugehörigen Leine und ein neuer Schlafkorb gefunden. Und das alles für gerade mal 100 Pfund. Auf Kathys Frage, was er denn mit den Schwertern machen würde, zuckte Paul nur mit den Schultern und lächelte glücklich. Das war für Kathy Antwort genug und nach einer großen Portion Fish & Ships ging es ab nach Hause, wo Princess schon ungeduldig am Zaun auf die beiden wartete. Der neue Schlafkorb wurde von ihr gleich ausprobiert und für gut befunden. Nur mit dem Halsband konnte sie sich weniger anfreunden und versuchte das Ding irgendwo im Garten zu verbuddeln. Den Rest des Einkaufes trugen Kathy und Paul ins Zimmer. Zum Mittag machte Kathy noch einen großen frischen Salat. Genau das Richtige bei so einem schönen Wetter. Den Nachmittag vertrödelten beide mit einer ausgiebigen Runde auf den neuen Sonnenliegen, die Kathy erst vor Kurzem gekauft hatte. Gegen 16.00 Uhr meldete sich dann DS Jones bei ihr. Müller hätte sich gemeldet und er legte als Übergabe-Ort die Mellory Brücke am südlichen Ende des Dee fest. Ich habe erst mal zugesagt. Wir sollen das Geld auf sein Zeichen hin von der Brücke in ein darunter fahrendes Boot werfen.

Er würde das Geld dann prüfen und uns danach mitteilen, wo wir den Stein finden würden." „Das geht auf keinen Fall. Hörst du? Da verlieren wir das Geld und den Stein. Sage ihm, wir wollen den Stein vor Ort sehen. Und wir sind dabei, wenn er das Geld prüft. Ansonsten platzt der Deal." „O.k., er ruft nachher nochmal an."

„Du kannst ihm noch bestellen, dass der Austausch frühestens gegen 19.00 Uhr stattfindet. Und noch mal, das Geld wird übergeben und nicht abgeworfen." „Und du meinst, dass er sich darauf einlässt?" „Nun, ich denke schon. Es ist für ihn die einzige Möglichkeit, an eine Million zu kommen. Natürlich weiß er, dass wir Sicherungsmaßnahmen treffen werden. Doch das wird sein Interesse zusätzlich anstacheln, sich mit uns zu messen. Müller ist ein Profi. Melde dich bei mir, wenn er sich gemeldet hat. Wie geht es Sandra?" „Sie erholt sich gut. Sie ist zu Hause und wir wollen gleich noch ein bisschen spazieren gehen. Bis dann." Damit legte er auf. Kathy überlegte, wie man Müller festnehmen könnte, ohne dabei die Million zu riskieren. Und natürlich sollte der Stein auch in die Hände der Polizei fallen. Dass die Geldtasche mit einem Sender versehen wird, war selbstverständlich. Nur, ob das für Müller reicht?

Gegen 21.00 Uhr meldete sich Jones noch mal. „Also, Müller hat 20.00 Uhr als Übergabe-Zeit akzeptiert. Das Geld soll vom Ufer auf das Boot gebracht werden und wird dort von ihm geprüft. Der Stein wird für alle sichtbar am Bug liegen. Es dürfen nur zwei Kollegen vor Ort sein. Sollten wir irgendwelche Versuche unternehmen, ihn zu betrügen oder zu verhaften, wird er der Presse eine hübsche Geschichte erzählen."

„Na also, du siehst, es klappt. Wir brauchen die Unterstützung eurer Flusspiraten." „Geht klar. Ich denke, dass zwei Schnellboote Fluss auf- und abwärts reichen sollten. Wann bist du mit dem Geld hier?" „Ich denke, so gegen 15.00 Uhr. Hol mich bitte vom Heli-Landeplatz ab. Mit einer Million im Gepäck fühle ich mich ein bisschen unwohl. Ich wünsche euch noch einen schönen Abend. Bis dann."

Irgendetwas machte ihr zu schaffen. Ihr Bauchgefühl meldete sich wieder. Das ging ihr alles zu einfach. Sie war sich sicher, dass Müller irgendetwas im Schilde führt. Sie rief Jones noch mal zurück. „Hallo, ich will zusätzlich Scharf-Schützen verdeckt vor Ort haben. Ich traue Müller keinen Meter." „Ich auch nicht." „Gut, dann sind wir uns ja einig. Wir sehen uns morgen."

Jetzt musste sie nur noch ihre Mutter für Montagabend bestellen, denn bei ihr würde es sicher spät werden. „Sorry, Mum, aber es geht nicht anders. Wir hoffen auch, den Kerl morgen zu schnappen. Ich fliege im Übrigen mit einer Million nach Perth. Nein, nicht Perth in Australien. Keine Angst, ich setze mich nicht ab. Ich lasse euch doch nicht allein. Das war ein Spaß. Es wäre schön, wenn du ab 15.00 Uhr hier sein könntest. Bis dann und danke. Kuss!" Das Gespräch war ihr nicht leicht gefallen.

Sie raffte sich von ihrer Liege auf und jagte ein bisschen den Hund durch den Garten, was dem gar nicht gefiel. Dafür aber Kathy. Dann weckte sie Paul. „Na mein Lieber, Lust auf Pizza?" Der nickte nur müde. „Zweimal Salami, mit Oliven und extra Käse." „Sehr wohl, wie eure Lordschaft es wünscht. Na Princess, willst du auch Pizza?" Doch die war misstrauisch und machte, dass sie sich verkrümeln konnte. Kathy lachte herzhaft. „Paul, dein Hund ist ein Weichei." „He, das sollst du doch nicht sagen: Komm her, meine Liebe." Princess hatte sich vorsichtig an Pauls Liege herangeschlichen und war blitzschnell unter ihr verschwunden. Dabei hatte sie immer Kathy im Blick. „Und, was willst du?" „Salamipizza mit viel Salami und keine

Oliven", murmelte Paul. „Na gut, ich werde bestellen. Ich bin im Übrigen morgen Abend nicht da. Ich gehe mal wieder auf Verbrecher-Jagd. Oma ist dann bei euch." Das sollte eigentlich fröhlich klingen, aber sie sah in Pauls Gesicht, dass ihm das gar nicht gefiel. „Ist es gefährlich?" „Nein, außerdem habe ich etliche Polizisten dabei, die auf mich aufpassen. Versprochen." Damit umarmte sie ihn und alles war wieder gut. Zumindest erst mal ...

Am nächsten Morgen frühstückten beide in Ruhe im Garten. Danach fuhr sie ihn in die Schule und war kurz vor neun in der Zentrale.

Auf dem Tisch ihres Büros stand ein riesiger Präsentkorb. „Oh, der ist ja schon da!" „Ja, Mam, und interessanter Weise hat ihn jemand von der Kriminaltechnik gebracht. Seit wann machen die denn die Präsentkörbe?" „Machen Sie mal Kaffee für uns und dann kommen Sie in mein Büro. Ach so, und sagen Sie Tom Bescheid. Der soll dazu stoßen. Und dann bestellen Sie für mich einen Helikopter. Startzeit 14.00 Uhr. Flugziel: Perth."

Dreißig Minuten später saßen Kathy, Liz und Tom in ihrem Büro. „Also Liz, es geht um Folgendes. Wir möchten, dass Sie sich bei Bernett ein bisschen umsehen. Wie er so wohnt, ob er irgendwelche außergewöhnliche Luxusgegenstände besitzt oder darüber nachdenkt, sie sich anzuschaffen. Wir denken da vor allem an ein neues Auto oder ein Boot. Ob er große Reisen plant oder Ähnliches. Kurz gesagt, ob er dabei ist, viel Geld auszugeben. Aber natürlich alles diskret und ohne aufzufallen." „Haben Sie einen Verdacht, Mam?" „Ja, aber darüber wollen wir jetzt noch nicht reden. In dem Korb ist ein Sender versteckt. Nur zu Ihrer Sicherheit." Liz war jetzt etwas erstaunt. „Was soll das heißen? Bin ich etwa in Gefahr?" „Nein, nein, auf keinen Fall!" „Der Korb ist etwas groß. Wie bekomme ich den eigentlich zu ihm? Mit meinem Fahrrad wird das wohl nichts." „Ich lasse Sie natürlich hinfahren. Ach so, und Sie sprechen nicht über den aktuellen Fall. Ich meine den mit den Särgen. Das ist ganz wichtig." Jetzt unterbrach sie Tom. „Warum denn eigentlich nicht? Reden Sie ruhig darüber mit ihm. Natürlich nur, wenn er fragt." „Du hast recht. Wenn Sie wieder zurück sind, berichten Sie Tom, denn ich bin da schon in Perth. Ich wünsche Ihnen viel Erfolg." „Und Sie wollen mir nicht sagen, warum Sie ihn verdächtigen?" „Nein! Und je weniger Sie wissen, Liz, desto besser ist es, zumindest in diesem Moment, für Sie. Danke, Sie können gehen." Kaum war Liz aus ihrem Büro verschwunden, herrschte Ruhe in Kathys Büro. „Meinst du, dass wir das Richtige tun?" „Pass auf, Tom. Es ist ein Versuch. Und wenn ich mich irre, freue ich mich um so mehr. Aber du musst doch zugeben, dass irgendwie alle Puzzle-Teilchen bei ihm zusammenlaufen. Aber sag mal, musst du heute nicht nach Lake Lochmoore und diesen Taucher verhören?" „Ich habe noch etwas Zeit. Wir sind erst gegen zwölf Uhr verabredet. Und du, wie geht es bei dir heute weiter?" „Ich fliege nach Perth mit einer Million Pfund im Gepäck und habe vor, diesen Müller heute zur Strecke zu bringen. Hoffentlich kehre ich mit der Million und dem Stein zurück." „Na, dann wird das ja für alle von uns ein aufregender Tag. O.k., ich haue ab. Viel Glück für dich. Und sei vorsichtig. Du weißt, mit Müller ist nicht zu spaßen." Kaum hatte Tom das Büro verlassen, rief sie in der Asservatenkammer an und ließ sich den Chef geben. „Hallo, hier ist Kathy McGore. Ich denke, Sie haben was für mich?" „Sie meinen, die Million, Mam?" „Genau. Ich möchte, dass mir ein bewaffneter Beamter das Geld zu 14.00 Uhr zum Hubschrauber-Landeplatz bringt. Ich übernehme es dann dort. Wann Sie es wieder zurückbekommen? Nun, wenn alles gut geht, morgen Früh." „Und wenn nicht?" „Dann haben wir alle ein Problem." Jetzt, da alle Vorbereitungen getroffen waren, zündete sie sich in Ruhe eine Zigarette an. Dann bestellte sie einen Wagen für Liz. Die war gerade dabei, sich fertig zu machen. „Äh, hören Sie, Liz. Wenn Sie zurück sind, wird Tom auch nicht da sein. Wenn es ganz dringend ist, rufen Sie mich auf dem Handy an. Ansonsten sehen wir uns morgen. Viel Erfolg!" „Was wäre denn so dringend?" „Nun, zum Beispiel. wenn Lesly Bernett einen neuen dunkelgrauen Bentley V8 fährt." „O.k., Chefin, ich denke, ich habe verstanden." „Ihr Wagen steht unten. Der Beamte soll bei Bernett auf Sie warten. Sagen Sie ihm das. Viel Erfolg. Und viel Glück."

Kathy beschloss, noch mal kurz beim Chef vorbei zu schauen. Karen war gerade dabei, die Grünpflanzen in seinem Büro zu ordnen, als Kathy hereinstürmte. Chief Simon saß an seinem Tisch und studierte irgendwelche Akten. „Störe ich, Sir?" „Nein, kommen Sie herein. Karen, könnten Sie bitte später damit weitermachen?" „Kaffee?", fragte sie beim Hinausgehen. „Immer gern." Der Chief sah Kathy und bemerkte sofort, dass sie unruhig, ja irgendwie gehetzt aussah. „Was ist los?" „Sir, es geht los. Heute Abend wollen wir Müller zur Strecke bringen und endlich den Stone of Scone bekommen." „Das heißt, Sie haben die Million?" „Ich bekomme sie um 14.00 Uhr am Heli. Die Aktion ist für 20.00 Uhr geplant. Wenn alles gut geht, dann bin ich um 20.30 Uhr bereits wieder auf dem Rückflug." „Passen Sie bloß auf!" „Keine Angst Sir, ich werde das Geld wie meinen Augapfel hüten." „Ich meine nicht das Geld, sondern Sie. Soweit ich mich erinnere, ist dieser Müller unberechenbar. Und ich will nicht meine beste Beamtin verlieren." „Danke, Sir. Tom Morgan ist auf dem Weg, um diesen Taucher zu verhören und Liz wird sich mal ein bisschen bei Bernett umsehen." „Liz Taylor, ihre Sekretärin?" „Nun Sir, ich denke, sie ist genau die Richtige dafür. Die beiden kennen sich seit über zehn Jahren und sie soll sich ja auch nur zum Tee mit ihm treffen." Der Chief schüttelte etwas verständnislos den Kopf. „Dann denken Sie, dass Lesley Bernett etwas mit den Särgen zu tun hat?" „Nun Sir, ich will nichts unversucht lassen. Vielleicht irre ich mich ja auch." „Deshalb nochmal die Frage: Liz Taylor? Ich denke, dafür haben wir besser ausgebildete Beamte. Aber ich will Ihnen nicht in Ihre Methoden reinreden, solange sie erfolgreich sind. Ich drücke Ihnen jedenfalls die Daumen." „Danke, Sir." Damit verabschiedete sie sich von ihm und verschwand. Auch von Karen hörte sie beim Verlassen des Büros ein leises: „Viel Erfolg.".

Kathy beschloss noch in die Kantine zu gehen und es sich schmecken zu lassen. Wer weiß, wann sie heute wieder etwas zu essen bekommen würde. Liz und Tom waren längst unterwegs. Und in genau einer Stunde ging es auch für sie los. Langsam wurde selbst sie nervös. Aber nicht wegen der Aktion, sondern weil sie wieder Paul verlassen musste. Und genau das wollte sie nicht mehr. Nach dieser Aktion heute, würde sie damit aufhören. Ganz bestimmt …?

Liz und Lesley Bernett

Es war kurz vor elf, als der Polizeiwagen vor einem kleinen schmucken Reihenhaus am westlichen Stadtrand von Edinburgh hielt. Hier hatte sich schon vor ewigen Zeiten die untere Mittelschicht Schottlands angesiedelt. So auch die Familie Bernett, nun schon in der dritten Generation. Schön und friedlich war es hier draußen, doch das konnte auch täuschen.

Liz stieg aus und Constable King griff sich den großen Präsentkorb.

Kathy hatte extra King mitgeschickt, da er ein wenig in den Fall involviert war und sie ihm vertraute. Und sie wusste, Liz war bei ihm in Sicherheit.

Hier also wohnte Lesly Bernett, und das seit seiner Geburt. Zunächst mit seiner Mutter, bis die dann an fortschreitender Demenz erkrankte und in Abbey Grove verstarb. Seinen Vater hatte er nie kennengelernt. Es hieß, er hätte die Familie gleich nach Pauls Geburt verlassen. Als seine Mutter starb, blieb er in dem Haus und ließ alles wie es war. Lesley hasste Veränderungen. Nie hatte eine andere Frau, als seine Mutter, je einen Fuß über die Schwelle gesetzt. Zumindest nicht freiwillig. Doch dazu später.

Lesly war konsequenter Single und hatte feste Grundsätze, was Moral und Recht betraf. So war er z. B. der festen Überzeugung, dass, wenn schon jemand sein wohlverdientes Geld ausgibt, dann sollte er es selber sein. Und der Arzt, der seine Mutter nach Abbey Grove geschickt hat, würde eines Tages durch seine Hand sterben.

Seine gesamte Anstrengung galt der Pflege und Verschönerung seines Gartens und das konnte man schon von Weitem sehen. Im Gegensatz zu Kathys Biotop, folgten hier Bäume, Hecken, Blumen und Beete einem imaginären Netzplan, dessen Verlauf nur Lesley kannte. Er war im eigentlichen Sinn ein typischer Spießer wie aus dem Lehrbuch und dazu ein fieser Zwerg. Nach außen hin immer freundlich und hilfsbereit, doch nach innen hin böse und rachsüchtig. Und doch war er kein Frauenhasser. Ganz im Gegenteil. Alle seine weiblichen Kollegen waren des Lobes voll. Freundlich, zuvorkommend, ja charmant waren die Attribute, die jede Frau in der Polizeizentrale von Edinburgh, bezüglich Sergant Bernett, einfielen. Und so war es auch nicht verwunderlich, dass ein freudestrahlender Mann auf Liz zukam, um sie herzlich zu begrüßen. Den Constable, der den schweren Korb trug, beachtete er gar nicht. „Ist der etwa für mich!", rief er schon von Weitem und zeigte auf den Korb. „Das Ding ist verdammt schwer." „Dann stellen Sie ihn doch irgendwo ab. Kommen Sie, Liz, ich habe hier draußen für uns gedeckt."

Die war überwältigt von der Blütenpracht, den akkurat geschnittenen Hecken, dem kleinen Zierbrunnen und dem Steingarten, der eine Seite des Gartens umschloss. Sogar Gartenzwerge standen an mehreren Stellen in kleinen Gruppen. Die fand Liz zwar entsetzlich, aber hier passten sie hin. „Da haben Sie aber viel Arbeit reingesteckt, mein Lieber. Aber, ich muss sagen, es hat sich gelohnt." „Die Gartenzwerge habe ich extra aus Deutschland geholt." „Schön", dachte sich Liz. „Das ist wohl Ihr größtes Hobby?" „Oh ja, liebe Miss Taylor. Das ist eines meiner Steckenpferde. Und das schon seit vielen Jahren. Aber, bitte sagen Sie Lesley zu mir. Meine Mutter hatte den Garten damals angelegt und ich führe ihn in ihrem Sinn weiter. Doch jetzt genug geschwatzt. Kommen Sie, ich habe Tee aufgesetzt." Liz ließ sich das nicht zweimal sagen. Gleich neben einem antiken Brunnen befand sich ein wunderschöner, im chinesischen Stil gehaltener Pavillon. Um einen edlen Holztisch standen vier herrlich breite Korbsessel, die zum Entspannen einluden. Auf dem Tisch dampfte eine Kanne mit frischem Tee. Milch, Zitrone, Honig und eine Schale voller edlem Teegebäck ergänzten das Angebot. Ein großer bunter Blumenstrauß, zweifellos aus dem eigenen Garten, vollendete das perfekte Arrangement. „Sagen Sie, Liz, ich darf doch Liz sagen? Der Beamte da draußen kann doch eigentlich zurück in die Zentrale, um dort wichtigere Dinge zu tun, als hier auf sie aufzupassen. Ich werde Sie nachher selbstverständlich chauffieren, wenn es Ihnen recht ist?" „Wie Sie meinen, Lesley." „Bevor ich Ihnen Tee einschenke, werde ich den Kollegen, bzw. den ehemaligen Kollegen, wegschicken."

Es dauerte nicht lange und Lesley setzte sich zu Liz an den Tisch.

„So, das wäre erledigt, der wird uns nicht mehr stören." Liz wusste nicht, was sie von der Bemerkung halten sollte. Immerhin war sie hier nicht nur zum Spaß. Doch beschloss sie, sich nichts anmerken zu lassen. „Na Lesley, wie bekommt Ihnen der Ruhestand?" Bernett ließ sich mit der Antwort Zeit. Zunächst schlürfte er von dem wirklich exzellenten Tee, wobei er sein Gegenüber aufmerksam beobachtete. „Teebrötchen?" „Nein Danke, Ihr Tee schmeckt ausgezeichnet. Der kann es sogar mit Bettys Tee aufnehmen. Und Sie wissen ja, was das heißt?" „Ich fühle mich geschmeichelt, Liz." Insgeheim wollte er ihr in diesem Moment wütend entgegen schleudern, „was weiß die dumme Pute denn vom Tee kochen", aber er nahm sich zusammen und lächelte freundlich.".

„Wie geht es denn Tom und Kathy McGore, unseren Spezialisten für Mord und Totschlag? Viel Arbeit zur Zeit? Ist wieder irgendein geheimnisvoller Irrer unterwegs und treibt sein mörderisches Spiel?" „Oh, Sie sind ja direkt ein bisschen prosaisch, mein Lieber." „Nun, das macht meine Nähe zu den Blumen." „Aber Sie haben recht, Lesley, die beiden sind irgendjemandem auf der Fährte, der bei seinen Opfern kleine Holzsärge als Andenken hinterlässt. Also ein Typ mit Macke." Man sah in Lesleys Gesicht ein vorsichtiges Interesse aufkeimen. „Wie interessant. Und haben die beiden schon jemand konkretes im Verdacht?" „Das kann ich Ihnen nicht sagen!"

„Können Sie nicht oder dürfen Sie nicht?", schoss es aus ihm heraus. „Bernett, Sie wissen doch, die beiden lassen sich nicht in die Karten schauen. Es fallen ständig irgendwelche Namen, doch nichts genaues. Zumal Kathy ohnehin noch in einem anderen Fall unterwegs ist, der vorrangig in Perth stattfindet." Jetzt schien Bernett etwas pikiert. „War denn der Fall des späten Rächers es nicht einmal Wert, von Schottlands bester Polizistin bearbeitet zu werden. Das musste er ändern." Er wusste auch schon wie. Das Material dazu befand sich im Haus. „Kann ich mal Ihr Bad benutzen?" Bernett war innerlich aufgewühlt und wütend. Was sollte der unbekannte Rächer denn noch anstellen, um von Miss McGore beachtet zu werden? „Kann ich mal bitte Ihr Bad benutzen? Es ist dringend, Lesley!" Bernett schreckte hoch. „Was?" „Ob ich mal bitte Ihre Toilette benutzen dürfte?" „Oh selbstverständlich. Entschuldigen Sie bitte. Gleich hinter der Eingangstür links." Lesley war so in Gedanken vertieft, dass er Liz Frage nicht bemerkt hatte. „Du musst dich besser zusammenreißen", sagte er sich.

Liz staunte über das exklusiv ausgestattete Bad. Schneeweißer Marmor dominierte mit einem zarten Grün. Selbst ein Wirl-Pool und ein Bidet waren in dem geräumigen Raum eingebaut. In einem Ständer, gleich neben der Toilette, befanden sich jede Menge Auto- und Boot-Kataloge. Auf vielen Seiten waren Boote angekreuzt oder gar rot umrandet. Eines schien es ihm besonders angetan zu haben. Ein High-Speed-Boot der Extraklasse, das sogar hochseetüchtig war. Es verfügte über sechs Plätze an Deck und eine Koje mit zwei Plätzen. Seine Höchstgeschwindigkeit lag bei über 90 Knoten. Es war zwar aus zweiter Hand, aber wohl top in Ordnung. Der Preis lag bei immer noch stolzen 50 000 Pfund.

„Nicht schlecht", dachte sich Liz. Das wird Kathy bestimmt interessieren. Sie fotografierte das Boot mit ihrem Handy und schickte das Bild direkt an Kathy. Schöne neue Technik, dachte sie sich. Dann verließ sie das Bad und ging wieder hinaus in den Garten. Lesley war gerade dabei, zu telefonieren. „Na, das nenne ich ein Badezimmer." Er legte auf und schenkte Tee nach. „Inneneinrichtung ist mein zweites Hobby. Es freut mich, wenn es Ihnen gefällt." „Gefällt ist wohl etwas untertrieben. Ich habe mich direkt ein bisschen verliebt. Leider reicht mein Gehalt nicht für ein Bad dieser Ausstattung. Das muss doch furchtbar teuer gewesen sein?" Lesley überlegte einen Moment. „Nun, ganz billig war es nicht. aber was habe ich denn sonst schon für Ausgaben? Und bei über dreißig Jahren im Polizeidienst kommt trotz Gehaltsklasse B7 ein ganz hübsches Sümmchen zusammen." „Na, ich weiß ja nicht. Bei mir bleibt da am Monatsende meistens nicht viel übrig." Bernett kicherte ein wenig, was Liz befremdlich fand. „Ich nehme mal an, dass Sie Ihr Gehalt bereits am Monatsanfang in Schuhe und anderem Firlefanz investieren?" Plötzlich bemerkte er, dass er mit dieser Bemerkung wohl etwas zu weit gegangen war. „Entschuldigen Sie Liz, ich wollte Sie nicht beleidigen." „Nein, nein, mein Lieber, Sie haben ja irgendwo recht. Übrigens, der Präsentkorb ist von Tom und Kathy. Beide lassen sich entschuldigen, aber sie wollten es sich nicht nehmen lassen, sich noch mal persönlich für die Zusammenarbeit zu bedanken." Lesley verzog das Gesicht, als wenn er auf eine Zitrone gebissen hätte. Dann, mit einem etwas gekünstelten Lächeln: „Richten Sie den beiden meinen Dank aus. Und wer weiß, vielleicht sehen wir uns ja mal wieder und ich kann ihnen persönlich danken."

Liz überlegte, nun so richtig ehrlich klang das Ganze nicht. „Liebe Liz, möchten Sie noch den Rest meines kleinen Reiches sehen?" „Aber gern. Das Bad war ja schon umwerfend. Ich bin gespannt auf den nächsten Teil Ihres kleinen Anwesens."

Lesley lächelte und ging in Richtung Haus. „Wenn du wüsstest, meine Liebe", dachte er sich. „So, hier ist das Bad, das Sie schon gesehen haben. Gleich daneben schließt sich die Küche an." Liz betrat einen Küchenraum von gut fünfundzwanzig Quadratmetern und kam aus dem Staunen nicht mehr heraus. Eine Küchenzeile in schwarzem Lack mit tiefroten Zierleisten und polierten Metallgriffen dominierte diesen Traum einer Frau. Ein riesiger Kühlschrank und eine gemütliche Sitz- und Essecke komplettierten den Raum. „Sie können den Mund ruhig wieder zu machen. Das ist mein Lieblingsraum." „Ha, von wegen Lieblingsraum. Man müsste mich hier schon herauszerren, wenn die mir gehören würde." Lesley musste lachen. „Hier, kommen Sie, gleich nebenan schließt sich das Wohnzimmer an."

Doch hier fühlte sich Liz wie erschlagen. Die Wahl der dunklen Möbel, die wuchtige Eck Couch und der tiefe Teppich, sowie die riesigen Ölschinken an der Wand, auf denen er selbst mit seiner Mutter zu sehen war, ließen auf einen Besitzer schließen, der Probleme mit seiner Größe, seinem Ego, ja seiner Stellung im Leben hat und das hier irgendwie kompensieren will. Als Bernett bemerkte, dass die Innengestaltung seines Wohnzimmers auf wenig Gegenliebe stieß, verlor er das Interesse an einer weiteren Führung. „Ich denke, wir sind am Ende und sollten wieder zurück in den Garten gehen."

Wie gut für Liz, dass Lesly sie nicht in den Keller geführt hatte. Denn dort befand sich seit zwei Tagen eine Frau. An Händen und Füßen gefesselt und geknebelt, war sie auf eine Pritsche gebunden und mit Betäubungsmitteln ruhig gestellt. Kurzum, fertig für ihre letzte Reise nach Abbey Grove. Aber woher sollte Liz das auch wissen?

Die beiden saßen im Pavillon und ließen es sich gut gehen. Plötzlich schaute Liz auf ihre Uhr. „Oh Gott, wie die Zeit vergeht. Ich muss zurück in die Zentrale. Wir haben uns ganz schön verplaudert. Aber es war schön. Ich danke Ihnen für den tollen Tee und die Gastfreundschaft." „Ich danke Ihnen für den Besuch und bitte grüßen Sie auch Tom und Kathy von mir. Oh, entschuldige, ich werde dich jetzt zurückfahren. Wir waren ja beim Du."

Damit schnappte er sich seine Jacke und geleitete Liz aus dem Garten wie ein formvollendeter Gentleman. Nach knapp 100 Metern steuerte er auf einen altersschwachen hellblauen Volvo-Kombi zu. „Bitte schön. Sieht schlimmer aus, als er ist. Er fährt immer noch ohne Probleme. Liz setzte sich mit einem etwas unguten Gefühl auf den Beifahrersitz.

Lesly startete den Motor und fuhr mit einem leichten Schlenker um einen vor ihm parkenden silbergrauen Bentley V8 Vision herum. „Mein Traumauto, murmelte er. Doch leider unerreichbar." Zwanzig Minuten später hielt der Volvo vor der Polizeizentrale. „Ich danke für den Besuch. Sie haben einen alten Mann sehr glücklich gemacht." „Ich danke Ihnen, Lesley." Damit stieg sie aus dem Wagen und Bernett raste davon. Liz winkte ihm noch einen Moment zu und dachte sich dabei: „Irgendetwas führst du im Schilde, mein Freund...".

Tom und der Taucher

Zur selben Zeit war Tom auf dem Weg nach Livingston. Er hätte auch bei der Flugbereitschaft einen Hubschrauber ordern können, zumindest stand ihm das laut Dienstrang und Stellung zu, doch er fuhr lieber mit dem Auto. Auch wenn er dadurch die doppelte oder gar dreifache Zeit benötigte. Heute hatte er einen Fahrer geordert, denn sein Bein schmerzte immer noch. Und so traf er etwas verspätet am Lake Lochmoor ein, an dem vor ein paar Tagen eine Gruppe Taucher einen toten Mann in einem Auto gefunden hatten. Ein Polizeiwagen stand am Ufer, und als Tom dorthin einbog, sprang ein junger Beamter in Zivil aus dem Auto. „Inspektor Javes, Sir. Ich bearbeite den Fall. Und der Mann da hinten in dem Wagen ist Bob Felden. Er ist Tauchlehrer und hat den Toten gefunden. Der Name des Toten ist Thomas Blair, 58 Jahre. Laut Gerichtsmediziner ist er ertrunken. Also natürliche Ursache. Warum interessiert sich die Zentrale für diesen Unfall, wenn ich fragen darf?" Tom stand am Ufer und sah auf das Wasser. „Ich hoffe, Sie denken nicht, dass ich mir diese Informationen in der Kürze der Zeit merken konnte." Tom kramte aus seiner Tasche die Zeitung mit dem Artikel und den Fotos heraus. „Deswegen, Inspektor, bin ich hier, und, weil es kein Unfall war." „Ach so?" Dumpfes Klopfen war aus dem Polizeiwagen zu hören. Bob Felden verlangte, endlich aussteigen zu dürfen. Auf ein Zeichen von Tom öffnete der Sergant die Tür. „Na endlich! Das ist Polizeiwillkür, das wird ein Nachspiel haben, hören Sie?"
Tom trat an Felden heran. „Halten Sie einfach die Klappe und sagen Sie mir, ob Sie hinter dem Artikel stecken?" Feldens Gesicht verzog sich zu einem

breiten, unverschämten Grinsen. „Ach darum geht es. Stimmt, die Bilder sind von mir. Der Text aber nicht. Hat eine Menge Schotter gebracht, Herr Kommissar." „Nun passen Sie mal auf. Typen wie Sie, sind mir zutiefst zu wider. Haben Sie mich verstanden? Ich bin Superintendent Tom Morgan und komme aus Edinburgh. Und ich will jetzt von Ihnen ein paar Antworten. Haben wir uns da verstanden?" Felden pfiff leise durch seine Zähne. „Oh, ein Superbulle. Muss ja ein dickes Ding sein, das mit der Leiche da im Wasser. Ist wohl ein hohes Tier gewesen? Hätte ich das gewusst, hätte ich mehr verlangen sollen, oder?"

„Meine Geduld ist gleich am Ende. Noch eine dumme Antwort und ich lasse Ihnen Handschellen anlegen. Haben wir uns da verstanden?" Felden merkte, dass es irgendwie brenzlig für ihn wurde. Also beschloss er mitzuspielen, denn auf Handschellen hatte er keine Lust. „O.k., was wollen Sie wissen?" „Na also, geht doch. Also, ich möchte zunächst mal wissen, wie Sie den Toten gefunden haben. Und, wo sich der Abschiedsbrief und dieser Miniatur-Sarg befunden haben, den Sie widerrechtlich an sich genommen haben. Ach nur, damit wir uns da richtig verstehen. Der Diebstahl von Beweissmitteln noch dazu von einem Tatort, wird mit Geldstrafen oder Gefängnis, nicht unter einem Jahr, bestraft. Und was Ihr Honorar betrifft, das kassieren wir ohnehin ein." Jetzt war Bob wütend. „He, das dürfen Sie nicht. Das gehört mir, hören Sie?" „Oh, Sie glauben gar nicht, was ich alles kann. Also? Zurück zu dem Brief und dem Sarg. Und bitte langweilen Sie mich nicht mit irgendwelchen Lügengeschichten. Ich merke das." Bob schluckte. „Aber ich wollte doch nur, ich dachte, das schwamm da halt so herum." „Was Sie dachten, spielt hier keine Rolle. Wo sind eigentlich dieser Abschiedsbrief und der Sarg im Augenblick?" „Habe ich zu Hause." „Gut, dann werden wir jetzt ein paar Beamte zu Ihnen nach Hause schicken und eine gründliche Hausdurchsuchung durchführen. Inspektor!" „Moment, warten Sie." Damit kramte er in seiner Umhängetasche und zog plötzlich beides hervor. „Hier, bitte." Tom steckte den Brief wie auch den Sarg in seine Tasche. „Und die Puppe?" „Was für eine Puppe?" „Nun, da gehört eine Puppe hinein." „Davon weiß ich nichts."

„So, und jetzt will ich wissen, wie Sie das Auto gefunden haben." Bob nickte und erzählte von dem Tauchgang, von dem Moment, als die Schülerin das Auto entdeckt hatte und schließlich davon, wie er selbst noch mal runter ging, um ein paar Fotos zu schießen. „Wissen Sie, Herr Inspektor, wir Taucher sind, wie Müllsammler." „So weit ich informiert bin, ist es eines der obersten Gebote für Taucher, nichts aus dem Wasser herauszuholen. O.k., wo genau haben Sie die beiden Sachen gefunden?" „Die schwammen im Wageninneren an der vorderen Decke. In Höhe des Beifahrersitzes." „Ist Ihnen noch etwas aufgefallen?" „Nicht, dass ich wüsste. Äh, sagen Sie, muss ich nun noch mit einer Strafe rechnen? Sie wissen schon, wegen dem Artikel. Ich meine, ich habe Ihnen doch alles zurück gegeben." „Ich werde darüber nachdenken. Sergant! Bringen Sie den Herrn in die nächste Ortschaft. Von da kann er dann den Bus nehmen." Bob machte, dass er in den Wagen kam und war froh, als der Sergant Gas gab und er den Ort verlassen konnte.

„Keine Angst, Inspektor, ich lasse Sie hier nicht alleine in der Pampa stehen. Sagen Sie, haben Sie schon etwas über den Toten in Erfahrung bringen können?" „Nun Sir, der Tote war ein gewisser Thomas Blair, wie ich schon erwähnte. Er war arbeitslos und lebte seit einigen Jahren von kleineren Gelegenheitsjobs." „Und davon konnte er leben und sich so ein Auto leisten?" „Nein Sir, natürlich nicht. Blair war ein sogenannter Rennen-Flüsterer." „Was ist das?" „Nun, er trieb sich gern auf Rennbahnen herum und verkaufte gegen eine kleine Beteiligung Renntipps." „Sie meinen Pferderennen?" „Genau, aber auch Hunderennen und jede andere Form von öffentlichen und auch nicht öffentlichen Wettkämpfen. Wie Sie wissen, ist Wetten der größte Volkssport der Briten als auch der Schotten. Und Blair muss da ein gutes Händchen gehabt haben. Jedenfalls ging es ihm wohl wirtschaftlich ganz gut. Doch er bewegte sich da in einer gewissen Grauzone. Er musste aufpassen. Bei seinem Vorstrafenregister konnte er sich keine weitere Verhaftung mehr leisten." „Vorstrafen? Das interessiert mich jetzt besonders." „Das dachte ich mir schon." „Hier ist eine Kopie seiner Strafakte." Tom blätterte in einer Mappe und staunte nicht schlecht. Da war von Beleidigung, Einbrüchen, Scheckbetrug, gefährliche Körperverletzung bis hin zu Betrug und Diebstahl alles vertreten, was das schottische Strafgesetz her gab. „Nicht schlecht. Das reicht ja für zwei Leben." Plötzlich stutzte er. „Herbeiführung eines schweren tödlichen Badeunfalls, infolge Verletzung der Aufsichtspflicht."

„Nun Sir, das war ein besonders tragischer Fall. Blair hatte damals als Rettungsschwimmer im Glasgower Familienbad gearbeitet. An einem Nachmittag war er sturzbetrunken auf seinem Rettungsturm eingeschlafen. Zwei Kinder, vier und sieben Jahre alt, sind beim Herumtoben im Wasser aus Versehen in den Schwimmer-Bereich geraten und untergegangen. Zu spät haben andere Badegäste das bemerkt und die beiden aus dem Wasser gezogen. Der jüngere der Beiden war schon tot. Den älteren konnten die Sanitäter wieder reanimieren. Doch auf Grund des Sauerstoffverlustes im Gehirn ist er zu einem schweren Pflegefall geworden. Er liegt wohl noch heute im Wachkoma. Blair wurde damals vor Gericht gestellt und lediglich zu einer kleinen Geldstrafe verurteilt. Die Mutter der Kinder hatte noch im Gerichtssaal Rache geschworen." „Wie lange ist das her?" „Knapp acht Jahre." „Nun, vielleicht hat sie ihre Drohung jetzt war gemacht? Ich hätte gern den Obduktionsbericht." „Ist schon auf dem Weg zu Ihnen. Aber soweit ich mich erinnere, hatte unser Pathologe Tod durch Ertrinken diagnostiziert." Wissen Sie, ob er ein toxikologisches Screening durchgeführt hat? Ich denke nicht, da die Todesursache ja feststand. Und wie Sie wissen, sind diese toxikologischen Untersuchungen immer extrem aufwendig und teuer." „ Inspektor, hier geht es um Mord. Ich denke, da muss Ihr Pathologe wohl nochmal ran." „Gib es denn Anzeichen für eine Vergiftung?" „Hören Sie, aber das bleibt unter uns. Wir haben inzwischen eine Reihe von Fällen, wo Männer tot aufgefunden wurden, die alle zuvor extrem unter Drogen gesetzt waren. Damit meine ich schwerste Beruhigungsmittel. Danach haben sie dann Selbstmord verübt, obwohl sie dazu längst nicht mehr in der Lage waren." „Ja aber, das wäre dann ja Mord?" „Sage ich doch, Inspektor. Also, entweder führt Ihr Pathologe diese Untersuchung durch oder Sie überstellen den Leichnam zu uns. Das ist mir egal." „Ich werde das mit meinem Vorgesetzten absprechen. Können wir noch etwas für Sie tun?" „Oh ja. Sie können bitte die Mutter der beiden Kinder von damals befragen. Wir denken, da gibt es so eine Art späten Rächer, der gegen ein fürstliches Honorar die Beseitigung von Männern wie Blair vornimmt. Wichtig ist für uns deshalb vor allem der finanzielle Hintergrund usw. Es kommt uns dabei nicht darauf an, die Frau ins Gefängnis zu stecken. Wir wollen diesen ominösen Rächer. Wir wissen von anderen, dass er auf die Angehörigen zugeht und Ihnen Hilfe und Trost verspricht." „Kann es für eine Mutter Hilfe und Trost bedeuten, wenn der Schuldige stirbt?" „Nein, aber tiefe Genugtuung. Und womit sollen wir sie noch bestrafen können? Sie ist längst genug gestraft." „Ich weiß nur, dass die Mutter beim Rundfunk arbeitet." „Auch das noch."

„Also gut, wir werden sie befragen." In diesem Moment kam sein Fahrer zurück. „Gut, mein Lieber. Ich verabschiede mich an dieser Stelle und erwarte Ihre Ergebnisse. Hier ist meine Karte. Und bitte, das Ganze brennt uns unter den Nägeln. Bis bald Inspektor." Der verabschiedete sich von Tom, stieg in seinen Wagen und fuhr davon. Tom setzte sich noch für einen Moment an das Ufer und genoss die Aussicht. Plötzlich hörte er hinter sich Schritte.

„Na, was hat denn die Polizei hier an unserem schönen See zu suchen? Ich nehme mal an, es geht immer noch um den Toten in dem Auto, oder?" Tom erhob sich und vor ihm stand der Revierförster." „Sie haben recht. Tom Morgan, Polizei Edinburgh." „Oh, sogar Polizisten von auswärts. Ich bin froh, wenn hier im Forst endlich wieder Ruhe einzieht." „Sagen Sie, Sir, sind Sie eigentlich jeden Tag hier im Wald?" „Jeden Tag, bei Wind und Wetter. Mein

Name ist übrigens Paul Smith." „Echt?" „Echt, Sir." „Sagen Sie, Paul Smith, haben Sie vor vier oder fünf Tagen diesen Wagen hier im Wald gesehen?" Tom zeigte ihm das Foto des im See versunkenen Autos. Aufmerksam betrachte der Alte das Bild. „Ja, habe ich gesehen. Warten Sie, das war vor sechs Tagen. Ich war an diesem Tag unterwegs, um ein paar Bäume für den Holzeinschlag zu markieren. Da bemerkte ich den Wagen dort auf dem Weg zum Ufer. Ich weiß es deshalb so genau, weil ich den Wagen angehalten hatte und dem Fahrer erklärte, dass das Befahren der Waldwege ohne Sondergenehmigung verbo-ten ist." Jetzt war Toms Neugier geweckt. „Sie haben mit dem Fahrer gespro-chen?" „Ja." Tom fingerte ein Foto des Toten aus den Unterlagen. „Schauen Sie sich bitte das Bild an. War er das?" Paul sah auf das Foto. „Der sieht aber ziemlich tot aus." „Das ist er auch. Das ist der Mann, der in dem Auto saß." „Das ist aber nicht der Mann, mit dem ich gesprochen habe. Der war kleiner und älter. Und er lächelte ohne Ende." „Wie alt schätzen Sie ihn?" „Na, so Mitte 60." „Fällt Ihnen noch etwas ein? Bitte überlegen Sie. Jedes Detail könnte uns weiterhelfen." „Der Mann hatte eine Halbglatze und trug eine Mütze." „Wie konnten Sie denn …" „Er hatte seine Mütze kurz abgenom-men. Aber ansonsten war da nichts Auffälliges. Tut mir leid." „Würden Sie den Mann auf einem Foto wiedererkennen?" „Ich denke schon." „Haben Sie ein Fax oder einen Internet-Anschluss?" „Beides, Sir. Hier ist meine Karte." Damit überreichte er Tom seine Visitenkarte. „Ich melde mich heute noch bei Ihnen und schicke Ihnen ein Foto. Es wäre schön, wenn Sie mir sagen könnten, ob es der Mann war, dessen Foto ich Ihnen schicke." „Alles klar, Sir." Damit schulterte er seine Jagdflinte und ging weiter in Richtung Wald.

Auch für Tom war es an der Zeit. Er setzte sich in seinen Wagen und fuhr zufrieden zurück nach Edinburgh.

Dort angekommen, traf er auf eine immer noch verstörte Miss Taylor. Bei einem gemütlichen Kaffee erzählte sie ihm von ihrem Besuch bei Lesley Bernett. „Irgendwie war es komisch, Sir. Er war freundlich und sehr zuvor-kommend, aber die ganze Zeit hatte ich das Gefühl, der spielt mir was vor.

Und dann das Haus. So etwas habe ich noch nicht gesehen. Ein Bad mit Wirl-Pool und einer Küche, Sir. Einfach ein Traum, sage ich Ihnen. Aber gut, wenn er sonst nichts ausgibt, dann kann er sich das leisten. Auch der Garten. top in Ordnung." „Nun. nicht jeder lässt alles sprießen wie es will. Ich meine damit Kathys Dschungel." „Nur diese entsetzlichen Gartenzwerge …" Haben Sie Anzeichen für größere Anschaffungen bemerkt?" „Ich denke, er will sich bald ein Boot kaufen." „Nun, soweit ich weiß, besitzt er ein Boots- oder Angelhaus irgendwo oben in Aberdeen." „Ich rede hier aber von einem Speed-Boot, das hochseetauglich ist." „Das ist mir neu." „Der Preis liegt bei fünfzigtausend Pfund und das gebraucht." „Nicht schlecht", sagte Tom und pfiff dabei leise durch die Zähne. „Und was den Bentley betrifft, so stand da ein silbergraues Modell, direkt vor seinem Volvo. Ich weiß aber nicht, ob er ihm gehört." Tom hatte, bevor er sich mit Liz traf, ein Bild von Lesley nach Livingston zum dortigen Forsthaus geschickt. Jetzt wartete er auf die Antwort des Revierförsters, die er längst kannte.

Perth
Kathy und Müller

Kathys Hubschrauber landete pünktlich um 14.45 Uhr in Perth. Sie verabschiedete sich von dem Piloten und schwang sich mit einer prall gefüllten Reisetasche voller Geld in den Fond von Franks Dienstwagen. „Hallo, wie fühlst du dich?" „Gut, aber etwas aufgeregt." „Das ist in Ordnung. Wie geht es Sandra?" „Der geht es auch gut. Ich soll dich herzlich grüßen und sie freut sich schon auf ein Wiedersehen." Dass das schneller passieren würde, als Kathy annahm, war zu diesem Zeitpunkt noch niemand klar.

„Und, hast du das Geld dabei?" Jones wurde von Minute zu Minute aufgeregter. „Eine Million in kleinen Scheinen, wasserdicht verpackt und mit einem GPS-Sender versehen. Du siehst, ich habe meinen Teil erfüllt." „Was hat denn der Chief dazu gesagt, als du ihn um eine Million gebeten hast?"

„Nun, ich denke, der nimmt gerade die dritte Beruhigungspille und alle anderen gehen ihm aus dem Weg. Frage beantwortet?" „Oh ja." Damit bog Jones auf den Hof des Polizei-Reviers ein. „Komm, wir bringen das Geld in mein Büro. Sicher ist sicher." In Jones neuem Büro hing eine Karte des geplanten Übergabe-Ortes an der Wand. Die grafische Darstellung ließ selbst Kathy neidisch werden.

„Hier ist die Brücke und dort, an diesem Teil des Ufers, sollen wir auf Müller treffen. Hier und hier stehen zwei Schiffe der Wasserpolizei bereit, jedes Schiff oder Boot auf unseren Befehl hin zu stoppen." „Und die Scharf-Schützen?" „Der Teamleiter ist gleich hier. Du kannst ihm dann die Standorte zuweisen." „Alles perfekt. Nur eins stört mich an der ganzen Sache. Müller ist kein Idiot. Warum lässt er sich darauf ein uns direkt in die Falle zu gehen? Was hat er vor? Gibt es irgendeine Möglichkeit, von hier zu entkommen, die wir bis jetzt außer Acht gelassen haben?" Auch Jones studierte wieder und wieder die Karte. „Also von der Wasserseite her nicht. Vielleicht sollten wir noch ein paar Kollegen mit Motorrädern im Gelände des Ufers postieren?" „Nicht schlecht, DS Jones. Ich denke, zwei auf jeder Seite sollten reichen. Wo werden wir auf Müller treffen?" „Unser Wagen hält genau hier." Damit deutete Jones auf ein kleines Kreuz auf der Karte. „Gut, dann ist ja alles klar." In diesem Moment klopfte es an der Tür und ein vermummter SWAT- Beamter betrat Jones Büro. „Sie sind der Team-Leiter der Scharf-Schützen?" Der Beamte nickte und salutierte. "Kommen Sie her. Ich möchte, dass Sie und Ihre Männer die Positionen hier und hier einnehmen." Damit zeigte er ihm drei Punkte auf der Karte. „Die Aktion ist für 20-00 geplant. Sie nehmen Ihre Positionen spätestens um 17-00 ein. Geschossen wird nur auf mein Zeichen. Unsere Funkfrequenz ist 1,45 Megahertz. Chef der Aktion ist Special-Superintendentin Kathy McGore." „Oh nein!", rief Kathy dazwischen. „Das ist deine Operation. Also, Chef ist DS Jones." Der SWAT-Beamte salutierte und verschwand. Kaum war er weg, sah Jones Kathy fragend an. „Meinst du wirklich?" „Was? Das ich der Chef bin? Aber sicher.

Wir haben alles vorbereitet. Du arbeitest hier. Ich bin nur ein helfender Beobachter. Dein Mentor sozusagen." In diesem Moment klingelte das Telefon. Jones nahm ab, sprang auf und stand stramm. „Hier, für dich, der Oberst." Kathy nahm in Ruhe den Hörer. „Sir? Was kann ich für Sie tun?" Jones hatte auf laut gestellt und so konnte jeder im Raum die Stimme des Chefs der schottischen Polizei hören. „Wenn Sie mich schon so fragen, dann, dass die Million sicher in einem Tresor liegt und der Stone of Scone sich bereits in Ihrem Besitz befindet." „Sie haben Müller vergessen, Sir." „Ach der, der ist mir doch völlig wurscht. Sollen sich die Kollegen aus Perth mit dem herumschlagen. Ich will mein Geld und Sie sicher in meiner Zentrale wissen." „Das ehrt mich, Sir. Aber da müssen Sie noch etwas warten. Die Aktion ist für 20-00 Uhr geplant. Sir, entschuldigen Sie, aber ich muss jetzt los." „Gut, ich wünsche Ihnen Erfolg und passen Sie gut auf sich auf. Simon, Ende." Damit hatte er aufgelegt. „Wo willst du hin?", fragte Jones. „Nirgendwo hin, ich wollte nur den Alten abwimmeln." Kurz danach rief Tom an und berichtete ihr von seinen Erfolgen in Livingston und von Liz Besuch bei Bernett. Kathys Miene hellte sich etwas auf. „Gut, mein Lieber. Was ich mir schon gedacht habe. Wir sehen uns morgen. Der Hubschrauber kann hier nur bis 22-00 Uhr starten. Mal sehen, vielleicht nehme ich auch einen Wagen. Bis morgen, Tom. Ach so, ich soll dich von DS Jones herzlich grüßen." Damit legte sie auf. Frank hatte inzwischen mit Sandra telefoniert, der es augenscheinlich besser ging. „Ich soll dich von ihr herzlich grüßen", sagte er. Dann war die Leitung plötzlich unterbrochen. Nervös wählte er mehrmals ihre Nummer, doch nichts. Ihr Anschluss war gestört. „Mach dir keine Sorgen, es wird schon nichts passiert sein", meinte Kathy, obwohl ihr Bauchgefühl sagte, dass die Übergabe gerade begonnen hatte.

Richtig ruhig wurde Jones nicht. Ein Constable von der Technik brachte die Funkgeräte, abgestimmt auf die Einsatz-Frequenz von 1,45 Megahertz. Während dessen versuchte Jones weiter, Sandra zu erreichen. Plötzlich klingelte sein Handy und sie war dran. „Mach dir bitte keine Sorgen, mein Anschluss ist gestört. Ich werde jetzt noch ein bisschen spazieren gehen. Wir sehen uns dann nachher. Ich liebe dich." Dann legte sie auf. „Na, ist alles in Ordnung?" „Ich weiß nicht. Irgendwie klang sie komisch." „Es wird schon alles in Ordnung sein." In diesem Moment klingelte das Telefon von Jones. Müller war dran und verlegte die Zeit auf 19-30 Uhr. Jones wollte noch etwas sagen, doch da hatte er schon aufgelegt. „Geschickter Schachzug. Er nimmt wahrscheinlich an, dass wir unsere Sicherungsmaßnahmen nicht mehr ändern können. Aber da irrt er. Komm Frank, wir fahren zum Übergabe Ort. Ich habe ein ungutes Gefühl." Jones nickte. Dann legten beide ihre schusssicheren Westen an und überprüften ihre Waffen. Kathy schnappte sich die Tasche und es ging los. Das war der Moment, den Kathy besonders liebte. Es ging los. Jetzt hieß es, nicht mehr nachzudenken, sondern zu funktionieren. Im Team oder allein. Dafür war sie zur Polizei gegangen.

Die Fahrt dauerte knappe zwanzig Minuten. Dann erreichten sie das Ufer. Über Funk waren sie mit den Kommandanten der Polizeischiffe und den Scharf-Schützen verbunden. Alle waren auf ihren Plätzen und warteten. Kurze Zeit später meldeten sich die Kradfahrer. Auch sie standen ab jetzt in Bereitschaft.

Stille umfing die beiden im Auto. „Der Platz hier am Wasser ist einfach herrlich. Ich bin schon einige Male mit Sandra hier spazieren gegangen." „Habt ihr schon mal nachgedacht, zu heiraten?" Jones wurde rot im Gesicht. „Ja, nachgedacht schon. Aber gefragt habe ich sie noch nicht." „Lasst euch nicht so viel Zeit. Ihr liebt euch doch? Also, was spricht dagegen?" In diesem Moment knackte es im Funkgerät. „Ein Fischerboot kommt stromaufwärts auf euch zu. Ende." Kathy griff zum Fernglas. „Nein, das ist er nicht." Langsam tuckerte ein kleines Fischerboot flussaufwärts.

„Ich sage das mit dem Heiraten nur, weil es in unserem Beruf nicht leicht ist, einen Partner zu finden. Und du wirst nicht oft jemanden kennenlernen, den du lieben kannst und der mit deinem Job klarkommt. Glaub mir, ich weiß, wovon ich rede."

Selbst der Chief will, dass ich mir binnen eines Jahres einen Mann suche. Das ist zwar nicht ganz ernst gemeint, zumindest hoffe ich das, aber irgendwo hat er ja recht. Jetzt mit Paul brauche ich männliche Verstärkung. Noch geht es. Aber er braucht einfach einen Vater."

Wieder kam eine Meldung von einem der Polizeiboote. Dieses mal über zwei Sportboote „Auch das ist er nicht", sagte Kathy. „Wie spät ist es?" „Kurz nach sieben." „Na dann müsste er ja gleich auftauchen." Damit stieg sie aus und zündete sich eine Zigarette an. Noch während sie rauchte, meldete der Kommandant ein langsam fahrendes Sportboot, das ohne Positionslichter zu setzen den Fluss entlang fuhr. Sofort griff sich Kathy das Fernglas und beobachtete das Boot. Der Kapitän war hinter der Scheibe nicht zu erkennen. Das Boot war etwa sechs Meter lang und am Ende befanden sich zwei große Motoren, die darauf schließen ließen, das Boot extrem beschleunigen zu können. „Ich denke, das ist er."

Je näher das Boot der Übergabe-Stelle kam, um so langsamer wurde es. Schließlich hielt es etwa zweieinhalb Meter vom Ufer entfernt. Sofort griffen Frank und Jones zu ihren Waffen. Ein: „Achtung! Er ist da!", ging an alle Einsatzkräfte. „Wo ist das Geld?", hörte man eine männliche Stimme rufen. „Wo ist der Stein?", rief Kathy zurück. „Am Bug!" Und richtig. Vorn am Bug lag er. „Werfen Sie das Geld zu mir rüber!" Kathy deutete auf die Tasche und Frank ging damit langsam ans Flussufer. „Stopp, das ist nahe genug. Und jetzt werfen Sie die Tasche zu mir herüber. Ich will das Geld sehen." „Müller! Sie wissen, dass wir Sie mit dem Geld nicht entwischen lassen. Wollen wir dem Ganzen nicht ein Ende bereiten und das hier und jetzt beenden, ehe noch jemand verletzt wird?" Einen Moment herrschte Stille. Es war, als wenn Müller über eine Lösung nachdenken würde.

„Nun, ich denke nicht, dass Sie mich hier festhalten werden." „Und was sollte mich daran hindern, auf Sie zu schießen?" „Na, zum Beispiel das hier." Langsam schob sich eine Person ins Blickfeld der Beamten. Es war Sandra. An ihrem Hals hielt Müller seine Pistole mit Schalldämpfer. „Glauben Sie mir, selbst wenn Sie mich treffen sollten, so bleibt mir immer noch genug Zeit, sie zu erschießen. „Verdammt, murmelte Kathy. Sie also war der Joker, den sich Müller ausgedacht hatte. Jones stand wie erstarrt und blickte auf seine Freundin. „Hören Sie, hier ist das Geld." Damit warf er ihm die Tasche an Bord. „Bitte sehen Sie nach. Es sind eine Million Pfund. Und jetzt lassen Sie bitte meine Freundin frei. Bitte!"

„Frank, komm da zurück! Er wird sie nicht frei lassen. Sie ist sein Ticket in die Freiheit. Müller! Was ist mit dem Stein?" Man konnte sehen, dass Müller Sandra zwang, die Tasche zu öffnen und ihm das Geld zu zeigen. Dabei war die gesamte Zeit die Waffe auf ihren Kopf gerichtet. Er selbst dagegen war zu keinem Zeitpunkt zu sehen und bot damit kein Ziel. Plötzlich zwang er Sandra, die Tasche zu schließen und sich mit ihr auf eine Seitenbank zu setzen.

„So, Sie können jetzt jemanden an Bord schicken, um den Stein zu holen." Sofort sprang DS Jones in den Fluss und watete durchs Wasser, um an Bord zu kommen. Endlich schaffte er es auf das Boot und balancierte langsam zum Bug. Dort versuchte er vergeblich, den Stein anzuheben. „Verdammt, ich schaffe das nicht. Er ist zu schwer. Müller, Sie müssen mir helfen."

„Hören Sie auf, mich für blöd zu verkaufen. Schmeißen Sie das Ding einfach über Bord. Ihre Taucher können ihn dann wieder aus dem Fluss fischen. Machen Sie hin, ich werde in exakt dreißig Sekunden die Motoren starten." „Und was ist mit Sandra?" „Keine Sorge, wenn ich heil den Fluss entlang komme, lasse ich sie frei."

Frank mühte sich und schließlich schaffte er es, den Stein über Bord zu werfen. In diesem Moment startete Müller die Motoren und Jones stürzte der Länge nach ins Wasser. Kathy informierte die Kradfahrer, das Boot an Land zu verfolgen. Den Scharf-Schützen erklärte sie das Ende des Einsatzes. Über Funk orderte sie Polizeitaucher zum Tatort. Inzwischen war Müller mit dem Boot verschwunden. Der Besatzung des oberen Flusslaufes erteilte sie den Befehl, Müller auf keinen Fall zu behindern oder gar sein Boot zu stoppen.

Inzwischen war Jones an Land gekrochen und stand nun tropfnass neben ihr. „Verdammtes Schwein. Jetzt hat er nicht nur Sandra, sonder auch die Million." In diesem Moment knackte es im Sprechfunk. Es war das Polizeiboot am oberen Flusslauf. Eine Stimme meldete einen ungewöhnlichen Vorfall. Danach war eine Person samt einer schwarzen Tasche plötzlich über Bord gesprungen. Daraufhin war das Boot mit Vollgas verschwunden. Die Person wurde aus dem Wasser gefischt. Es handelt sich um Constable Sandra Burns. Wir bringen die junge Dame jetzt zu Ihnen." „Ein Jubelschrei erfüllte die abendliche Luft am Fluss. Kathy und Jones lagen sich in den Armen. „Du kannst stolz sein auf deine tapfere Freundin." „Ich bin so glücklich, das kannst du dir gar nicht vorstellen." Tränen liefen ihm über die Wangen. Endlich tauchte das Polizeiboot am Horizont auf. Schon von Weitem konnte er Sandra an der Reling sehen und winkte ihr mit beiden Armen zu. Auch Kathy war überglücklich. Zum einen, dass Sandra diesem Mistkerl Müller entkommen war, aber auch, dass sie dabei mitsamt der Tasche ins Wasser gesprungen war. Jetzt hatten sie den Stein, der noch im Fluss lag, und die Million. Ein überaus erfolgreiches Ende dieses Einsatzes. Und diesen Müller würden sie auch noch erwischen. Gleich, nachdem das Polizeiboot angelegt hatte, stürmte Frank an Bord und umarmte seine Freundin.

Aufgeregt und stockend erzählte sie, was ihr am Nachmittag passiert war. Irgendwann gegen 17.30 Uhr klingelte es bei ihr. Und als sie die Tür öffnete, starrte sie in den Lauf einer Pistole. Müller legte ihr Handschellen an und zog ihr einen stinkenden Sack über den Kopf. Dann verfrachtete er sie in sein Auto und fuhr eine Weile mit ihr herum, bis sie am Fluss vor einem Boot hielten. Er zwang sie, per Handy Jones anzurufen. Dann warf er das Handy ins Wasser. Endlich, nach einer knappen halben Stunde, fuhren sie langsam los. Er erklärte ihr, dass er sie als Geisel für die Geldübergabe bräuchte. Sollte sie einen Fluchtversuch probieren, würde er sie sofort erschießen. Und Sandra wusste, dass er es ernst meinte.

Dann, nachdem er das Geld hatte und Frank im Wasser lag, musste sie sich samt Tasche auf die hintere Bank setzen. Auf Höhe des zweiten Polizeibootes dachte sie sich: „Jetzt oder nie." Während er zu den Polizisten hinüber starrte, raffte Sandra die Tasche und stürzte über Bord. Er hat zwar noch auf sie geschossen, doch sie dachte, er hätte sie verfehlt oder dass Geld hätte sie geschützt.

„Sandra, er hat dich nicht verfehlt. Er hat dich da an der Seite getroffen", bemerkte Kathy. Erst jetzt fiel ihr auf, dass Blut an ihrer Seite herunter lief. Kathy sah sich die Wunde an. „Schnell!", rief sie dem Kapitän zu. „Ich brauche Verbandsmaterial. Und du rufst deiner Freundin endlich einen Krankenwagen." Sandra wollte sich dagegen wehren, doch da war sie bei Kathy an der richtigen Adresse. „Nichts da, du fährst ins Krankenhaus. Und du, bevor du hier wieder herum lamentierst, fährst mit." Damit war Jones gemeint, der immer noch vor Freude und Angst weinte.

Inzwischen waren Polizeitaucher angekommen, denen Kathy den ungefähren Ort des Steins im Wasser zeigte. „Passt auf, das Ding wiegt über 150 Kilogramm und ist sehr wertvoll. Ich will den Stein im Kofferraum dieses Wagens haben. Damit zeigte sie auf Jones Dienstwagen. „Ich hoffe, du hast nichts dagegen. Wenn ich den Stein habe, komme ich zu euch ins Krankenhaus." Jones hörte ihr längst nicht mehr zu. Verliebt umarmte er Sandra, als wollte er sie nie mehr loslassen. „Du bestellst mir dann einen Wagen, der mich und die Tasche zurück nach Edinburgh bringt oder bekomme ich heute noch einen Flug?"

„Ich werde dafür sorgen, dass du heute noch fliegen kannst! Versprochen. Und wenn ich das Ding selber fliegen muss." „Oh, danke, das muss nicht sein." „Den Stein lasse ich zunächst bei euch. Soll der Alte entscheiden, was damit passiert." In diesem Moment fuhr ein Krankenwagen vor. Sandra wurde auf eine Trage geschnallt, Jones stieg dazu und der Wagen raste mit Blaulicht in Richtung Krankenhaus. Kathy schnappte sich die Tasche, verabschiedete sich von der Besatzung des Schnellbootes und ging von Bord.

Nachdem sie das Geld ins Auto verbracht hatte, beobachtete sie die Taucher bei deren Arbeit. Es dauerte nicht lange und die beiden hievten den Stein ans Ufer. Nachdem sie ihre Flaschen und Bleigurte abgelegt hatten, hoben sie den Stein und setzten ihn in den Kofferraum von Jones Dienstwagen. „Wat wolln se denn mit det hässliche Ding?" „Meine Herren, wegen diesem Stein sind Kriege geführt worden. Er ist die größte Kostbarkeit des britischen Empires. Die Queen würde Luftsprünge machen, wenn sie wüsste, dass Sie ihn aus dem Wasser gezogen haben. Nee, Spaß beiseite, ist ein Erinnerungsstück für meinen Schreibtisch. Ich nehme immer etwas als Andenken mit." Die beiden sahen sie fassungslos an und tippten sich dann vorsichtig an die Stirn. „Na denn gute Fahrt, Miss. Und passen se uff Ihren Stein schön uff." „Das werde ich, und noch mal schönen Dank. Mein Sohn wird sich freuen!"

Kathy winkte den beiden zu und raste dann davon. Immerhin mit einer Million im Wagen und Englands größtem Schatz. Ich liebe diesen Job, dachte sie sich und lächelte. Vor dem Krankenhaus wartete ein zweiter Polizeiwagen auf Kathy, der sie und das Geld zum Helikopter brachte. Sandra ging es den Umständen gut. „Meine Liebe, jetzt kurieren sie sich erst mal richtig aus. Ich denke, sie haben in letzter Zeit etwas zu viel gelitten. Und du pass auf sie auf." Damit umarmte sie die Beiden und verschwand in Richtung Heli.

Edinburgh

Am nächsten Morgen klingelte bereits um halb sieben Kathys Handy. „Wer um alles in der Welt wagt es wohl, sie um diese gottverdammte Zeit zu wecken? Es war der Chief. „Sorry, meine Liebe, aber ich will hoffen, du bist immer noch im Besitz der Million?" „Nein Sir", nuschelte sie schlaftrunken. „Bitte mach jetzt keine Witze!", brüllte jemand am anderen Ende der Leitung. „Also, wo ist das Geld?" „Na, wo schon, Sir. Bei Ihnen in der Asservatenkammer oder noch beim Chef vom Dienst." Jetzt war ein Moment Ruhe und Kathy kam es vor, als donnerten dem Chief ein paar Felsbrocken vom Herzen. „Sir? Was ist Ihnen? Sind Sie umgefallen?" „Nein Kathy, ich bin nur unendlich erleichtert. Und wie geht es Ihnen? Alles geklärt?" „Ich wollte in zwei Stunden bei Ihnen im Büro alles berichten. Der Stein ist im Besitz der Kollegen von Perth. Müller ist uns leider entwischt, aber der geht uns auch noch ins Netz. Ansonsten alles nachher, Sir, wenn es recht ist." „Alles O.k., meine Liebe. Schlafen Sie sich erst mal richtig aus. Ich erwarte Sie dann gegen 09.00 Uhr in meinem Büro." Damit legte er auf und Kathy überlegte, was der wohl unter ausschlafen verstand?" Doch jetzt war sie eh wach. Damit raffte sie sich auf und machte für alle Frühstück. Paul und ihre Mutter waren froh, Kathy wohlbehalten in der Küche zu sehen. „Na ihr Lieben, habt ihr Hunger? Los, ab ins Bad, ich mache inzwischen Frühstück. Fährst du ihn dann bitte zur Schule? Ich habe heute eine Stunde frei bekommen." „Mach ich." Damit verschwanden beide, um sich fertig zu machen. Wenig später klingelte das Telefon und Tom fragte nach dem Ausgang der Aktion. „Alles gut. Geld und Stein sind in unseren Händen. Müller ist uns leider entwischt. Der Chief ist glücklich. Mehr nachher." „Alles klar. Bis später." Endlich waren Paul und ihre Mutter fertig und sie konnten in Ruhe frühstücken. Paul war natürlich neugierig: „Und, habt ihr den Typen gefangen und geknebelt?" Kathy musste schlucken. „Du siehst mir entschieden zu viele Krimis."

„Aber das sieht man doch immer im Fernsehen." „Genau, mein Kind, und da gehört es auch hin. Aber wenn es dich beruhigt, wir haben das Lösegeld und die Beute in unseren Händen. Der Typ ist uns leider entwischt. Aber, das ist nicht so wichtig." „Dann war die ganze Aktion also umsonst?" „Das kannst du so nicht sagen. Und jetzt mach dich fertig. Oma fährt dich gleich in die Schule." Paul wollte gerade protestieren, da kam die Alternative von Kathy. „Du kannst aber auch den Bus nehmen." „Oh nein, alles ist super. Ich beeile mich." Und schon war er in seinem Zimmer verschwunden. „Dann habt ihr den Fall also abgeschlossen?" „Nicht ganz, Mam. Wir müssen nur noch diesen Müller schnappen. Aber, und das ist wichtig, er hat kein Druckmittel mehr gegen uns. Jetzt sind wir in der Vorderhand und bestimmen die Regeln, ob er will oder nicht. Ich habe noch gestern Nacht sein Foto zur Fahndung rausgegeben, und zwar wegen Betrug, Erpressung, Diebstahl, gefährlicher Körperverletzung und Mord." „Mann oh Mann, das ist ja fast das gesamte Strafprozessbuch." „Das finde ich auch. Ich denke, es ist nur eine Frage der Zeit, wann er einem der Kollegen ins Netz geht. Und bis dahin schließen wir unseren zweiten Fall ab. So, ich denke, ihr müsst los." Sie gab Paul und ihrer Mutter noch schnell einen Kuss, dann winkte sie ihnen hinterher. Plötzlich merkte sie ein Stupsen am Bein. Princess war endlich erwacht und hatte Hunger. „Na, du Schlafmütze!", rief sie. „Dein neues Bett gefällt dir, oder? Komm, ich gebe dir was zu fressen." Sie mischte ihr eine Schale Nass- und Trockenfutter in ihrem Napf zusammen und streute noch ein paar Leckerlis hinein. Dann füllte sie eine Schale mit frischem Wasser und stellte alles an ihren Lieblingsplatz in den Garten. Während Princess fraß, machte sich Kathy fertig. Dann gab sie dem Hund einen Kuss. „Pass schön auf das Haus auf, mein Schatz." Dann setzte sie sich ins Auto und raste in Richtung Zentrale. Dort herrschte schon helle Aufregung. Die Kollegen der Nacht wussten nicht, wo sie die schwarze Tasche von Kathy gelassen hatten. Zum Glück hatte der Chef vom Dienst ihr den Erhalt quittiert. Damit war Kathy aus der Nummer raus. Sie war kaum in der Nähe des Lagerraumes, da hörte sie den Oberst schon toben. „Verdammte Sauerei!", war noch das Netteste, was er seinen Kollegen an den Kopf warf. „Wenn ich nicht in zwanzig Minuten die Tasche mit dem Geld auf meinem Schreibtisch habe, dann können Sie sich schon mal alle daran gewöhnen, zukünftig als Schülerlotsen zu arbeiten. Damit flog die Tür auf und der Alte stürmte in die Richtung seines Büros. Vorsichtig betrat Kathy den Raum des Lagezentrums und begegnete dort einer Menge Kollegen, bei denen gerade die Karriere den Bach runter ging. Sie sah sich um und fand die Tasche genau an der Stelle, wo sie diese in der Nacht abgestellt hatte. Hinter einem Schreibtisch, ein bisschen verdeckt. Der Kollege der Nachtschicht hätte es allen sagen können. Kathy nahm die Tasche, lächelte den anderen zu: „Aber, aber, meine Herren! Kopf hoch und keine Angst, ich bringe sie ihm!" Damit steuerte sie samt Tasche auf das Chief-Büro zu. Karen war nicht in ihrem Zimmer und so klopfte Kathy an die offene Tür. „Ich will jetzt von niemandem gestört werden", war aus seinem Raum zu hören. „Sie brauchen Ihre Abdankung nicht zu unterschreiben, Sir." Der Chief blickte in Richtung Tür und da stand Kathy mit der schwarzen Tasche in der Hand.

„Gott sei Dank, Sie schickt wie immer der Himmel." „Ich denke mal, Sir, Sie meinen mich oder das Geld?" Sofort ließ der Alte den Chef der Asservatenkammer kommen und übergab ihm die Tasche. „Sie müssen das Geld eventuell trocknen. Es hat ein unfreiwilliges Bad genommen und eventuell hat ein Geschoss die Tasche durchlöchert. Aber es hat damit einer Beamtin das Leben gerettet. Ich finde, das ist es doch wert." Der Kollege der Kammer schüttelte nur den Kopf und verschwand. „Keine Achtung vor Beweismitteln."

„So, Kathy, und jetzt will ich alles wissen. Kaffee?" In den nächsten 20 Minuten berichtete sie dem Chef, was gestern Abend dort am Ufer des Dee passiert war. „Und was gedenken Sie in der Sache Müller zu unternehmen?" „Darum kümmern sich ab jetzt die Kollegen aus Perth. Was den

„Stone of Scone" angeht, das müssen Sie entscheiden." „Sehr gute Arbeit. Dann können Sie sich ja ab jetzt gemeinsam mit Tom um unser zweites Problem kümmern. Was sagt uns die Spur Bernett?" „Nun Sir, ich denke, er war es." „Verdammt, verdammt! Mein lieber alter Freund Lesly. Das hätte ich nicht von ihm gedacht. O.k., tun Sie, was Sie tun müssen." Damit war das Gespräch beendet und Kathy ging zu Tom. Der wollte zunächst auch von der Sache in Perth wissen, bevor er ihr mitteilte, dass der Revierförster eindeutig Lesley als den Mann identifiziert hat, den er im Wald als Fahrer des Wagens angetroffen hatte. Und zwar in dem Wagen, der später im See mit einer Leiche gefunden wurde.

„O.k., schicken wir das Sonderkommando zu seiner Wohnung und beenden den Spuk ein für alle Mal. Die sollen ihn verhaften und sein Haus auf links drehen. Ich rufe den Staatsanwalt an. Willst du mit den Jungs fahren oder soll ich? Mir egal. „Fahr du!", sagte Tom. „Ich werde alle Fälle zusammentragen. Außerdem geht es meinem Bein noch nicht so gut." „Dann schone dich."

Zwei Stunden später betrat ein Sonderkommando der Edinburgher Polizei das Haus von Bernett. Nach einem kurzen höflichen Klopfen ohne Antwort, brachen die Beamten die Tür auf. Bernett war verschwunden. Es wäre ja ansonsten auch zu einfach gewesen.

Im Haus sah es nach einer geplanten und wohldurchdachten Flucht aus. Er musste geahnt haben, dass er nach dem Besuch von Liz aufgeflogen war. Er hätte sie eben nicht ins Haus lassen sollen oder wieder hinaus … Doch seine Eitelkeit war eben größer gewesen.

Im Keller fanden die Beamten eine Art Verlies, das wie ein Krankenzimmer eingerichtet war. Hier muss er bis vor Kurzem jemanden festgehalten haben.

Der von Liz beschriebene Bentley war ebenfalls verschwunden. Damit stand fest, dass Lesley auf eigene Rechnung den Rächer für verzweifelte Angehörige spielte und damit ein mehr oder minder kleines Vermögen verdient hat. Kathy erwischte sich bei dem Gedanken, dass die von ihm Getöteten es ja alle irgendwie verdient hatten. Zuviel Leid hatten sie über unzählige Familien gebracht. Wenn da nur nicht das verdammte Geld wäre. Das machte das Ganze zu einer rein finanziellen Transaktion. Während Kathy zurück zu Tom fuhr, durchsuchten die Jungs von der Spurensicherung weiter das Haus. „Ich will, dass ihr notfalls jeden Stein umdreht. Auch wenn es uns nicht passt, unser lieber Ex-Kollege ist ein Serienmörder." Damit sprang sie in ihr Auto und raste zurück in die Zentrale.

Tom hatte inzwischen ausgerechnet, dass Bernett mindestens um die 400.000 Pfund mit seiner „Nebentätigkeit" eingenommen hat. Das muss er lange geplant haben. Aber er hatte ja schließlich auch genug Zeit, sich die geeigneten Kandidaten aus den Akten heraus zu suchen. Nach seinen Recherchen muss er vor gut acht Monaten mit der Liquidierung angefangen haben. Und wenn nicht durch Zufall die beiden Särge bei den sogenannten Selbstmorden gefunden worden wären, es wäre wohl nie jemand aufgefallen. Doch irgendeinen Fehler macht halt jeder Gangster mal.

„Was glaubst du, wohin er verschwunden ist?" Tom und Kathy standen, jeder mit seinem Kaffeebecher bewaffnet, vor der großen Wand, die über und über mit Tatort-Fotos, Gesichtern von Ermordeten und Ermittlungsergebnissen übersät war. Die Antwort bekamen sie per Telefonanruf. Einer der drei Jungs aus Abbey Grove teilte ihnen mit, dass letzte Nacht der graue Bentley wieder aufgetaucht war. „Und da informieren Sie uns erst jetzt!", herrschte Kathy ihn an. „Wir kommen!". Dann legte sie auf. Sofort orderte sie ein paar Jungs vom Einsatzkommando nach Abbey. Sie selbst griff nach ihrer Weste, steckte sich eine Zigarette an und kontrollierte ihre Waffe. „Du weißt, dass er längst weg ist?" Tom lächelte ihr zu. „Ich drücke dir trotzdem die Daumen!" „Vielleicht haben wir ja Glück?" Damit war Kathy aus dem Büro verschwunden. Tom fing an zu schmunzeln. „Und das nennt sie nun kürzer treten?"

Abbey Grove
Elisabeth Grand

Mit ihrem Auto brauchte sie knappe fünfundvierzig Minuten bis Abbey. Und das trotz Blaulicht und Sirene. Andere Autofahrer staunten nicht schlecht, wenn sie von einem Mini mit Sondersignal überholt wurden. In Abbey angekommen, wartete schon das Einsatzkommando auf sie. „Zwei Mann bleiben hier, der Rest kommt mit mir mit. Geschossen wird nur auf mein Kommando. Ich will den Typen lebendig haben. Verstanden?" Die vermummten Jungs nickten kurz, nahmen ihre Waffen in Anschlag und stürmten Kathy hinterher.

Die stand bereits vor dem Fahrstuhl. Nachdem das Team versammelt war, drückte sie den Knopf mit der Drei und es ging abwärts.

Unten öffnete sich die Tür und der muffig feuchte Geruch, der Kathy schon so bekannt war, schlug ihnen entgegen. Wortlos gaben sich alle Zeichen und die Jungs stürmten den Flur entlang, wobei sie Zelle für Zelle überprüften. Plötzlich gab einer das Zeichen, dass er etwas oder jemand gefunden hat. Sofort versammelten sich alle vor der Zelle. Und richtig, da lag eine Frau, geknebelt und an ihr Bett gefesselt. In ihren Armen steckten zwei Kanülen, die jeweils mit einem Tropf verbunden waren. Es stank fürchterlich. Kathy fühlte den Puls der Frau, der kaum noch bemerkbar war. „Einen Rettungswagen! Sofort! Der Rest durchsucht die verbleibenden Zellen." Nach knapp einer Stunde wimmelte der Bereich von Kollegen der Spurensicherung und von Sanitätern. Kathy wartete inzwischen draußen an der frischen Luft. „Und, Doktor, was denken Sie?" Der Arzt schüttelte den Kopf, als wollte er sagen, die Patientin wird die nächsten Stunden nicht überleben. „Hier, diesen Zettel haben wir unter ihr auf der Trage gefunden. „Elisabeth Grand. Verurteilt am … Das Datum war nicht mehr zu erkennen. Sofort telefonierte Kathy mit Tom.

„Unser Opfer heißt Elisabeth Grand. Geh bitte davon aus, dass sie die nächsten Stunden nicht überlebt. Also ist es Mord. Das sollte jedoch sein letzter gewesen sein. Jetzt holen wir uns Bernett."

Tom versprach, alles über diese Grand herauszubekommen. „Und du, fahre nach Hause. Den Rest machen wir." Damit legte er auf. Kathy verabschiedete sich vom Team und setzte sich in ihren Mini.

Sie war auch der Meinung, es war für heute genug Dreck, in dem sie herumgestochert hatte. Und eine weitere Leiche reichte für den heutigen Tag. Dabei wollte sie doch kürzer treten. Ob ihr das je gelingen würde? Andererseits war das der Job, den sie sich immer gewünscht hatte. Also, was sollte sie machen? Kathy wusste es nicht. Sie startete den Mini und fuhr langsam nach Hause.

Wie hätte sie auch wissen sollen, dass sich die wahre Katastrophe vor Stunden in Perth ereignet hatte, beziehungsweise noch ereignen würde.

Perth
Die Katastrophe

DS Jones hatte heute eigentlich dienstfrei. Nach seinem erfolgreichen Einsatz vom Montag hatte ihm der Chief eine Woche Sonder-Urlaub gewährt. Natürlich war dabei auch die erfolgreiche Prüfung zum DS inbegriffen. Trotzdem musste er heute für zwei Stunden auf die Wache, um die erforderlichen Berichte fertig zu stellen. „Dieser verdammte Schreibkram!" Damit endlich fertig, war er heilfroh zu einem Picknick mit seiner Freundin aufbrechen zu können.

Er war glücklich, dass Sandra den ganzen Einsatz mit Müller ohne größere Blessuren davon getragen hatte. Die Schusswunde erwies sich als kleine Fleischwunde, die mit fünf Stichen und einem übergroßen Pflaster versorgt wurde. Danach ließ sie sich auf eigenen Wunsch aus dem Krankenhaus entlassen. Sie war eben hart im Nehmen. So wollte er auch sein …

Und deshalb hatte Jones sich vorgenommen, sie heute ein bisschen zu verwöhnen. Darüber hinaus sollte es heute endlich passieren. Heute wollte er ihr einen Antrag machen. Er musste auf dem Weg zum Treffpunkt nur noch den Ring vom Juwelier abholen. Nach dem Gespräch mit Kathy war ihm bewusst geworden, dass er mit dieser Frau sein weiteres Leben teilen wollte.

Eine Stunde später saß er nervös in seinem Auto und wartete vor ihrem Haus. Und da erschien sie. Sie sah wunderschön aus in ihrem blau und rot gemusterten Kleid. Das offene Haar schimmerte leicht rötlich im Licht der aufgehenden Morgensonne und ihre halbhohen Schuhe ließen ihre Beine wunderbar zur Geltung kommen. Frank hupte kurz und schon setzte sie sich zu ihm in den Wagen.

„Na, guten Morgen, meine Liebe", flüsterte er ihr mit einem Lächeln zu. „Guten Morgen. Wo willst du mit mir hin?" „Eine Überraschung, mein Schatz!" Frank konnte sich gar nicht satt an ihr sehen.

Wenn er ihr im Dienst begegnete, so in Uniform, erschien sie ihm wie ein völlig anderes Wesen. Aber jetzt … „Lass uns ans Wasser fahren und dort frühstücken." „Au ja, ich liebe ein romantisches Picknick am Fluss. Da sind wir ungestört und keiner beobachtet uns."

Wenn sie sich da mal nicht irren sollte. Denn sie wurden bereits seit geraumer Zeit beobachtet.

Frank gab Gas und raste mit ihr in Richtung des Dee. Dort, an einem einsamen Platz, legte er seine Decke ins hohe Gras und holte aus seinem Korb neben Sekt auch leckere Erdbeeren mit Sahne, etwas Käse und herrliche Weintrauben. Auch an etwas Schinken und Chips hatte er gedacht. „Wow! Da hast du dich selbst übertroffen. Ich wusste gar nicht, dass du so romantisch sein kannst."

Wer die zwei jetzt sah, konnte erkennen, dass da ein frisch verliebtes Pärchen beim gemeinsamen Frühstück saß.

Nach gut zwei Stunden waren Frank und Sandra fertig und spazierten Arm in Arm am Flussufer entlang. „Du hast mich heute noch nicht geküsst, mein lieber DS. Und keine Angst, hier sieht uns keiner." Damit zog sie Frank sanft zu sich heran und beide küssten sich lange und leidenschaftlich. „Ich liebe dich", flüsterte Frank. „Und ich bin glücklich, wie ich es noch nie war." „Wollen wir schwimmen gehen?" „Was, hier und jetzt?" „Na klar." Sandra war aufgesprungen, hatte im nu ihr Kleid abgestreift. Dann sprang sie nackt, wie Gott sie schuf, in den Fluss. Frank zögerte noch einen Moment. Ihm war es peinlich, sich hier in aller Öffentlichkeit zu entblößen. „Na los. Mach schon, das Wasser ist herrlich. Oder genierst du dich? Wenn du dich daran erinnerst, dann habe ich dich schon mal nackt gesehen." „Na warte." Frank gab sich einen Ruck, zog sich aus und sprang seiner Freundin hinterher. Im ersten Moment war das Wasser unangenehm kalt. Doch wollte er sich vor Sandra keine Blöße geben. Er biss die Zähne zusammen und schwamm ihr hinterher. Kaum waren sie im Wasser, wurden sie von einem Motorboot überholt, das langsam den Fluss hinauf fuhr.

Nach knapp zehn Minuten war beiden kalt und sie legten sich zum Trocknen ins Gras. Frank fiel ein, dass hier ganz in der Nähe eine alte Mühle stand, die seit vielen Jahren vor sich hin rottete. Als Kind war er oft mit seinem Vater hier gewesen. Da lief das Mahlwerk noch und die Bauern brachten ihre Gerste dem Müller. Doch die Zeit war lange vorbei und heute pfiff nur noch der Wind durch die großen Löcher in den Flügeln. „Komm, lass uns gehen. Dort ist es ein bisschen unheimlich." „Du musst keine Angst haben, ich beschütze dich." Sandra lachte kurz auf. „Du vergisst, dass ich ein furchtloser Constable bin, der schon zweimal im Einsatz verwundet wurde."

„Oh nein, das vergesse ich bestimmt nicht." Damit begannen beide, barfuß am Ufer des Flusses in Richtung der alten Mühle zu gehen.

Es dauerte nur knapp fünf Minuten und die Reste tauchten vor ihnen auf. Der Zahn der Zeit hatte seine Spuren unübersehbar hinterlassen. Das Dach der Mühle war eingestürzt und die Holztreppe, die steil in den oberen Teil der Mühle führte, ragte jetzt bedrohlich in den Himmel. „Na, das ist wirklich etwas unheimlich, mein Lieber. Du erwartest aber nicht, dass ich mir das näher betrachte?"

Plötzlich fiel Frank vor ihr auf die Knie. „Meine liebe Sandra. Ich liebe dich über alles und nach den Ereignissen der letzten Tage viel, viel mehr. Und deshalb möchte ich dich hier und jetzt fragen, ob du meine Frau werden willst?" Sandra war überglücklich. „Ja, ja, immer wieder ja! Auch ich liebe dich und natürlich möchte ich deine Frau werden." In diesem Moment störte wieder ein Motorboot die Ruhe des Moments und donnerte bereits das zweite oder dritte Mal den Fluss entlang. Frank hielt Sandra in den Armen und wirbelte sie herum. Beide küssten sich heiß und innig. Langsam glitt das Boot auf die beiden zu und stoppte in der Mitte des Flusses. Plötzlich bäumte sich Sandra kurz auf. Ihre Augen starrten Frank erstaunt an und schienen ihn fragen zu wollen: „Warum? Warum ich, warum jetzt?" Dann sackte sie in seinen Armen zusammen. Frank verstand nicht, was gerade geschehen war. „Sandra? Sandra! He, was ist mit dir? He, Sandra! Mach keinen Quatsch!" Doch da lag sie schon vor ihm auf dem Boden. In ihrem Gesicht war ein Lächeln. Doch aus ihren Mundwinkeln floss Blut. „Sandra! Liebling! Was hast du? Komm, du darfst jetzt nicht sterben. Bitte nicht."

Er beugte sich hinunter und hob vorsichtig ihren Oberkörper auf. Erst jetzt bemerkte er, dass ihr ganzer Rücken voller Blut war. Tränen liefen über sein Gesicht. Noch immer konnte oder wollte er es nicht wahr haben. Sandra, seine große Liebe war tot. Einfach so. Von einem Moment auf den anderen. Tot! Erschossen. Ermordet! Voller Wut schrie er seinen Schmerz in die Welt hinaus. „Warum? Warum? Warum sie und nicht ich. Wer konnte nur so wahnsinnig sein und dieses herrliche Wesen erschießen?"

In diesem Moment heulte der Motor eines Bootes auf und raste in hohem Tempo davon. Blitzschnell griff Frank nach seiner Dienstwaffe und feuerte das Magazin leer. Ihm war völlig klar, das konnte nur Müller gewesen sein. Erst jetzt sah er, dass seine Hände voller Blut waren. Nach wenigen Minuten nahm er sein Handy und rief in der Zentrale an. Mit schluchzender Stimme meldete er die Ermordung von Constable Sandra Burns. Nachdem er den Ort durchgegeben hatte, ließ er das Telefon fallen und schlang seine Arme um den toten Körper seiner großen Liebe.

Es dauerte gut fünfzehn Minuten und der Hubschrauber der Polizei von Perth kreiste über dem Tatort. Nach weiteren zehn Minuten war der gesamte Bereich voller Beamter. Zwei Polizeiboote begannen den Fluss abzusuchen, was natürlich völlig sinnlos war. Denn der Täter, wenn er vom Boot aus geschossen hatte, war längst auf und davon und hatte keine Spuren hinterlassen. Die Kriminaltechniker suchten 100 Meter in jede Richtung, doch nichts. Was hätten sie auch finden sollen? Sandra war bereits auf dem Weg in die Gerichtsmedizin und Frank lag mit einem Schock und voller Blut in einem der Rettungswagen. Seine Hände waren mit Plastiktüten ummantelt, um etwaige Spuren sichern zu können. Seine Waffe hatten die Jungs von der Spurensicherung konfisziert. Das war Vorschrift, auch wenn es sich um einen Kollegen handelte. Selbst Chief Blair war an den Tatort geeilt und stand völlig fassungslos vor der Trage von DS Jones. „Hallo, Sergant! Hallo, was ist passiert?"

Ein Detektiv, der als leitender Beamter vor Ort eingesetzt war, schüttelte nur stumm den Kopf. „Er antwortet nicht, Sir. Der Notarzt hat ihm ein Beruhigungsmittel gespritzt." „Aber er muss uns doch sagen können, was hier verdammt noch mal passiert ist? Warum liegt eine meiner begabtesten Beamtinnen tot in einem Leichensack? Und wenn ich mir DS Jones so ansehe, dann muss es hier ein Massaker gegeben haben oder was?" „Wie wir aus der Spurenlage und den wenigen Sätzen von Jones entnehmen kön- nen, ist Constable Burns von hinten mit zwei Schüssen in den Rücken erschossen worden. Der Täter befand sich wohl auf einem Motorboot und ist dann verschwunden." „Was haben die beiden überhaupt hier verloren?" „Nun Sir, ich denke, die beiden hatten eine Liebesbeziehung." „Auch das noch. Sie wissen, dass ich das nicht schätze. Hören Sie, Scott. Ich will, dass sie diese Schweinerei aufklären, ohne wenn und aber. Und das Ganze möglichst schnell, haben wir uns da verstanden?" „Jawohl, Sir. Ich werde mich bemühen." „Und schaffen sie DS Jones endlich ins Krankenhaus." Damit stieg er in seinen Wagen und verschwand. Scott befahl dem Krankenwagenfahrer, Jones in das Militärkrankenhaus zu bringen.

Zwei Stunden später waren alle Beamte abgerückt und es kehrte wieder Ruhe ein. Nur einige Blutspritzer und ein kleiner goldener Ring im Gras kündeten noch von der schrecklichen Tat, die ein junges Leben so abrupt ausgelöscht hatte.

Frank wurde ins Krankenhaus gefahren und dort zunächst auf Spuren untersucht. Danach wurde er dem Chefarzt vorgeführt, der einen gravierenden Schock-Zustand attestierte. Und es wäre nicht klar, wann der sich wieder lösen würde. Der Patient bräuchte unbedingt Ruhe. Als eine Schwester spät in der Nacht nach Frank Jones sehen wollte, fand sie ihn erhängt an einem Fensterkreuz. Er konnte und wollte wohl ohne seine große Liebe nicht weiter leben …

Die Meldung erreichte Kathy gegen 03.00 Uhr in der Nacht. Der diensthabende Beamte informierte sie nach einem Anruf der Kollegen aus Perth. Wortlos ließ sie das Telefon sinken. Dann schlich sie sich nach draußen und zündete sich eine Zigarette an. Tränen liefen ihr über das Gesicht. Sie zog die Beine fest an sich heran und vergrub ihr Gesicht in ihre Hände. So saß sie fast eine Stunde da. Sie hatte gar nicht bemerkt, dass Paul in der Tür stand. „Was ist passiert?", fragte er leise. Kathy blickte auf und zog ihn an sich heran. Nach einem Moment erzählte sie mit leiser Stimme. „Ein Freund ist gestorben, ein guter Freund."

Am nächsten Morgen saß Kathy stumm am Tisch und trank ihren Kaffee. Sie dachte nach. Über Sandra und über Frank. Und über sich selbst. Zwei junge Kollegen, die erst am Anfang ihres Lebens standen, einfach ausgelöscht und aufgegeben …

Vielleicht war Frank doch etwas zu weich für diesen Job gewesen?. Vielleicht hätte er noch etwas Zeit gebraucht, um ein taffer Detektiv Sergant zu werden. Doch er hätte es geschafft, da war sie sich sicher. Und dann Sandra. Ein junger Constable, am Beginn ihrer Karriere. Sie hatte das gewisse Etwas, das man für eine gute Polizistin einfach braucht. Irgendwie erinnerte sie sich plötzlich an ihre eigene Anfangszeit. Überhaupt fand sie, dass Sandra den notwendigen Biss, die nötige Distanz und jede Menge Mut besaß. Irgendwie war sie wie sie selbst, damals, als sie sich für die Arbeit bei der Polizei entschied. Und jetzt war der Traum schon zu Ende. Jetzt lagen beide irgendwo in einem dunklen Leichenkeller und warteten darauf, obduziert zu werden. Eines konnte Kathy für die beiden noch tun, das Schwein Hans Müller zur Strecke bringen.

Seit gestern Abend lief im gesamten Großraum von Perth eine Großfahndung nach Müller wegen „Polizisten-Mord. Das wohl schlimmste Verbrechen in der schottischen Justiz nach Verbrechen am Königshaus und Delikten an Kindern. Jeder Beamte, egal welchen Dienstgrad er auch besaß, war jetzt aufgerufen, sich an der Suche zu beteiligen. Und sie würden nicht eher ruhen, bis der Mörder gefasst war.

Kathy trug Paul ins Bett und legte sich dann auch hin. Auch wenn sie keinen Schlaf finden würde, sie musste fit für den nächsten Tag sein. Gegen sieben Uhr begann sie das Frühstück vorzubereiten, dann weckte sie Paul. „Komm, mach dich fertig. Ich bringe dich zur Schule." Sie selbst würde heute keinen Bissen herunter kriegen. Also trank sie ihren Kaffee und dachte nach. Lesley Bernett zu finden, war sicher nicht so schwierig, wie, Müller zu fassen. Wer weiß, wer noch auf seiner Liste steht? Sie selbst? Die Ermordung von Sandra war unter Garantie sein Racheakt für den Verlust des Geldes. Da Frank auch tot war, war sie die Letzte, die an der Aktion beteiligt war. Die Frage war doch, ob sie sich selbst an der Suche beteiligen sollte? Andererseits waren die Beamten in Perth ganz sicher selber in der Lage, diesen Typen zu finden.

Kathy beobachtete Paul beim Essen. Nein, sie würde nicht nach Perth fliegen. Sie konnte und durfte sich und Paul jetzt nicht in Gefahr bringen. Jetzt musste sie sich auf die Kollegen verlassen.

Gegen 09.00 Uhr betrat sie ihr Büro. Liz erkannte gleich, dass irgendetwas passiert war. „Kaffee, Mam?" Kathy rauchte, sah Liz an und nickte stumm. „Bitte lassen Sie mich jetzt allein." So hatte sie ihre Chefin noch nie erlebt. Plötzlich stand Tom in ihrem Büro. „Ist sie da?" Liz nickte. „Aber irgendetwas muss passiert sein, Sir." „Machen Sie mir auch einen Kaffee", dann verschwand er in dem Büro von Kathy. Beide saßen schweigend am Tisch und warteten darauf, dass einer zu reden begann. Doch beide schwiegen. Liz brachte den Kaffee herein und verschwand gleich wieder.

„Sagst du mir, was passiert ist?" Kathy nippte an ihrem Kaffee, dann sah sie Tom ins Gesicht. „Constable Sandra Burns wurde gestern erschossen. Einfach so. Völlig sinnlos mit zwei Kugeln in den Rücken. Und Frank Jones hat sich erhängt." „Oh Gott, Frank ist tot?"

Jetzt verstand Tom ihre Reaktion. „Und was willst du jetzt machen? Nach Perth fliegen?" Kathy überlegte einen Moment. „Nein. Ich muss jetzt an Paul denken. Außerdem haben wir hier einen Fall zu lösen. Da bleibt keine Zeit für persönliche Gefühle."

„Bist du dir da sicher?" „Ich habe DS Jones immer gepredigt, professionell an die Arbeit zu gehen. Lass uns das jetzt auch machen. Hast du was über die Frau rausbekommen, die wir in Abbey gefunden haben? Wie geht es ihr überhaupt?"

„Diese Elisabeth Grand? Die ist tot. Gestorben an einer Überdosis Prodophynol 800. Ist übrigens ein äußerst grausamer Tod. Über längere Zeit in hoher Dosis verabreicht, stirbt das Opfer sehr langsam, ist dabei völlig gelähmt und doch bei vollem Bewusstsein. Es löst sich praktisch innerlich auf. Und hier wurde das Mittel nicht mit einer Spritze injiziert, sondern mittels Infusion eingeführt. Die Dame war 56 Jahre alt und wurde vor gut fünfzehn Jahren in die geschlossene Abteilung von Levington eingewiesen. Berühmt wurde sie als der Todesengel von Witchmor. Sie soll in einem

Altenheim innerhalb von zwei Jahren über siebzehn alte Menschen getötet haben. Vor Gericht wurde sie von drei Psychiatern als geistig unzurechnungsfähig dargestellt. Sie war dann nach vier Jahren aus der Irrenanstalt geflohen." „O.k., hast du etwas über die Angehörigen der damaligen Opfer erfahren?" „Meine Jungs und Betty sind dran. Also, wie wollen wir vorgehen?" „Nun, dass Lesley nochmal in seinem Haus auftaucht, ist mehr als unwahrscheinlich." „Apropos Haus. Bei mir auf dem Tisch liegen noch jede Menge Akten potentieller Opfer. Die haben wir alle in seinem Arbeitszimmer gefunden. Zum Glück waren wir schneller." „Das will ich mir ansehen." Beim Hinausgehen trug sie Liz auf, jeden Anruf aus Perth sofort zu ihr durch zu stellen. Schon fast an der Tür, sah Kathy noch mal zu Liz. „Frank Jones und seine Freundin sind tot." Damit verschwand sie. Liz war wie erstarrt.

Auf Toms Beratungstisch lagen etwa vierzig Akten, die in Lesleys Haus gefunden wurden. Beim Durchblättern bemerkten sie auf jeder ersten Seite eine in rot geschriebene Summe. Die variierte zwischen 30.000 und 100.000 Pfund. Kathy pfiff durch die Zähne. „Nicht schlecht. Wenn ich das mal überschlage, dann handelt es sich hier um weit über zwei Millionen Pfund. Schönes Zubrot zu seiner Pension. Doch das werden wir ihm jetzt versalzen. Sag mal, Tom, hat Lesly nicht eine Fischerhütte irgendwo in der Nähe von Aberdeen?" „Ja, in der Nähe des Karussells." „Bitte was?" „Kennst du das nicht? Das berühmte weiße Karussell, das oben an einer der Klippen steht."

„Kenne ich nicht. Was ist das besondere daran?"

„Das Ding steht da schon über zwanzig Jahre und rottet vor sich hin. Es war damals das Highlight jedes Frühlingsfestes in Aberdeen, bis die Betreiber eines Tages kein Geld mehr für die Reparaturen hatten, weiterreisten und es einfach dort stehen ließen. Seitdem steht es fast wie ein Leuchtturm oben am Rand einer der Klippen und dreht sich im Wind. Es war wohl einst eines der schönsten und prachtvollsten Fahrgeschäfte, doch davon ist heute, nach zwanzig Jahren, nichts mehr zu sehen. Du findest es auf etlichen

Postkarten. Da in der Nähe soll Lesley eine Fischerhütte haben." Inzwischen hatte Kathy in Toms Computer ein bisschen herumgestöbert und ein Bild dieses Karussells gefunden. „Hier ist es. Sieht ja wirklich heruntergekommen aus. Warum wird das Ding nicht einfach abgerissen?" „Nun, weil es immer noch einer Schaustellerfamilie gehört und der Abriss und die Entsorgung wohl sehr teuer sind."

„Gut, schicken wir ein Team der Kollegen aus Aberdeen zu seiner Hütte. Aber die Jungs sollen vorsichtig sein. Bernett ist immerhin ein Ex-Bulle. In diesem Augenblick klingelte Toms Telefon. Ein Gespräch aus Perth. Aufgeregt nahm Kathy den Hörer. „Ja Hallo! Hier ist Special Superintendentin McGore. Was? Wie bitte? Das ist nicht wahr? Ich komme heute noch rüber. Ja, an der Vernehmung möchte ich teilnehmen." Dann legte sie auf.

„Das glaubst du nicht. Sie haben Müller. Sein Auto hatte ein kaputtes Stopplicht. Die Kollegen der Verkehrsbereitschaft haben ihn angehalten und waren gerade dabei, ihm einen Strafzettel auszustellen, als einer der beiden das Fahndungsbild auf seinem Handy entdeckte. Sofort wurde er verhaftet und in die Zentrale gebracht. Bei der ersten Durchsuchung seines Autos fand man zwei schussbereite Pistolen mit Schalldämpfer. Die Waffen sind bereits auf dem Weg in die Technik. Ich fliege nachher rüber. Bei der Vernehmung möchte ich unbedingt dabei sein." „O.k., ich koordiniere die Suche in Aberdeen und stelle die Unterlagen für den Staatsanwalt zusammen. Bis dann und viel Erfolg." Kathy gab ihm einen Kuss auf die Wange. „Danke." Dann verschwand sie in ihrem Büro, um alle Informationen zusammen zu tragen, die sie über Müller hatte. Liz orderte inzwischen einen Hubschrauber. Knapp eine Stunde später rannte Kathy zum Heli-Startplatz, um möglichst schnell Hans Müller gegenüber zu treten.

Perth

Müller

Eine Stunde später saß sie am Schreibtisch des Chiefs der Polizei von Perth. „Zunächst wollte ich Ihnen mein aufrichtiges und tiefes Mitgefühl für den Verlust Ihrer beiden Kollegen ausdrücken." „Ich danke Ihnen. Sie haben ja mal eine Weile mit Jones zusammengearbeitet, wenn ich mich recht erinnere." „So ist es. Und ich habe ihn damals an sie weiter empfohlen. Wir hatten zu diesem Zeitpunkt keine Stelle für ihn frei."

„Sagen Sie, warum sind Sie so sehr an diesen Müller interessiert?" „Zum einen wegen der Ermordung von Sandra Burns und dem daraus folgenden Selbstmord von DS Jones. Aber da ist noch etwas anderes. Vor etwa drei Jahren ist dieser Herr Müller mit einer Truppe von deutschen Ganoven in die Kronjuwelen-Kammer auf Edinburgh Castle eingebrochen. Sie stahlen so gut wie alles, was sie in die Finger bekamen, inklusive des „Stone of Scone". DS Jones und ich hatten den Fall damals im Auftrag des Innenministeriums bearbeitet und die Ganoven durch halb Schottland gejagt. Dieser Fall durfte damals nicht an die Öffentlichkeit gelangen, denn das wäre für das Königshaus ein riesiger Skandal gewesen. Jedenfalls bekamen wir die Truppe am Loch Ness zu fassen. Dabei wurde Müller angeschossen und versank mit dem Stein in einem U-Boot auf den Grund des Ness. Das dachten wir zumindest. Den Rest der Truppe verhafteten wir. Die Kollegen aus Inverness waren wie wir der festen Überzeugung, dass Müller das nicht überlebt hat und mit ihm der Stein auf ewig versunken ist. An dieser Stelle ist der Ness um die 300 Meter tief. Eine Bergung wäre immens aufwendig gewesen und man hätte sie nicht geheim halten können. Die restlichen Kronjuwelen wurden gerettet und befinden sich wieder in der Kammer." „Und der Stein?" „Nun, wir haben ihn durch eine Replik ersetzt. Das Original befindet sich seit Montag in ihrer Asservatenkammer." „Ich verstehe! Jetzt wollen Sie wissen, wie Müller damals mit dem Stein fliehen konnte?" „Genau. Sie glauben gar nicht, wie entsetzt ich war, als DS Jones sich bei mir meldete und mir mittelte, dass der „Stone of Scone" wieder aufgetaucht ist." „Und was soll jetzt mit dem Stein bei uns im Keller passieren?" „Das soll der Polizeichef entscheiden." „Und was passiert mit Müller?"

„Es versteht sich von selbst, dass er unter den sogenannten King-Paragraphen fällt. Das bedeutet, es wird keine öffentliche Verhandlung geben. Wie schon damals, darf auch jetzt niemand von der Sache mit dem Krönungs-Stein erfahren." „Ich weiß, was dieser Paragraph bedeutet. Danach wird jeder im Schnellverfahren verurteilt, der Verbrechen gegen das Königshaus plant oder verübt hat. Wir hatten bis jetzt noch keinen solcher Fälle." „Nun, jetzt haben Sie einen. Der Fall wird von Richter Blower verhandelt. Und so wie ich ihn kenne, lautet das Urteil: >Lebenslänglich ohne jede Möglichkeit der vorzeitigen Begnadigung<. Haben Sie also was dagegen, wenn ich Hans Müller jetzt befrage? Einer Ihrer Beamten kann natürlich dabei sein." „Ich habe nichts dagegen." Er griff zum Hörer und veranlasste, dass Müller in einen Vernehmungsraum gebracht wird. „Den Gang entlang, und der Beamte wird Sie dann in den Vernehmungsraum Eins bringen. Ein Beamter von meinen Leuten wird sich im Nebenraum aufhalten. Die Vernehmung wird nicht aufgezeichnet." „O.k., darum wollte ich Sie noch bitten. Ich danke Ihnen, Sir."

Kathy ging den Gang entlang, und bevor sie in den Vernehmungsraum ging, betrat sie den Nebenraum, durch dessen Scheibe man die Vernehmung beobachten konnte. Plötzlich öffnete sich eine Seitentür und Hans Müller wurde hereingeführt. Er trug einen hellblauen Trainingsanzug und weiße Turnschuhe. An Händen und Füßen war er gefesselt. Nachdem er sich gesetzt hatte, wurden die Handschellen mit einer Kette am Boden fixiert. Kaum war der Beamte verschwunden, sah sich Müller in dem Raum um. Schließlich starrte er mit einem zynischen Lächeln auf die Scheibe. Er wusste, das sich dort jemand befand und ihn beobachtete. „Ich will was zu trinken und eine Zigarette! Hört ihr? Hallo! Was zu trinken und zu rauchen!" Kathy gab sich einen Ruck und betrat den Vernehmungsraum. Sie legte die Akte auf den Tisch und betrachtete Müller zunächst eine Weile mit vor der Brust verschränkten Armen. „Ich rede nicht mit Weibern." Doch Kathy ließ sich nicht einschüchtern. In Ruhe steckte sie sich eine Zigarette an und blies den Rauch in Müllers Richtung. „Haben Sie mich verstanden? Ich rede nicht mit Frauen?" Nach einem weiteren Moment setzte sie sich auf den Stuhl ihm gegenüber. „Kann ich einen Aschenbecher haben? Und für Herrn Müller ein Wasser. Für mich bitte einen Kaffee. Schwarz, bitte!" Die ganze Zeit starrte sie ihm dabei ins Gesicht. Die Tür ging auf und ein Constable brachte Wasser, Kaffee und einen Aschenbecher. „Was ist nun? Bekomme ich was zu rauchen?" Kathy starrte ihn weiter an. „Können Sie auch was sagen, oder nur weiter schweigen?" „Ich bin Special Superintendentin Kathy McGore aus Edinburgh." „Na und. Jetzt pass mal uff, Mädchen. So was wie dich nehme ich mir nachts mal ordentlich vor. Haste mich verstanden? Ick will einen Anwalt."

„Warum denn nur nachts? Du bringst es wohl am Tage nicht, oder? Und das mit dem Anwalt kannst Du vergessen. Diese Vernehmung findet außerhalb der offiziellen Ermittlungen statt. Heute geht es nicht um den feigen Polizisten-Mord." „Ach nee. Über was wollen se denn sonst mit mir reden?" „Über den Kronjuwelen-Diebstahl. Vor drei Jahren. Damals sind wir uns schon mal begegnet. Erinnern Sie sich?" Müller sah sie an und pfiff leise durch die Zähne. „Ach daher weht der Wind. Die Sache ist längst vergessen. Zumindest für mich." Kathy schlürfte an ihrem Kaffee. „Ich war es, die Sie damals gejagt und zur Strecke gebracht hat. Und allein für diese Tat wanderst Du mindestens fünfzehn Jahre in den Bau. Aber da ist ja dann noch der Mord an Deinem Freund Freddy, Deinem Kumpel, den Du eiskalt erschossen hast. Und bevor Du etwas sagst, unsere Techniker vergleichen gerade Deine Waffe mit dem damals in der Leiche gefundenen Projektil. Wissen Sie, Müller, bei uns geht einfach nichts verloren. Das Einzige, was mich hier interessiert, ist, wie Du damals verschwinden konntest? Noch dazu mit einem 152 Kilogramm schweren Stein und diesem Tauchboot." Müller lehnte sich zurück, soweit es seine Fesseln zuließen. Dann lächelte er sie an. „Ich will was zu rauchen."

„Sagen Sie mir, was ich wissen will und dann werden wir sehen."

„Ich denke, Sie sind hier nicht in der Lage, Forderungen zu stellen. Im Übrigen, für den Mord an unsere Kollegin werden Sie bis an Ihr Lebensende auf einer unserer Gefängnisinseln verrotten. Bis vor knapp zehn Jahren hätten wir Sie gehenkt. Schade eigentlich. Also?" „Also was?" „Wie war das nun mit der Flucht?" „Was ist für mich drin?" „Bitte? Ich hör wohl nicht richtig? Sie haben mindestens zwei Menschen kaltblütig erschossen, soweit wir wissen. Und da wollen Sie mit mir handeln?" „Ich habe nichts mehr zu verlieren, also?" Kathy grinste. „Sagen Sie, Müller, kennen Sie den King-Paragraphen im englischen Gesetzbuch?" Müller war etwas verunsichert. „Noch nie davon gehört." „Nun, er wird auch selten angewendet. Danach wird es in Ihrem Fall keine öffentliche Verhandlung geben. Sie werden von Richter Blower, einem vom Königshaus eingesetzten speziellen Richter, ohne jede Anhörung verurteilt und den Rest ihres jämmerlichen Lebens auf einer unserer Gefängnisinseln verbringen. Wenn Sie also dachten, vor Gericht Ihren großen Medienauftritt zu haben, dann muss ich Sie enttäuschen. So, und jetzt wüsste ich gern, wie Sie damals von Loch Ness verschwinden konnten."

Das hatte Müller nun doch getroffen. Körperlich zusammengesunken, starrte er auf seine Füße. „Ich hatte Schwein. Ich war zwar an der Schulter getroffen, doch beim Sturz in das Boot hatte ich mir nur den Arm gebrochen. Der Typ, der das U-Boot steuerte, hatte da weniger Glück. Der wurde von dem Stein am Kopf getroffen und war sofort tot. Zum Glück hatte sich die Turm-Luke automatisch geschlossen und wir sanken. Plötzlich gab es einen Stoß und einen Ruck und wir setzten irgendwo auf. Ich beschloss zu warten, bis oben Ruhe eingekehrt war. Nach gut zwei Stunden begann sich das Boot plötzlich zu drehen und ich wusste, das war meine letzte Chance, da lebend raus zu kommen. Ich holte tief Luft, öffnete die Luke und stieg nach oben aus. Dann tauchte ich etwas abseits auf und kroch ans Ufer. Die noch verbliebenen Beamten kümmerten sich wohl um die tote Chinesin. Übrigens, meine letzte Freundin. Kaum brach die Dunkelheit ein, schleppte ich mich zum Parkplatz und versteckte mich in einem der Reisebusse." „Und das ist niemandem aufgefallen?" „Ich lag in einem der hinteren Koffer-Bereiche. Den Rest können Sie sich denken." „Was ist denn nun mit dem Stein?"

„Der ist mit dem Boot irgendwo in der Tiefe des Ness verschwunden." „Dann ist der Stein, mit dem Sie uns erpressen wollten, wieder nur eine Replik?" Müller nickte. „Dann war der Tod unserer Kollegin ja völlig sinnlos?" „Nun, wie man es nimmt. Ich brauchte eben Geld. Ich habe viele Schulden gemacht. Und wäre sie nicht mit meiner Tasche verschwunden, würde sie heute noch leben."

„Danke, ich habe genug gehört. Das war' s, Müller. Wir werden uns nie wieder sehen. In drei Tagen wird der Richter sein Urteil verkünden und einen Tag später beginnt Ihre letzte Reise." „Wer weiß, vielleicht sehen wir uns ja irgendwann wieder."

Kathy stand jetzt an der Tür. Angewidert drehte sie sich noch mal herum. „Fahren Sie zur Hölle, Müller!" „Da war ich schon, Miss Superbulle. Und glauben Sie mir, das Ding ist noch nicht zu Ende. Wir werden uns wieder sehen. Da bin ich mir ganz sicher. Und dann Gnade Ihnen Gott." „Soll dass eine Warnung sein?" „Oh nein, ein Versprechen!" „Bringen Sie ihn zurück in seine Zelle." Damit stand Kathy auf und verließ den Vernehmungsraum." Minuten später verabschiedete sie sich von Chief Blair. „Wie geht es jetzt weiter?" „Ich werde alle Unterlagen des Juwelenraubes und dem Mord an seinem Komplizen Eddy an Richter Blower schicken. Der wird sich dann mit Ihnen wegen der Ermordung von Constable Burns in Verbindung setzen. Sorgen Sie nur dafür, dass Müller nicht wieder entwischt. Ich denke, in gut einer Woche wird dieser Kerl rechtskräftig verurteilt sein und auf seine letzte Reise gehen. Dann sind Sie ihn endgültig los." „Ich werde gut auf ihn aufpassen, Miss McGore."

Können Sie mir sagen, wann die Beerdigung von Miss Burns und Frank Jones stattfindet? Ich würde gern daran teilnehmen." „Ich sage Ihnen rechtzeitig Bescheid. Zurzeit wird noch geprüft, ob DS Jones auch mit militärischen Ehren beerdigt wird, da er ja Selbstmord begangen hat." „Ich danke Ihnen, Sir."

Damit verabschiedete sich Kathy. Ein Sergant brachte sie mit Blaulicht zum Hubschrauberlandeplatz. Von da ging es dann zurück nach Edinburgh.

Edinburgh

Kathy meldete sich bei Tom zurück. „Und, bist du zufrieden?" Kathy steckte sich eine Zigarette an. „Sagen wir mal so, der Fall Müller ist so gut wie abgeschlossen. Ich muss nur noch die Unterlagen an Richter Blower schicken." „Den Königs-Richter?" „Genau den. Denn schließlich war der Raub der Kronjuwelen ein Verbrechen gegen die Krone. Allein dafür wird er Müller für immer auf eine der Inseln schicken. Den sehen wir nie wieder." „Na, hoffentlich hast du recht?"

„Und nun werden wir uns Bernett greifen. Hast du inzwischen den Haftbefehl?" „Hier. Dazu das Fahndungsersuchen an alle Polizeidienststellen in Schottland." „Und was ist das?" Kathy deutete auf ein paar Fotos, die ein heruntergekommenes Holzhaus zeigen. „Das sind Bilder von Bernetts Angelunterkunft in Aberdeen. Haben die Jungs in seinem Haus gefunden." „O.k., ich schicke die Unterlagen an den Richter und schreibe für den Oberst den Abschluss-Bericht. Übrigens, der Stein, der bei den Kollegen im Keller liegt, ist eine Replik." Nach gut zwei Stunden fuhr Kathy zurück nach Hause. Der Fall Müller war für sie endgültig abgeschlossen. Das dachte sie zumindest.

Sie war gerade zu Hause angekommen, da rief Tom an. „Die Kollegen aus Aberdeen haben in der Nähe der Klippen einen grauen Bentley V8 entdeckt. Er steht da wohl schon seit gestern Abend. Ich habe veranlasst, dass er abgeschleppt wird. Das Spezialeinsatzkommando wird gegen 03.00 Uhr den Bereich der Fischerhütten umstellen. Der Zugriff erfolgt dann gegen 04.00 Uhr. Ist das O.k.?" Kathy überlegte. Irgendwie ging ihr das alles zu einfach. Aber gut, sollen die Kollegen Bernett verhaften. Sie freute sich schon auf das Verhör mit ihm.

Noch vor einiger Zeit hätte sie bereits jetzt schon im Wagen gesessen und wäre auf dem Weg nach Aberdeen gewesen. Doch die neue Kathy delegierte die Verhaftung und freute sich auf einen Abend mit Paul und dem Hund. „Alles klar, Tom. So machen wir das. Sage den Kollegen viel Glück und wir sehen uns dann morgen in der Frühe."

In diesem Moment kam Paul nach Hause. Er knallte seine Schultasche auf die Gartenbank und rief irgendetwas, das wie ein: „Nie wieder! Die Schule sieht mich nie wieder!", klang. Plötzlich bemerkte er Kathy. „Oh, du bist ja schon da." „Was ist denn so Tragisches passiert?" Paul kramte in seiner Schultasche und zog ein paar eng beschriebene Blätter hervor. „Hier, mein Aufsatz, in Geschichte. Eine glatte Fünf. Und dabei habe ich mir solche Mühe gegeben." Kathy musste lachen. Dann umarmte sie ihn und setzte sich, um sich die „literarische Kostbarkeit" anzusehen. „Willst du was trinken?", fragte sie Paul. Der nickte und nach zehn Minuten saßen beide über der Arbeit. Plötzlich musste Kathy lachen. „Hier, mein Lieber, du solltest etwas über Perth in Australien schreiben und nicht über Perth in Schottland. Ich würde mal sagen, Thema verfehlt." Paul stöhnte laut auf, dann verschränkte er seine Arme über dem Kopf. Ich bin eben ein Idiot." „Nein, mein Lieber. Das bist du nicht. Nur ein bisschen schusselig." Jetzt tat Kathy genau das, was sie immer gewollt hatte. Sie jagte nicht irgendwelchen Verbrechern hinterher sonder kümmerte sich um ihre kleine Familie.

„Kann es sein, dass ich zu dumm für die Schule bin und ich besser da nicht mehr hingehen sollte?" Kathy sah Paul ins Gesicht. „Das ist nicht dein Ernst, oder?" „Oh doch. Es kann doch sein, das ich eher für andere Dinge geeignet bin." „Zum Beispiel?" „Na, Hundetrainer, Geheimagent oder LKW-Fahrer." „Du spinnst, mein Lieber." Paul fing an zu lachen. „Nun, es war einen Versuch wert." „Setz dich nochmal ran und denke über Australien nach."

Aberdeen

Derweil umstellte ein Team von Spezialisten den Bentley und war dabei, das Auto mittels eines Spezialkrans auf einen Tieflader der Polizei zu hieven. Mit knapp drei Tonnen Gewicht war das nicht so einfach. Endlich hatten sie die Luxuskarosse aufgeladen und waren gerade dabei, diese für den Abtransport mit einer Plane abzudecken, da bemerkte einer der Polizisten ein kleines blinkendes Kästchen, das am Unterboden angebracht war. Der Ruf: „Alle weg! Da ist eine Bombe angebracht!", ging im Krach der Detonation unter. Als sich der Rauch verzog, waren der Bentley und der Abschleppwagen nur noch ein großer Haufen Schrott. Zum Glück war niemand verletzt. Sofort informierte der Teamleiter die Kollegen des Aberdeener Bomben-Räumkommandos. Es dauerte nicht lange und die Jungs trafen in ihren gepanzerten Spezialfahrzeugen ein. Nachdem sie sahen, dass niemand weiter verletzt war, stiegen sie lachend wieder ein und fuhren zurück. Nicht ohne den Kollegen noch zuzurufen: „Hier ist keine Bombe mehr! Bis dann. Das nächste Mal ruft ihr uns besser vorher." Minuten später wimmelte es von Beamten der Spurensicherung am Tatort. Irgendwann kam einer auf die Idee, die Kollegen in Edinburgh anzurufen, und so erfuhr auch endlich Tom von der Explosion. Der informierte sofort Kathy.

„Auf keinen Fall erfolgt heute Nacht ein Zugriff! Ich denke, wir beide fliegen morgen rüber. Sicher hält unser Freund noch ein paar weitere Überraschungen für uns bereit. Ich melde mich in einer halben Stunde. Bestelle schon mal für morgen 08.00 Uhr, einen Heli nach Aberdeen." „Was ist mit der Umstellung der Fischerhütten?" „Die bleibt! Wir wollen doch nicht, dass er uns abhaut. Aber die Jungs sollen vorsichtig sein. Zugriff nur, wenn Bernett fliehen will. Ich melde mich nachher noch mal." Damit endete für Kathy, zumindest im Augenblick, die traute Familienidylle. Sie rief ihre Mutter an und bestellte sie für den nächsten Morgen zu sich. „Ja Mum, wir brauchen darüber jetzt nicht zu diskutieren. Es ist nun Mal, wie es ist. Ich bin Bulle und das werde ich auch bleiben. Wir müssen uns halt besser arrangieren. Ich freue mich, wenn du kommst." Dann ging sie zu Paul ins Zimmer. „Pass auf, mein Lieber. Du bist mir das Wichtigste im Leben. Aber mein Job ist auch noch da. Und ich liebe meine Arbeit. Und da kann es schon das eine oder andere Mal passieren, dass ich weg muss. Kannst du das verstehen? Aber ich werde immer zu dir zurück kommen. Versprochen." Paul sah sie lange an. Dann umarmte er sie plötzlich. „Ist schon O.k., aber versprich mir, immer auf dich aufzupassen. Aber eine Frage hätte ich da doch noch?" „Welche?" „Ist Princess auch das Wichtigste für dich?" Jetzt musste Kathy lachen und man konnte sehen, dass ein paar Tränen über ihre Wangen liefen. „Aber klar. Ihr seid beide das Wichtigste für mich. Ich gehe jetzt in die Küche und mache uns einen frischen Salat. Und du siehst dir nochmal deinen Aufsatz durch. Heute Abend gibt es dann Pizza. Und morgen früh schnappe ich mir diesen Gangster Bernett." „Kannst du ihn nicht einfach erschießen?" „Nun, vielleicht mache ich das sogar." Damit begann sie Tomaten und Radieschen zu schnippeln und in einer großen Schüssel zu vermischen. Dann briet sie Weißbrot in der Pfanne, das sie dann klein schnitt und als Croutons über den Salat streute. Es folgten ein paar Pinienkerne und ein paar hartgekochte Eier. Den Abschluss bildete eine leckere Salatsoße aus der Flasche. Kalter Kräuterjoghurt! Irgendwann rief sie Tom an und bestätigte ihm den Abflugtermin für den nächsten Tag.

Kurz nach acht Uhr saßen Kathy und Tom bereits im Hubschrauber nach Aberdeen. „Ich denke, du wolltest kürzer treten?" „Jetzt fang du auch noch an. Ich hatte schon ein nettes Gespräch mit meiner Mutter. Ich habe mit

Paul gesprochen und wir sind uns einig. Nach seiner Meinung soll ich die Bösen alle erschießen, dann kann mir nichts passieren. Was sagst du dazu?"

Beide mussten lachen. Nach knapp vierzig Minuten war der Heli im Anflug auf die Klippen von Aberdeen. „Wo soll ich landen, Mam?" „Kathy sah hinunter und konnte ein paar von den schwarzen Spezialfahrzeugen des SWAT-Team erkennen. „Ich denke mal dort bei den Kollegen." „Alles klar." Wenige Augenblicke später setzte er zur Landung an.

Kaum unten, sprangen beide aus dem Hubschrauber, wobei sich Tom auf eine Gehhilfe stützte. Einer der vermummten Beamten kam auf sie zu und stellte sich als Teamleiter, Sergant James, vor.

„Ist was passiert?", fragte Kathy interessiert. James schüttelte den Kopf. „Nach der gestrigen Explosion nicht mehr viel. Da unten liegen die Fischer-hütten, die von uns seit gestern observiert werden. Da hat sich in der Nacht nichts gerührt." Damit deutete er auf ein paar kleine Holzhäuser, die am Fuß der Klippen standen. „Und von da fahren die Männer zum Angeln raus?", fragte Kathy. Der schwarz gekleidete Beamte zuckte nur mit den Schultern. „Ist nicht mein Ding. Da dürfen Sie mich nicht fragen, Mam." „Da muss man Fisch schon sehr mögen. Und welche der Hütten ist nun die von Bernett?" „Laut Aussage der Angelbehörde, die ganz rechte da." „Es gibt wirklich eine Angelbehörde?" Kathy schüttelte den Kopf. „Und was ist mit der Villa da?" Kathy deutete auf einen großen weißen Komplex, der etwa 500 Meter weiter westlich stand. „Das Haus steht leer und wird zur Zeit saniert."

„Na gut. Und wie kommen wir da jetzt runter?" „Hier, an der Seite der Klippe führt ein schmaler Weg hinunter. Oder Sie nehmen eines unserer Seile." „O.k., Tom, ich denke, du bleibst hier bei den Kollegen. Der Abstieg ist nichts für dich. Und ich werde auf Ihr Angebot zurückkommen, Sergant, und benutze eines Ihrer Seile. Habe ich schon lange nicht mehr gemacht."

„Sind Sie sich da ganz sicher, Mam?", fragte der Teamleiter, nun doch etwas erstaunt. „Meinen Sie, dass eine Frau das nicht schafft? Da kennen Sie mich aber schlecht." Drei Minuten später steckte sie im Gurt-Zeug und schon ging es 80 Meter in die Tiefe. Die Beamten des SWAT-Team staunten nicht schlecht, als Kathy elegant dem Fuß der Klippe entgegen rutschte. Rasch befreite sie ein Beamter von dem Geschirr und schon ging es ab in Richtung der Hütten. Bis auf die anbrandende See war es totenstill.

Die Hütten sahen verlassen aus. „Und die sind wirklich alle bewohnt oder werden benutzt?", fragte sie misstrauisch. „Keine Ahnung," Kathy nahm eines der Ferngläser und beobachtete aus knapp dreißig Metern Entfernung Lesley Bernetts Angelhütte. „Und wie fahren die hier zum Angeln raus?"

„Da hinten liegen drei Fischerboote am Strand. Aber wenn ich ehrlich bin, ich würde mich damit nicht aufs Meer trauen. Überall sind Löcher im Rumpf und die Motoren sind alle kaputt."

Die Fenster der Hütte waren mit Papier zugeklebt, so, dass man nicht sehen konnte, ob sich jemand darin verbarrikadiert hat. „Was ist, Mam, sollen wir stürmen?" „Nun, nach der Erfahrung mit der Explosion von gestern denke ich, wir sollten klopfen." „Bitte was?" „Wie viele Männer haben Sie hier unten?" Auf ein Zeichen von ihm, versammelten sich plötzlich sechs ver-mummte Beamte mit schussbereiten Gewehren im Anschlag. „O.k., wir gehen los. Zwei von Ihren Leuten kommen von hinten, zwei von der Seite und der Rest folgt mir." Damit zog sie ihre Waffe und alle liefen in geduckter Haltung in die Richtung des Hauses. An der windschiefen Tür hing ein ver-witterter Zettel mit Lesleys Namen. „Auf jeden Fall sind wir hier richtig. Na dann wollen wir mal sehen, ob jemand zu Hause ist." Kathy klopfte an der Tür. „Lesley? He, bitte tu uns den Gefallen und komm raus. Hier ist Kathy McGore. Du hast eh keine Chance. Ein SWAT-Team hat deine Hütte umstellt. Also, was ist?" Nichts passierte. „Pass auf, ich zähle jetzt bis drei, kommst du dann nicht raus, dann kommen wir rein." Zu den Beamten gewandt deutete sie an, die Tür mit Gewalt zu öffnen. Dann begann sie laut zu zählen. „Eins, zwei und drei. O.k., mein Lieber, du hast es nicht anders gewollt." Gerade wollte einer der Beamten die Tür mit einem Fußtritt öffnen, da drückte Kathy die Klinke herunter und die Tür öffnete sich. Im Innern war es dunkel. Außer einem Tisch und einem Hocker befanden sich noch eine Pritsche und ein kleiner Schrank in dem Raum. „Gemütlich!" Der Rest war leer. An der Pritsche befand sich ein Infusionsständer mit einer vollen Flasche. Darunter baumelte ein Zettel. Kathy drehte den Zettel herum. In fetten Buchstaben stand da das Wort „Bomb" drauf. „Los, alle raus!", schrie sie. Sofort rannten alle Beamte sowie Kathy aus der Hütte und versteckten sich hinter ein paar großen Felsbrocken, die am Fuß der Klippen lagen. Doch nichts passierte. „Meinen Sie wirklich, dass da eine Bombe drin ist?" „Rufen Sie zur Sicherheit die Jungs vom Bombenkommando." Gerade, als einer der Beamten die Truppe von der Entschärfung am Telefon hatte, zerfetzte eine gewaltige Explosion Lesleys Hütte in tausend Einzelteile. Dreck, Staub und einige Holzteile rieselten auf die Beamten runter.

Kathy hatte es fast beide Trommelfelle zerrissen. „Bernett! Du miese kleine Drecksau! Dafür wirst du büßen, verdammt noch mal!", brüllte sie. Doch gegen die Wellen der See hatte sie keine Chance. Die Kollegen, die alles aus sicherer Höhe verfolgt hatten, waren froh, als sie sahen, dass niemand ihrer Kollegen verletzt war. „Die Jungs von der Technik sind schon auf dem Weg." Kathy war sauer. „Verdammt noch mal, was denkt sich dieser Kerl? Wir hätten drauf gehen können. O.k., wie komme ich da wieder rauf?" „Entweder den Weg da oder wir ziehen Sie rauf." „Danke, aber ich nehme den Weg."

Der Aufstieg war wesentlich anstrengender als das Abseilen. Kathy war gerade auf halber Höhe, als ihr Handy klingelte.

„Na, meine Liebe, ich hoffe doch, dass niemand verletzt wurde."

„Lesley? Sind Sie das etwa?" „Aber ja, wer sollte es denn sonst sein. Also, ist jemand verletzt? Das würde mir unendlich leidtun." „Hören Sie, Bernett, Sie mieser kleiner Giftzwerg. Ich habe fast mein Gehör verloren. Bis jetzt konnte ich Sie immer noch irgendwie leiden. Aber damit ist jetzt Schluss, Schluss, Aus, Ende! Ich gebe Ihnen den guten Rat, stellen Sie sich. Wer weiß, dann können wir eventuell noch was aushandeln." „Jetzt passe mal gut auf, sie kleine Schlampe. Wegen euch Pennern musste ich mein Auto und jetzt auch meine Hütte in die Luft sprengen. Ich bin euch Trotteln meilenweit überlegen. Du hältst dich für die größte Polizistin der Welt, und doch bist du nur eine elende Stümperin. Und Morgan, dieser Trottel, ist auch nicht viel besser. Ihr könnt mir doch beide nicht das Wasser reichen. Wenn ihr mich wollt, dann findet mich doch erst mal. Und dann solltet ihr schnell sein. Sehr schnell! Und hier noch ein kleiner Gruß von mir." Damit hatte er aufgelegt. In diesem Moment gab es am unteren Ende des Weges eine kleine Explosion. Kathy erschrak und begann hastig den Weg nach oben zu steigen. Es dauerte nicht lange und die nächste Explosion folgte. Dieses Mal schon wesentlich dichter an Kathy. „Kommen Sie, Mam. Schnell! Nun machen Sie schon!", brüllten die Beamten von oben. „Der Typ ist wahnsinnig!", rief Kathy fast außer Atem. Nach weiteren zehn Sekunden erfolgte die dritte Explosion. Kathy hatte noch knapp zwanzig Meter vor sich. Mit letzter Kraft sprang sie oben am Rand der Klippe in die Arme der Kollegen. So war sie noch nie getrieben worden. Völlig außer Puste lag sie am Boden und rang nach Luft. In diesem Moment klingelte das Telefon. Bernett war dran. „Na, hast du es jetzt kapiert? Wenn ich gewollt hätte, dann wärst du jetzt tot. Ich wollte dir damit nur beweisen, dass ich es bin, der ab sofort über dein mickriges Leben und das deiner Kollegen entscheidet. Und jetzt verschwindet endlich. Denn auch am Rand der Klippe und am Karussell habe ich ein paar Überraschungs-Ladungen platziert. Wenn du willst, führe ich dir das vor." Kathy, die immer noch nach Luft rang, versuchte ihm voller Wut zu antworten. „Na warte, dafür wirst du bezahlen. Und für die Schlampe, gibt es was aufs Maul."

Nach einem Moment sah sie die anderen in der Runde an. „Der beobachtet uns. Und das muss irgendwo von da unten sein. Wie sonst wusste er, wann er die Ladungen zünden musste?" „Das kann ja sein, aber bloß von wo? Da unten ist weit und breit kein geeignetes Schlupfloch, bis auf dieses weiße Haus. „Er kann nur da sein!", rief Kathy und zeigte mit dem Finger auf die Villa am Strand. „Wer wohnt da, wenn ich fragen darf?" „Niemand, Mam. Die Villa wird gerade saniert und steht ansonsten leer." „Nun, das denke ich nicht. Ich sage euch, der Typ sitzt da unten, wie die Spinne im Netz, und lacht uns aus." „Sollen wir das Haus stürmen, Mam?" „Und jede Menge Tote riskieren? Oh nein, da muss uns schon was Besseres einfallen." „Aber was, Mam? Die Alternative wäre ein Angriff von der Seeseite. Doch dazu bräuchten wir Kampf-Taucher." Plötzlich hatte Kathy diesen seltsamen Blick, den sie immer dann hat, wenn in ihr eine Idee reift. „Wo ist hier das nächste Regiment von Kampftauchern stationiert?" „In Glasgow, Mam, beim Black Watch Regiment." Das ist gut, das ist sogar sehr gut. Stellen Sie mir sofort eine abhörsichere Leitung zu Major Tecker, stellvertretender Kommandant der Black Watsch, her."

Es dauerte nur wenige Momente, dann hörte Kathy die ihr wohlvertraute Stimme von Tecker. „Na Major, wie geht es Ihnen? Hier ist Special Superintendentin Kathy McGore. Sie kennen mich noch?" „Aber natürlich, Mam. Im Übrigen, ich bin jetzt Oberst." „Oh, ich gratuliere, Sir." „Danke, danke. Immerhin war unsere kleine gemeinsame Aktion daran nicht ganz unschuldig. Also, was können die Black Watch für die Polizei tun?" „Nun Sir, ich stecke da in einem kleinen Dilemma?" „Und da kann ich Ihnen helfen?" „Genau, Sir. Und ich denke sogar, nur Sie, Sir." „Sie wissen, dass Sie bei mir immer noch etwas offen haben. Also, was kann ich für Sie tun?"

Kathy erklärte ihm ausführlich die Situation und die daraus folgende einzige Lösung, nach ihrer Meinung... Nach einem kurzen Moment der Überlegung kam das erlösende: „O.k., wir helfen Ihnen. Der Angriff erfolgt bei Einbruch der Dunkelheit. Sagen wir um 21-00 Uhr?" „Oberst Tecker, ich danke Ihnen. Sie sind der Beste. Jetzt haben Sie was gut bei mir." „Ich werde es mir merken. Äh, Mam, wir machen das auf dem kleinen Dienstweg. Also zwischen uns beiden. Die Black Watsch sehen das als Übung an. Bis dann, meine Liebe. Tecker, Ende." Damit war die Verbindung beendet.

Der Team-Leiter des SWAT-Teams und die anderen Beamten schüttelten verständnislos die Köpfe. „Haben wir das gerade richtig verstanden?" Damit wandten sie sich leise an Tom Morgan. Hat diese Polizistin da gerade ein Team von Elite Kampftauchern bestellt?" Tom sah in die Gesichter und nickte nur mit dem Kopf. „Ja." „Wer ist diese Frau?" Tom lächelte. „Das, meine Herren, haben sich schon ganz andere gefragt." Kathy hatte inzwischen mit ihrer Mutter telefoniert. Es war kein schönes Gespräch. „Bitte gib ihm einen Kuss von mir. Es tut mir leid, ich kann es nun mal nicht ändern." Dann legte sie auf. „Sie haben es gehört, meine Herren. Observieren wir den Komplex, bis die Jungs von See her das Haus stürmen. Und jetzt sollten wir hier, bis auf einen Beobachter, alle verschwinden. Wir wollen doch Herrn Bernett etwas in Sicherheit wiegen. Haben wir da unten noch ein paar Leute?" „Immer noch die sechs Beamte von mir." „Dann ist es ja gut. Mr. Bernett sitzt also in der Falle. Warten wir seinen nächsten Anruf ab." „Meinst du, er wird sich wieder melden?", fragte Tom? „Oh ja, davon bin ich fest überzeugt. Schließlich denkt er, er hat uns jetzt fest in der Hand und er bestimmt die Regeln. Gönnen wir ihm doch den kleinen Triumph. Er wird nicht lange dauern und dann erlebt er eine große Überraschung, meine Überraschung. Der Typ weiß nicht, mit wem er sich da anlegt. Und niemand versucht mich ungestraft in die Luft zu jagen."

Nach knapp zwei Stunden war es soweit. Kathys Handy klingelte. Es war Bernett. „He, was ist los? Ich denke, ihr wisst, wo ich bin? Doch nichts passiert? Habt ihr Angst oder braucht ihr eine Extra-Einladung?" Kathy steckte sich in Ruhe eine Zigarette an. „Sagen Sie, Bernett: Warum das Ganze? Warum die vielen Morde?" Bernett wurde sauer. „Das waren keine Morde! Das waren saubere Hinrichtungen. Alle wurden zuvor ordnungsgemäß zum Tode verurteilt. Und sie haben es alle verdient." „Das mag ja sein, aber wer gibt Ihnen das Recht, Richter und Henker in einer Person zu sein? Und

Apropos: verdienen! Verdient haben Sie ja jede Menge an den armen Schweinen." „Nun, ich nenne es eine kleine Aufwandsentschädigung." „Ein Bentley V8? Kein schlechter Stundenlohn." „Der ist ja nun Schrott. Wann werden Sie mich holen kommen?" „Ich denke, gar nicht. Wir warten einfach." „Und worauf bitte?" „Dass Sie da freiwillig rauskommen." „Und wer sagt Ihnen, dass ich das tun werde?" „Mein gesunder Menschenverstand. Ich denke, tief im Inneren ist da immer noch der Polizist Bernett." „Da täuschen Sie sich, meine Liebe. Nach dem Tod meiner geliebten Mutter ist etwas in mir zerbrochen." „Wie geht es eigentlich dem Arzt, der sie da unten behandelt hat?" „Das war der Erste. Und dafür habe ich auch kein Geld genommen." „Nun, wer hätte Sie dafür auch bezahlen sollen?" „Also, was ist nun? Wann lassen Sie das Haus stürmen?" „Es ist ein schönes Haus, mein Lieber. Es wäre schade, wenn es in die Luft fliegen würde." „Da muss ich Ihnen recht geben. Ursprünglich wollte ich hier alt werden. Aber das wird wohl jetzt nichts mehr, oder?" „Was denken Sie, Lesley? Doch, Sie müssen mich jetzt entschuldigen, ich habe zu tun. Bis dann. Wir sehen uns." Damit legte sie auf.

Die Beamten des SWAT Teams lagen im Gras oder spielten Karten. Kathy rief den Chef zu sich. „Sergant, können Sie mir einen Grundriss dieser Villa da unten besorgen?" „Ich werde es versuchen. Damit stieg er in seinen Wagen und raste in Richtung Aberdeen davon. Nach gut einer Stunde hatte er das Gewünschte besorgt. „So schnell geht das?" „Nun", der Beamte musste lachen. „Wenn ein vermummter Beamter mit schussbereiter Waffe im Bauamt auftaucht und nach einem Grundriss fragt, wird nicht erst nach Anträgen oder Formularen gesucht. Das geht dann auch mal sehr unbürokratisch." „Das werde ich mir merken, danke."

Kathy entfaltete den Plan auf der Motorhaube eines der Wagen.

„Alles so, wie ich es mir gedacht habe. Viele Zimmer auf drei Etagen. Da können wir ihn ewig suchen. Am Rand der einen Seite war ein neuer Bereich eingezeichnet. „Was ist das hier?" „Das sieht aus wie ein kleines

Bootshaus." „Aber das scheint in das Haus integriert zu sein. Aber das kann nicht sein. Das würde ja bedeuten, dass man mit seinem Boot direkt in dass eigene Haus fahren kann. Mit Autos habe ich das schon mal gesehen, aber mit einem Boot?" Plötzlich fiel ihr etwas ein. „Sag mal, Tom, da war doch was mit einem Speed-Boot?" „Liz hatte bei ihrem Besuch eine Zeitschrift entdeckt, in der er Boote angekreuzt hatte." „Warte mal, sie hat mir doch was geschickt." Schnell durchsuchte sie den Speicher ihres Handys und fand schließlich das gesuchte Bild. „Genau, hier ist es, ein Speed-Boot. Das heißt, wir müssen davon ausgehen, dass Bernett so ein Boot in dem Haus hat. Schnell, geben Sie mir die Aberdeener Polizei." Im Nu hatte das SWAT eine Verbindung hergestellt. „Chief, hier ist Superintendentin McGore. Wir kennen uns von einem Einsatz im letzten Jahr. Sagen Sie, besitzen Sie ein Schnellboot?" Der Chief überlegte, wer ihn da gerade anrief. Dann fiel es ihm ein. „Äh ja, haben wir." „Gut, das brauche ich hier bei den Klippen. Ja unterhalb des Karussells. Ich denke, dass unser Täter eventuell mit einem Speed-Boot flüchten will. Wann das Boot hier sein muss? Bitte so schnell als möglich. Ich danke Ihnen, Sir."

Derweil lief Bernett unruhig in dem riesigen Haus umher. Er hatte es vor einer Woche für knapp eine viertel Million gekauft und ließ es gerade nach seinen Plänen umbauen. Und jetzt das. Was nur, hat diese McGore und der Rest der Aberdeener Polizei auf seine Spur gebracht? Waren es die kleinen Särge, die er jedem seiner Opfer mitgab?" Im Altertum gaben die Kriegs- herren ihren besiegten Toten zwei Goldmünzen mit auf den Weg. Damit konnten sie den Fährmann bezahlen, der sie über den Hades in die Unter- welt brachte. In Ermangelung von Goldmünzen hatte er sich für die kleinen Särge entschieden. Oder war es Abbey Grove? Jene entsetzliche Anstalt, die in den letzten Jahrzehnten so viel Leid über die Menschen gebracht hatte? Lesly hatte diesen Ort mit Bedacht ausgewählt. Er wollte, dass seine Opfer leiden. Und das über lange Zeit, bis er sie dann schließlich erlöste. Und diese Erlösung betrachtete er als eine von Gott gegebene Gnade, die sie eigentlich nicht verdient hatten. Denn schließlich waren alle in ihrer Vergangenheit Mörder gewesen. Sei es nun mit Bedacht oder fahrlässig. Alle hatten unendliches Leid über andere Menschen gebracht. „Und die schottische Justiz? Was hatte die getan. Sie zu lächerlichen Strafen verurteilt oder sogar wegen Unzurechnungsfähigkeit freigesprochen. Nein, das durfte nicht sein! Er, Lesley Bernett, hatte nichts weiter getan, als der Gerechtigkeit Genüge zu tun. Und, dass die Angehörigen dazu bereit waren, ihm etwas Geld zu zahlen, kann doch nun wirklich kein Verbrechen sein. Am Anfang hatte er noch überlegt, ob er das Geld annehmen oder sogar spenden sollte. Doch dann war ihm der Katalog mit den Autos und den Booten in die Hände gefallen. Und da konnte er nicht anders und wurde schwach. Er war schließlich auch nur ein Mann. Das ganze war wie bei Frauen mit Schuhen. Die können auch nicht daran vorbei gehen. Der Vergleich, gefiel ihm. Doch was sollte er jetzt bloß machen? Er wusste, dass das Haus umstellt war und die Kollegen bereit, ihn fest zu nehmen. Und dass Kathy hartnäckig sein konnte, das hatte er früher schon bemerkt. Das mit den Explosionen war auch vorbei. Weitere Sprengladungen hatte er nicht deponiert. Aber das wussten die da draußen natürlich nicht. Also, worauf warteten sie? Einen Joker besaß er noch. Das neue Speed-Boot lag aufgetankt im neuen Bootsbereich des Hauses. Damit würde er auf jeden Fall fliehen können, sollten die Herren Polizisten sich doch noch zur Erstürmung des Hauses entschließen. Schade nur, dass er das dumme Gesicht von Kathy und den anderen nicht sehen konnte, wenn er aus dem Haus geschossen kam. Knappe 800 Meilen sollte er mit einer Tankfüllung schaffen, hatte ihm der Vorbesitzer erzählt. Zwar nicht ständig mit Höchstgeschwindigkeit, aber man würde sehen. Lesley beschloss, noch eine Stunde zu warten und dann über die Nordsee zu flüchten. Er wollte nach Deutschland oder Holland. Irgendwas würde er sicher finden. Auf dem Rücksitz lag eine Tasche mit seinen letzten Ersparnissen. Immerhin noch knappe 200.000 Pfund. Damit würde er auch im Ausland eine Weile gut leben können. Plötzlich ertönte von irgendwo eine

Art Nebelhorn. Wieder und wieder war das Signal zu hören. Lesley begann die Gegend mit seinem Fernglas abzusuchen. Und da war es. Auf der Seeseite war ein Schnellboot der Polizei aufgetaucht. „Das ist es also, was du dir ausgedacht hast, meine Liebe." Damit war natürlich Kathy gemeint. Irgendwoher musste sie erfahren haben, dass er sich hier mit einem Boot im Haus befand. „Nicht schlecht, meine Liebe. Doch die Suppe werde ich dir versalzen."

Von Westen her tauchte plötzlich ein Schnellboot der Polizei auf. Kathy setzte sich sofort mit dem Kommandanten in Verbindung. „Hallo! Hier spricht Special Superintendentin McGore. Mit wem habe ich das Vergnügen?" „Hallo, Mam. Hier spricht Kapitän McSeller, Kommandant der A-600. Was kann ich für Sie tun?" „Bitte, Kommandant, behalten Sie die Seeseite der Villa im Auge. Ich denke, es besteht die Möglichkeit, dass ein gesuchter Verbrecher mit einem Boot über die Nordsee verschwinden will." „Alles klar, Mam. Wir gehen auf Position." „So, meine Herren, jetzt werden wir ja bald wissen, ob er dort drinnen ein Boot besitzt." Es vergingen gute zehn Minuten und Kathys Handy klingelte. „Na Lesley, was gibt es?" „Nun, ich sehe mir gerade euer Schnellboot da draußen an. Machen Sie sich da nicht etwas lächerlich? Was haben Sie noch aufzubieten?" „Nun, Lesley, was halten Sie denn von Kampftauchern?" „Das ist nicht ihr Ernst, oder?" „Wollen Sie in einen Krieg ziehen?" „Nun, nachdem Sie uns mit Sprengstoff begrüßt haben, dachte ich mir eine entsprechende Antwort aus. Und, gefällt sie Ihnen?" „Zu viel Ehre für mich. Ich denke, wir sollten sehen, wer das bessere Material besitzt. Bis dann."

Damit hatte er aufgelegt. „An alle, Achtung! Ich denke, hier wird gleich etwas passieren." Sie hatte den Satz kaum beendet, da erschütterte eine Explosion einen Teil des Hauses. „Was ist passiert? He, kann jemand sehen, was da gerade in die Luft geflogen ist?" Angestrengt standen Kathy und die anderen vom SWAT-Team mit ihren Ferngläsern an dem Rand der Klippen. Langsam verzog sich der Rauch. „Und, kann jemand etwas sehen? He,

Sergant, können ihre Jungs da unten was entdecken?" Die Antwort sollte nicht lange auf sich warten lassen. Plötzlich konnte man laute Motorengeräusche hören und ein ca. zwölf Meter langes Boot schoss aus einem frei gesprengten Ausgang in Richtung Nordsee.

Die Beamten des Schnellbootes gaben sofort Vollgas und nahmen die Verfolgung des Speed-Bootes auf. Doch jedem Beobachter war schnell klar, dass das Polizeiboot gegen dieses Hightec-Geschoss so gut wie keine Chance hatte.

„Schnell, ich brauche einen Hubschrauber!" Kathy schrie den Befehl fast in das Telefon. Dann rief sie Oberst Tecker in Glasgow an und bestellte die Kampftaucher ab. „Danke, mein Lieber, aber die Sache hat sich gerade erledigt."

„Ihr Hubschrauber ist in fünf Minuten hier!", meldete ihr der Beamte des SWAT-Teams. „Danke, Sergant. Hören Sie zu, für Sie ist der Einsatz hier beendet. Ziehen Sie sich und Ihre Männer nach dem Eintreffen der Kriminaltechniker zurück. Und bitte sorgen Sie dafür, dass mein Kollege gesund nach Hause kommt." „Und was wollen sie jetzt machen, Mam?" „Na, was glauben Sie denn? Ich lasse mich da raus fliegen." „Wie, Sie wollen auf das Schnellboot umsteigen? Aber das ist Wahnsinn." „Keine Angst, Sergant, das habe ich schon mal gemacht."

In diesem Moment hatte sie eine Idee. Sie wählte die Nummer von Uwe Kauler, Kommandant eines deutschen Seekreuzers, mit dem sie schon ein paar Mal zusammen gearbeitet hatte. Es wäre zwar ein großer Zufall, doch was soll' s. „Das Glück gehört dem Tüchtigen!" Es dauerte nicht lange und sie hatte Kauler am Telefon. „He, hallo Kathy. Ich habe ja lange nichts mehr von dir gehört. Wie geht es dir? Mal wieder auf Verbrecherjagd?" „Genau, und ich rufe dich deshalb auch an. Wo bist du gerade mit deinem Kreuzer?" „Warum, willst du mich mieten? Aber Spaß beiseite, ich operiere gerade etwa 60 Seemeilen vor Bremerhaven und passe auf, dass die Schonzeit für Heringe eingehalten wird. Aber ich denke, das wird dich weniger interessieren." „Jetzt erzählte ihr Kathy von Bernett, der ihr gerade in seinem Speed-Boot entwischt war. „Ich denke, er will in Richtung Holland oder Deutschland fliehen. Eines unserer Schnellboote ist ihm dicht auf den Fersen, doch ich vermute, sie werden ihn nicht einholen können." „Und was kann ich in dieser Situation für dich tun?" „Nun, ich hatte gehofft, dass du mir helfen könntest, den Typen zu erwischen." „Wie stellst du dir das vor, meine Liebe. Ich kann nicht einfach mein Jagdgebiet verlassen um flüchtige schottische Verbrecher zu jagen." „Das ist mir auch klar. Aber du könntest dich ein bisschen auf die Lauer legen. Die Kollegen des Polizeibootes könnten dir doch die Kennung dieses Schnell-Bootes durchgeben. Und wenn er irgendwann auf deinem Radar auftaucht, dann schnappen wir ihn uns." „Wir? Was heißt den hier, wir?" „Nun, ich würde mich jetzt sofort per Hubschrauber auf den Weg zu dir machen. Wäre das für dich O.k.?" Kauler musste lachen. „Du bist und bleibst eine Verrückte. Also gut, komm rüber! Ich gebe dem Piloten meine Koordinaten. Ruf mich an, wenn du in der Luft bist. Bis dann." Dem Chef des SWAT-Teams hatte es die Sprache verschlagen. „Wenn ich das eben richtig verstanden habe, dann beteiligt sich jetzt auch noch ein deutscher Kreuzer an der Suche nach unserem Freund. Und Sie fliegen jetzt zu dem Kreuzer und erwarten dann Bernett in internationalen Gewässern?" „So ungefähr stelle ich mir das vor, Sergant." In diesem Moment setzte der Hubschrauber am Rand einer der Klippen auf. „Bis dann, meine Herren." „Gute Jagd, Mam." Kathy winkte Tom und den anderen noch mal zu und war Minuten später bereits in der Luft.

Nach einem kurzen Moment drehte der Helikopter über die Nordsee ab und raste im Tiefflug über die Wellen in Richtung Horizont.

Lesley Bernett war begeistert. Seit knapp einer Stunde raste er mit fast 80 Knoten über die Nordsee in Richtung Deutschland. Gerade hatte er den Off-Shore-Park IX passiert. Hier fördert die schottische Regierung seit Jahren das schwarze Gold aus über 2000 Metern Tiefe. Das Gebiet war zwar Sperrgebiet, aber wer sollte ihn aufhalten? Das Schnellboot der Polizei hatte er weit hinter sich gelassen und so leistete er es sich, die Geschwindigkeit zu drosseln. Bei dem Wellengang, der hier draußen herrschte, konnte er sowieso nicht schneller als maximal 25 Knoten fahren, wollte er nicht Gefahr laufen, von den riesigen Wellen verschluckt zu werden.

Bernett löste die Sicherheitsgurte, die ihn tief in das weiche Leder der Sitze gepresst hatten. Das Boot war das Beste, das er sich je geleistet hatte. Es war zwar ein bisschen teuer, dafür aber jeden Cent wert.

In diesem Augenblick donnerte ein Hubschrauber im Tiefflug über ihn hinweg. „Bestimmt die Männer von der Ölplattform", dachte er sich. Ein Blick auf das Radar zeigt ihm, dass er bereits gut 90 Seemeilen hinter sich gebracht hatte. Jetzt lagen also noch knapp 370 Meilen vor ihm. In gut sieben Stunden sollte er es geschafft haben. Natürlich musste er dazu die Geschwindigkeit wieder ein wenig erhöhen.

Kathy hatte gerade das Boot von Bernett passiert. „Na warte, mein Freund, du wirst heute noch dein blaues Wunder erleben."

Das Schnellboot der Polizei hatte ihr die Funk-Kennung von Bernetts Boot durchgegeben. Die Daten hatte sie dann sofort an den deutschen Seekreuzer von Kommandant Uwe Kauler gemeldet.

Sie freute sich schon auf das Wiedersehen mit ihm. Warum ihr in diesem Moment ihr Deal mit Simon einfiel, war ihr nicht klar. Seit ihrer gemeinsamen Arbeit vor der Nordsee-Küste Deutschlands bis zu ihrem Wiedersehen letztes Jahr in Edinburgh, verspürte sie jedes Mal ein leichtes Kribbeln im Bauch, wenn sie ihm begegnete.

„Wir werden den Kreuzer in knapp einer Stunde erreichen, Mam. Ich müsste dann allerdings weiter nach Bremerhaven fliegen, um den Vogel wieder aufzutanken." „O.k., ich kläre das." Kathy ließ sich mit Chief Simon verbinden und erläuterte ihm die Situation. Der dachte zunächst, sich verhört zu haben, als ihm Kathy erklärte, in einem Hubschrauber zu sitzen, der in Richtung Deutschland flog. Doch sie würde schon wissen, was sie da tat. Zumindest hoffte er das. Natürlich versprach er, mit den Kollegen in Bremerhaven zu sprechen, damit der Heli wieder aufgetankt wird. Dann schüttelte er nur noch den Kopf, wünschte ihr viel Glück und legte auf. „Karen? Verbinden Sie mich mit Tom Morgan. Ich will wissen, warum sich Kathy gerade in einem Hubschrauber befindet, der über die Nordsee in Richtung Deutschland fliegt." „Äh, Sir, dieselbe Anfrage richtet gerade der Polizeichef von Aberdeen an uns." „Also schnell, ich brauche Tom und dann verbinden Sie mich mit Bremerhaven." „Alles klar, Sir."

Knapp eine Stunde später tauchte am Horizont der Seekreuzer mit Kommandant Uwe Kauler auf. „Da, sehen Sie, Mam?" „O.k., geben Sie mir das Gurt-Zeug und dann gehen sie runter. Der Absetzpunkt ist am Heck." „Sie haben das wohl schon mal gemacht, oder?" „Sie werden lachen, das habe ich. Bremerhaven ist informiert. Ich wünsche Ihnen guten Rückflug." „Wie kommen Sie eigentlich zurück?" „Na, mit dem Schnellboot Ihrer Kollegen. Das hoffe ich zumindest." „Grüßen Sie den Kapitän von mir. Wir waren zusammen auf der Polizeischule." „Werde ich machen." Inzwischen hatte Kathy das GurtZeug angelegt und sich in die Winde eingeklinkt. Der Hubschrauber stand jetzt knapp zwanzig Meter über dem Kreuzer. „Na dann viel Glück, Mam." Damit schwenkte Kathy aus und ließ sich langsam in Richtung Deck hinunter. Nach einer guten Minute spürte sie festen Boden unter den Füßen. Zwei Matrosen befreiten sie von dem Geschirr, der Pilot holte es ein und flog in Richtung Bremerhaven davon.

„Du könntest mein Schiff auch ganz normal betreten", sagte der Kapitän, der lachend hinter ihr stand. „Herzlich willkommen." Damit fielen sich beide in die Arme. „Es ist schön, dich wieder zu sehen. Leider immer nur dann, wenn du irgendwelche Verbrecher jagst." Kathy lächelte ihn an. Gut sah er aus, so in seiner schmucken Uniform. Und wieder war da dieses leichte Kribbeln in der Magengrube. Es fühlte sich an, wie Schmetterlinge im Bauch … Wenn er nur zehn Jahre älter wäre.

„Na, mein Lieber, wie geht es dir? Hast du viel zu tun?" „Nun augenscheinlich nicht, da ich dich bei der Suche nach einem schottischen Gangster
unterstützen darf. Ich habe meine Vorgesetzten informiert. Sie sagen, es ist
alles O.k., solange ich mein Kontrollgebiet nicht verlasse und ihnen den
Kreuzer heil zurück bringe. Irgendwie ist dir dein Ruf vorausgeeilt." Kathy
musste lachen. Na, dann sollten wir gut auf ihn aufpassen." „Wir haben sein
GPS-Signal in unseren Bordcomputer eingegeben und wissen so genau, wo
er sich gerade befindet. Im Moment ist er noch knappe 130 Seemeilen von
uns entfernt. Komm, erzähl mir was von ihm." Damit gingen die beiden in
Richtung Kombüse und Kathy erzählte ihm bei einem Pott Kaffee, um wen
es hier eigentlich geht. „Und der hatte 35 Jahre euer Archiv geleitet? Ich
dachte immer, die Typen sind so trocken wie ihre Arbeit. Ich denke, ich
werde in Zukunft die Kollegen in unseren Archiven mit anderen Augen
ansehen. Als potentielle Killer." Beide mussten lachen. „Weißt du, ich konnte
ihn immer gut leiden. Und wenn wir ehrlich sind, macht er nur das, was des
Volkes Meinung ist. Wenn er sich nur nicht dafür so pompös bezahlen
lassen würde. Damit bekommt die Sache einen faden Beigeschmack. Egal,
ich will die Sache heute beenden. Und das mit deiner Hilfe."
In diesem Moment meldete sich der Wachhabende. „Hier Sir, das fragliche
Boot hat Tempo aufgenommen und wird unseren Kurs in gut 60 Minuten
kreuzen." „Danke, ich bin in dreißig Minuten auf der Brücke." „Na, da
haben wir ja noch ein bisschen Zeit", meinte Kathy. „Komm, erzähle mir ein
bisschen von deiner neuen Familie. Wie gelingt es dir, Kind und Polizeiarbeit
unter einen Hut zu bringen?" „Ich glaube, nicht so gut." „Wie kommst du
darauf?" „Nun, schließlich sitze ich jetzt hier bei dir auf dem Schiff und jage
in internationalen Gewässern einen Ganoven." Beide plauderten noch eine
Weile über Gott und die Welt, bis Uwe plötzlich aufstand. „Ich denke, es
wird Zeit." Bernett war inzwischen mit fast 50 Meilen in Richtung deutsche
Küste unterwegs. Er hatte die Tasche mit dem Geld im Inneren des Bootes
versteckt. Denn er wusste, er musste mit einer eventuellen Kontrolle auf

See rechnen. Die Deutschen waren auf Grund von illegalen Flüchtlings-transporten inzwischen etwas nervös geworden, was ihre Seegrenze betraf. So hatte er gehört, dass vereinzelt Kontrollen auf hoher See stattfanden. Doch, da er seinen Polizeiausweis dabei hatte, würde das wohl ohne große Komplikationen abgehen. Laut Radar waren es noch knapp 100 Meilen bis zum deutschen Festland. Vor ihm tauchten verschiedene Fischerboote auf und plötzlich auch ein schneller Kreuzer der deutschen Polizei. Bernett hielt direkt auf den Kreuzer zu. Schließlich hatte er ja nichts zu verbergen. Nach gut fünfzehn Minuten erhielt er den Befehl, seine Fahrt zu verlangsa-men und sich dem Schiff zu nähern. Bernett holte tief Luft und lenkte sein Boot langsam in Richtung des Kreuzers. Drei Polizisten standen an der Reling und machten ihm Zeichen, längsseits zu kommen. „Hier spricht die deutsche Wasserschutz-Polizei! Bitte identifizieren sie sich!" Bernett hielt seine Papiere in die Luft und rief in gebrochenem Deutsch: „Ich Polizist. Ich mache Urlaub in Deutschland. Hier, ich habe Papiere." Nach einem kurzen Moment kam die Aufforderung, an Bord des Kreuzers zu kommen.

„Auch das noch", dachte er sich. Doch wusste er, dass es keinen Sinn machte, der Aufforderung nicht Folge zu leisten. Also befestigte er sein Boot an einer der Trossen des Kreuzers. Dann stieg er die herunter-gelassene Jakobs-Leiter hinauf und wurde von zwei Polizisten freundlich begrüßt „Bitte entschuldigen Sie die Unannehmlichkeiten, Sir." „Ich weiß, Sie tun auch nur Ihre Pflicht!", rief ihnen Bernett fröhlich zu. „Genau, das machen sie, Lesley." Die Stimme, die er da plötzlich hinter seinem Rücken hörte, kannte er nur zu gut. Aber das konnte doch nicht sein? „Was ist Bernett, willst du mir nicht Hallo sagen?" Langsam drehte er sich um und starrte in den Lauf von Kathys Dienstpistole. „Wie, wie hast du das gemacht", stotterte er. In diesem Moment wurde er auch schon auf Waffen durchsucht. „Keine dabei, Mam." „Danke. Erinnerst du dich an den Hubschrauber vorhin? Das war ich. Lesley Bernett, Sie sind verhaftet. Hand-schellen bitte." Doch plötzlich änderte sie ihre Meinung. Sie steckte ihre

Waffe weg, trat langsam auf Bernett zu und schlug ihm plötzlich mitten ins Gesicht. Der ging sofort zu Boden und rieb sich sein schmerzendes Kinn. „Das war für die Schlampe, mein Lieber. Ich pflege meine Versprechen zu halten. So, und jetzt die Handschellen. Ich weise dich darauf hin, dass du ab sofort nichts aussagen musst, bis dein Anwalt dabei ist." „Der Schlag wird dich deine Marke kosten, Kathy." „Welcher Schlag? Hat hier irgendjemand gesehen, dass ich ihn geschlagen habe?" Die umstehenden Polizisten schüttelten alle die Köpfe. „Du siehst, du musst dich irren. Wir werden jetzt auf die Kollegen aus Aberdeen warten. Ihr Boot ist leider nicht so schnell wie deines. Aber, das weißt du ja." „Sie werden in knapp sechzig Minuten hier eintreffen", meldete sich Uwe zu Wort. „O.k., schafft ihn bis dahin unter Deck." „Was machen wir mit seinem Boot?", fragte Kauler.

„Oh, ich wollte schon immer mal Speed-Boot fahren." Kathy musste lachen und doch war sie froh, dass alles so glimpflich und vor allem unblutig abgelaufen war. „Ihr könnt bei uns auftanken. Die Tank-Rechnung schicken wir euch dann an die Zentrale in Edinburgh." Inzwischen war es kurz nach 20.00 Uhr und die Nacht war über der Nordsee eingebrochen.

„Und ihr wollt wirklich noch heute Nacht zurück?" „Aber klar, mein Lieber. Wir schottischen Polizisten schaffen das schon." In diesem Moment war ein lautes Hupen zu hören und kündigte die Ankunft des Schnellbootes an. Nach einer weiteren Stunde verschlechterte sich das Wetter. Ein Sturm zog auf. Also entschied Kathy, doch das freundliche Angebot anzunehmen und an Bord des Kreuzers zu übernachten. Die Matrosen stellten großzügiger Weise eine ihrer Kabinen zur Verfügung, doch Kathy durfte sogar in der Kommandanten-Kajüte schlafen.

Am nächsten Morgen, nach einem starken Kaffee und einem kräftigen Frühstück, starteten das Schnellboot und Lesleys Wasserspielzeug gegen 08.00 Uhr zur Heimreise nach Schottland. „Dieses Mal werden wir uns früher wiedersehen. Versprochen, mein Lieber. Ich komme dich in Bremerhaven besuchen. Mit Paul, wenn es dir recht ist." „Jederzeit! Ihr seid herzlich willkommen." Bernett hatte im Heck des Schnellbootes Platz genommen. Ihm blutete das Herz, als er Kathy am Steuer seines Bootes sah. „Seien Sie bloß vorsichtig und geben Sie nicht so viel Gas. Das Ding war sehr teuer!" „Oh, ich denke darum brauchen sie sich ab sofort keine Sorgen mehr machen. Wir sehen uns dann in Aberdeen!", rief sie.

Kurz danach heulten die kräftigen Motoren auf und Kathy gab langsam Gas. Fast mit einem Satz aus dem Stand setzte sich das zwölf Meter lange Boot in Bewegung und Kathy wurde in den Fahrersitz gepresst. „Wahnsinn!", war das letzte Wort, das die anderen verstanden. Dann war sie in der Ferne verschwunden.

Kommandant Kauler stand an der Reling und sah ihr nach. „Was für eine Frau. Hoffentlich kommt sie mit dem Boot klar. Sie neigt schließlich ein bisschen zur Selbstüberschätzung. Mach' s gut, meine Liebe. Bis bald."

Nach gut fünf Stunden Fahrt landete Kathy im Hafen der Polizei von Aberdeen, wo sie schon sehnsüchtig von den Beamten erwartet wurde. „Bravo, Super, Gratulation!" Die da klatschten, waren Polizisten, die von Kathys Husarenstück erfahren hatten und nun die Frau sehen wollten, die selbst einen deutschen Polizeikreuzer zur Verbrecherjagd nutzt. Insgeheim wollten die meisten jedoch das Speed-Boot sehen. Liebend gern wäre jeder von ihnen eine große Runde gefahren. Denn schließlich soll das Ding ja bis zu 120 Kilometer pro Stunde schnell sein.

Edinburgh

Kathy sprang aus dem Speed-Boot und wartete, bis das Schnellboot der Aberdeener Polizei im Hafen angelegt hatte. Dann orderte sie einen Hubschrauber und flog mit ihrem gefesselten Ex-Kollegen zurück nach Edinburgh. Dort angekommen, wanderte Lesley auf direktem Weg in eine Zelle und sie selbst telefonierte erst mal mit ihrer Mutter. Inzwischen war es kurz nach 16.00 Uhr. Liz hatte bereits Feierabend, nur Tom saß noch an seinem Schreibtisch und freute sich, seine Kollegin gesund und munter wieder zu sehen. „Und, wie geht es unserem Ex-Kollegen?" „Ich denke, er sitzt jetzt schmollend in seiner Zelle und träumt von großen Autos und schnellen Booten. Übrigens war die Überfahrt in seinem Boot ein Knaller. Was gab es hier inzwischen Neues?" „Wir haben deine Aktion über Funk und Satellit verfolgt. Du hast deinem Ruf wieder Mal alle Ehre gemacht. Ich glaube, die Beamten vom SWAT-Team in Aberdeen halten dich ab sofort für eine Art Supergirl, wegen deiner Kontakte." Kathy musste lachen. „Ich werde jetzt nach Hause fahren. Würdest du bitte morgen die Verhöre mit Lesley übernehmen? Ich werde den Bericht über die Festnahme schreiben und mir dann zwei oder drei Tage frei nehmen. Ich denke, ich habe was gut zu machen." „Alles klar, meine Liebe. Bitte grüße Paul von mir." Damit verabschiedete sich Kathy und fuhr nach Hause.

Dort wurde sie schon sehnsüchtig von Paul erwartet. Selbst Princess sprang schwanzwedelnd um sie herum. Kathys Mutter stand in der Tür. „Und, habt ihr ihn?" „Ja, Mum, es ist alles erledigt." „Dann ist es ja gut." Damit drehte sie sich herum und fing an, das Abendbrot zu machen. Langsam folgte ihr Kathy in die Küche. „Mum? Weinst du etwa?" „Aber nein, warum sollte ich weinen", antwortete sie schluchzend. „Komm mal her." Damit nahm Kathy ihre Mutter in den Arm und drückte sie fest an sich. „Weint Oma gerade?", wollte Paul wissen. „Nur ein bisschen. Das kommt vom Zwiebel schneiden." „Dann ist es ja gut!", rief er und verließ die Küche. Natürlich hatte er bemerkt, dass keine Zwiebeln auf dem Tisch lagen. „Ich geh zu ihm raus, O.k.?" „Mach das." Paul lag im Garten in einer der Sonnenliegen und warf Princess ihren Ball zu. „Kann ich mich zu dir legen?" „Klar." Nach einem Moment der Stille, der nur von den Lauten des Hundes gestört wurde, hielt es Paul nicht mehr aus. „Was war denn nun? Hast du ihn wenigstens erschossen?" „Nicht ganz. Aber ich bin hunderte von Seemeilen in einem Speed-Boot über die Nordsee gerast." „Cool! Das will ich auch unbedingt. Weist du was? Ich werde auch Bulle." „Auch das noch!" Mit einem tiefen

Seufzer war ihre Mutter dabei, den Tisch zu decken. „Los, kommt essen, ihr Superbullen!"

Am nächsten Morgen frühstückten alle zusammen im Garten. „Ich werde heute früher zu Hause sein und mir dann zwei Tage frei nehmen." Paul sah seine Oma erstaunt an, dann hob er seine Hand und beide klatschten sich ab. „Was war das denn!", rief Kathy verwundert. „Och, nichts", kam es von beiden wie aus einem Mund. „Na, dann ist es ja gut." Nach dem Frühstück fuhr sie Paul in die Schule und danach in die Zentrale.

Liz hatte schon Kaffee gemacht und freute sich, ihre Chefin wieder zu sehen. „Na Mam, ich habe gehört, die Verhaftung war wieder Mal eine typische McGore Meisterleistung." „Wer hat das denn gesagt?" „Nun, man hört hier so einiges. Aber auch von mir meinen herzlichen Glückwunsch. Kaffee?" „Oh ja, und wenn Sie wollen kommen Sie mit Ihrer Tasse zu mir, dann erzähle ich Ihnen von der McGore Meisterleistung. Ist Tom schon da?" „Der verhört bereits seit einer Stunde Bernett. Ich soll sie herzlich grüßen. Doch jetzt los. Ich will jede Kleinigkeit wissen." In diesem Moment klopfte es an der Tür und Constable King trat herein. „Verzeihung, Mam, aber ich wollte Ihnen nur …" „Ja, ja, King. Kommen Sie herein und setzen Sie sich. Haben wir für unseren tapferen Constable noch eine Tasse?" Und so saßen sie kurz darauf in Kathys Zimmer und lauschten ihrem Bericht.

Den Rest des Tages verbrachte sie damit, den Bericht für den Chief zu schreiben, der ihr ebenfalls herzlich gratulierte. Ihr Urlaubsantrag wurde genehmigt und um einen Tag verlängert, denn am Freitag war in Perth die Beerdigung von Sandra und Frank. „Ich werde auch dabei sein." „Danke Chief."

Es war eine sehr schöne und würdevolle Beerdigung. Viele Angehörige, Freunde und Kollegen gaben ihnen das letzte Geleit. Beide wurden zusammen begraben, was Frank, wenn er es gewusst hätte, bestimmt glücklich gemacht hätte …

ENDE

Oder doch nicht? Denn Müller ist weg!

Gut zwei Wochen später erhielt Kathy die Nachricht, dass der Häftling Hans Müller, während eines Krankenhausaufenthalts, in Inverness …

Kaum hatte die Meldung vom Verschwinden die Zentrale erreicht, saß Kathy am Tisch von Oberst Simon. Kathy sah ihn fragend an. „Warum Inverness, ich denke er ist auf einer der Gefängnisinseln." Wortlos schob ihr der Alte eine rote Mappe mit der Aufschrift: „Streng Geheim", über den Tisch. „Hier, lies das."
Während Kathy den Bericht überflog, holte der Chef zwei Tassen Kaffee. „Den habe ich selbst gemacht. Karen ist zu einer Schulung, oder so. Ich habe nur verstanden, dass ich jetzt drei Tage ohne sie auskommen muss."
„Soll ich Ihnen Liz für die drei Tage abstellen?
Ihr Kaffee schmeckt ganz passabel, und ich bin so viele Jahre ohne Sekretärin ausgekommen, da werde ich drei Tage bestimmt überleben." Der Alte überlegte einen Moment. „Wenn das gehen würde, ich wäre Ihnen sehr dankbar. Ich denke mal, dass Karen wahnsinnig wird, wenn sie erfährt, dass eine Fremde an ihrem Schreibtisch sitzt. Aber was soll' s, das Leben muss weiter gehen." Kathy griff zum Telefon und fünfzehn Minuten später saß Liz auf Karens heiligem Stuhl.
„Und, was meinen Sie?", fragte der Oberst, wobei er auf die Akte deutete. „Das hat der nicht alleine gemacht. Der hatte zu 100 Prozent Hilfe. Und ich denke Mal, von einem von uns." „Etwa einem Polizisten?" „Vollzugsbeamter, Polizist, Arzt oder was auch immer. Hier steht, dass man ihn wegen einer Blinddarmentzündung aufs Festland gebracht hat und auf dem Weg zurück ist er dann verschwunden. Besser gesagt, war der Typ, der als Hans Müller wieder auf das Gefängnisboot stieg, ein gewisser John Hartwig. Die beiden sehen sich sehr ähnlich und es war ein anderes Team von Vollzugsbeamten wie auf dem Hinweg. Und so ist es niemandem aufgefallen. Als man dann

die Gefängnisklamotten von Müller gefunden hatte, war es längst zu spät und er auf und davon." „Was denken Sie, wo liegt die Schwachstelle? Im Krankenhaus? Bei der Schiffsbesatzung?" „Nein, Sir. Ich denke, eher im Gefängnis. Denn irgendwer muss diesen Hartwig ja informiert haben, damit der dann pünktlich zur Stelle war. Ich denke mal an einen der Wärter oder jemanden von der Arztstation." „Dort gibt es keine Arztstation. Lediglich einen, zum Sanitäter, ausgebildeten Häftling. Deshalb auch die Überstellung aufs Festland. Also, was wollen Sie tun?" „Ich, Sir? Warum denn ich ? Was haben wir denn mit diesem Verbrecher zu tun? Sollen sich doch die Kollegen in Inverness um den Kerl kümmern." „Hören Sie Kathy, wenn Müller aus-packt bevor er geschnappt wird, dann kommen wir in Teufels Küche. Ich bitte Sie, kümmern Sie sich um den Fall. Die Sache mit Bernett ist doch abge-schlossen, oder? Und im Augenblick haben sie doch nichts anderes?" „Nein Sir, ich dachte daran, ein paar Tage frei zu machen und mit Paul ein biss-chen ans Meer zu fahren." „Na das passt ja, nehmen Sie ihn doch einfach mit." „Bitte?" „Sie fahren nach Inverness, suchen für sich und den Jungen dort ein schönes Hotel. Dann ermitteln sie ein bisschen, fangen diesen Müller und in der restlichen Zeit fahren sie mit Tom ans Meer." „Paul!" „Was?" „Der Junge heißt Paul. Und ich werde ihn ganz bestimmt nicht in Gefahr bringen, Sir." „Kathy, ich bitte Sie. Ich habe sonst niemanden, den ich schicken kann." „Auf gar keinen Fall, Sir." Nervös steckte sie sich eine Zigarette an und paffte gedankenverloren den Rauch in Sir Simons Büro.

Beide sahen sich an. Eine lähmende Stille erfüllte den Raum. Was würde jetzt passieren? Wer würde als Erster etwas sagen? Selbst Liz, die mit einer Akte im Raum stand, hielt die Luft an und verschwand dann wieder lautlos. „Das tut mir jetzt leid, aber Sie lassen mir keine andere Wahl." „Das heißt?" „Ich gebe Ihnen hiermit den dienstlichen Befehl, den flüchtigen Ausbrecher Hans Müller, dingfest zu machen." Kathy musste schlucken. Es war das erste Mal, das sie einen direkten Befehl ihres Chefs erhalten hatte. „Wie viel Bedenkzeit habe ich?" „Keine!"

Kathy drückte ihre Zigarette aus und erhob sich. „Wie Sie meinen, Sir." Damit verließ sie das Büro des Chiefs. Sie hörte ihn noch hinterher rufen: „Entschuldigen Sie bitte, aber es geht nicht anders. Das müssen Sie doch verstehen!"

Gar nichts musste sie verstehen! Langsam ging sie in ihr Büro und ließ sich trotzig in ihren Sessel fallen. Dann rief sie Tom an. Es dauerte einen kurzen Moment dann saßen beide an ihrem Beratungstisch.

„Was ist passiert?" Kathy erzählte ihm von ihrem Gespräch mit dem Oberst. „Weißt du, der Fall ist an sich ja kein Problem. Doch ich denke, ich werde zwei oder drei Tage oben sein müssen. Und Paul mitnehmen? Das kommt gar nicht in Frage. Wer weiß, was diesem Irren einfällt. Nachher nimmt er noch den Jungen als Geisel? Das würde ich mir nie verzeihen. Andererseits …" „Was andererseits?" „Der Alte hat ja recht. Niemand, außer mir, kennt Müller so gut." „Wo liegt dann das Problem?" „Das weißt du ganz genau." „Und du meinst, dass Paul das nicht verstehen wird? Wie alt ist er jetzt?" „Vierzehn." „Na also, ein großer Junge. Meiner wäre froh, wenn sein Vater mal für ein paar Tage verschwinden würde." „Das ist doch etwas ganz anderes." „So, meinst du? Das denke ich nicht. Ich glaube, du bist dabei, ihn wie ein rohes Ei zu behandeln, ihn in Watte zu packen. Er ist ein Junge! Du musst mit ihm reden. Das mit dem kürzer Treten hat ja sowieso nicht funktioniert, oder? Du bist nun mal ein Bulle. Und ein verdammt guter dazu. Also müsst ihr beide einen gemeinsamen Nenner finden. Denn wenn nicht, dann gehst du kaputt. Und ob das für ihn so gut ist, wage ich zu bezweifeln." Kathy sah ihn an und musste lächeln. „Du hast wie immer recht, mein Lieber. Also, ab an die Küste. Irgendwie fängt dieser Müller an, mich zu nerven.

Die Insel

Mitte des 18. Jahrhunderts errichtete die Krone auf einer der entlegensten Inseln der Hebriden ein Verlies für Häftlinge, die lebenslänglich aus Schottland verbannt wurden und nur durch einen sehr findigen Anwalt dem Scharfrichter entgangen waren. In den Jahren danach entwickelte sich dieser Ort zu einem der schlimmsten Gefängnisse in ganz Großbritannien. Unter Kennern wurde der Ort nur „The Island of Death", also Todesinsel, genannt, was diesen Ort ziemlich gut umschrieb. Die Lebensbedingungen dort oben waren mit keinem anderen Verlies auf der Welt zu vergleichen. Es gab weder eine Heizung noch Fenster. Und das bei einer durchschnittlichen Jahrestemperatur von elf Grad. Es gab schlechtes Essen und oft fiel für Tage der Strom aus. Das führte dann dazu, dass es auch noch dunkel in den Zellen war. Ein altersschwacher Generator sorgte dann gerade mal für die Beleuchtung der Aufseher-Unterkünfte. Es gab keine ärztliche Versorgung, bis auf einen schlecht ausgebildeten Sanitäter, keine Bewegungsmöglichkeiten, keine Arbeit, ja, es gab nichts zu tun. Unter diesen Bedingungen zu überleben, das schafften nur die Stärksten. Selbst die Amis interessierten sich für diesen Ort. Jedes deutsche Gefängnis war dagegen eine 5 Sterne-Unterkunft. Doch das lag sicher auch am politischen Willen einer Regierung, wie man mit Verbrechern umgeht …

Im Moment waren dort lediglich 13 verurteilte Straftäter untergebracht. Alle hatten lebenslänglich bekommen, was hier tatsächlich bis zum Tod bedeutete. Und nun war einer von ihnen verschwunden. Es saß zwar jemand in seiner Zelle, doch war das nicht der, der dort einsitzen sollte, nämlich Hans Müller. Seit gut vier Tagen war der auf der Flucht und niemand wusste, wo er sich gerade aufhielt oder was er vorhatte. Natürlich war längst eine Großfahndung nach ihm ausgelöst worden, doch bis jetzt ohne Erfolg.

Oberaufseher Jason Hurt hatte sein achtköpfiges Team antreten lassen. Mit rotem Gesicht brüllte er seit gut 20 Minuten seine Wut über die Flucht dieses, noch dazu deutschen Häftlings, in die gelangweilten Gesichter seiner Untergebenen. Zum Schluss kündigte er ihnen eine Untersuchung des Vorfalls an. Und falls es einen Mittäter unter Ihnen geben sollte, so würde das die Untersuchungs-Kommission herausfinden. Es wäre also besser für denjenigen, sich jetzt und hier freiwillig zu melden. Zehn Jahre Knast wäre die Belohnung für die Fluchthilfe. Natürlich meldete sich niemand.

Mitten im Anschiß schlurfte einer der verbliebenen Häftlinge mit einem Balken über der Schulter den Flur entlang. Hurt zeigte mit angehaltenem Atem und starrem Blick auf den Mann. „Was, um alles in der Welt, ist das? Kann mir mal jemand erklären, warum der Mann da nicht in seiner Zelle sitzt?" Einer der Wärter meldete sich etwas genervt. „Der Mann da ist Freddy und er räumt das alte Lager auf. Danach geht er in die Küche und kocht. Soll ich etwa die scheiß Balken schleppen?" „Und warum trägt der Mann keine Fesseln?" „Weil das mit 'ner Fußfessel schlecht geht, Sir." „Was glauben Sie denn, was die Mitglieder der Kommission sagen werden, wenn sie unsere Häftlinge frei herumspazieren sehen? Wegtreten!" Kopfschüttelnd verzog sich Hurt in sein Büro und goss sich ein großes Glas Whiskey ein. Immerhin war es schon fast zwölf Uhr am Mittag. Ruhe kehrte wieder in den Alltag ein. „ Und wer weiß, vielleicht kommt ja auch keiner seiner Vorgesetzten hierher?"

Der Wetterbericht kündigte eine neue Unwetterfront an, verbunden mit langanhaltenden Regenfällen und einer Temperatur von sechs Grad. „Verdammtes Mistwetter." Und schon goss er sich einen zweiten Whiskey ein. Da klingelte plötzlich das Telefon. Es war der einzige Apparat hier auf der Insel und sicher so alt wie das Gefängnis. . Hurt nahm ab und hörte die Stimme seines Vorgesetzten aus Inverness. „Na John, alter Inselaffe, wie geht es dir?" „Na wie schon, Sir?" „Ich wollte dich nur darüber informieren, dass in knapp zwei Stunden Special Superintendentin McGore bei dir eintreffen wird. Du wirst dir ja denken können, warum. Also, räume deinen Saustall auf." „Alles klar, Sir. Könntest du dem Superintendenten eine Kiste

Whiskey mitgeben? Meine Vorräte gehen hier langsam zur Neige." „Ich werde sehen, was sich machen lässt." Damit war das Gespräch beendet und Hurt seufzte tief. „Auch das noch." Dann beschloss er dafür zu sorgen, dass wenigstens die verbliebenen Häftlinge, für die Zeit der Inspektion, in ihren Zellen saßen.

In dem vom Zigaretten-Rauch stickigen Aufseher-Büro saßen seine Jungs und spielten Karten. „Wer von euch hat Wache?" Einer der Wachleute meldete sich. „Jetzt nicht Chef! Und hiermit meine Freunde, Hosen runter." Der Rest der Spieler schmiss genervt die Karten auf den Tisch. „Wat für'n Dusel der Kerl hat!"

„Heute muss einer von euch den Kochlöffel schwingen. Wir kriegen Besuch." Betretenes Schweigen war die Antwort auf die Ankündigung. „Aber solange kann doch Freddy noch kochen oder was?" „Nochmal zum Mitschreiben. Bis die Kontrolle vorbei ist, bleibt Freddy in seiner Zelle. Ist das klar?" „Ja, ist klar Chef. Denn jibt et eben nüscht mit Kartoffeln." Brüllendes Gelächter folgte der Antwort. „Und räumt hier ein bisschen auf." „Was denn noch? Sollen wir etwa noch Streife laufen? Draußen ist es kalt und nass, Chef."

Hurt schloss die Tür und schlurfte kopfschüttelnd zurück in sein Büro. „Das hier war kein Gefängnis, das war ein Sauhaufen." Kaum drinnen, sah er sich um. Hier könnte auch mal wieder aufgeräumt werden. Zumindest müssten die leeren Flaschen endlich in den Müll. Gerade wollte er sich einen Häftling kommen lassen, doch dann verwarf er den Gedanken schnell wieder. Das musste er dieses Mal wohl selber machen."Hoffentlich ist dieser Spuk bald vorbei", brubbelte er vor sich hin.

Knapp zwei Stunden später signalisierte ein Nebelhorn, dass ein Schiff Kurs auf die Insel nahm. Hurt ließ seine Truppe antreten, nicht ohne noch mal ihre Uniformen zu kontrollieren. Sie bekamen hier äußerst selten Besuch und noch dazu von einem Superintendenten. Das Polizeiboot legte an und neben zwei Beamten in Uniform sprang noch ein etwas kleiner

Mann in Zivil von Bord. Alle drei steuerten direkt auf das Eingangstor zu und bald standen sie Hurt gegenüber. Erst jetzt erkannte er, dass der Mann in Zivil in Wahrheit eine Frau war. „Hallo Sergant. Sie können den Mund wieder schließen. Special Superintendentin Kathy McGore aus Edinburgh." Hurt knallte die Hacken zusammen und salutierte vorschriftsmäßig. „Besatzung des Gefängnisses mit acht Wachleuten und 12 Gefangenen vollzählig angetreten." „Vollzählig? Nun, dann wäre ich ja wohl nicht hier, Sergant." „Wie meinen?" „Nun, wie ich hörte, haben Sie einen Ihrer Insassen verloren?" „Jawohl, Sir! Äh, Mam." „Hören Sie, Sergant, ich will die Zelle von diesem Müller sehen, dann mit diesem obskuren Sanitäter sprechen und von Ihnen hätte ich gern den Bericht zu dem, was sich da abgespielt hat. Ach so, dann will ich noch mit diesem Ersatzhäftling sprechen. Im Übrigen habe ich vor, den Herrn mitzunehmen. Ich denke, das geht doch in Ordnung, oder?" Kathy steckte sich eine Zigarette an. Dann zog sie ihren Parker fest zu und lächelte dem immer noch salutierenden Beamten frech ins Gesicht. „Was ist, wollen wir?" „Jawohl Mam, bitte hier entlang. Und ihr geht an eure Arbeit." Damit verstreute sich die Truppe der Wachleute. Bei einigen konnte man erkennen, das sie gar nicht wussten, was sie tun sollten. Kathy folgte dem Sergant in ein halb verfallenes Gebäude. Dort stiegen sie eine enge Treppe hinunter. Kathy fühlte sich im Nu nach Abbey Grove versetzt. Hier unten roch es feucht und muffig und die mit Backsteinen gemauerten Wände strahlten vor Kälte und Nässe. Mehrere Zellen gingen rechts und links vom Flur ab. Im Halbdunkel waren Menschen zu sehen, die in Decken gehüllt auf ihren Pritschen saßen. „Das ist ja unmenschlich, Sergant. Egal, was die verbrochen haben, niemand verdient es, so zu leben." Der Sergant zuckte nur mit den Schultern. „Nun, Mam, die letzte Renovierung liegt schon fünfzehn Jahre zurück und betraf lediglich den Aufseher-Bereich. Hier Mam, bitte." Damit zeigte er auf einen leeren Raum. „Das war die Zelle von diesem Deutschen." In dem Raum befanden sich außer einer Pritsche, einem Hocker nur noch ein wackliger Tisch und ein kleines Regal.

Zwei Decken und ein schmutziges Kopfkissen lagen auf der Pritsche. „Wir haben alles so gelassen, wie er es verlassen hat." Kathy sah den Sergant fragend an. „Mehr ist hier nicht drin? Nichts persönliches, keine Bücher oder Zeitschriften, kein Waschzeug oder gar Wäsche?" „Nun, wir haben das ganze Zeug nach Inverness geschickt." „O.k., wo ist der Häftling, den alle für Müller gehalten haben?" „Der ist hier drin, Mam." Damit deutete Hurt auf die Nachbarzelle. Kathy sah hinein und da stand ein hagerer älterer Mann, der sie breit angrinste. „Na, wie ist denn Ihr Name, Sir?" Doch statt zu antworten, summte er vor sich hin. Nach einem kurzen Moment begann er, mit trippelnden Schritten in der Zelle herum zu tanzen. „Toll machen Sie das. Wirklich toll. Mal sehen, ob Sie nach Ihrer Verurteilung die nächsten zehn Jahre hier weiter tanzen wollen." Doch der Mann ließ sich nicht einschüchtern. Im Gegenteil, jetzt begann er leise zu singen, während er mit seinen Armen in der Luft ruderte. „Na Klasse", dachte sich Kathy. Ein Fluchthelfer mit einer Macke. Da hat sich Müller ja den Richtigen ausgesucht. Nur, woher sollte er den haben? Nein, da muss noch ein anderer die Hand mit im Spiel haben. „Wo ist dieser Sanitäter?" „Kommen Sie, Mam." Bevor Kathy den Mann verließ, deutete sie auf die sie begleitenden Beamten. „Den können Sie schon mal aufs Boot bringen. Der kommt mit." Dann folgte sie Hurt, der am Ende des Flurs stand und sich dort mit einem Häftling unterhielt. Kathy kam dazu und sah einen kleinen schmächtigen Mann, der mit einer Decke um die Schultern am Gitter stand. „Das ist Sammy. Unser Sanitäter, Mam." „Hallo Sammy. Ich bin Special Superintendentin Kathy McGore. Mich würde interessieren, was Ihnen Müller versprochen hat, wenn Sie ihm ein paar kleine Gefallen tun?" „Aber Mam! Ich habe damit nichts zu tun. Das schwöre ich beim Leben meiner Mutter!" „Ach bitte, lassen Sie doch ihre arme Mutter aus dem Spiel. Das hat die sicher nicht verdient."
Also, ich höre." „Nichts, Mam. Ehrlich. Ich habe nur im Krankenhaus angerufen und ihnen mitgeteilt, dass wir einen Patienten mit Verdacht auf Blinddarm haben." „Sie meinen das Royal North Hospital? Und das machen Sie?

Sergant Hurt, ich bin etwas erstaunt. Ein Sanitäter, noch dazu ein Häftling, stellt hier Diagnosen und teilt das dann auch gleich dem zuständigen Krankenhaus mit?" Hurt war die Situation sichtlich peinlich. „Verzeihen Sie, Mam, aber das war eine Ausnahme. Wirklich! Natürlich telefoniere ansonsten nur ich mit dem Krankenhaus, aber hier ging es um Leben und Tod. Das dachten wir zumindest." „Wann wurde der Termin mit dem Krankenhaus vereinbart?" Jetzt meldete sich Sammy aufgeregt. „Das war so, Mam. Der Thomas, was der Pfleger ist, erzählte mir, dass am nächsten Tag ein OP-Termin im Trakt IV. frei wäre und man unseren Patienten da sicher einschieben könnte. Er müsste nur rechtzeitig vorher da sein. Also mindestens eine Nacht, für die Untersuchungen und so. Ich habe das dann dem Sergant mitgeteilt und der hat das Boot gerufen." „Genauso war es", pflichtete Hurt dem Häftling bei." „Also, Ein Häftling, der hier nebenbei als Sanitäter arbeitet, verhandelt mit einem Pfleger im Krankenhaus und vereinbart einen OP-Termin?" „Nun, das klingt jetzt ein wenig merkwürdig, Mam." „Aber wieso denn? Das war keine Flucht, meine Herren, das war eine Entlassung!" Kathy war kurz davor zu explodieren. „Ich will jetzt Ihren Bericht, und bitte sagen Sie mir nicht, der wäre bereits in Inverness." „Aber Mam, natürlich …" „Dann geben Sie mir eine Kopie. Hören Sie zu, Sergant. Ich denke, Sie können froh sein, wenn Sie nach den Ermittlungen noch auf dieser Seite der Gitter stehen werden." „Ich bringe Ihnen die Kopie." Und schon beeilte er sich, um in sein Büro zu kommen. „O.k., danke. Wir fahren dann." Damit ging Kathy in Richtung des Polizeibootes. Plötzlich drehte sie sich um. „Was ist denn nun? Denken Sie, ich trage Ihnen die Kiste in Ihr Büro?" „Oh nein, Mam." Hurt beeilte sich, zum Boot zu kommen. Dort hatte einer der Beamten inzwischen eine Kiste Whiskey auf den Steg gestellt. „Gegen das Klima, Mam." Damit drückte er ihr eine schmale Akte in die Hand. „Hier, der Bericht. „Ja, ja, Sergant, wir bleiben in Verbindung. Und räumen Sie Ihren Saustall auf, sonst mache ich das. Und glauben Sie mir, das wollen Sie nicht. O.k., Kapitän, wir legen ab!"

Kurz darauf war das Boot am Horizont verschwunden. Hurt griff sich die Kiste und ging langsam zurück. „Noch mal Schwein gehabt!", rief er seinen Kollegen zu. „Und jetzt sorgt dafür, dass Freddy aus seinem Loch kommt und endlich mit dem Kochen anfängt. Ich lasse mir doch von so einer Wichtigtuerin nicht sagen, wie ich meine Arbeit zu machen habe."

Inverness

Nachdem Kathy jenen ominösen John Hartwig in eine Zelle verfrachtet hatte, fuhr sie in das Royal North Hospital. Das Krankenhaus hatte einen guten Ruf, aber das Verschwinden des Häftlings hatte für große Aufregung gesorgt. Kaum angekommen, wurde Kathy vom Chefarzt empfangen, der ihr sein tiefstes Bedauern zum Verlust des Häftlings aussprach. „Ich kann mir das nicht erklären, Mam. Wir behandeln die Patienten der Insel schon seit über fünfzig Jahren und noch nie ist etwas Derartiges passiert." „Glauben Sie mir Professor, einmal ist immer das erste Mal."
Dann erzählte sie ihm von dem Gespräch mit diesem merkwürdigen Sanitäter. Das Gesicht des Professors verzog sich immer mehr. Dann griff er zum Hörer und wenig später stand die Oberschwester in seinem Büro. „Kennen Sie einen Pfleger mit Namen Thomas? Und kann es sein, dass hier irgendein Sanitäter von der Insel einen Patienten einliefert?" „Auf gar keinen Fall, Sir. Und einen Pfleger mit diesem Namen kenne ich nicht." „Sagen Sie, Mam, wer entscheidet eigentlich, ob ein Patient von der Insel aufgenommen und behandelt wird?" „Nun, entweder der Professor persönlich oder der Stationsarzt, Dr. Haller. Ich denke mal, es geht um diesen verschwundenen Häftling?" „Genau." „An dem Tag, als der Mann hierher kam, waren der Professor und Dr. Haller gar nicht im Haus."
„Richtig, ich war mit dem Haller auf einer Fachtagung in Edinburgh." „Und Sie Oberschwester Betty, waren Sie anwesend?" Die Schwester fing an zu schwitzen. „Ja, Mam, ich hatte Dienst. Doch ich habe weder diesen Häftling

noch die ihn begleitenden Beamten oder diesen Pfleger gesehen. Außerdem war ein Teil von Station IV wegen Malerarbeiten gesperrt." „Na, Sir, dann war das Ganze ja ein Kinderspiel. Kennen Sie diesen Mann?" Damit zeigte sie beiden ein Bild von Hartwig. Während der Professor den Kopf schüttelte, wurde Betty aschfahl. „Das, das ist, äh, das ist John." „Wer ist John?" „Nun, er hilft uns ab und an ein bisschen im Wäschekeller und macht ein paar Botengänge. Wissen Sie, John ist nicht ganz richtig im Kopf. Aber er ist ein gutmütiger Typ und tut niemandem etwas zu Leide. Die Patienten mögen ihn. Und er kann nie jemandem einen Wunsch abschlagen. Allerdings ist er schon ein paar Tage nicht zur Arbeit erschienen. Ich habe mich schon gewundert. Aber auf der Station ist soviel zu tun, Mam." „Ich kann Ihnen sagen, wo er war. Er ist nämlich der freundliche Herr, der an Stelle von Müller zurück auf die Insel gefahren ist. Und da saß er jetzt vier Tage in dessen Zelle. Im Augenblick befindet er sich jedoch in Polizeigewahrsam in Inverness." „Hören Sie, Mam, Sie müssen ihn da rausholen, bitte. John weiß nicht, was er tut. Und wenn er auf die Insel gefahren ist, dann nur, weil ihn jemand dorthin geschickt hat." „O.k., Herr Professor, ich werde mich an dieser Stelle verabschieden. Um diesen John werde ich mich persönlich kümmern. Ich denke, er wird spätestens morgen Früh wieder hier sein. Oberschwester, Sie hören von mir." Damit verabschiedete sich Kathy von den beiden und fuhr zurück in die Polizeizentrale von Inverness. Sie war mehr als unzufrieden. Im Prinzip hatte sie gar nichts erreicht. Weder ihr Besuch auf der Insel noch im Krankenhaus hatten sie weitergebracht. Und dieser John Hartwig würde ihr auch nicht helfen können. Trotzdem wollte sie noch einmal mit ihm reden. Wer weiß, vielleicht erinnerte er sich ja doch an irgendetwas. Und so, ließ sie ihn in das Vernehmungszimmer bringen. John saß auf seinem Stuhl und starrte freundlich lächelnd an die Decke. Kathy hatte ihm ein Wasser und etwas Obst bringen lassen. „Hallo John. Ich bin Kathy. Erinnerst du dich an mich? Ich habe dich aus dieser finsteren Zelle geholt. Weißt du noch, wer dich auf die Insel geschickt hat?" Doch

John begann wieder mit diesem merkwürdigen Summen, wobei er den Kopf hin und her bewegte. Plötzlich sprang er auf und tänzelte durch den Raum. „Bitte, John, setzen Sie sich. Du musst mir helfen. Ich will wissen, wer dir das angetan hat? Wer hat dich auf die Insel geschickt?" Plötzlich begann er leise zu flüstern. „Betty gut. Thomas böse. Betty gut." „Wer ist dieser Thomas? Hast du ihn vorher schon mal gesehen?" Wieder tänzelte er durch die Zelle. Dann blieb er plötzlich stehen. „Betty gut. Thomas ganz neu. Er mir versprochen, mich auf eine Reise zu schicken."

Das hat er ja wohl auch gemacht, dachte sich Kathy. Plötzlich fing John an, auf Kathys Block ein Gesicht zu malen. Als er fertig war, sprang er auf und lief wieder durch den Raum. Kathy sah auf das Bild und war erstaunt. Dort war ein junger Mann zu erkennen, der ihr irgendwie bekannt vorkam. Er hatte kurze Haare, trug eine Brille und hatte eine Narbe auf der rechten Wange. Das Bild war sehr gut gezeichnet. „Ist das Thomas? Bitte John, du musst mir das sagen. Ist das der Mann, der dich auf die Reise geschickt hat?" „Thomas böse." Kathy wusste, das sie nichts mehr von John erfahren würde. Sie ließ sich mit dem Krankenhaus verbinden und bat der Oberschwester auszurichten, dass John Hartwig abgeholt werden kann. Jemand versprach, sogleich einen Pfleger zu schicken. Kathy bat einen Beamten in den Vernehmungsraum zu kommen und auf John aufzupassen. „Er wird gleich abgeholt."

Damit ging sie in Richtung des Lagezentrums. „Hier, meine Herren, so sah der Typ aus, der Müller bei der Flucht geholfen hat. Er nennt sich Thomas. Bitte das Bild an alle Kollegen schicken." „Geht klar, Mam." In diesem Augenblick erreichte sie ein Anruf aus dem Krankenhaus. Eine gewisse Betty McFare wünscht Miss McGore dringend zu sprechen. Kathy nahm den Hörer: „Keine Angst, Oberschwester, John wird bald wieder bei Ihnen sein." „Oh nein, Mam, darum geht es nicht. Sie sollten herkommen und bringen Sie Ihr Team mit. Wir haben Thomas gefunden." „So, wo hatte er sich denn versteckt?" „In einem unserer Kühlfächer." „O.k., wir kommen." Kathy informierte die Jungs von der Spurensicherung und fuhr mit einem der zuständigen Inspektoren ins Krankenhaus. „Wenn wir da sind, übernehmen Sie den Fall, Inspektor. Wobei ich Ihnen den Namen des Mörders schon nennen kann. Es war Hans Müller. Er beseitigt seine Zeugen schnell zuverlässig und effektiv. Ich hätte gleich daran denken müssen." Dann telefonierte sie mit dem Wachhabenden im Revier. „Hören Sie zu. Da kommt gleich ein Wagen vom Hospital, um John Hartwig abzuholen. Bitte schließen Sie Hartwig in eine Zelle und sichern Sie seine ständige Überwachung. Wie? Er wurde schon abgeholt? Ich hoffe, Sie haben sich das Nummernschild aufgeschrieben? Lassen Sie sofort nach dem Wagen fanden und den Fahrer festnehmen. John Hartwig steht ab sofort unter Polizeischutz." Fragend blickte sie der Inspektor an. „Nun, ich will nach diesem Thomas, nicht auch noch Hartwig verlieren. Und ich wette zehn Pfund darauf, dass der Wagen, der ihn gerade abgeholt hat, ein anderes Fahrziel als das Krankenhaus hat."

In diesem Moment bogen die Wagen der Polizei auf das Gelände des North Hospital. Der Chefarzt stand schon am Eingang und begrüßte sie. „Kommen Sie bitte hier entlang." Dann stürmte er durch das Foyer, den Gang entlang und schließlich in den Keller. Hier war alles hell und freundlich gefliest. „Na wenigstens mal kein Gruselkabinett", murmelte Kathy. „Was haben Sie gesagt?" „Oh nichts, Doktor." Schließlich standen sie in einem der Kühlräume. Eines der Fächer war geöffnet und die darin befindliche Metallbahre halb herausgezogen. Eine abgedeckte Person war deutlich zu erkennen. „Wer hat ihn gefunden!", rief Kathy in die Runde. „Das war ich." „Und wer sind Sie, wenn ich fragen darf." Der Inspektor nickte. „Doktor Haller. Ich bin hier der leitende Stationsarzt." „O.k., machen Sie weiter, Inspektor." Sofort übernahmen die Jungs von der Spurensicherung den Raum. „Kommen Sie, Doktor, hier stören wir bloß." Auf dem Flur holte sich Kathy einen Kaffee aus dem Automaten und steckte sich eine Zigarette an. „Was ist, wollen Sie auch einen?" „Nein danke." Kathy stellte ihr Diktiergerät auf das Fensterbrett. „Für den Inspektor, Sir.

Warum, Herr Doktor, haben Sie gerade dieses Kühlfach geöffnet? Ich denke doch, dafür hat ein leitender Stationsarzt sein Personal?" „Natürlich, Mam. Aber ich fand vor gut einer Stunde diese Nachricht in meinem E Mail Fach." Damit reichte er Kathy einen Zettel. „Schauen Sie doch mal ins Kühlfach 61" „Das war alles?" „Das war alles." „Wissen Sie, wer Ihnen diese Mail geschrieben hat?" „Nein, die kam über das hausinterne Intranet, das heißt, es muss jemand hier aus der Klinik gewesen sein." „Erklären Sie mir das." „Jeder von uns hier im Haus hat einen Zahlen- und Buchstabencode. Meiner ist FaD-239. Wenn man den kennt, dann kann man von jedem Rechner dieses Hauses Nachrichten senden." „Und es nicht nachvollziehbar, von welchem Rechner die gesendet wurde?" „Oh doch, Mam. Hier, sehen Sie. Der Absender war ein gewisser HH 61." „Hans Müller. Und er ist 61 Jahre alt. Warten Sie hier." Sofort rannte sie in die Pathologie. „Hören Sie, Inspektor. Lassen Sie sofort das Krankenhaus abriegeln. Es kann sein, dass Müller noch im Haus ist." Der zuständige Pathologe drückte den roten Alarmknopf an der Wand und sofort wurden sämtliche Ein- und Ausgänge des Krankenhauses geschlossen. Danach informierte der Inspektor die Kollegen vom Revier und bestellte Verstärkung. „Hier kommt keiner mehr rein oder raus, den wir nicht überprüft haben. Gesucht wird Hans Müller!" Dann folgte eine kurze Beschreibung des Verdächtigen. „Hören Sie, Professor. Um Ihre Notaufnahme weiter am Laufen zu halten, schicke ich sofort drei Beamte hin. Die werden dort jeden kontrollieren. Es tut mir leid, Ihnen solche Umstände zu machen." „Dafür habe ich vollstes Verständnis, meine Herren." Einer der Spurentechniker wendete sich an Kathy. „Hier, Mam, der Mann ist erdrosselt worden. Ich denke mal, mit einer dünnen Schnur oder einem Draht." „Ich denke, mit einem Würge-Draht. Müller war Legionär im Kosovo und das war dort eine beliebte Methode, um feindliche Wachen auszuschalten." „Na, Prost Mahlzeit." „Äh, Inspektor, ich würde mir gerne noch mal den Toten ansehen." „Bitte, nur zu." Kathy näherte sich dem Gesicht des Toten und wieder erschien es ihr, als hätte sie den Mann vor Kurzem irgendwo gesehen. Doch es fiel ihr nicht ein. Also fotografierte sie sein Gesicht. Sie würde sich schon noch erinnern. Da war sie sich sicher. Die Verstärkung der Polizei traf zwanzig Minuten später ein und in gut zwei Stunden war das gesamte Krankenhaus durchsucht.

Doch nichts. Keine Spur von Müller. Hatte er sich doch schon abgesetzt? Doch eines war klar, wenn er wirklich die Nachricht für Dr. Haller geschrieben hatte, dann war er noch irgendwo in der näheren Umgebung. Nach einer weiteren Durchsuchung des Krankenhauses ließ Kathy lediglich weiter die Ein- und Ausgänge beobachten. Gerade sah sie Doktor Haller, der auf sein Auto zusteuerte. „Sagen Sie, Herr Doktor, kennen Sie einen Sanitäter mit Namen Sammy?" „Wieso, hat der Idiot sich etwa über mich beschwert?" „Warum das?" „Na, das ist doch dieser Möchtegern-Arzt von der Insel. Der hat mich erst vor Kurzen laufend angerufen, weil einer seiner Mithäftlinge angeblich über chronische Bauchschmerzen klagt. Und ob ich nicht mal nachschauen könnte." „Wie, er wollte, dass Sie zwecks Diagnose auf die Insel kommen?" „Genau! Erstens darf ich das gar nicht und zweitens habe ich keine Lust da rüber zu fahren. Es gibt einen ordentlichen Dienstweg für solche Fälle und den hat auch dieser Sammy einzuhalten." „Haben Sie ihm das so gesagt?" „Genau so." „Und was war dann?" „Geflucht hat er. Und was ich denn für ein Arzt wäre und ob mir die Menschen egal wären? Und ich würde das noch bitter bereuen." „Haben Sie seitdem noch was von ihm gehört?" „Nein, Mam. Er hat wohl noch zwei- oder dreimal angerufen, aber dann war Ruhe. Ich bin der Meinung, den hat jemand ordentlich unter Druck gesetzt." „Wie meinen Sie das?" „Nun, ich denke, da wollte irgendein Häftling mit Macht von der Insel." „Ich danke Ihnen, Sir. Kommen Sie gut nach Hause." Damit ging Kathy zurück zu ihrem Wagen, während der Doktor in seinen stieg.

Die Explosion war noch zwei Meilen weit zu hören. Mit einer gewaltigen Detonation und einem riesigen Feuerball flog Hallers Dienstwagen in die Luft. Als sich der Rauch endlich verzog, konnte man eine brennende Leiche hinter dem Steuer sehen. Alle Autos im Umkreis von fünfzig Metern waren in Mitleidenschaft gezogen und brannten lichterloh. Kathy hatte großes Schwein gehabt. Im Moment der Explosion fuhr ein Lastwagen an ihr vorbei, den die Druckwelle traf. Sie selbst hatte nur ein paar Schrammen abbekommen. Eine Sekunde früher oder später und es hätte sie erwischt. Von Weitem waren die Sirenen der Feuerwehrwehr, der Polizei und der Krankenwagen zu hören. Auch wenn sie sich hier vor einem Krankenhaus befanden, wurden in solchen Fällen automatisch alle umliegenden Wagen informiert. „Schönen Gruß von Müller." Kathy saß neben dem jungen Constable im Wagen und rauchte. Der Beamte blutete aus den Ohren. Wahrscheinlich waren seine Trommelfelle geplatzt. Überall auf dem Parkplatz lagen Verletzte am Boden, die um Hilfe schrien. Für Dr. Haller und drei weitere Mitarbeiter des Krankenhauses kam jede Hilfe zu spät. Sie konnten nur noch tot geborgen werden. Kathy ließ sich mit der Zentrale in Inverness verbinden. Zunächst waren alle froh, dass keinem ihrer Beamten etwas passiert war. „Was können wir für Sie tun, Mam?" „Schaffen Sie mir diesen Sanitäter von der Insel ran. Der steckt in dem Attentat irgendwie mit drin." „Geht in Ordnung, Mam." „Ich werde mich mal durchchecken lassen. Ich melde mich dann wieder. McGore, Ende." Dann drehte sie sich zu dem verletzten Beamten um und zog ihn mit in die Klinik. "Kommen Sie, ich denke, Sie brauchen eher einen Arzt." Die Kollegen der Spurensicherung stellten später fest, dass der Sprengsatz mittels einer Haftladung am Unterboden angebracht war und durch das Betätigen des Zündschlosses zur Detonation gebracht wurde. Eben eine hübsche kleine Rohrbombe. So wie sie die Legionäre zu Hunderten im Kosovo verwendet hatten. Müller ließ grüßen. Der Arzt, der Kathy untersuchte, war erstaunt über ihre blendende Kondition. Selbst den kleinen „Flug" von fünf bis sechs Metern hatte sie ohne Blessuren überstanden. Lediglich die Jacke hatte einiges abbekommen. „Noch mal Schwein gehabt, Mam." „Nun, das wird er noch teuer bezahlen, der feine Herr Müller." „Ach, Sie kennen den Täter?" „Oh ja. Ein verurteilter

Verbrecher, der eigentlich den Rest seines erbärmlichen Lebens in einem Loch auf der Insel verbringen sollte." „Na, dann wünsche ich Ihnen eine erfolgreiche Jagd. Dr. Haller war ein guter Arzt und ein feiner Kollege. Er hat es einfach nicht verdient, von einer Bombe in tausend Stücke gerissen zu werden." „Ich denke Sir, das hat niemand verdient." „So, Mam, ich bin fertig. Sie sollten sich die nächsten Tage ein bisschen schonen, aber wem sage ich das? Ich werde mir jetzt noch ihren Kollegen ansehen. Den hat es wohl etwas schwerer erwischt. Aber auch das bekommen wir wieder hin." Damit war der Arztbesuch beendet. Kathy verabschiedete sich noch von dem jungen Beamten und fuhr dann mit einem Taxi zurück in die Polizeizentrale. Dort schrieb sie ihren Bericht. Immerhin war sie unmittelbar am Tatort, als der Doktor in die Luft flog.

Dann ging sie in das Büro des Chiefs. „Na Superintendent, wie geht es Ihnen? „Der Arzt sagt, alles O.k., aber ich soll mich ein bisschen schonen. Ihr Constable dagegen wird wohl ein paar Tage krankgeschrieben werden." Der Chief gratulierte ihr für das Glück, das Inferno überlebt zu haben. „Sie wollten, dass wir diesen Sammy von der Insel holen. Dürfte ich erfahren, warum?" „Nun, Dr. Haller hat mir noch kurz vor seinem Tod erzählt, dass dieser Sammy ihn mehrfach angerufen hatte, um einen Patienten von der Insel im Krankenhaus unterzubringen. Doch der hat es schlichtweg abgelehnt, mit ihm darüber zu verhandeln. Er solle gefälligst den Dienstweg wählen. Sammy hat ihm darauf hin gedroht, dass er das noch bitter bereuen werde." „Alles klar, Mam. Der Häftling trifft in knapp einer Stunde hier ein und wird die Nacht in einer unseren komfortablen Zellen verbringen, bevor ihn morgen das Boot wieder zurückbringt. Sie können ihn bis dahin so oft verhören, wie Sie wollen. Helfen Sie uns diesen Müller zu schnappen, bevor es weitere Tote gibt. Ach übrigens, John Hartwig ist verschwunden. Sie hatten doch angeordnet nach dem Wagen zu fanden, der ihn abgeholt hat. Wir haben das Auto kurz hinter der Stadtgrenze, leer gefunden. Auf dem Beifahrersitz war Blut. Wir haben bereits eine Großfahndung nach ihm ausgelöst. Wenn Sie wollen, können Sie die Überwachungsvideos sehen, auf denen man erkennt, wer ihn abgeholt hat." „Das würde mich doch sehr interessieren, obwohl ich mir schon denken kann, wer es war." „Sie meinen, Müller ist hier hereinspaziert und hat diesen Hartwig einfach mitgenommen?" Kathy nickte. „Der Mann ist skrupellos und was hat er schon noch zu verlieren? Er ist gerade dabei Zeugen, die ihn belasten können, zu beseitigen. Der Erste war dieser Pfleger Thomas, den er im Krankenhaus erwürgt hat. Sagen Sie, Sir, Sie haben doch ein Gesichtserkennungsprogramm?" „Sogar eines der besten, wenn ich das mit Stolz sagen darf." „Würde es Ihnen etwas ausmachen, unseren Toten aus dem Krankenhaus mal durchlaufen zu lassen? Ich kenne den Mann, nur weiß ich nicht woher." „Das machen wir sehr gern." Er bestellte sofort jemanden von der entsprechenden Abteilung in sein Büro. Nach einem kurzen Moment stand ein salutierender Sergant im Zimmer. „Gehen Sie bitte mit dem jungen Mann, er wird Sie bestens beraten. Mich müssen Sie bitte entschuldigen, aber die Akten da bearbeiten sich nicht von allein." „Ich danke Ihnen, Sir." Damit verschwand Kathy mit dem Sergant in dessen Abteilung. Dort füllte ein riesiger Computer einen Teil des Raumes aus. „Haben Sie ein Bild von dem Verdächtigen?" Kathy „durchsuchte" den Speicher ihres Handys, bis sie erleichtert das Bild des Toten fand. „Wie Sie das da jetzt rein bekommen, ist Ihr Problem." „Das machen wir schon. Nach einem kurzen Blick auf das Bild stutzte der Sergant. „Moment mal Mam, das ist Thomas McThell." „Wie, den kennen Sie?" „Oh ja, Mam, ich bin schließlich mit ihm auf der Akademie gewesen. Warten Sie, das muss jetzt knapp drei Jahre her sein." Dann ist er ein Polizist?" „Nun, nicht ganz. Wissen Sie, das Leben auf der Straße war ihm zu stressig." „Können Sie mir sagen, was aus ihm geworden ist?" „Er wollte in den Strafvollzug. Nach Aberdeen glaube ich. Er kommt wohl von da." Jetzt fiel Kathy endlich wieder ein, wo sie ihm schon mal begegnet war. Er war jener Beamte, der Müller bei dessen Vernehmung in den Raum gebracht und danach auch wieder in seine Zelle geführt hat. Jetzt wurde ihr auch einiges klar. Nach der Vernehmung, bei der Müller von ihr erfuhr, das es keine öffentliche Verhandlung geben wird muss er sich vorsorglich mit McThell angefreundet haben. Und da er wusste, was ihn erwartet, war diese Bekanntschaft für Müller eine letzte Investition in die Zukunft. Nur denke ich, das dieser Thomas sich einen anderen Lohn vorgestellt hatte, als er letztendlich bekommen hat." „Er war ein netter Typ, wenn auch ein bisschen faul, Mam." „Nun, damit wäre auch dieser Fall gelöst. Ich danke Ihnen, Sergant. Das mit Ihrem Programm hat sich damit erledigt. Vielleicht das nächste Mal!" In diesem Moment klingelte ihr Telefon und jemand meldete ihr, dass der Häftling von der Insel inzwischen eingetroffen war und in einer Zelle auf seine Befragung wartet. „Bitte, bringen Sie ihn in einen Vernehmungsraum. Ich komme gleich."

Dann telefonierte sie mit zu Hause. Dort war die Stimmung inzwischen auf dem Nullpunkt angekommen. Doch Kathy hatte eine Idee, wie sie das schlagartig ändern konnte. „Sag mal, Paul, was hältst du davon, wenn du und Oma mich hier oben besucht. Also natürlich erst, wenn der Fall erledigt ist." „Paul nuschelte etwas von toll oder so." „Hör zu, mein Lieber. Und wenn ihr in einem Hubschrauber hierher fliegen könntet?" „Für einen kurzen Moment war Ruhe. Dann erfüllte ein Freudenschrei ihr Ohr. „Ehrlich? Ja, Super! Du bist die Beste." Ihre Mutter, die wohl im Hintergrund arbeitete, fühlte sich wie vom Schlag getroffen. „Was sollen wir? Mit so einem Helikopter fliegen? Um nichts in der Welt kriegt mich da einer rein." Jetzt verlegte sich Kathy aufs Bitten. „Ach bitte, Mutti. Mach ihm doch das Vergnügen. Das wird für euch eine unvergessliche Reise." „Genau! Unvergesslich. Und wenn wir nun abstürzen?" „Warum wollt ihr abstürzen? Wir haben die besten Piloten des Empire." „Also gut, ich werde mir das noch mal überlegen." „Danke, ihr Lieben, ich muss jetzt wieder an die Arbeit. Bis bald, ich hab euch lieb!"

Jetzt musste sie nur noch den Chief davon überzeugen, die beiden mit einem Polizeihubschrauber nach Inverness zu fliegen. „Prost Mahlzeit!"

Bald saß sie in dem Vernehmungszimmer, in dem Sammy schon ungeduldig auf sein Verhör wartete. „Hallo Sammy. So schnell sieht man sich wieder, nicht wahr?" „Es ist mir eine Freude, Mam." „Nun, das werden wir noch sehen. Sie kennen Dr. Haller?" Aus Sammy's Gesicht wich ein bisschen die Farbe. „Was ist nun, Mr. Super-Sanitäter?" „Kennen ist vielleicht zu viel gesagt." „Richtig, Sie haben mit ihm ja lediglich telefoniert." „Richtig, Mam. Einmal, habe ich ihn angerufen. Jetzt fällt es mir wieder ein."

„Möchtegern-Arzt hat er sie genannt, nicht war?" „Nun, daran kann ich mich nicht erinnern, Mam." „Laut seiner Aussage haben Sie ihn immer wieder angerufen und ihn sogar aufgefordert, auf die Insel zu kommen, um sich da einen Patienten anzusehen?" Sammy verschlug die Arme vor der Brust und prustete hörbar aus. „Was ist, hat Sie Müller etwa unter Druck gesetzt?" „Äh, nicht dass ich wüsste, Mam. Und wenn, dann hat der Doktor da was falsch verstanden." „So, so, Sammy. In Ihrem letzten Telefonat sollen Sie ihm gedroht haben. Ich zitiere: Er würde das noch bitter bereuen.". „Also, daran kann ich mich nun schon gar nicht erinnern, Mam." Plötzlich schlug Kathy mit der flachen Hand auf den Tisch, so dass Sammy zusammenzuckte. „Dr. Haller ist tot! Heute explodierte sein Auto und tötete vier Mitarbeiter des Krankenhauses. Und ich habe nur um Haaresbreite überlebt. Und ich mag es gar nicht, wenn man versucht, mich zu töten. Also?" Sammy öffnete erschrocken mehrfach seinen Mund, ohne dass ein Ton heraus kam. „Schnappen Sie hier nicht wie ein Karpfen nach Luft, reden Sie!" „Ich, ich, äh Mam, aber ich …"

„Was? Stottern Sie hier nicht herum. Ich werde Ihnen sagen, wie das abgelaufen ist. Müller hat von Ihnen verlangt, ihn von der Insel zu bringen. Nun, vielleicht haben Sie sich anfänglich noch geweigert, aber der feine Herr hat da so seine Methoden. Also haben Sie sich die Sache mit dem Blinddarm überlegt. Nur, dazu brauchten Sie das O.k. eines Arztes aus dem Krankenhaus. Doch Dr. Haller spielte da nicht mit. Und ich nehme an, Müller hat weiter Druck gemacht?" „Sie können sich nicht vorstellen, wie", flüsterte

Sammy. „Meistens sind unsere Zellen offen und so drohte er mir, mich langsam und sehr qualvoll zu töten. Er hätte da so seine Methoden, noch aus der Zeit des Krieges. Ich hatte Angst! Todesangst!" „Also haben Sie eines Tages mit diesem Thomas gesprochen?" „Aus Notwehr, Mam."

„Aus Notwehr? Ich höre schon das Lachen des Richters, wenn sie dem diesen Quatsch erzählen. Aber gut. Sie hatten also mit diesem Thomas gesprochen." „Er erzählte mir, dass Dr. Haller und der Chefarzt für vier Tage auf eine Fachtagung fahren. Das wäre der ideale Moment, um die Sache durchzuziehen. Ich habe dann Sergant Hurt täglich von den Schmerzen dies Häftling Müller erzählt, bis zu dem Moment, als die Ärzte verschwunden waren. Dann musste ich nur noch dafür sorgen, dass Hurt mit Thomas sprach. Der Rest war einfach." „Ob das für Sie einfach wird, das werden wir noch sehen. Wo ist Müller jetzt?" „Aber das weiß ich doch nicht, Mam." „Noch mal. Wo ist Müller?" „Ehrlich, Mam, ich weiß es nicht. Und wenn ich ehrlich bin, dann will ich es auch gar nicht wissen. Ich hoffe, Ihre Kollegen erschießen ihn bei der Festnahme. Das ist kein Mensch, das ist ein Tier." „Sie sagten vorhin, dass meistens die Zellen offenstehen. Wie muss ich mir das vorstellen?" Sammy fing wieder an herum zu stammeln. „Haben Sie meine Frage nicht verstanden?" „Oh doch, aber ich denke, wenn ich hier die Wahrheit sage, bekomme ich mächtigen Ärger da drüben." „Von wem?" „Na, von jedem. Da wären zunächst die Gefangenen und dann natürlich auch die Wärter. Das ist so, Mam. Keiner der Aufseher hat große Lust Kontrollen durchzuführen, oder gar Streife zu laufen. Wer sollte da auch fliehen und dann wohin? Der Atlantik zeigt sich dort von seiner unwirklichen und rauen Seite. Niemand würde einen Fluchtversuch überleben. Deshalb probiert es auch keiner. Bis auf einen. Der versuchte vor zwei Jahren schwimmend das Festland zu erreichen. Seine Leiche wurde zwei Stunden später unterhalb der Klippen angetrieben. Die Wärter machten nicht einmal Anstalten, ihn zu verfolgen. Sie warteten einfach, denn sie wussten, das Meer würde ihnen die Arbeit abnehmen. Und deshalb sind die Zellen auch fast die ganze Zeit offen. Das gestattet uns dann entweder Karten oder Schach zu spielen. Wenigstens eine Möglichkeit, der Tristes zu entfliehen. Lebenslang kann hier sehr lange dauern, Mam. Also bitte, sagen Sie nichts. Ich bitte Sie." „Und Sie haben wirklich keine Ahnung, wohin Müller geflohen sein könnte?" „Ehrlich nicht, Mam. Und ich kann Ihnen gar nicht sagen, wie froh ich war, als er aufs Boot stieg. Denn ich wusste, dass ich ihn nie wieder sehen würde." „O.k., Sammy, ich lasse Sie morgen Früh zurück auf die Insel bringen. Bis dahin werden Sie in einer unserer Luxuszellen einchecken. Abführen!" Danach ließ sie sich mit dem Chief der Aberdeener Polizei verbinden. „Hallo Sir, ich grüße Sie. Ja danke, mir geht es auch gut. Sagen Sie, vermissen Sie nicht jemanden ihrer Truppe? Nein? Was mit Thomas McThell? Warum ich das frage? Nun, der liegt hier in Inverness tot in einem Kühlfach. Nein, das ist kein Scherz. Er hat wohl den Fehler gemacht, sich mit Müller einzulassen, um ihm von der Insel zu helfen. Sein Lohn war dann ein Würge-Draht. Nein Sir, auch das ist kein Scherz. Wir schicken Ihnen die Obduktionsunterlagen zu. Ach so, und Müller ist seit gut vier Tagen auf der Flucht. Aber nicht mehr lange. Versprochen. Ja, auch darüber werde ich Sie informieren. Bis dann, Sir."

Wie nun weiter, dachte sich Kathy? Wohin könnte Müller nur wollen? Nach Deutschland vielleicht? Das ginge nur mit einem Schiff, denn auf allen Flughäfen und Bahnhöfen klebte bereits sein Steckbrief. Also wohin dann? Andererseits hatte die Ermordung von Haller gezeigt, dass er immer noch in der Nähe sein musste. Wer weiß, vielleicht beobachtete er sie gerade in diesem Moment? Bei dem Gedanken lief ihr ein kalter Schauer über den Rücken. Und warum auch nicht? Sandra und Frank sind schließlich tot. Blieb nur noch sie, die er dafür verantwortlich machen konnte, dass er kein Geld bekommen hatte. Sie musste hier raus. Kathy beschloss, ein bisschen spazieren zu gehen. Gerade wollte sie die Zentrale verlassen, da erschien der Wachhabende und bat sie in den Lagerraum zu kommen.

Der befand sich im fünften Stock. „Ich soll mich hier melden!", rief sie. Einer der Beamten deutete stumm auf den Kollegen, der mit einem Fernglas am Fenster stand. „Kommen Sie her. Ist er das nicht?" Damit deutete er auf eine Person, die er anscheinend gerade beobachtete. „Wen meinen Sie?", fragte Kathy. „Hier, sehen Sie selbst." Kathy sah in die angegebene Richtung und richtig. Dort saß Müller in einem weißen Jeep und schien den Haupteingang der Polizeizentrale zu beobachten. „Oh Hallo, mein Freund", flüsterte sie. „Das haben Sie gut gemacht, Sir. Wie sind Sie auf ihn gestoßen?" „Nun, wir beobachten in regelmäßigen Zeitabständen die Umgebung der Zentrale, um gegen unliebsame Überraschungen gewappnet zu sein. Und das ist so eine unliebsame Überraschung. Ich hatte mir gerade sein Phantombild angesehen, da ist er mir aufgefallen, Mam." „Ich danke Ihnen." „Was sollen wir machen?" „Können Sie, natürlich ohne dass er es merkt, jeweils einen Wagen rechts und links der Straße postieren?" „Kein Problem." Über Funk beorderte der Einsatzleiter zwei Streifenwagen jeweils zum Ende der Straße. „Danke, den Rest mache ich." Kathy ging zum Chief und erklärte ihm die Situation.

Dann ließ sie sich mit einer Weste und einer zweiten Waffe ausstatten. Jetzt war sie bereit, Müller gegenüber zu treten.

Hans Müller wollte ursprünglich nach seiner Flucht von der Insel still und heimlich nach Deutschland verschwinden. Doch dann hatte dieser Thomas versucht, ihn zu erpressen. Also löste er das Problem auf übliche Weise. Bei der Gelegenheit erinnerte er sich dann an diesen Arzt, der sich so penetrant geweigert hat, ihn in das Krankenhaus einzuweisen. Also hatte er beschlossen, sich auch um den zu kümmern. Und als er das Ergebnis seiner Arbeit aus sicherer Entfernung beobachtete, sah er plötzlich diese Polizistin wieder, die ihm auch dieses Mal in die Quere gekommen war. Fast hätte er sie mit der Explosion gleich mit erledigt, doch dann schob sich im entscheidenden Moment ein LKW dazwischen.

Als er ihr das letzte Mal im Vernehmungsraum in Aberdeen begegnet war, hatte er ihr versprochen, dass sie sich wiedersehen würden. Und Hans Müller pflegte seine Versprechen zu halten. Nur würde das dieses Mal tödlich für die Dame enden. Zum Glück hatte er von diesem Pfleger eine Pistole mit Schalldämpfer bekommen. Natürlich bei Weitem nicht so ein Topmodell, wie er es in den letzten Jahren benutzt hatte. Doch für das, was er jetzt vorhatte, würde sie reichen. Und so saß er jetzt seit knapp zwei Stunden in diesem Jeep und wartete auf das, was da kommen sollte.

Müller musste lachen. Erst vor ein paar Stunden hatte er problemlos John Hartwig aus seiner Zelle geholt. Der Typ hatte sich auch noch gefreut, ihn zu sehen. Zuerst wollte er ihn töten, doch dann setzte er ihn irgendwo am Stadtrand samt Auto aus. Mit seinem Geisteszustand würde er ihm schon nicht gefährlich werden können.

Am nächsten Parkplatz stahl er sich dann diesen Jeep. Es hatte ihn amüsiert, wie leicht es war, hier rein und auch wieder hinaus zu spazieren. Alle schienen von seinem Arztkittel so überzeugt, dass niemand Fragen stellte. „Oh, ihr armen Idioten!"

Während er so im Wagen saß, fielen ihm die zwei Polizeiwagen nicht auf, die sich jeweils am Anfang und am Ende der Straße postierten. Aber wie sollte ihm das auch auffallen, hier vor einem Polizeirevier. Kathy hatte indessen den Seitenausgang benutzt und spazierte scheinbar harmlos in Richtung des Jeeps. Plötzlich, Kathy war nur noch gut zwanzig Meter von dem Wagen entfernt, entdeckte Müller sie, startete den Motor und raste los. Kathy riss ihre Waffe hoch und feuerte dreimal auf das Heck des davon rasenden Wagens. Dann rannte sie ihm hinterher. Kurz vor Ende der Straße stellte sich Müller plötzlich ein Streifenwagen in den Weg. Ohne nachzudenken, gab der weiter Gas und steuerte auf das Heck des Wagens zu. Mit voller Wucht rammte der Jeep das Polizeiauto und schleuderte es herum. Jetzt war für den Jeep die Straße frei und er raste über eine rote Ampel in Richtung Hafen. Kathy rannte ihm immer noch hinterher, bis sie am Ende der Straße erschöpft stehen blieb. In diesem Moment hielt neben ihr ein Wagen der Polizei. „Was ist, junge Frau, kann ich Sie mitnehmen?" Kathy sprang in den Wagen, der sofort die Verfolgung aufnahm. „Der Typ will zum Hafen!", rief der Fahrer. „Können wir ihn da irgendwo abfangen?" „Habe ich bereits veranlasst, Mam. Im Übrigen ist ihr Lauftempo nicht von schlechten Eltern. Ich hatte fast Mühe, Sie einzuholen." „Danke. Kann ich eine rauchen?" „Aber immer. Sie haben Zigaretten? Wenn nicht, dann bedienen Sie sich. Der Sergant öffnete die Mittelkonsole und Kathy erkannte ein paar Schachteln ihrer bevorzugten Marke. „Sie gefallen mir, junger Mann. Und jetzt geben Sie mal richtig Gas. Da ist doch sicher mehr drin, oder?" „Da vorne ist er, Mam. Damit zeigte der Beamte auf einen Jeep, der mit qualmendem Motor auf der linken Spur fuhr. „Na, da hat sein Auto bei dem Crash wohl doch etwas mehr abbekommen?" „Das denke ich auch, Mam. Was macht er denn jetzt?" Müllers Wagen zog plötzlich deutlich nach rechts, rammte die Leitplanke, überschlug sich und blieb auf dem Dach liegen. Sofort bremsten alle anderen Autos und starrten voller Entsetzen auf den verunglückten Wagen. Auch Kathys Wagen stoppte gut 100 Meter entfernt. „Rufen Sie Verstärkung!"

Sie sprang aus dem Auto, riss ihre Waffe heraus und bahnte sich einen Weg nach vorn. „Runter! Alle sofort auf den Boden," brüllte sie in Richtung der anderen Autofahrer. Plötzlich sahen alle, wie ein offenbar schwerverletzter Mann mühsam aus dem verunglückten Wagen kroch. Kaum stand er, zog er eine Waffe und ging langsam auf die anderen Wagen zu. Es war ein schreckliches Bild, das sich den anderen darbot.

Über und über mit Blut beschmiert und mit einer Pistole in der Hand, schien er einem Horrorfilm entstiegen zu sein. Ohne Jacke, nur mit einem zerrissenen Hemd bekleidet, schwankte er beim Laufen. Von seinem rechten Arm und einer Wunde an der Schulter schien Blut auf die Straße zu tropfen.

„Müller! Bleiben Sie sofort stehen! Legen Sie die Waffe auf den Boden und nehmen Sie die Hände hoch!" Kathy stand jetzt etwa siebzig Meter von Müller entfernt und zielte auf ihn.

„Das werde ich nicht tun." Damit hob er seine Waffe und feuerte zweimal in Richtung von Kathy, ohne sie jedoch zu treffen. „Müller! Ich sage Ihnen das jetzt zum letzten Mal. Waffe weg und auf den Boden!" „Kommen Sie doch her und holen Sie mich." In diesem Augenblick hob er wieder seine Waffe. Doch dieses Mal war Kathy schneller. Ein Schuss von ihr traf ihn an der Schulter und wirbelte ihn herum. Für einen Moment schien er darüber nachzudenken, sich zu ergeben. Doch dann drehte er sich wieder in Kathys Richtung und zielte auf sie. Dann drückte er ab. Der Schuss traf eines der Autos neben ihr. „O.k., Sie haben es nicht anders gewollt. Das hier ist für Sandra. Dann begann sie in seine Richtung zu laufen. Zweimal drückte Kathy ab, dann lag Müller ausgestreckt am Boden.

Inzwischen traf ein Polizeihubschrauber am Geschehen ein. Er landete knapp hinter dem Auto von Müller. Drei Beamte mit Maschinenpistolen bewaffnet sprangen heraus und näherten sich Müller, der reglos am Boden lag. Kathy bedeutete den Männern, stehen zu bleiben. Langsam näherte sie sich dem am Boden Liegenden. Plötzlich richtete der sich wieder auf und zielte auf Kathy.

Dreimal feuerte sie auf ihn. Dann war Müller endlich tot. Später wurde festgestellt, dass seine Waffe leer war.

Den Rest der Arbeit übernahmen die Kollegen aus Inverness. Kathy berichtete dem hiesigen Chef der Polizei und meldete sich schließlich bei ihrem Chief. Der war hocherfreut, als er hörte, dass seine beste Polizistin den Fall mit Bravour geklärt hatte. „So, Sir, ich hätte da einen Wunsch, Sir!" „Bitten Sie, um was Sie wollen, es ist bereits genehmigt." „Gut, dann fliegen Sie meinen Sohn und meine Mutter morgen mit einem Hubschrauber hierher." „Mach ich. Aber natürlich, gar kein Problem. Fliegen? Aber Moment mal, wie meinen Sie das?" „Nun, ich sagte doch in einem Hubschrauber. Sie haben es mir versprochen, Sir." Der schluckte und musste dann lachen. „O.k., Sie haben mich überrumpelt. Nehmen Sie sich da oben ein schönes Zimmer, den Rest übernehme ich."

Zwei Tage später konnte Kathy einen überglücklichen Jungen und eine leichenblasse Mutter in ihre Arme schließen. „Nie wieder, hörst du? Nie wieder, ich bin es leid. Such dir gefälligst einen Mann." Kathy musste lachen. Den Fall, hatte sie noch nicht gelöst …

ISBN: 978-38-448-0293-1

Ein kleines Team von Spezialisten dringt in „Edinburgh Castle" ein und stiehlt unter den Augen der Polizei und der Armee die schottischen Kronjuwelen sowie den legendären „Krönungsstein, den „Stone of Scone": Eine Beute von umgerechnet 700 Millionen Euro. Ein neuer Fall für Kathy McGore, die die Ganoven durch ganz Schottland jagt. Doch nicht nur die Polizei ist den Ganoven auf den Fersen. Ein auf Rache sinnender Killer verfolgt die Truppe. Bereit jeden zu töten, der ihm vor das Visier kommt. Natürlich erfordert so ein Coup eine präzise Vorbereitung. Und die beginnt Anfang März in Deutschland. in einem kleinen Örtchen an der Nordsee, In St. Peter Ording …

Das Buch ist der erste Band einer Serie von „Kathy McGore" Taschenbüchern. Der Autor erzählt schnell und ohne Schnörkel die größten Fälle dieser schottischen Elite-Polizistin. Eine rasante Jagd durch das herrliche Schottland mit einem fulminanten Finale am Loch Ness. Wo denn sonst?

BERCHTESGRUND

2 Bernd Klatetzki

ISBN: 978-3-8391-5359-8

Kathy McGore, Edinburghs Superpolizistin, reist an die deutsche Nord-seeküste, um in dem kleinen, vergessenen Fischer-Dorf „Berchtesgrund", ein paar Tage zu entspannen. Dort lebt die Tante ihres Kollegen Tom Morgan. Doch bei ihrer Ankunft muss sie feststellen, dass die längst tot ist. Neugierig forscht sie nach den Umständen und sticht dabei in ein Wespennest. Bestehend aus Angst, Erpressung und Mord. Gemeinsam mit dem Dorfpolizisten Bruckner und mit Unterstützung der Kollegen aus Hamburg, kommt sie hinter das Geheimnis dieses längst vergessenen Fleckchens Natur an der deutschen Nordseeküste. Schließlich führt die Jagd in das italienische San Cervenzo …

Dies ist der zweite Band aus der Kathy McGore-Reihe. Nach „Adler über Edinburgh" klärt sie auch diesen Fall in bewährter Manier. Rasant und ohne Schnörkel. Es macht einfach Spaß, sie dabei zu begleiten.

ISBN 9 783732 240425

Edinburghs Superpolizistin Kathy McGore fährt zu einem Klassentreffen. Doch statt eines netten Abends erwartet sie dort der grausame Mord an ihrer ehemals besten Freundin Amy Logan. Damit beginnt der gnadenlose Wettlauf eines perfiden Killers, der es auf Kathys damalige Mitschüler abgesehen hat. Und dabei ist im jedes Mittel recht. Ob Giftschlangen, Haie, Beton, Dynamit oder lebendig begraben. Er lässt sich einiges einfallen um Angst und Terror zu verbreiten. Also nichts für schwache Nerven.

Dieses Mal muss Kathy tief in ihre Vergangenheit eintauchen und gerät physisch wie auch psychisch an ihre Grenzen.
Kathys dritter ist zugleich auch ihr härtester Fall. Er zeigt sie nicht nur als taffe Polizistin sondern auch als verletzliche und sensible Frau, auf der Suche nach Liebe und Geborgenheit.

·